Für
meinen Mann
und die Band,
der wir unseren
Song verdanken

Unfold your broken wings and fly, you
are the Phoenix in a burning sky.
When you finally open your eyes,
you will realize we're one.
The warrior inside shows me strength
and shows me pride,
guides me through the dead land
to my own freedom.
BURNSIDE
CLOSE

Chapter 1

Do you see me fade away
in the eye of the silent storm?
(Burnside Close, »Silent Storm«)

Unsere erste Begegnung wird für immer in mein Herz tätowiert sein. Es war an einem vierten Juli. Ich war gerade erst in Miami gelandet, wo mich mein Vater mit ziemlicher Verspätung vom Flughafen abholte. Er behauptete, die Maschine aus London wäre nie pünktlich, allerdings war das an diesem Tag nicht der Fall. Deshalb wartete ich.

Überall wimmelte es von Menschen und ich stand mir in der Ankunftshalle über eine Stunde die Beine in den Bauch. Doch dann erkannte ich meinen Vater mit einer Treffsicherheit, die man stets an den Tag legt, wenn man jemanden vermisst hat und es kaum erwarten kann, ihn wiederzusehen.

Ich fiel ihm um den Hals und bemerkte sofort den vertrauten Geruch von Zigaretten und schalem Bier. Nicht dass mein Vater ein ungepflegter Mann war, ganz und gar nicht. Er war perfekt. Zumindest für mich. In seinen Adern floss Rock'n Roll und das liebte ich so an ihm. Seit ich denken konnte, war er Manager und Produzent von Rockbands. Er lebte die Musik. Dunkle Hallen und muffige Übungsräume brachten sein Blut in Wallung.

Er hielt mich eine Armlänge von sich entfernt, um mich zu mustern, und ich sah, dass seine Wangen ein wenig eingefallener und seine Augenringe ein wenig ausgeprägter waren als bei unserem letzten Treffen vor gut einem Jahr.

Er trug sein Haar in gewohnter Manier zu einem Pferdeschwanz gebunden und ich entdeckte, dass sich inzwischen graue Strähnen unter das glänzende Schwarz mischten. Der Ohrring mit der silbernen Adlerfeder baumelte wild an seinem linken Ohr, während er mich schüttelte und mir versicherte, dass ich noch hübscher geworden war.

Ich grinste verlegen, denn ich merkte, dass uns die Leute anstarrten. So war das immer. Das verblichene Metallica-T-Shirt und die tätowierten Unterarme meines Vaters bildeten einen zu krassen Gegensatz zu meiner dunkelblauen Schuluniform. Unsicher strich ich mir die Haare aus dem Gesicht und schulterte meinen Rucksack.

»Es ist so schön, dich zu sehen, Al!« Er drückte mir einen Kuss auf die Stirn.

Ich wand mich und genoss es dennoch. Nur Dad nannte mich Al. Mein voller Name war Almond Elizabeth, doch für meinen Vater war ich seit jeher Al. Wenn er meinen Spitznamen aussprach, klang es, als stünde ihm der dickbäuchige Inhaber eines Harley-Shops gegenüber. Mit Lederweste und ZZ-Top-Bart. Ebenso lässig und gefährlich fühlte ich mich dann.

»Lass uns gehen, Dad«, forderte ich ihn auf.

Er ließ mich los, schnappte sich meinen Koffer und ging voraus in Richtung Parkplatz. Wie gewöhnlich unterhielten wir uns während des Weges in einer Mischung aus Deutsch und Englisch. So seltsam dieses Gebrabbel in den Ohren anderer anmuten mochte, für uns war es ein Zeichen unserer bunten Herkunft.

Als sich die Schiebetüren des Flughafengebäudes öffneten, empfing mich Florida mit dem schwülen Wetter, das ich vermisst hatte. Ich konnte es kaum erwarten, meine Uniform abzulegen und die nächsten Wochen nur das anzuziehen, worauf ich Lust hatte. Den englischen Regen und mein Internatsleben hinter mir zu lassen, war, als falle eine tonnenschwere Last von meinen Schultern. Die Luft um mich herum war abgasgeschwängert und voll von Kerosindämpfen, aber ich hatte plötzlich das Gefühl, endlich befreit atmen zu können.

Erleichtert lächelte ich meinen Vater an. Wir hatten sechs Wochen. Mehr hatte mir meine Mutter nicht zugestanden, obwohl ich erst im September wieder zur Schule musste.

Ich sah Dad dabei zu, wie er meine Sachen in seinem schwarzen 67er Chevi Camaro SS verstaute, den er bereits seit Jahren fuhr und den er hütete wie seinen Augapfel. Wir stiegen ein und Dad ließ den Motor aufheulen, bevor er aus der Parklücke schoss. Ich wurde in den Sitz gedrückt und angelte nach dem Anschnallgurt. Dabei versuchte ich, so entspannt wie möglich zu wirken.

»Es ist schön, wieder bei dir zu sein«, bemühte ich mich um gespielte Fröhlichkeit. Meine Finger krallten sich in den Stoff meines Blazers. So ging es mir jedes Mal, wenn ich nach längerer Zeit zu Dad ins Auto stieg. Es lag nicht nur daran, dass ich in England Linksverkehr gewohnt war, sondern vor allem an Dads rasanter Fahrweise.

Ich sah ihn von der Seite an und fragte ich mich nicht zum ersten Mal, was meine Eltern einst dazu bewogen hatte, zu heiraten. Meiner Ansicht nach gab es kaum unterschiedlichere Menschen.

Meine Mutter war eine typische englische Lady. Sie entstammte einer angesehenen Familie, die neben einem Stadthaus in London auch ein ansehnliches Anwesen auf dem Land besaß. Eine Tatsache, auf die man sich in England etwas einbilden konnte, wie ich wusste.

Die Familie meines Vaters dagegen schien einem modernen Roman von Karl May entsprungen zu sein. Mein Großvater, Hokee Grey Wolf, war Navajo-Indianer gewesen und einer der berühmten Codetalker, die im Zweiten Weltkrieg einen bestimmten Code funkten und entschlüsselten, der von den Deutschen nicht dechiffriert werden konnte. Er nahm an der Invasion in der Normandie teil und später an der Besetzung Berlins. Dort lernte er meine Großmutter kennen, die damals noch Schülerin war und gegen den Willen ihrer Familie provokante anti-deutsche Texte verfasste. Sie war nur durch viel Glück und den Einflusses ihres Vaters nicht aufgeflogen und hatte sich angeblich sofort Hals über Kopf in meinen Großvater verliebt. Die beiden heirateten und zogen in die USA, wo mein Vater als einziges Kind geboren wurde.

Nach dem Tod meines Großvaters Hokee war meine Granny, wie ich sie liebevoll nannte, zurück nach Deutschland gezogen. Sie ließ sich in München nieder und lebte seither in einer Altbauwohnung in Schwabing mit Blick auf den Englischen Garten, wo sie handschriftlich mit Tintenfass und Feder bis heute ihre Bücher schrieb.

Ich war mir nicht sicher, ob es an meinem Aussehen lag, dass ich mich der Familie meines Vaters verbundener fühlte als der meiner Mutter, oder ob es schlicht die Ehrlichkeit war, die ich an Dad und Granny so sehr schätzte. Fest stand, dass ich äußerlich mehr Navajo als englische Lady war. Ich hatte mandelförmige braune Augen und glatte schwarzbraune Haare. Meine Haut war olivfarben und nicht vornehm blass, meine Statur drahtig und großgewachsen anstatt kurvig und dem englischen Gardemaß entsprechend. All das, so glaubte ich, waren Gründe, warum meine blonde und stets bis in die Fingerspitzen gepflegte Mutter mich auf ein Internat geschickt hatte, kaum dass sie und mein Vater sich getrennt hatten.

Manchmal beschlich mich das Gefühl, als wolle sie all die Schlechtigkeit, die Dad mir augenscheinlich vererbt hatte, aus mir heraus erziehen lassen. Dabei waren die geheimen Partys des Lord Wandsworth College legendär und beinhalteten mehr Alkohol und Zigaretten, als ich bei Dad je im Umkleideraum seiner Rockbands vor einem Konzert gesehen hatte.

»Bist du bereit, meine Jungs kennenzulernen?«, fragte mein Vater in diesem Augenblick. »Diese Band hat Klasse! Sie wird die Charts stürmen, das garantiere ich dir. Ihr erstes Album wird ein Knaller.«

Ich sah den Schlagbaum auf uns zurasen, doch Dad bremste rechtzeitig. Ich atmete aus.

»Wie heißt die Band?«, versuchte ich, das Gurgeln des V-8-Motors zu übertönen, als Dad das Fenster runterkurbelte, um den Parkschein in den Automaten zu schieben.

»Burnside Close.« Dad gab Gas, bevor sich die Schranke vollständig geöffnet hatte.

»Burnside Close«, wiederholte ich und sah mit Beruhigung, dass der abendliche Verkehr den Dolphin Expressway lahmgelegt hatte. Das zwang Dad dazu, langsam zu fahren.

Eine Schimpftirade, die meiner Mutter die Schamesröte ins Gesicht getrieben hätte, kam daraufhin aus seinem Mund. Er sah mich entschuldigend an.

»Sorry, Al, ich muss mich erst daran gewöhnen, dass meine sechzehnjährige Tochter wieder bei mir ist.«

»Siebzehn, Dad! Ich hatte vor einem Monat Geburtstag.« Wie konnte er das vergessen haben?

Er lachte und mir wurde klar, dass er mich zum Narren halten wollte.

»In meinem Alter kann man froh sein, wenn man überhaupt ein Jahr älter wird«, sagte er und kniff mir in die Wange. Dann sah er mich neugierig an. »Was macht die Liebe?«

Ich schwieg. Das war ein schwieriges Thema.

»Ich bin nicht deine Mutter«, erinnerte er mich. »Wir haben keine Geheimnisse voreinander, habe ich recht?«

Er hatte recht, doch ich war es nicht gewohnt, über Schwärmereien mit jemand anderem als meinen Freundinnen zu sprechen. Schließlich gab ich nach: »Es gab da einen Jungen im letzten Schuljahr. Nigel.«

Dad lachte übertrieben. »Nigel! Was ist das für ein Name? Das klingt nach einem adligen Snob.«

Ich war sauer über seine Bemerkung und verschränkte die Arme vor der Brust.

»Hat euch deine Mutter bekannt gemacht?«, hakte Dad nach und man hörte deutlich seine Abscheu heraus. Er verachtete englische Hochnäsigkeit. Die betuchte Oberschicht hielt er ganz allgemein für snobistisch und weltfremd.

»Nein, das hat sie nicht. In ihren Augen bin ich noch nicht reif genug für einen Freund.«

»Das ist gut.« Er warf mir einen erleichterten Seitenblick zu.

Ich musste grinsen. »Keine Sorge, Dad, Nigel ist einfach nur ein Junge aus dem College. Er ist okay.« Ich verstummte.

Es widerstrebte mir, Dad zu erzählen, dass wir in betrunkenem Zustand weitergegangen waren, als ich das eigentlich vorgehabt hatte, und er später allen erzählt hatte, ich sei wie eine läufige Hündin auf ihn losgegangen. So gesehen war Nigel ein Volltrottel und weit davon entfernt, okay zu sein, aber das konnte ich Dad nicht beichten.

In den nächsten Wochen würde unser Verhältnis wieder vertrauter werden, doch momentan musste ich mein englisches Wesen erst ablegen, um mein wahres Ich neu zu entdecken. Und um meinen Vater wieder kennenzulernen. Es war nicht einfach, ein Scheidungskind zu sein und in zwei verschiedenen Kulturkreisen mit derart unterschiedlichen Elternteilen zu leben.

»Wohin fahren wir?«, wollte ich wissen und sah auf die Blechkolonne, die sich vor uns durch den Abendverkehr schob.

»Wir treffen die Jungs beim Video-Dreh. Später gehen wir dann auf die Party von meinem Kumpel Stuffy. Wir müssen den Unabhängigkeitstag schließlich ein wenig feiern, oder?«

»Dad!«, rief ich empört. »Vorher muss ich mich umziehen. So kann ich unmöglich länger herumlaufen!«

Dad sah mich an, als ob ihm erst jetzt auffallen würde, was ich anhatte.

»Warum hast du dich nicht umgezogen, bevor du in den Flieger gestiegen bist?«

Ich schüttelte den Kopf. Von meinem Internatsleben hatte mein Vater nicht den geringsten Schimmer!

»Weil ich nicht in Jeans und T-Shirt zu meiner Verabschiedungszeremonie gehen konnte und Mom mich anschließend sofort zum Flughafen gefahren hat.«

»Dann zieh dich jetzt um!«

»Was, hier? Mitten auf dem Highway?«

»Al, du wirst immer englischer! Ich habe getönte Scheiben, wer sieht dich denn außer mir?«

Mir verschlug es die Sprache. Hatte Dad recht? Wurde ich wirklich immer englischer?

Er machte eine Kopfbewegung in Richtung Kofferraum. »Hol dir deine Sachen, wir stehen sowieso im Stau.« Entspannt drehte er die Stereoanlage auf und der bekannte Hardrock Sound schoss aus den unzähligen Lautsprechern im Innenraum. Der Bass ließ meinen Sitz vibrieren.

»Dad!«, flehte ich. Er verstand mich manchmal nicht. Dabei lag es auf der Hand, dass man über mich lachen würde, wenn ich mitten auf dem Highway in Schuluniform aus einem dröhnenden Camaro stieg.

»Burnside Close«, übertönte Dad das Gitarrensolo und schlug den Rhythmus lässig auf dem Lenkrad mit. »Gefällt's dir?«

Ich musste zugeben, dass ich das Lied auf Anhieb mochte. Es war metallisch, rockig, hart und doch melodisch. Nicht die Musik der Boybands, die sich meine Freundinnen anhörten, sondern guter bodenständiger Rock mit einem Schuss Blues. Genau meine Art von Musik, auch wenn ich mich daheim in England nicht öffentlich dazu bekannte.

Dank Dad war ich mit dem Sound von Led Zeppelin, Metallica, Iron Maiden, Manowar, Guns N' Roses und anderen legendären Bands aufgewachsen. Er war mir ins Blut übergegangen. Meine Mutter sagte immer, Dad hätte mich verdorben. Die Art, wie sie das sagte, zeugte davon, dass sie Hardrock nicht leiden konnte. Ich nahm es hin und vervollständigte heimlich meine beachtliche Alben-Sammlung an Hardrock und Heavy Metal Bands. Für jede Stimmungslage hatte ich ein anderes Lied parat, das ich mir in einer enormen Lautstärke anhörte, wenn ich alleine war. Es war, als könnte ich über die Musik Kontakt mit meinem Vater halten.

»Erzähl mir mehr über die Band«, forderte ich ihn auf und vermied bewusst das Wort *Jungs*. Dad hatte bisher alle Bandmitglieder *seine Jungs* genannt, unabhängig von ihrem Alter.

Doch dieses Mal beharrte er auf der Bezeichnung und das zu Recht: »Die Jungs sind alle Anfang zwanzig und kommen aus Chicago, Pittsburgh und Miami. Matt Tormani ist der Gründer der Band. Du kennst ihn vielleicht noch? Er hat bei Battlefield Six gespielt. Hervorragende Band! Haben sich leider vor zwei Jahren getrennt. Gemeinsam mit Brad Mayfield und Sean Pitt hat er dann an neuen Liedern gearbeitet und sie haben Morris Kyle als Leadsänger gewonnen. Ein unglaublicher Junge! Gibt den Texten Tiefe und spielt Gitarre wie der Teufel persönlich. Ich liebe ihn!«

Ich lächelte über seine Begeisterung. Er sprach von seinen Bands stets mit der Leidenschaft, die man auch dieses Mal heraushörte. Er liebte nicht nur *seine Jungs*, sondern vor allem seinen Job. Ich fand, das war etwas ganz Besonderes.

Meine Mutter war Rechtsanwaltsgehilfin und sie hasste es. Nicht umsonst wurde der Zug um ihren Mund jedes Jahr verkniffener. Ich dagegen wünschte mir, eines Tages einen Job zu finden, der mich ebenso erfüllte wie Dad der seine.

»Ich kann mich an Matt erinnern. Wir waren auf einem Battlefield Six Konzert vor etwa drei Jahren. Mom ist ausgerastet, als sie davon hörte«, sagte ich.

Dad zwinkerte mir verschwörerisch zu und wir mussten lachen. Es tat gut.

»Matt wird sich freuen, dich zu sehen«, versicherte er, doch ich bezweifelte, dass Matt sich überhaupt an mich erinnern konnte.

Ich selbst wusste kaum noch etwas von dem Konzert. Mir war nur der Hausarrest im Gedächtnis geblieben, den ich bekam, als ich wieder zu Hause in England war. Meine Mutter hatte getobt und meinen Vater einen verantwortungslosen Nichtsnutz genannt, weil er mich zu einer verruchten Veranstaltung mitgenommen hatte, wie sie es nannte. Ich war durch das Haus gerannt, hatte geheult und mit den Türen geknallt. Tagelang sprach ich kein Wort mit ihr. Ich verstand nicht, warum ich bestraft wurde, obwohl ich ihr lediglich die Wahrheit gesagt hatte. Dieses Erlebnis ließ mich vorsichtiger werden. Inzwischen erzählte ich Mom kaum noch etwas über die Zeit, die ich mit meinem Vater verbrachte.

»Endlich!« Dad gab Gas und riss mich aus meinen Gedanken. Sportlich nahm er die Ausfahrt, ohne das Hupen um sich herum zu beachten. Einige Minuten später parkte er vor einem in die Jahre gekommenen Hafengebäude, sprang aus dem Auto und sperrte den Kofferraum auf.

»Zieh dich um, Al!« Er warf mir die Autoschlüssel zu. Ich fing sie auf und beobachtete, wie er fröhlich pfeifend im Gebäude verschwand.

Lächelnd öffnete ich meinen Koffer und durchwühlte den Inhalt. Schließlich zog ich eine alte Jeans, ein T-Shirt und ein Paar Flipflops heraus, schlug den Kofferraumdeckel zu und setzte mich wieder ins Auto. Doch schnell stellte ich fest, dass es mir dort unmöglich war, mich umzuziehen. Umständlich zwängte ich mich aus Blazer, Rock und Bluse, aber die enge Jeans wollte nicht über meinen Hintern. Ich fluchte so laut, dass Dad sicher stolz auf mich gewesen wäre. Dann gab ich auf und stieg aus dem Auto.

Einige Hafenarbeiter pfiffen, als sie mich sahen. Ich zeigte ihnen den Mittelfinger, was sie zu weiteren Rufen und stürmischem Applaus animierte. Genervt zog ich die Jeans hoch und spürte, dass mir der Schweiß aus allen Poren schoss. Was hätte ich für eine Dusche gegeben! Seit Stunden hatte ich kein Wasser mehr gesehen und in der dampfigen Luft fühlte sich meine Haut klebrig an. In Gedanken beklagte ich mich bei Dad, der mich in seiner gewohnt chaotischen Art sofort hierher gebracht hatte, anstatt mir die Möglichkeit zu geben, mich frisch zu machen.

Ich schlüpfte in meine Flipflops, schlug die Autotür zu und sperrte ab. Vor mir lag das düstere, Graffiti-verschmierte Gebäude, das einem Horrorfilm entsprungen zu sein schien. In Gedanken hörte ich meine Mutter schimpfen. Wie kannst du das Kind nur immer an solche Orte bringen, sagte sie vorwurfsvoll. Ich schüttelte den Kopf, um ihre

Stimme zu verdrängen, und ging hinein. Es war nicht schwer, Dad zu finden. Man musste nur der Musik folgen.

»*Do you see me fade away in the eye of the silent storm*?«, hallte es durch die Flure des verlassenen Hauses.

Ich summte mit, um vor den leeren, dunklen Räumen, die ich passierte, nicht in Panik zu geraten. Es war dasselbe Lied, das Dad mir im Auto vorgespielt hatte. Es gefiel mir immer besser. Der Leadsänger, sein Name war mir entfallen, hatte wirklich eine beeindruckende Stimme! Langsam verstand ich Dads Begeisterung für Burnside Close.

Angezogen von der stetig lauter werdenden Musik, bog ich schließlich um eine Ecke. Gerade rechtzeitig, um die letzten Gitarrenklänge und das verebbende Trommelinferno zu vernehmen. Ich sah mehrere Kameras und Stehlampen, die den Raum erhellten.

»Ich denke, wir haben's im Kasten«, rief jemand.

Ich sah meinen Vater in die Hände klatschen und mein Blick wanderte weiter zu seinen Jungs, auf die ich neugierig geworden war. Aufgrund der tief stehenden Sonne, deren Strahlen durch ein Fenster hinter ihnen fielen, erkannte ich nur schemenhafte Gestalten.

Ich trat zu Dad. Er legte mir den Arm um die Schultern und ich sah erneut zu den Musikern hinüber, die gedämpft miteinander redeten und ihre Instrumente ablegten.

»Hey, Chief, neue Freundin?«, fragte einer von ihnen und alle lachten.

Ich zog eine Grimasse und der Spaßvogel hob abwehrend die Hände. Ein breites Grinsen zog sich über sein Gesicht.

»Halt die Klappe, Matt!«, schoss mein Vater zurück.

Dann schob er mich nach vorne, drückte aufmunternd meine Schultern und sagte mit väterlichem Stolz: »Jungs, das ist meine Tochter Almond. Sie wird in den nächsten sechs Wochen immer an meiner Seite sein. Und damit auch an eurer. Gewöhnt euch daran!«

Der gut gelaunte Gitarrist trat heran und gab mir entspannt die Hand. »Hi, Almond! Schöner Name, schöne Tochter. Ich bin Matt.«

Er bekam Grübchen, wenn er lachte. Ich fand das sympathisch und merkte, dass meine vermeintliche Coolness bröckelte. Vorsichtig schenkte ich ihm ein Lächeln. Seine kurzen dunklen Haare standen wild von seinem Kopf ab und ein Schlangen-Tattoo wand sich an seiner rechten Halsseite in Richtung Nacken. Er hatte sanfte braune Augen, die mich interessiert musterten.

»Wir kennen uns«, stellte er fest.

»Ja, wir haben uns auf einem Battlefield Six Konzert gesehen. Vor drei Jahren«, erwiderte ich so gelassen wie möglich und hoffte, nicht rot zu werden. Es schmeichelte mir, dass er sich an mich erinnerte.

In diesem Moment drängte ein weiteres Bandmitglied heran, das ich glaubte, an der Bassgitarre gesehen zu haben. Es war ein durchtrainierter Kerl, der sich seine verschwitzten, braunen Haare aus dem Gesicht strich.

»Brad Mayfield.« Er nickte mir zu und grinste meinen Vater an. »Danke für unser erstes Groupie, Chief!«

Dad holte zu einer Ohrfeige aus und Brad ging in Deckung.

»Sean Pitt. Ich bin der Drummer.« Sean trug trotz der Wärme eine Strickmütze auf seinen halblangen rotblonden Locken und sah mich misstrauisch an. »Wir sind mitten in der Arbeit für unser erstes Album, Chief«, bemerkte er mit vorwurfsvollem Unterton und es war offensichtlich, dass er mich für eine unwillkommene Ablenkung hielt.

Ich warf Dad einen verunsicherten Blick zu, doch er brummte nur beruhigend und schlug Sean freundschaftlich auf die Schulter. Selbst als dieser seine Drumsticks in die Ecke feuerte, blieb Dad gelassen und sagte an mich gewandt: »Darf ich dir Morris Kyle vorstellen? Er ist die Stimme von Burnside Close.«

Ich wandte mich um und da stand Morris. Er erwischte mich eiskalt.

»Hi«, begrüßte er mich und streckte mir die Hand hin.

Ich ergriff sie und die kurze Berührung brachte mir eine Gänsehaut ein. Er war einen Kopf größer als ich. Sein Kinn war markant, seine Augen dunkel wie die eines Schwarzbären. Bunte Tattoos zogen sich über seine sehnigen Arme, und seine Handgelenke zierten schwere Lederarmbänder. Als ich nichts erwiderte, strich er sich seine schulterlangen dunkelblonden Haare hinter die Ohren, bevor er die Hände in den Hosentaschen vergrub.

»Hi«, krächzte ich und wäre am liebsten im Erdboden versunken. Alles flatterte. Mein Magen, meine Augenlider. Ich bekam kein Wort mehr heraus.

»Al spricht britisches Englisch, aber sie versteht uns«, scherzte Dad und ich hörte Gelächter, während ich Morris anstarrte. Dieser senkte kurz den Kopf, hob ihn dann wieder und lächelte mich an. Das Blut rauschte in meinen Ohren.

Ich hatte Erfahrungen mit Jungs. Wer hatte das nicht mit siebzehn? Als Junior auf dem College schmachtete man die Seniors an und als Senior die Studenten. Man verliebte sich, man entliebte sich, man litt und heulte und am Ende begann man wieder von vorne. Doch nichts, absolut nichts, hatte mich darauf vorbereitet, wie es war, wenn man vom Blitz getroffen wurde. Morris war der Blitz. Und ich der wehrlose Baum. Ich sah ihn an und fragte mich, ob er spürte, dass ich gerade in Flammen aufging. Meine Gesichtsfarbe gab bestimmt Aufschluss darüber.

»Räumt auf, Jungs! Wir haben uns einen schönen Abend verdient. Es ist der vierte Juli, lasst uns den amerikanischen Unabhängigkeitstag feiern!« Dad tätschelte mir den Rücken und beugte sich vor, um nach seiner Lederjacke zu greifen. »Komm, Al!«

Ich versuchte, nicht zu schwanken. Morris sah mir nach und auch ich ließ ihn nicht aus den Augen. Erst als wir an der Tür ankamen, drehte er sich um und schlenderte zurück zu den Instrumenten. Wie in Trance folgte ich meinem Vater durch die verworrenen Gänge in Richtung Ausgang. Das Gebäude machte mir auf einmal keine Angst mehr.

»Tolle Jungs, was?« Dad trat hinter mir ins Freie. Mein Herz klopfte. Sechs Wochen waren eine lange Zeit. Sie musste ausreichen, um Morris kennenzulernen. Ich lehnte meinen Kopf an Dads Schulter und seufzte.

»Müde, Al?« Er sah mich an und ich konnte mir ein Gähnen nicht verkneifen. »Möchtest du, dass wir nach Hause fahren?«

Ich verneinte, obwohl ich mich tatsächlich erschöpft fühlte. Meine Zimmergenossinnen und ich hatten die halbe Nacht geredet, heimlich geraucht und einige Alcopops gezwitschert. Wir sahen uns zwei Monate nicht, was eine ausgiebige Verabschiedung erforderlich machte. Diese Feier, der lange Flug und die Zeitverschiebung hätten mich Dads Vorschlag normalerweise dankbar annehmen lassen. Aber die Umstände hatten sich geändert.

»Mir geht's prima«, versicherte ich und rutschte neben ihn auf den Beifahrersitz.

»Das freut mich.« Dad startete den Motor und fuhr rückwärts aus der Parklücke.

Durch das abgedunkelte Fenster sah ich, dass Morris mit den anderen aus dem Gebäude trat und zu uns hinübersah. Mein Herz schlug noch einige Takte schneller. Am liebsten hätte ich Dad mit Fragen über den Leadsänger seiner Band gelöchert, doch ich schwieg. Ich wollte meine Begeisterung nicht zu offensichtlich kundtun. Mein Vater besaß ohnehin einen siebten Sinn für meine Stimmungen. Es war besser, ihm keine zusätzliche Fährte zu legen.

Als wir eine Dreiviertelstunde später bei Dads Kumpel Stuffy ankamen, verschlug es mir die Sprache. Die Party fand in einem lang gestreckten Gebäude statt, das wie eine Lagerhalle anmutete. Bereits vor dem Eingang hörte man das Wummern der Bässe und das Kreischen der E-Gitarren. Eine Frau in einem tief ausgeschnittenen Kleid öffnete uns die Tür, küsste Dad auf die Wangen und musterte mich ungeniert. Sie wies uns den Weg und wir stiegen eine eiserne Treppe in die erste Etage hinauf. Je weiter wir nach oben kamen, desto ohrenbetäubender wurde die Musik. Am Treppenende blieb ich wie angewurzelt stehen.

Hier bist du fehl am Platz, junge Lady, hörte ich die Stimme meiner Mutter und bemühte mich, den Mund zu schließen. Ich kam mir vor, als wäre ich in einem Musikvideo gelandet. Ungläubig sah ich mich um.

Die Mitte des weitläufigen Raumes wurde von einem elektrischen Bullen eingenommen, auf dem zwei Bikini-Schönheiten saßen, die sich dem Rhythmus des wilden Ritts hingaben. Eingerahmt wurde das Gefährt von weißen Ledersofas, auf denen sich die Gäste räkelten. Ich glaubte, das eine oder andere prominente Gesicht unter ihnen zu erkennen, kam aber nicht dazu, mich darauf zu konzentrieren, weil es so viel mehr zu entdecken gab. An den Wänden hingen Bildschirme, die das passende Video zu den Songs abspielten, und als Raumteiler fungierten zu Pyramiden aufgestapelte Champagnerflaschen. Ich blinzelte in die Laserstrahlen, die durch den Raum flogen und wirre Muster an die Decke zauberten. Überall standen Leute beieinander, lachten und redeten und bemühten sich, den Lärmpegel der Musik zu übertönen. Halb nackte Frauen knutschten mit Typen in Lederjacken und

Bikerstiefeln. An einem durchsichtigen Schlagzeugturm in der Ecke tobte sich ein langhaariger Drummer aus und Models mit perfekten Gesichtern und Figuren tranken Cocktails in grellen Farben.

»Ich gehe einige Freunde begrüßen. Bin gleich wieder da«, hörte ich Dad sagen, bevor er verschwand.

Nervös sah ich ihm hinterher. Wie konnte er mich einfach alleine lassen? Ich bahnte mir einen Weg durch die Gäste und stieß dabei gegen halb leere Whiskey- und Rumflaschen, die achtlos auf dem Boden lagen. Ich bemerkte eine Gruppe Feiernder, die sich an den mannshohen Kerzenleuchtern ihre Joints entzündeten und im Vorübergehen erkannte ich Reste eines weißen Pulvers auf einem der verspiegelten Stehtische. Ich schluckte und flüchtete mich in eine einsame Ecke. Es war zu viel. Wie jeder Teenager feierte ich gerne. Ich ließ es krachen, um meine Mutter zu provozieren und gegen die Enge meines Lebens in England anzukämpfen. Ich wollte cool sein, meinen Freunden in nichts nachstehen, doch das hier war eine andere Welt. Es war Dads Welt. Und diesen Teil davon kannte ich nicht.

Eine Zeit lang beobachtete ich das Treiben, hoffte, dass Dad zu mir zurückkam, und fühlte mich immer unwohler. Ich sah an mir herunter, betrachtete meine Jeans und das alte T-Shirt und befand, dass ich völlig fehl am Platz wirkte. Ich war nicht Miami und ich war nicht London. Wer war ich eigentlich?

»Hi!« Plötzlich stand Morris neben mir. Er musste mich anbrüllen, damit ich ihn überhaupt bemerkte.

»Was für eine Party!« Er ließ den Blick schweifen. »Ich glaube, ich habe Duff McKagan gesehen. Unglaublich!«

Ich war so froh, ein bekanntes Gesicht auszumachen, dass ich übertrieben lachte und mit den Armen herumfuchtelte, weil ich nicht wusste, was ich sonst mit ihnen anstellen sollte.

Morris runzelte die Stirn. »Alles in Ordnung?«

»Na klar!« Ich verschränkte die Hände hinter dem Rücken und spürte, wie sich mein Gesicht verspannte. Hektisch blinzelnd rang ich nach weiteren Worten. Bestimmt sah man mir an, dass ich niemals zuvor auf einer Party wie dieser gewesen war.

»Wo ist der Chief?«

Ich zuckte mit den Schultern.

»Komm mit, wir gehen irgendwohin, wo es ruhiger ist. Du siehst ein wenig verstört aus.« Er nahm wie selbstverständlich meine Hand und zog mich mit sich. Ich folgte ihm. Es war mir egal, wohin er mich brachte, Hauptsache, ich entkam dieser Party-Überdosis.

Geschickt manövrierte er uns durch die Menschenmenge, schlug Brad auf den Rücken, der mit einer Blondine knutschte, und deutete schließlich auf eine Wendeltreppe, die nach oben führte. Ich ging voran und gelangte ins Freie. Eine riesige Dachterrasse tat sich vor uns auf, die mit weißen Sitzsäcken und bunten Partylichtern geschmückt war. Nur wenige Gäste hatten bisher den Weg hinauf gefunden, und ich war dankbar, das Getümmel hinter mir zu lassen.

»Besser?« Morris sah mich an, als wir uns gegen das Geländer lehnten.

»Ja, danke. Viel besser.«

»Ob du's glaubst oder nicht, aber auf so einer Party war ich auch noch nie!«

»Ehrlich?«

Mein offenkundiges Erstaunen brachte ihn zum Lachen. »Im Ernst! Der Chief hält uns an der kurzen Leine.«

Ich atmete tief durch und wusste nicht, was ich von diesem Teil von Dads Leben halten sollte.

»Er ist nicht so«, sagte Morris.

»Was meinst du?«

»Dein Dad. Er ist nicht so ein Typ.«

»Was für ein Typ ist er denn deiner Meinung nach?«

»Er ist auf seine Art verantwortungsbewusst. Er ist immer ehrlich zu uns, passt auf uns auf und setzt sich für uns ein. Ich glaube, er knüpft hier nur Kontakte, das ist alles. Du solltest nicht schlecht über ihn denken.«

Ich wollte protestieren, aber dann wurde mir bewusst, dass Morris mich bereits durchschaut hatte. Das war ein verwirrender Gedanke. Ich sah zu Boden.

»Du kannst stolz darauf sein, einen Dad wie ihn zu haben«, hörte ich seine Stimme.

Ich nickte und wusste nicht, was ich darauf erwidern sollte. Was war nur los mit mir? Normalerweise war nicht gerade auf den Mund gefallen.

In diesem Moment erschienen die anderen Bandmitglieder, allen voran Matt.

»Hey, ya«, rief er und drückte Morris und mir jeweils eine Dose Bier in die Hand. »Wartet ihr auf das Feuerwerk?«

»Ja«, antworteten Morris und ich wie aus einem Mund.

Ich lief rot an und war froh, dass Brad lachend herandrängte. An seinem Arm hing die Blondine von vorhin. Sie war aufgedreht und sprang so heftig auf und ab, dass ihre üppige Oberweite beinahe ihr silbernes Paillettentop zu sprengen drohte.

»Hi, ich bin Stacy«, quietschte sie und gab Brad einen intensiven Zungenkuss.

Ich hielt mir spontan eine Hand vor den Mund, um nicht laut loszuprusten, und fing dabei Matts amüsierten Blick auf. Neben ihm kippte Sean mit ausdruckslosem Gesicht sein Getränk hinunter.

»Cheers!« Morris stieß mit mir an.

Ich war froh über die Ablenkung und nahm einen großen Schluck. Die ganze Situation kam mir unwirklich vor. Heute Morgen war ich noch in England gewesen, hatte mein Abschlusszeugnis entgegengenommen und Tee geschlürft und nun stand ich auf einer wahnsinnigen Party und trank Bier mit den Mitgliedern einer Rockband.

»Du weißt, wie man feiert, was?« Matt stieß mich belustigt in die Seite. Ich fühlte mich ertappt und setzte rasch die Dose ab. Er schmunzelte über meine Reaktion.

»Darf ich fragen, woher du deinen Namen hast? Almond ist nicht gerade alltäglich.«

»Meine Eltern hatten diese großartige Idee«, erwiderte ich. »Vielleicht waren sie betrunken, als er ihnen einfiel.«

Morris' Arm berührte aus Versehen den meinen, und ich war bemüht, ihn nicht anzustarren.

»Mir gefällt der Name«, sagte Matt und betrachtete mich interessiert. »Seit wann sind deine Eltern denn geschieden?«

»Seit zehn Jahren.«

»Das tut mir leid.«

»Sie sind sehr verschieden«, erklärte ich und bemühte mich um einen neutralen Gesichtsausdruck.

Matt nickte. Dann begrüßte er einige Leute, die an ihm vorbeigingen.

»Wenn sie sich auf einen so außergewöhnlichen Namen einigen konnten, scheinen sie nicht so verschieden zu sein«, bemerkte Morris neben mir.

Unsere Blicke begegneten sich erneut und ich staunte. Dieser Gedanke war mir noch nie gekommen. Es war seltsam, wie feinfühlig Morris war. Wir kannten uns schließlich kaum.

»Cheers!« Ich hob ein weiteres Mal meine Dose, um mit den anderen anzustoßen. Morris' Nähe und meine intensiven Gefühle für ihn brachten mich ganz durcheinander.

Matt lachte. »Ganz der Vater! Das werden ja aufregende sechs Wochen.«

»Das will ich hoffen.« Dad tauchte auf einmal hinter Matt auf und nahm ihn in den Schwitzkasten. Sie rangelten miteinander, dann ließ Dad ihn los und wandte sich mir zu.

»Amüsierst du dich?«, fragte er mit besorgtem Unterton.

Ich grinste, ging zu meinem Vater und hielt ihm mein Bier unter die Nase. »Ich weiß, wie man feiert, Dad«, lallte ich gespielt und quietschte, als er mich ebenso packte wie zuvor Matt.

Ich deutete eine Reihe Boxschläge gegen ihn an und er drückte mir einen Kuss auf die Stirn. Dabei roch ich, dass er keinen Alkohol getrunken hatte. Ich war erleichtert. Vielleicht hatte Morris doch recht gehabt. Vorsichtig sah ich zu ihm hinüber. Es war, als hätte er nur darauf gewartet, und zwinkerte mir zu. Mein Herz tat einen Sprung.

Es fiel mir schwer, mich auf die nachfolgenden Gespräche zu konzentrieren. Dad berichtete von seinen neuen Kontakten und die Jungs lauschten gespannt. Dann ging es um belanglosere Dinge und wir lachten und scherzten, bis um Mitternacht das Feuerwerk losging und sich die Dachterrasse bis zum Bersten mit Gästen füllte. Als die ersten Raketen emporstiegen, legte Dad beschützend seinen Arm um mich und ich kuschelte mich zufrieden an ihn. Der Nachthimmel erstrahlte in einem Meer aus rot-weiß-blauen Sternschnuppen und ich johlte mit den anderen. Bis mein Blick zu Morris wanderte. Er sah nicht nach oben, sondern er sah mich an. Das Feuerwerk spiegelte sich in seinen Augen und mein Herz schien plötzlich mitsamt den Raketen am Himmel zu explodieren.

Da wusste ich es. Ich hatte mich verliebt! Unverhofft, mit aller Macht und mit allen Konsequenzen.

Chapter 2

The wings of loneliness carry me away from you

(Burnside Close, »Wings Of Loneliness«)

Die Leute jubelten und ich fiel in ihre Anfeuerungsrufe mit ein. Der Club in Orlando war bis auf den letzten Platz besetzt. Kurz vor dem Auftritt hatte ich noch mit den Jungs im Hinterhof eine Zigarette geraucht, und nun befand ich mich inmitten der tobenden Menge, um die Live-Premiere ihres ersten Albums mitzuerleben. Obwohl sie erst am Anfang ihrer Karriere standen, hatten Burnside Close bereits eine kleine Fangemeinde, die es kaum erwarten konnte, die neuen Songs zu hören.

Ich ließ mich von der ausgelassenen Stimmung anstecken und klatschte, um die Jungs auf die Bühne zu locken. Es war aufregend, sie endlich einmal vor Publikum und nicht im Übungsraum zu erleben.

Die Fertigstellung des Albums war harte Arbeit gewesen, und ich hatte gestaunt, wie viele Nächte sich die Band um die Ohren geschlagen hatte, um die Songs einzusingen, die Instrumente einzuspielen und alles optimal aufeinander abzustimmen.

Ich hatte Dad schon mit einigen Bands erlebt, aber diese absolute Hingabe sah ich bei ihm zum ersten Mal. Des Öfteren erwachte ich zwischen Lederjacken und schmutzigen Kaffeebechern, nur um festzustellen, dass wir wieder einmal nicht nach Hause fahren würden, um zu schlafen. Freilich erzählte ich meiner Mutter nie etwas davon, wenn wir miteinander telefonierten. Ich wollte Dad schützen, denn ich bewunderte ihn und jedes einzelne Bandmitglied für die Ausdauer und pure Leidenschaft für die Musik. Die Sonne Floridas bekam ich nur selten zu Gesicht, verbrachte ich doch die meiste Zeit im Studio. Es war sicher nicht der Urlaub, den ich mir vorgestellt hatte, aber ich vermisste nichts. Dads Arbeit zog mich bald vollständig in ihren Bann.

Als Burnside Close endlich auf die Bühne kamen, verstummten die Fans und ich hielt den Atem an. Die ersten Takte von *Silent Storm* erklangen und frenetischer Jubel setzte ein. Ich jauchzte und konnte meinen Blick nicht von Morris abwenden. Es erfüllte mich mit Stolz, dass ich ihn besser kannte als die meisten um mich herum. Auch wenn in den letzten fünf Wochen zu meinem großen Bedauern nichts zwischen uns geschehen war. Das enorme Arbeitspensum ließ keinen Raum für Freizeitaktivitäten. Obwohl ich darüber zunächst betrübt war, entdeckte ich rasch, dass es Spaß machte, mit den Jungs abzuhängen. Es war lehrreich, sie über Musik reden zu hören. Anfangs verstand ich nicht viel, aber ich hörte zu, lernte und wurde mit der Zeit Teil ihrer verschworenen Gemeinschaft. Selbst Sean legte sein Misstrauen mir gegenüber ab und oft saßen wir morgens um vier mit Augenrändern so dick wie Stahlseile um einen Tisch herum, auf dem sich der Müll des Tages häufte, aßen Reste kalter Pizza und führten die Art von Gesprächen über das Leben, die man nur im übermüdeten Zustand kurz vor Sonnenaufgang führen konnte. Nie hatte ich mich lebendiger gefühlt.

Und doch lastete der Abschied auf mir und wurde jeden Tag schwerer. Mir blieb nur noch eine Woche. Eine Woche mit Dad. Eine Woche mit Burnside Close. Eine Woche mit Morris. Ich hatte meine Mutter bereits um Verlängerung gebeten, aber sie hatte abgelehnt. Sie bestand darauf, mit mir nach Cornwall zu Verwandten zu fahren.

Mir graute davor, meine alte Welt wieder zu betreten. Sie war bedeutungslos im Vergleich zu dem, was ich in Florida erlebt hatte. Mein Innerstes rebellierte gegen meine Heimkehr. Die Vorstellung, mein gewohntes Leben weiterzuführen, ließ Übelkeit in mir aufsteigen. Alles, was ich wollte, war hier. Dad war hier. Und natürlich Morris, der mir so wichtig geworden war, dass es schmerzte, wenn ich daran dachte, ihn verlassen zu müssen.

Ich bewunderte Morris. Er lebte, was er sich erträumte. Er sang mit einer Intensität, die mir Gänsehaut bereitete, und schrieb gemeinsam mit Matt Songs, die ich einfach wundervoll fand. Er besaß eine einzigartige Begabung, und ich wusste, dass die Band am Anfang von etwas ganz Großem stand. Doch ich würde nicht dabei sein können, ihre Entwicklung verpassen. Ich musste studieren und mich den Regeln meiner Mutter unterwerfen. Für mich fühlte es sich an, als stutze man mir die Flügel, die mir gerade erst gewachsen waren.

Ich sah Dad an und rief spontan: »Lass mich hierbleiben, Dad, bitte!«

Er blinzelte verdutzt. »Deine Mutter hat das Sorgerecht.« Hilflos strich er mir über die Wange. »Wir sehen uns doch bald wieder. Weihnachten besuchst du Granny und mich in München.«

Ich nickte und bekam ein schlechtes Gewissen. Es war Morris, den ich nicht verlassen wollte, aber das konnte ich meinem Vater nicht anvertrauen. Meine nächsten Ferien standen erst im Herbst an. Das erschien mir wie eine Ewigkeit. Bis dahin gaben Burnside Close viele Konzerte und Morris lernte unzählige weibliche Fans kennen. Der Gedanke schmerzte. Wehmütig verfolgte ich jede seiner Bewegungen auf der Bühne.

Wir hatten viel geredet und ich spürte, dass er mich mochte, obwohl er keinerlei Annäherungsversuche gemacht hatte. Mir lief die Zeit davon. Ich wollte nicht nach Hause fahren, ohne ihn wenigstens einmal geküsst zu haben. Wie konnte es sein, dass wir fünf Wochen hatten verstreichen lassen?

»Wow!« Dad riss die Arme hoch und bejubelte Matts Gitarrensolo. Die Jungs machten sich gut. Bereits nach dem ersten Lied hatten sie den Club im Griff.

Ich bemühte mich, der Musik mehr Aufmerksamkeit zu schenken, und verlor mich schließlich in ihr. Gemeinsam mit Dad sang ich jeden Song mit und genoss die Begeisterung, die die Fans Burnside Close entgegenbrachten.

Gegen Ende des Konzerts schnappte sich Morris einen Stuhl und performte die wundervolle Ballade *Wings of Loneliness.* Dabei saß er allein auf der Bühne und begleitete sich selbst mit seiner Gitarre. Ich schmolz dahin. Er war erstaunlich gut, die Fans wirkten beinahe verzaubert. Beim Refrain hob Morris den Kopf und sah genau in meine Richtung. Mir wurde heiß und kalt.

»*The wings of loneliness carry me away from you*«, sang er und mir wurde plötzlich bewusst, wie viel Bedeutung in den Zeilen dieses Songs lag.

»Sie haben's gerockt!« Am Ende des Liedes sah ich meinen Vater beide Daumen in die Höhe strecken und fragte mich, ob Morris mich wirklich angesehen hatte. Oder ob er im Scheinwerferlicht überhaupt einzelne Personen im Publikum ausmachen konnte.

Ohne dass ich es wollte, schossen mir Tränen in die Augen. Sich zu verlieben war etwas Wunderbares, aber die Zweifel und das Warten darauf, dass diese Gefühle erwidert wurden, brachten mich völlig aus dem Konzept. Jagte ich womöglich einem Hirngespinst hinter? Der Gedanke verunsicherte mich.

Die Menge jubelte und ich war froh, dass niemand meinen ungewollten Gefühlsausbruch bemerkte. Rasch blinzelte ich die Tränen fort.

Nach der dritten Zugabe drängten Dad und ich hinaus und verschwanden über einen Seiteneingang hinter der Bühne, wo wir Burnside Close in die Arme fielen. Matt tanzte ausgelassen mit mir, und Dad reichte eine Flasche Whiskey reihum. Mein Magen brannte von dem harten Getränk, aber es beruhigte meine Nerven. Als ich dabei war, einen zweiten Schluck zu nehmen, schlug Dad mir jedoch auf den Hinterkopf.

»Genug«, brummte er.

Ich wollte protestieren, doch in diesem Moment vollführte Brad einen waghalsigen Sprung von einem der Sofas auf den Rücken meines Vaters und beide gingen zu Boden. Alle lachten und redeten durcheinander. Den Jungs war die Euphorie über ihren gelungenen Auftritt anzumerken. Sie standen völlig unter Strom.

»Chief!« Matt nahm mich in den Schwitzkasten und ich knurrte. »Lass uns mit dieser kleinen Raubkatze ein wenig um die Häuser ziehen.«

Dad schüttelte den Kopf. »Ich habe keine Zeit. Ich treffe mich mit einem Vertreter der WWE, den ich auf Stuffys Party kennengelernt habe. Vielleicht kann ich einen Song bei den Kämpfen unterbringen.«

»Was ist WWE?«, fragte ich und blies mir die Haare aus dem Gesicht.

»World Wrestling Entertainment. Viele bekannte Wrestler suchen sich für die Saison Eröffnungshymnen aus. Keine schlechte Werbung, bei den Zuschauerzahlen.« Morris stellte sich neben uns.

Matt ließ mich los. »Nur ein paar Stunden«, bettelte er.

»Ohne mich geht Al nirgends hin.«

»Komm schon, Dad!« Ich ließ nicht locker und klimperte mit den Wimpern. Die Jungs grinsten. Selbst Dad konnte sich ein Schmunzeln nicht verkneifen.

»Du bist nicht einundzwanzig und darfst deshalb in den USA weder Alkohol trinken noch in eine Bar gehen«, erklärte er in pflichtbewusstem Tonfall, der nicht zu ihm passen wollte.

»Wir kennen den Barkeeper. Er war mal Polizist. Ich meine, damit stehen wir ja quasi unter Beaufsichtigung«, warf Sean ein und das Grinsen der anderen wurde stetig breiter. Ich setzte nun meinen Dackelblick ein, mit dem ich normalerweise immer Erfolg hatte.

Dad kapitulierte. »In Ordnung, Al, geh mit diesen gottlosen Jungs zum Feiern. Aber …«, seine herrische Handbewegung stoppte den aufkeimenden Jubel, »… wenn ihr sie mir betrunken nach Hause bringt oder ich sie vom Polizeirevier abholen muss, dann war ich die längste Zeit euer Manager und ihr könnt euch schon mal einen schweren Stein aussuchen, mit dem ich euch in den Everglades versenken werde!«

Sein Blick heftete sich auf jeden einzelnen von uns. Alle versuchten, ernst dreinzublicken, aber mein Grinsen kehrte als erstes zurück.

»Ich bin deine Tochter, Dad. Ich würde doch nie etwas trinken.«

Totenstille legte sich über den Raum, bevor Dad losprustete und uns hinausscheuchte. Gerade als die Tür hinter uns ins Schloss fiel, hörte ich noch die leere Whiskeyflasche an der Wand neben uns abprallen. Ich konnte gar nicht mehr aufhören zu lachen.

Es war ein milder Abend und wir sprangen ausgelassen über die Straße. Vor Brads altem GMC Van wartete bereits Stacy mit einigen Freundinnen und diversen Kumpels, die lässig begrüßt wurden. Wir zwängten uns alle in den Transporter und ich landete auf Matts Schoß. Er legte sein Kinn wie selbstverständlich auf meine Schulter und philosophierte mit den anderen über den Gig. Sie analysierten verschiedene Passagen, überlegten, ob sie diese in Zukunft schneller oder gemäßigter spielen sollten, lästerten über einen verpatzten Einsatz von Morris und ärgerten Sean wegen seines verkniffenen Gesichtsausdrucks, den er bei einem Trommelsolo gezeigt hatte.

Ich suchte Morris' Blick und fand ihn prompt. Zwei von Stacys Freundinnen bemühten sich um seine Aufmerksamkeit, doch er ignorierte sie und lächelte mir zu. Ich erwiderte sein Lächeln und wünschte mir, mit ihm alleine zu sein.

Die Bar, in der wir bald darauf landeten, war bis zum Bersten gefüllt. Fans und Freunde applaudierten, als wir eintraten, und sofort wurden Getränke über die Köpfe der Anwesenden gereicht. Abgedrängt fand ich mich nach einer Weile zwischen lauter Fremden wieder, die sich bemühten, mit Burnside Close ins Gespräch zu kommen. Ich betrachtete das Geschehen aus der Ferne, fühlte mich ausgeschlossen und bereute rasch, mitgekommen zu sein. Ein Typ mit Glatze drückte mir irgendwann ein leeres Glas in die Hand, weil er dachte, ich sei die Bedienung. Da hatte ich genug. Ich beschloss, ein Taxi zu nehmen und zu Dad ins Hotel zu fahren. Doch kaum drehte ich mich um, stand ich Matt gegenüber.

»Al!« Er schüttelte lachend den Kopf. »Bitte sag mir, dass du dieses Zeug nicht getrunken hast.«

Ich schnupperte an dem Glas und verzog angewidert das Gesicht. »Nein, keine Sorge. So verzweifelt bin ich noch nicht.«

»Brav!« Matt nahm es mir ab, legte mir den Arm um die Schultern und dirigierte mich durch den überfüllten Raum.

»Hey, da ist ja unser Glücksbringer.« Sean hob einen gut gefüllten Becher in die Höhe und wollte mit mir anstoßen, aber Matt zog mahnend eine seiner gepiercten Augenbrauen nach oben.

»Na klar ist das Alkohol, Mann!«, rief Sean empört. »Keine anständige Rockband hat ihre Konzerte je mit Wasser gefeiert.«

»Hier.« Matt reichte mir sein Bier und schirmte mich vor den Blicken der Umstehenden ab. Ich grinste und stieß mit Sean an. Kaum hatte ich getrunken, drängte Brad heran.

»Babe, du bist die Beste!« Er küsste mich mitten auf den Mund und ich ließ vor Schreck beinahe Matts Bier fallen.

»Party!« Stacys schrille Stimme an seiner Seite war unüberhörbar. Lasziv sprang sie um uns herum und ermunterte uns, mitzutanzen.

Der Trubel nahm zu, die Musik wurde lauter, die Stimmung heißer. Bald wusste ich nicht mehr, mit wem ich redete oder wessen Bier ich gerade trank. Ich war die Band. Ich war ihr Glücksbringer. Ich fühlte mich großartig. Die Zeit verschwamm zwischen all den Menschen und ich tanzte, als gäbe es kein Morgen.

Irgendwann wirbelte ich herum und stand vor Morris. Seine Augen waren glasig und ich hielt mich instinktiv an ihm fest, um nicht umzufallen. Vorsichtig zog er mich zu sich heran. Ich spürte die Hitze seines Körpers. Er senkte den Kopf und ich dachte, er wollte mich küssen, doch er drückte nur seine Wange gegen die meine, während er mir ins Ohr flüsterte: »Dein Dad hat mir angedroht, mich zu Hackfleisch zu verarbeiten und meine Seele zu verfluchen, wenn ich dich anfasse, aber ich fürchte, ich kann mein Versprechen nicht halten.«

Ich stellte mir nicht die Frage, warum Dad das getan hatte, sondern hielt den Atem an. Morris war da. Er war bei mir. Fünf Wochen hatte ich mich danach gesehnt und nun glaubte ich, meine Knie würden unter mir nachgeben. Seine Hand wanderte über meinen Rücken und er zog mich noch enger zu sich heran. Träge bewegten wir uns im Takt der Musik. Mein Magen kribbelte. Ich spürte die Muskeln seiner Oberarme und roch die Zigaretten, die er heute bereits geraucht hatte. Er war all das, was meine Mutter verabscheute, doch ich war verrückt nach ihm.

Sein Körper drängte gegen den meinen, und ich genoss es, dass er mich in die Richtung dirigierte, in die er mich haben wollte. Raus aus dem Trubel, an den Rand der Tanzfläche, an den Tischen vorbei und in eine Nische der Bar, wo kaum Licht hinfiel. Der Lärm um uns herum verschwand und für einen Moment spürte ich die kalte Wand in meinem Rücken, bevor ich nur noch ihn spürte. Er lehnte sich gegen mich und griff meinen Kopf mit beiden Händen. Dann küsste er mich. Endlich.

Er schmeckte nach Bier und Nikotin, nach harter Musik und salzigem Schweiß. Er schmeckte nach Rock'n Roll. Seine Zunge liebkoste mich und mein Körper stand in Flammen. Kein Junge, den ich je zuvor geküsst hatte, hatte diese Gefühle in mir freigesetzt. Seine Berührungen waren bestimmt und mir wurde bewusst, dass er kein Junge mehr war. Er war ein Mann.

Ich war dabei, mich völlig zu verlieren, als plötzlich Matt neben uns auftauchte. Sein Blick war undurchdringlich. Ich blinzelte und merkte, dass sich meine Hände in Morris' T-Shirt krallten. Rasch lockerte ich meinen Griff. Morris wich keinen Zentimeter von mir.

»Zeit zu gehen, Mann.« Matt schlug ihm auf die Schulter, bevor er sich abwandte. Ich realisierte, dass keine Musik mehr zu hören war.

»Sperrstunde.« Morris umfasste meine Hände und küsste mich erneut. Dann zog er mich mit sich.

Mir war, als könnte ich keinen klaren Gedanken mehr fassen. Unsicher stolperte ich hinter Morris her. Als er abrupt stehen blieb, lief ich ungebremst in ihn hinein. Er fing mich auf und lächelte.

»Treff mich nachher am Hotel-Pool«, flüsterte er mir zu. Ich nickte und folgte ihm zu Brads Van.

Die Heimfahrt im Transporter bekam ich nur vage mit. Ich saß auf Morris' Schoß und spürte seine Hand, die zart meinen Unterarm streichelte, während er mit den anderen lachte und redete, als hätte sich nichts verändert. Doch für mich hatte sich alles verändert. Jeder Nerv meines Körpers schien explodiert zu sein und schrie nach Erlösung. Ich wollte Morris so sehr und ich wusste, die Zeit spielte gegen mich. Hilflosigkeit machte sich in mir breit, denn ich erkannte, dass ich nicht Herr über mein Leben war. Noch bestimmte meine Mutter, was ich zu tun und zu lassen hatte. Ich wurde wütend, weil das Schicksal so grausam zu mir war. Es zeigte mir meine große Liebe in einem Moment, in dem ich sie nicht halten konnte.

Vor dem Hotel stieg ich aus dem Transporter. »Bis gleich«, raunte Morris mir zu und ich lief zu dem Zimmer, das ich mit Dad teilte.

Wir wohnten in einem einfachen Motel an der Hauptverkehrsstraße. Die Zimmer gingen nach hinten in einen Park hinaus, und der Pool befand sich laut dem Plan, der im Fahrstuhl aushing, auf dem Dach. Ich wusste nicht, wann Morris mich dort treffen wollte, deshalb entschied ich, nachzusehen, ob Dad noch wach war. Kaum hatte ich aufgeschlossen, hörte ich auch schon sein sonores Schnarchen. Ich machte ein wenig Lärm und ging ins Bad, um mir die Zähne zu putzen. Dann zerwühlte ich mein Bett. Aus Dads Richtung kam keinerlei Reaktion und so schlich ich mich schließlich wieder hinaus und zog die Tür sachte hinter mir ins Schloss. Alles war ruhig. In der Ferne war eine Polizeisirene zu hören, doch der Verkehr hielt sich um diese Zeit in Grenzen. Ich schlenderte zurück zum Fahrstuhl und fuhr in das oberste Stockwerk. Kaum war ich ausgestiegen, hörte ich leise Gitarrenklänge. Neugierig bog ich um die Ecke und sah ihn.

Morris saß am Rand des beleuchteten Pools und spielte mit geschlossenen Augen auf einer Akustik-Gitarre. Ich blieb stehen, um ihn zu beobachten. Er berührte das Instrument so zärtlich, dass ich mir wünschte, ich sei die Gitarre. Als er mich bemerkte, setzte er zu einem dramatischen Akkord an, bevor er mit der eingängigen Melodie fortfuhr. Ich ließ mich mit gekreuzten Beinen neben ihm nieder und fuhr mit der Hand durch das kühle Wasser.

»Was ist das für ein Song?«

Morris antwortete nicht sofort. Er war in dem Lied gefangen und ich spürte, dass die Spannung, die vorher zwischen uns geherrscht hatte, abgeklungen war. Enttäuschung machte sich in mir breit.

»*Dusk Tales*«, erwiderte er endlich und sah mich an. »Ich komponiere gerne ruhigere Stücke. Eigentlich bin ich ein absoluter Jazz-Fan, aber das wissen nur die wenigsten. Wenn es irgendwann einmal klappen sollte, werde ich ein Soloalbum mit all den Liedern rausbringen, die von den Momenten in meinem Leben handeln, die mich geprägt haben.«

Ich nickte und wünschte mir, dass dieser Abend ebenfalls ein prägender Moment in seinem Leben war. Morris studierte mein Gesicht. »Spielst du ein Instrument?«, wollte er wissen.

»Nein.« Ich schüttelte den Kopf. »Ich bin nur gut darin, mir die Musik anzuhören, die die Instrumente hervorbringen.«

»Dein Dad sagt, du hättest sein Talent geerbt. Du bemerkst Dinge in einem Song, die anderen entgehen.«

»Sagt er das?« Ich fühlte mich geschmeichelt.

Morris lächelte. »Ja, das sagt er. Er hält große Stücke auf dich. Was hast du in meinem Lied gehört?«

»Hm.« Die Frage verunsicherte mich, weil ich mit meinen Gedanken ganz woanders gewesen war. Trotzdem wollte ich sie nicht unbeantwortet lassen: »Das Akustik-Intro klingt ruhig, fast schwermütig. Dann ändert sich das Tempo und die Intensität des Songs nimmt zu. Die Melodie wird emotionaler, bevor sich das Ganze zu einem Epos ausweitet und den Refrain in eine andere, sehr bedrückende Tonlage zieht …« Ich stockte, denn Morris hob eine Augenbraue und ich wusste nicht, was das zu bedeuten hatte.

»Wow«, murmelte er beeindruckt. »Du hast es auf den Punkt gebracht. Genau das wollte ich beim Hörer erreichen. *Dusk Tales* handelt von meiner toten Schwester. Sie starb mit nur wenigen Monaten am plötzlichen Kindstod. Ich war eifersüchtig, als sie auf die Welt kam, aber als sie wieder ging, da war es, als nehme sie ein Stück von mir mit.

Meine Eltern konnten ihren Tod nicht verarbeiten und ließen sich bald darauf scheiden. Da war ich neun Jahre alt.«

Er schlug weitere Akkorde an. Friedlich hallten sie in den Nachthimmel über uns, während das Licht des Pools unruhige Schatten auf Morris' unrasiertes Gesicht warf.

»*A taste of peace*«, erklärte er die Melodie. »Diesen Song habe ich geschrieben, als meine Mutter wieder geheiratet hat. Ich mag meinen Stiefvater. Er ist ein guter Kerl.«

Ich lauschte dem Text sowie Morris' klarer, tiefer Stimme und fragte mich, warum wir nicht dort weitermachen konnten, wo wir vor mehr als einer Stunde aufgehört hatten. Endlich ließ er die Saiten verklingen, stützte sich auf seiner Gitarre ab und sah in die Ferne.

»War es schon immer dein Traum, Musiker zu werden?«, wollte ich wissen, um seine Aufmerksamkeit zurückzuerlangen.

»Ja.« Er nickte. »Musik ist mein Leben. Ich weiß nicht, wann es anfing, aber ich atme sie. Während der Schulzeit habe ich mir mein Geld als Gitarrenlehrer verdient. Später habe ich in einigen Bands gespielt, doch erst jetzt mit Burnside Close weiß ich, was es heißt, richtige Musik zu machen. Matt und ich sind ein gutes Team. Durch ihn habe ich das Komponieren gelernt. Viele Songs auf unserem Album entstanden wie ein Puzzle. Wir liefern nur selten komplette Ideen ab, sondern sammeln Teilstücke. Wenn wir unabhängig voneinander unterwegs sind, archivieren wir unsere Einfälle und fügen dann alles zusammen. Oft sprudeln Töne und Melodien einfach aus uns heraus und man erreicht gemeinsam ein Level, das man sich vorher nicht vorstellen konnte. Das ist immer ein sehr aufregender Prozess. Man weiß nie, was am Ende dabei rauskommt. Musik ist nicht planbar, ebenso wenig wie das Leben.«

Ich war fasziniert von seinen einfühlsamen Worten. Niemals zuvor hatte ich jemanden derart über Musik reden gehört.

»Du lebst also deinen Traum«, stellte ich fest.

»Vermutlich ist es mehr als ein Traum. Irgendwie sehe ich es als meine Bestimmung an. Was sind deine Träume?«

Mir fielen auf Anhieb sehr viele ein, die nur mit ihm zusammenhingen. Stattdessen antwortete ich: »Irgendwann möchte ich mit dem Rucksack um die Welt reisen.«

»Im Ernst?«

»Ja, ich stelle es mir als die ganz große Freiheit vor. Ein einziges, wunderbares Abenteuer.«

»Dann wirst du es tun müssen. Ich fühle mich frei, wenn ich ehrliche Musik machen kann. Dein Vater war der Erste, der das erkannt hat. Er versteht mich.«

Ich wollte ihm sagen, dass ich ihn auch verstand, aber dann fiel mir ein, dass die Geschichten, die er mir gerade erzählt hatte, neu für mich waren. Ich wusste noch so wenig über ihn. Andererseits, war das in diesem Moment so wichtig? Ich rutschte näher zu ihm heran und Morris strich mir eine Haarsträhne aus dem Gesicht.

»Was willst du eines Tages werden?«

»Keine Ahnung«, antwortete ich wahrheitsgemäß. »Eure Managerin?«

Er grinste und ich fuhr fort: »Die Zeit bei euch hat mir gezeigt, welche Möglichkeiten es gibt. Ich war Teil des ganzen Entstehungsprozesses eures Albums. Das hat mich total begeistert. Ich würde wirklich gerne einmal in die Musikbranche einsteigen, aber da wird mir meine Mutter wohl einen Strich durch die Rechnung machen.«

»Wie ist sie so?«

»Anders als Dad.« Ich lächelte wehmütig.

»Ich bewundere deinen Vater und nehme ihn ernst«, flüsterte er. »Wenn er dich in meinem Bett erwischt, dann weiß ich nicht, was er tun wird.« Er küsste meine Nasenspitze. »Ich will das Risiko nicht eingehen. Burnside Close sind auf dem Weg nach oben. Wir arbeiten seit über einem Jahr unglaublich hart für unser Album und ich will mir das Vertrauen deines Vaters nicht verspielen.«

»Aber vorhin …«, begann ich und hörte mich plötzlich selber reden. Ich klang wie ein winselnder Welpe, der um Zuneigung bettelte. Erschrocken schloss ich meinen Mund. Ich wollte ihn nicht anflehen. Noch nicht. Das ließ mein Stolz nicht zu. Mein Herz pochte schmerzhaft in meiner Brust.

»War es echt?«, fragte ich.

»Und ob es das war.« Morris lehnte seine Stirn gegen die meine. »Du bist etwas Besonderes für mich, Al, spürst du das nicht? Ich möchte das nicht kaputt machen. Nicht für eine Nacht. Du fliegst bald wieder nach Hause und wirst dein eigenes Leben weiterführen. Unsere Zeit ist noch nicht gekommen.«

Ich schluckte und schluckte und schaffte es schließlich, die aufsteigenden Tränen zu unterdrücken, bevor er sie sehen konnte.

»Ich habe gar kein Leben«, murmelte ich. »Ich tue nur das, was man von mir erwartet.«

Er beugte sich vor und küsste mich so zart auf die Lippen, dass ich glaubte, es nur geträumt zu haben. Was hätte ich darum gegeben, wenn mein Vater nicht sein Manager gewesen wäre!

»Nächstes Jahr werde ich achtzehn. Dann hält mich nichts mehr auf.«

Er lachte, legte seine Gitarre vorsichtig zur Seite und zog mich in seine Arme. »Ich kann's kaum erwarten.«

Ich atmete seinen vertrauten Geruch ein und fragte mich, wie es möglich sein sollte, mein Leben auch nur für eine Minute ohne ihn fortzuführen.

»Hier.« Er streifte eines der Lederarmbänder von seinem Handgelenk und zog es über meines. Es saß viel zu locker, aber ich konnte seine Wärme spüren. »Trägst du es nächstes Jahr bei deiner Rückkehr, werde ich die Worte deines Vaters in den Wind schreiben.«

»Und wenn du dann bereits vergeben bist?«, versuchte ich, ihn zu necken, doch meine Worte klangen ernster, als ich beabsichtigt hatte.

Er umarmte mich und küsste meinen Hals. Sämtliches Blut schoss von dort in meinen Unterleib.

»Ich bin nicht gut mit Worten, Al, das solltest du wissen. Ich bin Musiker, ich kommuniziere über meine Songs mit den Menschen. Aber du hast es irgendwie geschafft, meine Welt aus Tonleitern und Akkorden zu betreten, und das hat mich sehr berührt. Mach dir also keine Sorgen, für mich gibt es ansonsten nur meine Gitarre und Burnside Close.«

Ich wollte ihm glauben, aber die Zweifel waren zu stark. Ich rief mich zur Ruhe. Alles, was zählte, war dieser Moment. Ich wollte ihn einschließen und in einem Gefäß mit mir nehmen, damit ich ihn wieder und wieder durchleben konnte.

»Sieh nur, die Sonne geht heute nur für uns auf«, sagte Morris und ich sah die Morgendämmerung am Horizont. Der Himmel färbte sich dunkelblau, und die ersten Vögel begannen zu singen. Ich fragte mich augenblicklich, wann das nächste Mal sein würde, an dem die Sonne nur für uns aufging.

Die restliche Woche verging viel zu schnell. Burnside Close gaben noch ein weiteres Konzert in Tampa sowie eines in Miami, und ehe ich mich versah, war der Tag meiner Heimreise gekommen. Der Check-in sollte am späten Abend beginnen und mein Vater wollte mich zum Flughafen bringen.

Doch bereits am Morgen hatte ich keinen Hunger und zog damit Dads Aufmerksamkeit auf mich.

»Bist du krank, Al?«

Ich schüttelte den Kopf, auch wenn ich mich in der Tat krank fühlte. Krank vor Sehnsucht.

»Liegt es an Morris?«

Das war wieder einmal typisch Dad! Die ganze Zeit über hatte er geschwiegen und am letzten Tag stellte er mir die Frage aller Fragen.

»Ich weiß nicht, was du meinst«, wich ich aus.

Dad setzte sein Pokerface auf und ich rutschte unruhig auf meinem Stuhl hin und her. Es war mir unmöglich, ihn anzulügen. Schon als kleines Kind hatte ich immer das Gefühl gehabt, als durchschaue er alle meine Streiche, bevor ich sie überhaupt beging.

»Ich weiß, was da zwischen euch läuft«, sagte er schließlich.

Überrascht sah ich auf. »Hat Morris etwas gesagt?«

»Nein, das hat er nicht. Aber ich habe Augen im Kopf. Glaubst du, mir wäre nicht aufgefallen, wie ihr euch anseht?«

»Tun wir das?«

»Stell mir keine Gegenfragen und tu mir einen Gefallen: Stürz dich nicht Hals über Kopf in etwas, das du hinterher bereust. Morris weiß, was er will. Die Band ist momentan alles, was er braucht.«

»Hast du ihm gesagt, er soll die Finger von mir lassen?«

»Natürlich habe ich das!« Dad schnaubte.

»Warum?«

»Morris ist Vollblutmusiker. Für den Traum, seinen Lebensunterhalt damit zu verdienen, tut er alles. Er wird das für niemanden aufgeben. Das solltest du respektieren.«

»Ich weiß, was ich tue«, entgegnete ich trotzig.

Dad schwieg und ich rührte unter seinem forschenden Blick in meinen Cornflakes. Sie waren bereits völlig aufgeweicht. Angewidert verzog ich das Gesicht.

»Pack jetzt deine Sachen«, forderte er mich auf und erhob sich. »Die Jungs erwarten uns im Übungsraum. Ich fahre dich dann von dort zum Flughafen.«

Auf der Fahrt zum Studio schwiegen wir, obwohl ich Dad so viel sagen wollte. Er sollte wissen, dass ich mich nur bei ihm geben konnte, wie ich war. Dass ich mich aufgehoben fühlte und stark und im Einklang mit mir selbst. Dass ich in England stets eine Rolle spielen musste, um Ärger mit meiner Mutter zu vermeiden. Ich hasste die Streitigkeiten, die wir miteinander austrugen. Deshalb bemühte ich mich um gute Noten, damit sie mir ein Lächeln schenkte, und umgab mich mit Freundinnen, die sie für angemessen hielt. Aber ich verlor mich in all diesen Dingen und wurde erst wieder ich selbst, wenn ich bei Dad war. All die Monate, die wir uns nicht sahen, vermisste ich ihn. Ich wollte, dass er das wusste. Und ja, ich wollte ihm sagen, dass ich mich in Morris verliebt hatte und dass dieses Gefühl so überraschend zu mir gekommen war und sich dabei so verdammt gut anfühlte. Doch meine Zunge schien wie gelähmt zu sein.

Stattdessen sagte ich: »Ich freue mich, dich an Weihnachten zu sehen, Dad.«

Er lächelte auf eine Art und Weise, als verstehe er auch das Unausgesprochene dieses Satzes. Dann fügte er hinzu: »Du bist mein Leben, Al. Nicht die Musik, wie deine Mutter immer meint.«

»Ich weiß, Dad.« Ich griff nach seiner Hand und drückte sie. Dabei bemerkte er das Armband, das Morris mir gegeben hatte.

»Er hat dir seinen Glücksbringer geschenkt.«

»Im Ernst?«

»Er hat sich das Armband zur Gründung von Burnside Close gekauft. Bisher hat er es bei jedem Auftritt getragen. Ich kann mich nicht erinnern, dass er es überhaupt je abgelegt hat. Er behauptet, es bringe ihm Glück.«

Mir wurde warm ums Herz. »Das wusste ich nicht.«

Aufgewühlt von Dads Worten traf ich im Übungsraum ein, wo rege Betriebsamkeit herrschte. Die Jungs stellten die Songauswahl für ihre anstehenden Konzerte zusammen und debattierten über das Video ihrer ersten Singleauskopplung. Nichts deutete darauf hin, dass mein Abschied kurz bevorstand.

Ich ließ mich in einen Sessel plumpsen, wo der Tag wie ein Stummfilm an mir vorüberzog. Erst als Dad aufsprang und mir mit einem Kopfnicken andeutete, dass es Zeit war, aufzubrechen, überschlugen sich die Ereignisse.

Die Jungs stürmten an ihre Instrumente und Morris hauchte in das Mikrofon: »Das ist für dich, Al!«

Überrascht sah ich Dad an, doch der hob nur erstaunt die Hände. Ein furioses Trommelsolo von Sean brach los, das schließlich in ein Gitarren-Battle von Matt und Brad überging. Ich klatschte verzückt. Dann wurde der Rhythmus sanfter und die Instrumente fanden sich zu einer leicht abgewandelten Version von *Wings of Loneliness* zusammen. Dramatischer als das Original und mit einigen neuen Textpassagen, wie ich sofort bemerkte. Es ging um die Zeit, die ich mit der Band verbracht hatte, darum, was wir gemeinsam erlebt hatten und dass sich mein Fortgang wie der Verlust ihres Glücksbringers anfühlte. Ich rang um Fassung. Dieses Mal sang Morris nur für mich. Der wuchtige Sound ließ meinen Magen vibrieren und seine Stimme ging mir durch und durch.

»Jungs, ihr seid kitschig!«, rief Dad, als Burnside Close einen theatralischen Schlussakkord zum Besten gaben. Doch sein Lachen strafte den ruppigen Kommentar Lügen. Es gefiel ihm, was sie sich zu meinem Abschied ausgedacht hatten. Ich sah es ihm an.

Gerührt sprang ich auf. »Das war schnulzig«, stimmte ich zu. »Das ist gar nicht euer Stil.«

Die Jungs lachten und kamen auf mich zu. Als Erstes warf ich Matt die Arme um den Hals und spürte, dass Sean und Brad mich ebenfalls umschlangen. Aus der Umarmung wurde schnell eine Balgerei und das machte es mir ein wenig leichter, nicht komplett die Fassung zu verlieren. Sie zogen mich an den Haaren, sagten mir, dass sie mich vermissen würden und dass sie mich persönlich in London abholen würden, wenn ich nicht in den Herbstferien wiederkäme. Ich ließ mich von ihnen necken und fragte mich, warum ich in England nicht so tolle Freunde hatte. Der Abschiedsschmerz überrollte mich.

»Hört jetzt auf, sonst muss ich heulen«, wehrte ich sie ab.

Lachend zogen sich die Jungs zurück und begannen, mit Dad über Anfragen von Magazinen zu sprechen, in denen sie Interviews geben sollten. Ich beobachtete sie dabei und wagte nicht darüber nachzudenken, dass ich nun demjenigen gegenübertreten musste, der sich bisher im Hintergrund gehalten hatte. Morris stand abseits und sah mich mit seinem typischen Blick an. Dabei hielt er den Kopf gesenkt und fixierte mich von der Seite. Der Dreitagebart verlieh seinem spitzbübischen Gesichtsausdruck etwas Verwegenes. Ich lächelte.

»Komm her, Al«, forderte er mich auf und streckte seine Hand nach mir aus.

Ich ergriff sie und ließ mich in seine Arme ziehen. Als er mich küsste, schloss ich die Augen und wünschte mir, Herrin über Zeit und Raum zu sein. Ich wollte alles verlangsamen, diesen Kuss einfrieren oder besser noch die Zeit vorausdrehen, damit ich nicht ein halbes Jahr auf ein Wiedersehen mit Morris warten musste.

»Pass auf dich auf«, murmelte er in meinen Mund.

»Du auch.« Ich sah ihm in die Augen und fragte mich, was wir uns in Wirklichkeit sagen wollten. Hoffnungsvoll suchte ich in seinem Blick nach etwas, das meine Gefühle bestätigte, aber es war, als hätte Morris eine unsichtbare Mauer um sich herum errichtet. Ich schluckte die Enttäuschung hinunter. Er trat zurück, küsste mich aufs Haar und schob mich von sich, bevor er mit mir zu Dad ging, der bereits auf mich wartete.

Ich folgte ihm und kam mir dabei seltsam ferngesteuert vor. Meine Beine gehorchten mir, aber der Rest meines Körpers schien in einer anderen Dimension zu verharren. Wild schossen die Gedanken durch meinen Kopf. Es war vorüber. Meine Zeit war abgelaufen, meine Liebe befand sich im Leerlauf und ich musste in ein Leben zurückkehren, in dem ich mich nur als Gast fühlte. Ich winkte den Jungs zum Abschied zu und starrte Morris' Rücken an, während Dad mich zur Tür hinausbugsierte.

Den gesamten Weg zum Flughafen hypnotisierte ich mein Handy, doch es kam keine Nachricht von Morris. Wie kam ich auch auf diese Idee? Wir hatten uns ständig gesehen und in der Eile des Abschieds hatte ich vergessen, ihm meine Nummer zu geben. Frustriert schaltete ich mein Handy aus und mied Dads Blicke.

Schweigend liefen wir wenig später nebeneinander her zur Schalterhalle. Der Flug sollte laut Anzeigetafel pünktlich starten und ich reihte mich am Check-in-Schalter ein. Dad leistete mir Gesellschaft, aber wir sprachen noch immer kein Wort miteinander. Erst als mein Gepäck aufgegeben und ich bereit war, durch den Zoll zu gehen, sahen wir uns an.

»Du fehlst mir jetzt schon, Al«, sagte Dad gepresst und ich bemerkte einen traurigen Zug um seinen Mund.

»Du mir auch.« Ich umarmte ihn. »Ich hatte die besten sechs Wochen meines Lebens.«

Er seufzte gequält und hielt mich fest. »Das lag leider nicht an mir.«

Wir ließen einander los und ich wischte die Tränen fort, die nun doch flossen.

»Du bist der beste Dad der Welt«, murmelte ich, bevor ich mich umdrehte und davonlief. Meine Selbstbeherrschung war aufgebraucht und es war höchste Zeit zu gehen.

Chapter 3

Inhale the real life, have no fear and listen to the truth,
my dear: I live with no regrets and love with no excuses!
(Burnside Close, »Real Life«)

Ich kehrte in den Herbstferien nicht in die USA zurück. Meine Mutter machte mir einen Strich durch die Rechnung und bestand darauf, dass ich für meine Abschlussprüfungen lernte und meine Bewerbung für die Business School in London schrieb. Auch für die Frühlingsferien verbot sie mir einen Besuch bei Dad. Ich brach einen Streit vom Zaun, heulte und sagte Dinge, die mir irgendwann leid taten, doch am Ende fügte ich mich.

Es war eigenartig, aber die Zeit veränderte einen. Sie konnte einem das Schönste schenken, was man je erlebt hatte, während sie dahinflog, dass einem eine Stunde wie eine Minute erschien. Auf der anderen Seite konnte sie aber auch zäh wie Kaugummi sein und geliebte Erinnerungen verblassen lassen. Ich durchlebte diesen Prozess in seiner ganzen Härte. Die ersten Wochen, die ich wieder in England zubrachte, waren schlimmer als jemals zuvor. Die üblichen Sticheleien bezüglich meiner Aussprache, die bei Dad stets amerikanischer wurde, ertrug ich gelassen. Das kannte ich bereits. Doch die Bemerkungen über meinen Vater, der als Manager einer Rockband nicht den elitären Ansprüchen mancher Mitschüler entsprach, hielt ich kaum aus. Dazu kam, dass mir meine Freundinnen mit ihrer unstillbaren Gier nach intimen Details auf die Nerven gingen. Sie überschütteten mich mit Fragen nach Morris und den anderen Bandmitgliedern. Wollten wissen, ob Rocker wilder im Bett waren, ob sie Drogen nahmen oder Alkoholiker waren. Egal, was ich ihnen erzählte, es brachte die Spekulationen nicht zum Verstummen. Sie verstanden nicht, welche Faszination die Musik auf mich ausübte und wie wohl und geborgen ich mich bei meinem Dad und der Band gefühlt hatte.

Bald verschanzte ich mich nur noch hinter Kopfhörern und übertönte meine Sorgen mit Fear Factory, Necrophagia und anderen

Death Metal Bands. Meine Stimmung verbesserte sich trotzdem nicht. Am wenigsten Halt fand ich bei meiner Mutter. Sie mäkelte ständig an mir herum. Entweder ging es um meinen Kleidungsstil oder um meine Schweigsamkeit bezüglich meiner Zeit bei meinem Vater. Aber auch mein Wunsch, im April erneut nach Florida zu fliegen, stieß auf Widerstand. Ich konnte ihr nichts recht machen und verbrachte meine Wochenenden deshalb oft im Internat anstatt bei ihr in London.

An diesen Tagen verlor ich mich dann in Tagträumen über Morris. Ich sah ihn in anderen Jungs auf dem Campus, glaubte seine Stimme zu hören und litt unter Schlafentzug, weil ich mir nächtelang die Songs von Burnside Close anhörte. Es waren Studioaufnahmen, aber das machte die Musik umso persönlicher für mich. Wenn es meine Zeit zuließ, telefonierte ich mit Dad. Seine Berichte über Burnside Close trösteten mich. Dabei erwähnte er Morris mit keinem Wort, und ich war zu feige, mich nach ihm zu erkundigen. Stattdessen lauschte ich den Erzählungen über die ersten Erfolge der Band, das Erscheinen ihres Albums und die Verhandlungen mit 3 Doors Down, die Burnside Close als Vorgruppe für ihre USA- und Europa-Tournee verpflichten wollten. Es freute mich, das zu hören, auch wenn es mir schmerzhaft bewusst machte, was ich alles versäumte.

Ich nahm mir mehrmals vor, Dad nach Morris' Handynummer zu fragen, doch je länger ich wartete, desto unsicherer wurde ich. Immer öfter fragte ich mich, ob Morris das Gleiche für mich empfand wie ich für ihn. Hatte er gar kein Interesse daran, mit mir in Kontakt zu bleiben? Ich suchte die sozialen Medien nach ihm ab, aber er schien nirgends registriert zu sein oder er versteckte sich ziemlich gut. Meine Zweifel übermannten mich allmählich. Das war der Moment, in dem ich mich von meiner Zeit in den USA verabschiedete und mich damit abfand, in England zu leben. Ich war wie eine Muschel, die ihre Schale zuklappte und das Licht aussperrte.

Als ich am zweiten Weihnachtsfeiertag zu Dad und Granny nach München flog, war ich bereits wieder durch und durch englisch. Wir verbrachten eine sehr schöne Woche miteinander, machten lange Winterspaziergänge im Englischen Garten, erkundeten die vielen gemütlichen Kneipen und redeten über tausend Dinge. Außer über Morris. Ich wollte nicht, dass meine sorgfältig aufgebaute Schale geknackt wurde.

»England bekommt dir nicht«, stellte Granny eines Tages fest. Wir saßen in einem Café und sie musterte mich, während ich an einer heißen Schokolade nippte. »Sieh dich an, du bist ganz melancholisch. Was ist los?«

»Gar nichts.« Ich wich ihrem Blick aus.

»Du lachst nicht mehr. Was ist passiert?«

»Ich habe einfach viel zu tun, Granny. Die Vorbereitungen für meinen Abschluss, die Prüfungen. Mir geht einiges im Kopf herum.«

»Warum um alles in der Welt willst du in London studieren? Du könntest auch hier bei mir wohnen. Vielleicht täte dir das gut.«

»Mutter!« Es war amüsant, wenn Dad so förmlich mit meiner Großmutter sprach, und ich wusste, er wollte keine weitere Diskussion.

»Mom würde das nicht gutheißen«, erwiderte ich.

»Du bist bald achtzehn. Als ich achtzehn war, war ich schon lange auf mich alleine gestellt. Wo soll dein Leben hingehen, Almond? Was willst du werden?«

Für mich war das die Frage des Grauens, denn ich hatte absolut keine Ahnung. Ich wollte Granny dieselbe Antwort geben wie Morris einst, aber ich scheute mich davor. Managerin von Rockbands werden zu wollen klang ähnlich absurd wie der Berufswunsch Glückskeksautorin oder Wasserrutschentesterin. Für meine Mutter lag ohnehin auf der Hand, dass ich auf die Business School gehen würde, um meinen MBA zu machen. Nur so, glaubte sie, würde ich später einen angemessenen Job finden. Mein Blick wanderte zu Dad.

»Vielleicht wäre ja die Rockmusik-Branche etwas für mich«, wagte ich einen Vorstoß.

»Sag so was nicht, Al! Deine Mutter bringt uns beide um.«

»Was für ein Unsinn!« Granny schüttelte empört den Kopf. »Dein ganzes Leben liegt vor dir, Almond! Die Weichen, die du jetzt stellst, werden deinen Weg bestimmen. Lass dich nicht von anderen steuern.«

»Hör auf damit, Mutter«, wollte Dad abwiegeln, aber Granny schlug ihm unwillig auf den Arm.

»Seit eurer Scheidung kümmert sich keiner um dieses Kind«, rief sie aufgebracht. »Du bist zu gutmütig, Evelyn ist zu streng und am Ende denkt jeder nur an sich selbst, während Almond zwischen den Fronten steht.« Sie sah mich an und ihr Blick wurde weicher. »Finde heraus, was dir wichtig ist. Wenn es Rockmusik ist, dann ist es eben so«, sagte sie nachdrücklich. »Und kümmer dich nicht um deine Eltern, die leben nicht dein Leben!«

Ich musste grinsen, als Dad die Augen verdrehte. Meine Großmutter war ein wunderbarer Mensch und ich liebte sie von ganzem Herzen, aber manchmal machte sie mich mit ihren Bemerkungen nervös. Sie verlangte, dass ich über mich nachdachte. Keine leichte Aufgabe, wenn man wie ich dazu erzogen worden war, das zu tun, was andere für richtig hielten. Außerdem war ich mir noch unsicher, welche Weichen ich für mein Leben stellen wollte. Manchmal kam ich mir wie ein Boot vor, dem der Kompass abhandengekommen war. Ich wurde von den Wellen in die Richtung gehoben, die ihnen gefiel. Was machte es für einen Sinn, wenn ich plötzlich Ruder fand, obwohl ich gar nicht wusste, wo das rettende Ufer lag?

Ich seufzte und erwiderte: »Mir geht's gut, Granny. Wirklich.«

»Ich glaube dir kein Wort!« Sie schnaubte, doch bevor sie noch eins draufsetzen konnte, winkte Dad der Bedienung.

»Wir sollten jetzt gehen«, sagte er bestimmt und ich sah ihn dankbar an.

Den Rest meines Besuchs schnitt Granny das Thema nicht mehr an und ich war froh darüber. Es war einfacher für mich, nicht ständig alles infrage zu stellen.

Einen Tag nach Silvester flog ich wieder zurück nach London und entdeckte in einem Musikgeschäft am Flughafen die CD von Burnside Close. Dad behauptete, vergessen zu haben, mir ein Exemplar mitzubringen, und als ich mir das Cover genauer ansah, vermutete ich, dass es Absicht gewesen war.

Die Jungs posierten in dem Raum des alten Hafengebäudes. Morris stand ganz vorne und stützte sich auf seine Gitarre. Versonnen betrachtete ich ihn und konnte kaum glauben, dass ich ihm je begegnet war. Er wirkte wie ein Fremder, gefangen in einem starren Bild. Ich horchte in mich hinein, fragte mich, ob ich etwas spürte, aber alles verschwamm mit der Gegenwart, in der mich meine Muschelschale vor ungewollten Gefühlen schützte. Ich stellte die CD zurück ins Regal und beschloss, sie nicht zu kaufen. Nur so würde es mir gelingen, mein Leben in England fortzuführen.

Anfang des Jahres hörte ich von Dad, dass Burnside Close tatsächlich als Vorband von 3 Doors Down auftreten würden. Die Tour sollte Ende April beginnen. Ich freute mich sehr darüber, verzichtete aber darauf, meine Mutter erneut darum zu bitten, in den Frühlingsferien nach Florida fliegen zu dürfen. Eine weitere Diskussion glaubte ich nicht ertragen zu können.

Geduldig lauschte ich Dads Ausführungen über die Euphorie der Jungs, ihre erfolgreichen Gigs und den Berg an Arbeit, der nun vor ihnen lag. Sobald ich auflegte, bemühte ich mich um Ablenkung. Ich wollte nicht mehr leiden und mich selbst herunterziehen. Meine Kraft war aufgebraucht. Aus diesem Grund vergrub ich mich in meinen Büchern und feierte mit meinen Freundinnen, als gäbe es kein Morgen. Nigel tauchte wieder an meiner Seite auf und weil es so wunderbar zwanglos war und ich keine Gefühle investieren musste, blieb er dort eine Zeit lang. Wir schliefen nur miteinander, wenn wir etwas getrunken hatten, und so kam es mir vor, als würde ich diese Beziehung nur träumen. Ich wusste, es war falsch, doch manchmal tat man Dinge fernab jeder Logik, nur um sich geborgen und nicht so verloren zu fühlen.

Irgendwie gelang es mir schließlich, die Zwischenprüfungen mit Bravour zu meistern, und ich schickte meine Bewerbung an die Business School ab. Der April ging vorüber. Im Internet verfolgte ich den Tourbeginn von Burnside Close, las die Kritiken ihrer ersten Konzerte und stöberte in diversen Musik-Blogs. Die einhellige Meinung war durchweg positiv. Ich war erleichtert, hätte es mich doch geschmerzt, wären die Beurteilungen negativ ausgefallen.

Dad meldete sich regelmäßig und hielt mich über die Erlebnisse seines Lebens *on the road* auf dem Laufenden. Außerdem war er sich nun mit meiner Mutter einig, wann ich ihn das nächste Mal besuchen durfte. Er schrieb, dass die Band am vierten Juli in Atlantic City auftrat, von wo es weiter nach Rutherford und Mansfield in Massachusetts ging. Er schlug vor, mich im Tour-Bus mitzunehmen. Es sei eng, aber kuschelig, und die Jungs würden sich freuen, sagte er, allerdings dürfte Mom nichts davon erfahren. Ich grinste. Alles war wie immer. Nur dass sich meine Vorfreude dieses Mal in Grenzen hielt. Ich wusste nicht, wie ich Morris nach all der Zeit, in der wir nichts voneinander gehört hatten, gegenübertreten sollte.

Der Juni kam und zeigte sich mit herrlichen Temperaturen. Mein achtzehnter Geburtstag zog mit vielen Glückwünschen von Freunden, Lehrern und Familie an mir vorüber sowie der vagen Hoffnung, dass sich Morris melden würde. Er tat es nicht und das Leben ging weiter.

Das Schuljahr neigte sich seinem Ende entgegen, mein College-Abschluss rückte in greifbare Nähe. Meine Freundinnen und ich feierten dieses Ereignis feuchtfröhlich, während es auf den offiziellen Feierlichkeiten ernst und gediegen zuging.

Meine Noten waren außerordentlich gut, was nicht nur meine Mutter verwunderte. Es schien, als wäre mein Liebeskummer förderlich für mein Lernverhalten gewesen. Mom sonnte sich daraufhin im Lob der Lehrer über meine Leistungen und überreichte mir andächtig die Zulassung für die Business School in London. Ich freute mich nicht darüber. Es war ihr Wunsch, dass ich dort studierte, nicht der meine. Außerdem mochte ich den Gedanken nicht, mit Mom wieder unter einem Dach zu leben. Auf dem Internat hatte ich gewisse Freiheiten genossen, die es in Zukunft so nicht mehr geben würde.

Doch all meine Bedenken gerieten in den Hintergrund, je näher der Abflug in die USA rückte. Ich konnte es kaum glauben. Ein zermürbend langes Jahr war vorüber.

So kam es, dass ich erneut an einem vierten Juli amerikanischen Boden unter den Füßen spürte. Ich landete am Nachmittag in Philadelphia, wo Dad mich abholte, um mit mir nach Atlantic City zu fahren.

Das Wetter war trüb. Es regnete, aber mir kamen die grauen Flughafengebäude wie der schönste Platz auf Erden vor. Noch bevor die Maschine am Gate andockte, schlug mein Herz schneller. Ich fühlte die sieben Wochen, die vor mir lagen, in meinem Inneren. Sie waren wie ein kostbarer Diamant und ich fragte mich, was sie alles für mich bereithielten.

Kaum erloschen die Anschnallhinweise, schulterte ich meine Tasche und drängte auf den Gang. Auf dem Weg zum Zoll begutachtete ich mich in den verspiegelten Fenstern der Ankunftshalle. Dieses Mal trug ich keine Schuluniform, sondern meine geliebten Jeans und einen Kapuzenpulli. Mein Gesicht wirkte angespannt und ich gestand mir ein, nervös zu sein. Mein Handgelenk zierte das Lederarmband, das Morris mir geschenkt hatte. Monatelang hatte es in meiner Schublade gelegen, doch einige Tage vor meinem Abflug, beim Räumen meines Zimmers im College, fiel es mir wieder in die Hände. Seitdem spukte mir ständig die Frage im Kopf herum, wie Morris reagieren würde, wenn er mich wiedersah.

Ich folgte dem Strom der Passagiere und ließ die Einreiseformalitäten über mich ergehen. Je näher ich dem Ausgang kam, desto nervöser wurde ich. Schließlich zerrte ich meinen Koffer so ungeduldig vom Gepäckband, dass der Griff einriss. Ich fluchte, kümmerte mich jedoch nicht weiter um den Schaden und drängte hinaus.

In der anonymen Traube von Menschen erkannte ich meinen Vater nicht sofort. Mein Herz schlug immer schneller. Alles, was ich über ein Jahr lang ausgeblendet hatte, um mich zu schützen, kam zurück an die Oberfläche. Meine schützende Schale bekam einen Knacks. Ich spürte es körperlich.

»Dad!« Plötzlich sah ich sein Gesicht in der Menge.

Er drängte sich zu mir durch und ich warf mich in seine Arme. Er drückte mich so fest an sich, dass meine Rippen schmerzten.

»Sieh dich an, Al«, rief er. »Du bist erwachsen geworden!« Er fuhr mit dem Daumen über meine Stirn. »Nur diese Sorgenfalten müssen wir wieder ausbügeln.«

»Sie verschwinden gerade.« Ich schenkte ihm ein Lächeln und zum ersten Mal war es mir egal, ob uns die Leute anstarrten. Keck schmiegte ich mich an ihn und sagte mit meinem besten amerikanischen Akzent: »Bring mich nach Hause, Dad!«

Sein Gelächter war der schönste Empfang für mich. Gemeinsam schoben wir meinen lädierten Koffer durch den Flughafen, während Dad gar nicht mehr aufhörte, zu erzählen. Bis zum Parkhaus wusste ich bereits, dass die Tour ein voller Erfolg war. Alle schätzten 3 Doors Down und waren ihnen dankbar für die Chance und die stetige Unterstützung.

»Ich kann es kaum erwarten, die überraschten Gesichter der Jungs zu sehen. Sie denken, dass du erst nächste Woche anreist.«

»Ich bin froh, dass Mom uns dieses Mal mehr Zeit zugestanden hat.«

»Das waren harte Verhandlungen!«

»Glaub ich dir aufs Wort.«

»Aber das war's wert, mein Mädchen.« Er gab mir einen Kuss auf die Stirn.

»Ich bin so gespannt, alle wiederzusehen«, erwiderte ich gutgelaunt, obwohl das mulmige Gefühl in meinem Magen zunahm.

Mit zitternden Fingern verstaute ich mein Gepäck in Dads Auto und stieg ein. Kaum saßen wir, legte er eine CD ein und spielte mir einige Live-Mitschnitte von Burnside Close vor.

»Wow!« Ich war erstaunt. »Sie haben Fortschritte gemacht, das hört man sofort.«

»Was hörst du?«

»Die Songs klingen harmonischer, professioneller. Das Drumming ist rund, die Leadgitarren ergänzen sich perfekt. Geiler Scheiß!«

Dad lachte. »Du sagst es! *Silent Storm* ist übrigens von einem bekannten Wrestler als Hymne für seinen Einzug in die Arena auserwählt worden und prompt in die US Charts aufgestiegen. Ebenso wie das Album. Und letzte Woche hat sogar Hollywood an unsere Tür geklopft. Sie wollen die Rechte von *Real Life* für den Soundtrack eines Actionfilms erwerben, der gerade gedreht wird.«

Ich sah die Begeisterung in seinen Augen. Er erzählte so schnell, dass sich seine Stimme beinahe überschlug. Ich begriff: Dad platzte vor Stolz! Auf die Band und auf seine Arbeit. Es war ein Risiko gewesen, sich ihrer anzunehmen, aber momentan schien es, als wäre die Rechnung dabei, aufzugehen.

»Das freut mich so für dich, Dad!«

»Das weiß ich, Al. Du hast mich schon immer verstanden.« Er zwinkerte mir zu und ich spürte, wie sich meine Schale weiter öffnete. Hier bei Dad war ich endlich wieder die Al, die ich sein wollte.

Wir brauchten länger nach Atlantic City als erwartet. Der Regen nahm zu und ließ uns auf dem Expressway nur langsam vorankommen. Ungeduldig sah mein Vater auf die Uhr.

»Wenn wir am Borgata Event Center ankommen, dann muss ich dich erst mal vor den Jungs verstecken. Ich will auf keinen Fall die Überraschung verderben.«

»Geht klar.«

»Das Center ist übrigens ein Komplex aus Hotel, Spa, Spielcasino, Shops und Restaurants. Ich denke, du solltest etwas essen gehen, während ich einige Dinge erledige.«

»Hm.« Ich war viel zu aufgeregt, um hungrig zu sein, doch Dad ließ nicht locker.

»Bestell dir eine große Portion! Du bist dünn. Geben sie dir auf dem College nichts zu essen?«

»Dad!« Ich rollte mit den Augen.

»Ist ja gut.« Er musterte mich. »Ich habe übrigens ein Zimmer im Hotel, aber das nutzen die Jungs zum Duschen, bevor sie auf die Bühne gehen. Wenn du willst, kannst du heute darin schlafen. Ich denke, die Meute wird den vierten Juli feiern und im Bus wirst du keine Ruhe finden.«

Ich sah, dass er das Armband an meinem Handgelenk betrachtete. Er runzelte die Stirn.

»Was ist?«, fragte ich.

»Warum hast du dich nie nach ihm erkundigt?«

»Nach Morris? Hat er denn nach mir gefragt?«

»Nein.«

Die Antwort versetzte mir einen Dämpfer. »Nun, dann war es wohl besser so«, murmelte ich.

Dad schwieg und ich wurde misstrauisch.

»Hat er eine Freundin?«, bohrte ich nach und erstickte beinahe an der Frage.

»Nein. Nicht, dass ich wüsste.« Dad sah zur Seite.

»Was ist dann los?«

»Ich habe dir bereits letztes Jahr versucht zu erklären, dass Morris derzeit nur für seine Karriere lebt. Ich will nicht, dass er dich verletzt. Das ist alles.«

»Meinst du nicht, ich bin alt genug, um das selbst zu entscheiden?«

»Ich denke, es wäre besser für dich, wenn du Morris als guten Freund siehst.«

»Und ich denke, du klingst gerade wie Mom!«

Dad schüttelte beschwichtigend den Kopf. »Tut mir leid, Al. Ich möchte nicht wie deine Mutter klingen. Vermutlich mache ich mir grundlos Sorgen.«

Ich wollte ihn fragen, warum er sich derart sorgte, doch in diesem Moment bog Dad schwungvoll in die Einfahrt des Hotels ein. Ich sah an dem verspiegelten Gebäude empor und war beeindruckt. Ein Angestellter kam uns entgegen, um das Auto zu parken.

»Los, los«, trieb Dad mich an. »Ich will nicht, dass dich jemand sieht!«

Ich folgte ihm in die Eingangshalle und blieb staunend vor einigen blinkenden Säulen stehen. Wir befanden uns mitten in einem Casino, ganz so, wie Dad gesagt hatte. Doch dieser hatte kein Verständnis für meine Begeisterung und zog mich mit sich. Eilig ging es über verschiedene Ebenen in einen Bereich, in dem sich eine Imbisskette an die andere reihte. Dad dirigierte mich ins Tony Luke's, ein Fast-Food-Restaurant, das typische Philly-Gerichte servierte.

»Hier!« Er warf mir eine Zwanzigdollarnote hin. »Lass es dir schmecken. In einer Stunde bin ich zurück.«

Ich nickte und stellte mich in die Warteschlange. Als ich an der Reihe war, bestellte ich ein Käsesteak-Sandwich mit Pommes Frites und dazu eine Limonade. Dann setzte ich mich ans Fenster und bemühte mich, zu essen. Aber meine Nervosität schnürte mir den Magen zu. Das Gespräch mit Dad ging mir durch den Kopf. Ich war es nicht gewohnt, dass er offen aussprach, sich Sorgen um mich zu machen. Bisher war er stets der Elternteil gewesen, der mir keine Vorschriften machte oder mir sagte, was ich zu tun hatte. In den paar Wochen im Jahr, in denen wir uns sahen, ließ er mich einfach sein, wie ich war. Sorgen waren Moms Aufgabe. Ich stocherte lustlos in meinem Essen herum.

»Hast du immer noch nicht aufgegessen?« Erst als Dad neben mir auftauchte, fiel mir auf, dass ich völlig in Gedanken war und die Zeit vergessen hatte.

Erschrocken rappelte ich mich auf. Dad hatte sich umgezogen und trug ein brandneues Burnside Close T-Shirt.

Ich deutete darauf. »So eines will ich auch haben«, sagte ich.

»Gehört dir. Und jetzt beeil dich, wir sind spät dran!«

Erneut ging es durch ein Labyrinth von Gängen, bis Dad endlich eine Tür öffnete und mich vor sich eintreten ließ. Es war ein Seiteneingang, wie ich feststellte, und ich fand mich neben der Bühne wieder. Um uns herum war es dunkel. Gitarrenklänge, die sich bedächtig steigerten, erfüllten den Raum. Blaues Licht enthüllte Morris, der am Mikrofon stand. Nebel waberte um seine Beine. Die Leute applaudierten und johlten, denn jetzt erkannte man die Klänge zu *Real Life*.

Morris begann zu singen. Ein Schauer lief mir über den Rücken. Da war er. Er trug ein ärmelloses T-Shirt und spielte konzentriert auf seiner Gitarre, während er die ersten Takte des Songs heraufbeschwor. Endlich fielen auch Brad am Bass, Matt an der E-Gitarre und Sean am Schlagzeug mit ein. Das Licht wechselte von Lila zu Rot und mit einem Aufflammen der Beleuchtung rockten die Jungs ab. Der Sound schoss direkt durch meinen Körper. Alles vibrierte und in meinem Magen hämmerte der Beat. Ich jauchzte. Das war es, wie sehr hatte ich es vermisst! Ich war nicht mehr zu halten, sprang auf und nieder.

»Gefällt es dir?«, brüllte Dad.

Ich war unfähig, zu antworten. Es war, als sei ich über ein Jahr auf Entzug gewesen und hätte nun endlich meine Droge wiedergefunden. Die Musik machte mich euphorisch und Morris' Anblick weckte alte Gefühle. Vertraute Gefühle.

Seine Performance auf der Bühne war großartig! Dad hatte mir einmal erzählt, dass er stimmlich ein Tenor war, der vier Oktaven umspannte. Ich kannte mich damit nicht aus, aber ich wusste, dass er den Liedern von Burnside Close eine unglaubliche Spannung verlieh. Wie hatte ich nur vergessen können, wie er sang, wie er sich bewegte und welche Ausstrahlung er besaß? Ich konnte mich nicht an ihm sattsehen. Er neckte das Publikum, interpretierte den Song gekonnt neu und animierte die anderen Jungs zu Höchstleistungen. Geschmeidig wie ein Panther glitt er über die Bühne. Ich konnte es kaum erwarten, ihn zu umarmen, auch wenn ich plötzlich Angst davor hatte.

Gemeinsam mit Dad schrie ich mich heiser, um die Jungs anzufeuern. Burnside Close machten einen guten Job als Vorband von 3 Doors Down. Obwohl die überwiegende Anzahl der Fans nicht wegen ihnen gekommen war, sondern wegen dem nachfolgenden Haupt-Act, waren alle aus dem Häuschen.

Als der Schlussakkord verklang, das Licht ausging und die Jungs die Bühne verließen, forderte Dad mich auf, ihm zu folgen. Er öffnete zwei Türen und bedeutete mir, im abgedunkelten Flur zu warten. Er selbst trat ein. Ich hörte ihn reden und lachen, und dann holte er mich endlich dazu. Ich blinzelte.

Nach einigen Sekunden der Stille begannen die Jungs zu grölen. Dad schubste mich mitten ins Geschehen und ich fand mich zwischen lauter Armen wieder. Alle redeten durcheinander. Ich umarmte Matt und Sean und Brad und dann wieder Matt, bevor Morris mich sanft hochhob und von den anderen wegdrehte. Er war erhitzt vom Konzert und um seinen Hals war ein Schal geschlungen.

»Al is back«, flüsterte er heiser. Dabei lächelte er mich so einnehmend an, dass ich sämtliche Zweifel der vergangenen Stunden, Wochen und Monate vergaß.

Verzückt sah ich ihn an. Seine dunkelbraunen Augen waren von Lachfältchen umgeben und er hatte sich einen modischen kurzen Bart wachsen lassen, der die Wangen aussparte und nur Kinn und Mund umfasste. Er stand ihm gut. Ich neigte ihm mein Gesicht zu, aber die anderen unterbrachen uns.

»Schluss damit«, knurrte Matt. Morris setzte mich ab und ich blickte in die Runde.

»Ihr wart gigantisch gut«, rief ich und wurde erneut von allen umarmt. Es war ein tolles Gefühl und ich fragte mich, warum ich vorher so nervös gewesen war.

»Lasst uns in den Bus gehen und das Konzert besprechen«, sagte Dad. »Anschließend dürft ihr losziehen, um zu feiern!« Im Vorübergehen gab er mir eine Schlüsselkarte und fügte hinzu: »Die Bars und das Casino sind erst ab einundzwanzig. Wenn die Jungs Party machen, dann solltest du aufs Zimmer gehen. Du bist sicher müde. Die Zimmernummer steht auf der Karte.«

Ich runzelte überrascht die Stirn. Ich war alles andere als müde, aber Dad war bereits weitergegangen. Rasch steckte ich die Karte ein und folgte ihm.

Der Tour-Bus parkte hinter dem Hotel. Er war schwarz lackiert und besaß verdunkelte Scheiben. Ich pfiff durch die Zähne. »Beeindruckend, Jungs. So habe ich mir das immer vorgestellt.«

Wie einen Ehrengast hoben mich Sean und Brad ins Innere. Ich sah mich interessiert um. Im unteren Bereich gab es mehrere Sitzgelegenheiten, eine Küchenzeile und ein WC. Ich stieg die Treppe hinauf und sah die Schlafkojen, vor denen Vorhänge angebracht waren, sowie eine bequeme, halbrunde Sitzgruppe. Sofort ließ ich mich in die Kissen sinken und fühlte mich wie ein Groupie. Matt brachte zwei Sixpacks Bier mit und stellte sie auf den ovalen Tisch. Das Licht war schummrig und von unten hörte man Musik von Big Wreck aus den Lautsprechern dröhnen. Wir rückten alle zusammen und Brad warf jedem eine Bierdose zu, bevor wir auf das Konzert anstießen. Über den Rand meiner Dose sah ich Morris an, der mir schräg gegenüber saß. Sein Blick verhakte sich mit dem meinen und ich war mir sicher, dass er längst bemerkt hatte, dass ich sein Armband trug.

Mit dem Bier schluckte ich auch meine Beklommenheit hinunter. All die Gefühle, die mich während des Konzerts überflutet hatten, machten mich zittrig. Morris' Wirkung auf mich war noch ebenso stark wie vor einem Jahr. Es war unheimlich.

Das Gespräch, das Dad nun in Gang brachte, bekam ich kaum mit. Ich hing an Morris' Lippen und hörte doch nichts von dem, was er sagte. Der Alkohol wärmte mich von innen und ich genoss das Gefühl, wieder Teil von Burnside Close zu sein. Es war, als wären sie meine Familie, in der ich mich aufgehoben und geliebt fühlte. Die sieben Wochen, die vor mir lagen, erschienen mir unendlich. Ich griff nach der zweiten Dose Bier und Dad war zu abgelenkt, um mich daran zu hindern.

Nach anderthalb Stunden erklärte Dad die Besprechung für beendet. Er klatschte in die Hände und sagte: »Auf geht's, Jungs, macht die Nacht zum Tag. Ich treffe euch später im Casino.«

Alle sprangen auf und ich erhob mich ebenfalls. Das Bier zeigte Wirkung und ich ließ den anderen den Vortritt. Sie stürmten johlend die Stufen hinunter und ich fragte mich, ob es Dads Ernst gewesen war, dass ich den Abend auf dem Hotelzimmer verbringen sollte.

»Kommst du nicht mit?« Es war Morris. Er war auf der Treppe stehen geblieben und sah mich an.

Als ich nichts erwiderte, kam er zurück. Wir umarmten uns. Es fühlte sich so intensiv an, dass mir schwindelig davon wurde. Morris senkte den Kopf auf meine Schulter. Ich spürte seinen Bart an meiner Wange und genoss den Moment.

»Du bist die schönste Überraschung des Tages«, flüsterte er.

»Hm.« Ich wollte nicht reden, sondern ihn nur spüren. Es war so lange her.

Er küsste meinen Hals. »Willst du nicht mit uns feiern?«

»Ich will mit dir feiern.« Ich unterdrückte ein Stöhnen. Seine Berührungen versetzten mich in Ekstase.

»Das klingt gut.« Er lachte verhalten. »Und was stellst du dir vor?«

»Ich habe den Schlüssel für Dads Hotelzimmer«, sagte ich mutig.

Morris knurrte und biss mich spielerisch ins Ohr. »Dann lass uns unser eigenes Feuerwerk veranstalten.«

Ein Prickeln durchfuhr durch meinen Körper. Das war der Moment, den ich mir in meiner Fantasie tausendmal ausgemalt hatte. Die Realität brachte mich beinahe um den Verstand.

»Komm«, forderte er mich auf und nahm meine Hand. Gemeinsam stiegen wir die Treppe hinab, folgten den anderen, als sei nichts geschehen, betraten das Hotel und ließen uns zurückfallen. Stück für Stück entfernten wir uns und Morris dirigierte mich in Richtung Fahrstuhl.

»Alles okay?«, erkundigte er sich, als wir einstiegen und weiteren Gästen Platz machten.

»Ja.« Mir versagte beinahe die Stimme.

Mein Blick schweifte über seine tätowierten Arme hin zu seinen wohlgeformten und mit Adern durchzogenen Händen. Musikerhände. Ich fragte mich, wie sie sich gleich auf meiner Haut anfühlen würden. Das Blut schoss mir in die Wangen.

Im zweiten Stockwerk stiegen wir aus. Da Morris wusste, wo sich das Zimmer befand, kam ich gar nicht erst in die Verlegenheit, die Zimmernummer von der Karte abzulesen. Ich folgte Morris wie ein Fisch an der Angel und bemühte mich, meine zitternden Finger mit einem Lachen zu überspielen, während ich die Schlüsselkarte in den dafür vorgesehenen Schlitz in der Tür steckte. Das Hinweis-Lämpchen sprang von Rot auf Grün und gab die Tür frei. Ich trat ein und war mir Morris' Anwesenheit bewusster als jemals zuvor. Dumpf fiel die Tür hinter ihm ins Schloss. Dunkelheit umfing uns, einzig durchbrochen von den Lichtern der Straße, die ein Muster auf das ordentlich gemachte Bett zauberten.

Morris legte eine Hand unter mein Kinn und zwang mich, mein Gesicht zu heben. Ich wagte kaum zu atmen. Vorsichtig strich er mir mit dem Daumen über die Lippen, bevor er mich küsste. Sanft zuerst, dann immer fordernder. Das war der Moment, in dem mein Verstand aussetzte und ich nur noch aus Gefühlen bestand. Ich spürte ihn, ich schmeckte ihn, ich roch ihn. Wir stolperten durch den Raum, stürzten aufs Bett und nestelten an unseren Klamotten herum. Ich war nicht in der Lage, meine Knöpfe zu öffnen, so aufgeregt war ich. Morris bemerkte es, küsste meine Finger und flüsterte: »Keine Angst, lass mich das machen.« Dann entkleidete er uns beide.

Als draußen das Feuerwerk begann, wurde im Zimmer des Borgata Hotels Wirklichkeit, wovon ich seit einem Jahr träumte. Meine eiserne Schale zerbarst in tausend Stücke und ich fühlte mich hilflos und nackt. Niemals zuvor hatte ich mich so gefühlt. Mich erschreckte, was ich tat, was ich sagte und was ich empfand. Ich krallte mich an Morris, biss ihn und küsste ihn, als sei ich ausgehungert vor Liebe. Doch ich schämte mich nicht. Er fing mich auf, war einfühlsam, lächelte über meine Gier und trug mich mit seinen Bewegungen davon. Er war zärtlich und langsam, fordernd und bestimmend, leidenschaftlich und ausdauernd. In dieser Nacht lagen wir nicht nur einmal schweißgebadet nebeneinander auf dem Bett, bevor wir erneut übereinander herfielen. Es kam mir wie das Selbstverständlichste auf der Welt vor, und ich bildete mir ein, nur geboren worden zu sein, um Morris zu lieben. Ich bin Zuhause, dachte ich bei mir, als ich irgendwann in seiner Armbeuge einschlummerte.

Es war das vehemente Klopfen an der Zimmertür, das mich am nächsten Morgen weckte. Verschlafen hob ich den Kopf. Es kam mir vor, als sei ich gefangen zwischen Traum und Wirklichkeit. Neben mir lag Morris. Ich betrachtete ihn voller Zärtlichkeit.

Es klopfte erneut. »Al, mach auf! Ich bin es, Dad.«

Erschrocken sprang ich aus dem Bett, bevor mir einfiel, dass ich völlig nackt war.

»Ich komme gleich«, rief ich und sah mich hektisch nach meinen Klamotten um, die überall im Raum verstreut lagen.

Schließlich rannte ich ins Bad und fand einen zusammengefalteten Hotelmorgenmantel, den ich mir eilig überwarf. Dann öffnete ich die Tür.

»Guten Morgen«, sagte ich gespielt fröhlich.

Er musterte mich von oben bis unten und schob mein Gepäck durch den Türspalt. »Ich dachte, du brauchst vielleicht deinen Koffer. Und richte Morris bitte aus, dass wir gegen Mittag aufbrechen. Bis nach East Rutherford ist es nicht weit, aber wir müssen den Soundcheck machen und die üblichen Dinge abstimmen.«

Ich nickte und sah Dad verlegen an. Mir fiel beim besten Willen keine passende Antwort ein.

»Wäre schön, wenn ihr in einer Stunde fertig seid. Ich will meine Sachen aus dem Zimmer holen, bevor wir abreisen.«

»Okay.« Rasch schloss ich die Tür und lehnte mich dagegen. In einer derartigen Situation hatten Dad und ich uns noch nie befunden, und ich fragte mich, wie die Verhaltensregeln dafür aussahen. Aber dann vergaß ich Dad.

»Komm her.« Es war Morris. Er gähnte schläfrig.

Ich sah ihn sich zwischen den Laken räkeln und musste mich zwicken, um mir bewusst zu machen, dass ich nicht träumte. Er lag auf dem Rücken, bedeckte seine Augen mit der Rückseite seiner Hand und grinste. Der auf seinen Arm tätowierte Oktopus schien ebenfalls zu grinsen.

»Dein Dad wollte nur kontrollieren, ob es seinem kleinen Mädchen gut geht«, kommentierte er die Situation.

»Ich bin kein kleines Mädchen«, protestierte ich und ging zu ihm.

»Das habe ich auch schon festgestellt.« Er zog mich zurück ins Bett und rollte sich auf mich. »Das war eine unglaubliche Nacht.«

Ich lachte verschämt. Das Licht des Tages nahm mir meine Ungezwungenheit.

»Ich wünschte, ich könnte damit prahlen.« Morris kitzelte mich und ich wehrte ihn ab.

»Wehe dir«, drohte ich und genoss es, dass er mich küsste. Es fühlte sich so vertraut an. So natürlich. Ich seufzte entzückt.

Morris legte seinen Kopf in meine Halsbeuge und stöhnte. »Hab ich dir schon erzählt, dass ich kein Morgenmensch bin? Ich rede nicht viel und ich brauche Kaffee. Am besten intravenös.«

Ich lachte und atmete seinen morgendlichen Geruch ein. Am liebsten wäre ich den Rest des Tages so liegen geblieben, aber Morris rollte über mich hinweg und ging in Richtung Bad. Ich sah ihm hinterher und ertappte mich bei dem Gedanken, dass ich ihn schön fand. Sein Körper, ganz besonders sein Hintern, war anbetungswürdig. Seit gestern Nacht wusste ich, wie er sich anfühlte, und keine meiner Tagträumereien hatte sich bewahrheitet, denn er war besser. Viel besser. Selig schloss ich die Augen.

Als wir mittags in den Bus stiegen, kommentierte niemand unser Fehlen auf der abendlichen Feier. Alles drehte sich nur um den nächsten Auftritt. Ich schaltete ab. Die ganze Aufregung des letzten Tages und die unglaubliche Nacht machten mich müde. Ich schlief ein, kaum dass der Bus sich in Bewegung gesetzt hatte, und erwachte erst, als es draußen bereits dämmerte.

Zusammengerollt lag ich auf der Sitzecke im hinteren Teil des Busses. Jemand hatte eine Decke über mich gebreitet. Ich blinzelte verwirrt. Es dauerte eine Weile, bis ich registrierte, wo ich mich befand. Langsam kehrte die Erinnerung zurück. In Gedanken daran lächelte ich und streckte mich wie eine zufriedene Katze. Im unteren Bereich des Busses hörte ich Geräusche und kurz darauf kam Dad die Treppen hinauf. Er hatte zwei Bagels und eine Flasche Orangensaft in der Hand. Beides stellte er auf dem Tisch ab, bevor er sich neben mich setzte.

»Ich dachte, du hast vielleicht Hunger«, sagte er.

»Danke.« Ich richtete mich auf und griff nach den Gebäckteilchen. »Wo sind die anderen?«, fragte ich mit vollem Mund.

»In der Umkleide. Der Auftritt beginnt gleich.«

»Ach?« Erstaunt sah ich auf die Uhr.

»Schlaflose Nacht?«

»Hm.« Ich nahm einen Schluck Orangensaft, um Dads Blicken zu entkommen. Als ich wieder aufsah, starrte er aus dem Fenster.

»Bist du sauer?«

»Nein, Al, das bin ich nicht. Eher besorgt, aber das hatte ich dir schon versucht zu erklären.«

»Du musst dich nicht sorgen, Dad! Ich fühle mich großartig. Ich meine, Morris und ich …« Ich verstummte, denn er verzog das Gesicht, als hätte er in eine saure Zitrone gebissen.

»Ich muss los!« Er sprang auf. »Wir sehen uns später.«

Ich sah ihm nach, wie er die Treppe hinuntereilte, und fühlte mich allein gelassen. Zu gerne hätte ich Dad davon erzählt, dass die Sache mit Morris etwas Besonderes war. Meine Gefühle für ihn waren tiefer als alles, was ich bisher erlebt hatte. Ich war bereit, ihm zu folgen, egal, wohin er ging. Aber aus irgendeinem Grund wollte Dad das nicht hören.

Nachdenklich aß ich den restlichen Bagel, bevor ich mich frisch machte. Dad stand vor dem Bus und rauchte eine Zigarette. Ich ging zu ihm, doch er sprach kein Wort mit mir und wir schlenderten schweigend zur Continental Airlines Arena, wo wir Plätze neben der Bühne hatten.

Nachdem Burnside Close ihren Auftritt beendet hatten, folgte ich Dad und den Jungs nicht wie üblich. Ich blieb im VIP-Bereich sitzen, wo ich das Konzert von 3 Doors Down verfolgte. Dann erst kehrte ich zum Bus zurück. Das abweisende Verhalten meines Vaters verletzte mich und ich wusste nicht, wie ich damit umgehen sollte. Zu meiner großen Erleichterung empfing mich im Bus Hochstimmung und ich ließ mich nur zu gerne ablenken. Die Jungs waren wie gewohnt auf Adrenalin.

»Wir treffen uns anschließend mit einigen Bandmitgliedern von 3 Doors Down. Kommst du mit, Al?«, erkundigte sich Matt.

Ich sah Morris an und schüttelte den Kopf.

»So ist das.« Brad grinste. »Ihr wollt eure Ruhe haben. Was sagst du dazu, Chief?«

Ich bemerkte Dads mürrischen Blick. »I live with no regrets and love with no excuses«, zitierte er den Refrain von *Real Life.*

Sean klatschte in die Hände und stand auf. »Dann los, Brüder, lasst uns leben!«

Mit Anfeuerungsrufen und Pfiffen verabschiedeten sich die Jungs von uns. Morris und ich sahen einander an. Kaum kehrte Ruhe ein, kam er zu mir und küsste mich leidenschaftlich.

»Ich habe dich vermisst. Du erregst mich mehr als jeder Auftritt.« Er zog mich mit sich. Wir krabbelten in eine der Schlafkabinen und zogen den Vorhang hinter uns zu.

»Du mich auch.« Meine Hände fuhren unter sein T-Shirt.

»Du warst den ganzen Tag in meinem Kopf.« Er knöpfte meine Jeans auf. Mein Atem ging schneller.

»Love me with no excuses«, flüsterte ich und überließ mich seinen Berührungen. Mein Dad würde sich daran gewöhnen müssen, dass Morris an meiner Seite war. Er war mein Schicksal.

Wie sehr ich mein Schicksal in diesem Sommer herausforderte, war mir zu diesem Zeitpunkt noch nicht bewusst. Ich ging völlig im Nomadenleben der Band auf. Massachusetts, Maine, Connecticut, Illinois. Manchmal wusste ich nicht, in welchem US-Bundesstaat ich einschlief und in welchem ich erwachte. Selbst zwei Konzerte in Kanada standen auf dem Programm. Doch für mich hatten weder die Städte noch die Landschaften einen Reiz, sondern einzig die Nächte in der schmalen Kabine mit Morris. Hinter zugezogenem Vorhang waren wir in unserer eigenen Welt. Während die anderen um uns herum schliefen, erzählte er mir von seinen Gitarren und seinen Anfängen als Musiker. Ich hörte ihn gerne lachen, wenn er von den *mullets* sprach, den Vokuhila-Frisuren, die er und seine Freunde als Jugendliche getragen hatten. In seiner Armbeuge zu liegen und mit seinen Fingern zu spielen, waren die innigsten Momente für mich. Abgesehen von den Augenblicken, in denen wir uns liebten. Es war nicht einfach, dabei leise zu sein, doch das war mir gleichgültig. Ich lebte und atmete für Morris. Sieben Wochen lang.

Als sich diese ihrem Ende entgegenneigten, war ich entschlossener denn je, bei der Band zu bleiben und sie weiterhin zu begleiten. In einem beherzten Moment rief ich meine Mutter an und berichtete ihr von meinem Entschluss. Wie zu erwarten war, verlief das Gespräch alles andere als positiv. Ich ignorierte Moms Geschrei und stellte sie vor vollendete Tatsachen. Zum ersten Mal war es mir völlig egal, dass sie an meine Vernunft appellierte.

»Es ist mein Leben, Mom, halt dich da raus«, sagte ich zu ihr, bevor ich auflegte.

Im Hintergrund hörte ich Morris auf der Bühne singen und das aufgeregte Klopfen meines Herzens bestätigte mir, dass ich die richtige Entscheidung getroffen hatte. Ich erinnerte mich an Grannys Aufforderung, herauszufinden, was mir wichtig war. Das wusste ich nun. Morris war mir wichtiger als alles andere.

Umso erstaunlicher war es, dass Dad mich am nächsten Tag in die Mangel nahm. Offenbar hatte meine Mutter sofort bei ihm angerufen.

»Was soll das?«, stellte er mich aufgebracht zur Rede.

»Was denn?«, fragte ich unschuldig, obwohl mir klar war, worauf er anspielte.

»Deine Mutter sagt, du willst bei mir und der Band bleiben.« Seine Nasenflügel blähten sich und man sah ihm das Erbe seiner indianischen Vorfahren an. Er sah aus, als befände er sich auf dem Kriegspfad.

»Das ist richtig«, erwiderte ich und versuchte, selbstbewusst zu wirken. Streitigkeiten mit meiner Mutter war ich gewöhnt, Streitigkeiten mit meinem Vater kannte ich nicht.

»Das wirst du auf keinen Fall tun!« Dad stemmte die Hände in die Hüften. Seine Augen glühten.

»Ich bin achtzehn und kann das selbst entscheiden. Was soll das, Dad?«

»Was das soll? Ich werde dir sagen, was das soll! Ich bin ein cooler Vater, zumindest dachte ich das immer von mir. Ich erlaube dir Alkohol und Zigaretten und habe dich die gesamten Ferien in Ruhe gelassen, während du an Morris geklebt bist wie eine Klette. Ich habe ihm keine Vorträge gehalten, habe die anderen Jungs besänftigt und nachts Ohrenstöpsel getragen, um dich nicht zu hören. Das ist wirklich cool. Aber weißt du, was nicht cool ist, Al? Du bist nicht cool! Du opferst deine Zukunft, um bei Morris zu sein. Was soll aus dir werden? Ein Groupie auf Lebenszeit?«

Ich war sprachlos und sah zu, wie Dad wütend nach einem Stein trat. So hatte ich ihn noch nie erlebt.

»Vielleicht will ich genau das sein«, entgegnete ich.

»Das ist die dümmste Aussage, die ich je gehört habe! Vor allem, weil du nicht ehrlich zu dir selbst bist. Du schiebst mich und die Band vor, um diese Entscheidung vor deiner Mutter zu rechtfertigen. Warum hast du Morris mit keinem Wort erwähnt, wenn er es doch ist, bei dem du bleiben willst? Ich sage dir warum: Weil du weißt, dass dieser Weg nicht der richtige für dich ist!«

»Das ist nicht wahr, Dad!«

»Denk erst darüber nach, bevor du anfängst, dich zu verteidigen. Würde Morris sein Leben im Gegenzug für dich opfern? Habt ihr überhaupt einmal über eure Zukunft gesprochen oder war das vor lauter Sex nicht möglich?«

Ich presste die Lippen aufeinander. Seine Worte trafen mich.

»Hat Morris dir gesagt, dass er dich liebt und mit dir zusammenbleiben will?«

Ich schwieg eisern. Der Schmerz in meiner Brust nahm zu. Morris hatte mir nicht gesagt, dass er mich liebte. Ich ihm ebenso wenig. Es erschien mir unnötig. Unsere Zuneigung war ehrlich, unsere Berührungen innig und wenn wir uns in die Augen sahen, dann waren Worte überflüssig.

»Das dachte ich mir«, murmelte Dad.

»Wir haben darüber geredet«, log ich.

»Das ist nicht wahr! Herrgott, Al, ich wette, er weiß nicht einmal, was du vorhast. Stimmt's?«

Unsicher schüttelte ich den Kopf und spürte plötzlichen Hass auf Dad, der Fragen in mir aufwarf, die ich mir nicht stellen wollte. In all den Wochen hatten Morris und ich wie in einem luftleeren Raum gelebt. Weit weg von der Realität.

»Wir werden zusammenbleiben«, murmelte ich, um mich selbst zu beruhigen.

»Morris ist ein Musiknomade. Er lebt seinen Traum. Doch ist das auch deiner?«

»Das werde ich herausfinden.«

»Indem du ihm hinterherrennst? Von welchem Geld? Wovon willst du leben, Al?«

»Ich weiß es nicht«, schrie ich auf. Wut machte sich in mir breit. »Warum redest du so, Dad? Mom sagt mir ständig, was ich zu tun und zu lassen habe, und nun fängst du auch damit an! Ich finde ehrlich gesagt nicht, dass du ein cooler Vater bist. Ein cooler Vater hätte mit mir geredet, hätte mich angehört und versucht, mich zu verstehen. Aber du willst nicht hören, was ich für Morris empfinde. Seit wir zusammen sind, gehst du mir aus dem Weg. Und jetzt machst du mir plötzlich Vorschriften, nur weil Mom dich dazu angestiftet hat. Ein cooler Vater hätte das nicht getan! Er hätte mich wie eine Erwachsene behandelt und nicht wie ein unmündiges Kind. Ich dachte, wir sind Freunde, Dad, doch du hast kein Ohr für meine Gefühle. Weißt du, was ich glaube? Du hast keine Ahnung von der Liebe! Kein Wunder, dass Mom dich verlassen hat!«

Ich sah, dass meine Worte ihn trafen, aber ich konnte und wollte sie nicht zurücknehmen.

Er räusperte sich. »Du fliegst übermorgen. Keine Widerrede.«

Ich verschränkte die Arme vor der Brust und realisierte, dass ich verloren hatte. Es gab keine Möglichkeit, bei Morris zu bleiben, wenn Dad sich dagegen wehrte. »Das werde ich dir nie verzeihen!«, zischte ich wütend.

Wir gingen auseinander wie Fremde. Zwei Tage später stieg ich in den Flieger nach England. Der Abschied von Morris zerriss mir das Herz. Aber der ungewohnt frostige Abschied von meinem Dad zerschnitt mir die Seele.

Chapter 4

I opened the door for reality and
faced the black loss of my innocence
(Burnside Close, »Losing My Innocence«)

Es war im November, als ich plötzlich mitten am Tag einen Anruf von meiner Mutter erhielt. Das war ungewöhnlich, da sie mich niemals kontaktierte, wenn ich an der Universität war. Misstrauisch beäugte ich mein Handy und hatte schlagartig ein ungutes Gefühl. Ich wartete das Ende der Vorlesung ab, suchte mir eine ruhige Ecke und rief meine Mutter zurück.

»Du solltest nach Hause kommen«, sagte sie ohne Umschweife. Ich hörte, dass sie geweint hatte.

»Ist Granny etwas passiert?«

»Komm nach Hause, Almond. Bitte!«

»Kannst du mir nicht sagen, was los ist?«

»Nicht am Telefon.«

»In Ordnung, ich beeile mich.« Beunruhigt legte ich auf, informierte meinen Professor, dass ich wegen einer dringenden Familienangelegenheit nach Hause musste, und lief zur nächstgelegenen U-Bahn-Station. In meinem Kopf überschlugen sich die Gedanken.

Eine halbe Stunde später stürmte ich zwei Stufen auf einmal nehmend die Eingangstreppe zu unserem Haus empor. Meine Mutter stand bereits an der Tür und hatte offensichtlich auf mich gewartet. Ihre Augen waren verquollen. Sie sah mich verzweifelt an.

»Was ist los?« Meine Stimme überschlug sich. Nicht zu wissen, was meiner Mutter so sehr zusetzte, machte mich wahnsinnig.

Sie wollte mich in die Arme nehmen, doch ich trat einen Schritt zurück. »Sag mir jetzt bitte sofort, was los ist!«, forderte ich.

»Leonard … dein Vater …« Sie stockte. »Er ist tot.«

Mir war, als ob jemand die Luft aus meinen Lungen presste. Meine Knie fühlten sich mit einem Mal schwammig an und ich keuchte, weil ich glaubte, ohnmächtig zu werden. Die Worte meiner Mutter drangen wie durch einen Nebel zu mir.

»Er hat sich vermutlich durch eine verschleppte Grippe eine Herzmuskelentzündung zugezogen. Clara, deine Granny, rief mich an. Sie war außer sich vor Kummer. Ich konnte ihr nicht helfen.« Meine Mutter begann hemmungslos zu schluchzen, und sank am Türrahmen zu Boden.

Ich blieb wie erstarrt stehen. Mein Kopf war leer. Ich war leer. Erst das Klingeln meines Handys riss mich aus der Starre. Ich erkannte die Nummer nicht und drückte den Anruf weg. Benommen schloss ich die Haustür und setzte mich neben meine Mutter in den Flur. Unsere Katze schlich vorüber und beobachtete uns. Ich rang nach Luft.

»Das kann nicht sein. Du irrst dich, Mom«, flüsterte ich. »Dad war gesund. Als ich bei ihm war, war er gesund. Wie kann er denn jetzt …« Die Stimme versagte mir.

Vor meinem inneren Auge zog unser erster und letzter Streit an mir vorüber. Zum wiederholten Male durchlebte ich den unterkühlten Abschied am Flughafen und eine dunkle Welle brach über mich herein. Ich vergrub den Kopf in meinen Armen und ließ meinen Tränen freien Lauf. Die Zeit verlor ihre Gesetze, während meine Mutter und ich regungslos am Boden saßen und gemeinsam weinten. Irgendwann gingen uns die Taschentücher aus und Mom erhob sich. Mein Handy klingelte erneut.

»Willst du nicht rangehen?«

Ich schüttelte den Kopf. »Ich kenne die Nummer nicht.«

»Vielleicht ist es dein Freund?«

»Ich denke nicht.«

»Dein Dad erwähnte …« Sie senkte den Blick. »Unwichtig.«

Ich schnäuzte mich und beobachtete Mom, die sich am Türrahmen festhielt.

»Ist dir nicht gut?«

»Es geht schon.«

»Ich dachte, Dad und du redet nicht miteinander.« Mir wurde bewusst, dass ich in der Gegenwart sprach, und das Herz wurde mir schwer. Dad war gegangen. Für immer. Ich schluchzte erneut.

»Wir haben regelmäßig telefoniert.«

Ich runzelte die Stirn. Das war mir neu. Doch ich war zu erschüttert, um den Gedanken zu verfolgen.

»Wie geht es nun weiter?«

»Clara möchte, dass Leonard in München beerdigt wird. Sie hat dort vor vielen Jahren auch die Urne deines Großvaters beisetzen lassen und wünscht sich, dass die Familie zusammenbleibt. Sie wird nach Miami fliegen, um Leonard ...« Meine Mutter konnte nicht weiterreden. Erst nach einer Weile fing sie sich wieder und vervollständigte den Satz: »... um Leonard zu überführen. Sie fragte mich, ob du sie nicht begleiten könntest. Ich finde das in Ordnung, wenn du dazu bereit bist. Wir treffen uns dann alle zur Beerdigung in München.«

»Ich weiß nicht.« Ich zögerte. Alles ging so schnell. Ich kam mir vor wie in einem Albtraum, aus dem ich nicht erwachen konnte.

»Denk darüber nach.« Mom nickte mir zu. »Ich glaube, es würde Granny viel bedeuten.«

»Hm.« Ich erhob mich. Unschlüssig standen meine Mutter und ich uns gegenüber.

»Es tut mir so leid für dich«, murmelte sie und nahm mich in die Arme. Meine kurzzeitige Selbstbeherrschung fiel in sich zusammen und ich weinte so heftig, dass meine Schultern bebten. Mom hielt mich fest. Dann gingen wir Arm in Arm in die Küche, wo sie Teewasser aufsetzte. Ich sah ihr dabei zu, ohne wirklich wahrzunehmen, was sie tat. Es war, als wenn mein Körper anwesend, aber mein Innerstes im Begriff war sich aufzulösen. Völlig entrückt trank ich eine Tasse Tee. Er schmeckte salzig von meinen Tränen, die nicht versiegen wollten.

Als mein Handy zum dritten Mal klingelte, entschloss ich mich, ranzugehen.

»Hallo?«

»Ich bin's, Matt. Mein Gott, Al ...« Er konnte kaum sprechen. »Geht es dir einigermaßen gut?«

Ich schluckte schwer. »Wie ist es passiert?«, wollte ich wissen und hörte Matt tief durchatmen.

»Auf der Europa-Tournee mit 3 Doors Down hat sich der Chief erkältet. Er hatte Fieber, aber er schonte sich nicht. Selbst als wir wieder zu Hause in Miami waren, arbeitete er Tag und Nacht. Er wollte vor Weihnachten noch diverse Interviews organisieren und den Werbevertrag mit PRS Guitars unter Dach und Fach bringen. Es war gestern Vormittag, als mich ein Typ von der Plattenfirma anrief und meinte, der Chief sei nicht erreichbar. Ob wir wüssten, wo er stecke? Keiner von uns hatte eine Idee. Wir versuchten ebenfalls, ihn ans Telefon zu bekommen, aber er antwortete nicht. Am Nachmittag setzte sich Morris dann ins Auto und fuhr zu seiner Wohnung. Da war er schon tot.«

»Morris hat ihn gefunden?« Mir flau im Magen. »Wie geht es ihm?«

»Er hat sich mit seiner Gitarre eingeschlossen. Du solltest am besten wissen, wie er ist. Niemand von uns kann zu ihm durchdringen. Er leidet wie ein Tier.«

Ich rieb mir die Augen und bemühte mich, ruhig zu atmen. Die Übelkeit ließ allmählich nach.

»Bist du noch da?«, fragte Matt nach einer Weile.

»Ja.«

»Es tut mir so leid, Al.«

»Ich glaube das alles einfach nicht.« Stumm weinte ich in den Hörer und Matt ließ mir Zeit, mich zu beruhigen.

»Ich werde mit meiner Großmutter nach Miami fliegen, um Dad zu überführen«, sagte ich, als ich wieder sprechen konnte.

»Lass mich wissen, wann du kommst, dann hole ich dich vom Flughafen ab«, schlug er vor.

»In Ordnung.« Ich war noch immer nicht in der Lage, einen klaren Gedanken zu fassen.

Matt verabschiedete sich. Ich legte das Handy zur Seite und lauschte auf das Ticken der Küchenuhr. Meine Mutter war gegangen und ich war alleine mit mir und meinen Gefühlen. Ich umschlang meine Knie und verharrte zusammengekrümmt auf dem Stuhl.

Bereits am übernächsten Tag bestieg ich einen Flieger in Richtung Florida. Es war ein Wunder, dass ich noch einen Platz bekommen hatte. Halb London schien auf dem Weg in die Sonne zu sein. Apathisch verfolgte ich die Hochstimmung der Reiselustigen und fragte mich, ob ich jemals wieder derart fröhlich sein konnte.

Aber erst in Miami traf es mich wirklich. Ich war es gewohnt, von Dad abgeholt zu werden, doch an diesem Tag empfing mich Matt. Er lehnte an einer Säule in der Empfangshalle, hatte die Hände in den

Hosentaschen vergraben und sah mir entgegen. Ich kämpfte gegen die Tränen an und verlor den Kampf, als er mich ungeschickt umarmte. Eng umschlungen standen wir inmitten der vielen Menschen. Es tat gut, von ihm gehalten zu werden. Schließlich lösten wir uns voneinander und er nahm meinen Koffer. Ich beobachtete ihn dabei und wagte die eine Frage, die mir auf der Zunge brannte: »Wo ist Morris?« Es schmerzte, dass er nicht mitgekommen war.

»Er ist kaum ansprechbar.«

»Weiß er, dass ich komme?«

»Hast du es ihm gesagt?«

Ich zögerte. Morris war nicht der Typ, der ständig SMS oder E-Mails schrieb. Während der Europa-Tournee hatten wir ein paar Mal miteinander telefoniert, doch unser Kontakt war über die Ferne nicht mehr so intensiv wie in den sieben Wochen, die wir zusammen verbracht hatten. Ich fügte mich wieder in das Leben ein, das meine Eltern für mich bestimmt hatten, und Morris lebte das seine weiter. Ich kannte ihn und seinen Tagesablauf inzwischen, weshalb ich es ihm auch nicht verübelte, wenn er nur selten anrief. Er war nicht besonders gut mit Worten, das hatte er selbst gesagt. Außerdem war ich mir meiner Gefühle für ihn sicher und hoffte, dass es ihm ebenso erging. In Anbetracht der Umstände hatte ich jedoch erwartet, dass er für mich da sein würde.

Wortlos gingen Matt und ich zum Parkplatz und ich stellte fest, dass Matt Dads Camaro fuhr. Es durchzuckte mich, als ich den Lack berührte.

»Dein Vater hat das Auto beim Studio stehen gelassen«, erklärte Matt entschuldigend und sperrte auf.

Ich nickte. Wenn Dad etwas getrunken hatte oder zu müde gewesen war, um zu fahren, dann hatte er sich immer ein Taxi genommen. Die Erinnerung an diese Eigenart führte dazu, dass ich Dad auf einmal so sehr vermisste, dass es körperlich wehtat. Ich ließ mich auf den Sitz gleiten.

»Alles okay?« Matt startete den Motor. »Brad war mit dem Van unterwegs und mein Auto steht am Flughafen von Pittsburgh. Ich hatte keine andere Wahl.«

»Keine Sorge, es ist okay.« Ich griff nach seiner Hand und drückte sie.

Wir fuhren schweigend bis zu dem Hotel, in dem Granny zwei Zimmer gemietet hatte. Ich sollte sie dort treffen. Matt brachte mich direkt vor den Eingang und schaltete den Motor aus. Wir sahen einander an.

»Wir würden später gerne vorbeikommen«, sagte er. »Meinst du, das ist in Ordnung?«

»Klar.« Ich bemühte mich um ein Lächeln. Die Jungs wollten Granny und mir ihre Aufwartung machen. Das fand ich rührend.

In diesem Moment wurde die Beifahrertür von einem Hotelangestellten geöffnet. Ich hielt mein Lächeln aufrecht und stieg aus. Ein Page holte mein Gepäck aus dem Kofferraum und ich folgte ihm in den Eingangsbereich. Dort drehte ich mich noch einmal um. Matt hob die Hand zum Abschied, bevor er den Camaro startete. Ich atmete tief durch. Nun war ich wieder alleine und das konnte ich nicht ertragen.

An der Rezeption erfuhr ich, dass Granny eine Nachricht für mich hinterlassen hatte. Darin hieß es, dass sie einige Formalitäten erledigte und mich auf meinem Zimmer abholen wollte, wenn sie zurückkam. Ich ließ mich dorthin bringen und gab dem Pagen ein Trinkgeld. Er schloss die Tür hinter sich. Stille umfing mich. Die gewohnte Leere kehrte zurück. Sie lähmte meine Gedanken und Gefühle.

Erschöpft sank ich aufs Bett und starrte aus dem Fenster. Von meinem Zimmer aus hatte man einen herrlichen Blick auf die Biscayne Bay. Ich kam mir vor, als beobachte ich die Welt, die weitermachte, als sei nichts geschehen. Schiffe liefen ein, Autos fuhren umher und in den Hochhäusern auf der anderen Seite der Bucht gingen die ersten Lichter an. Alles war wie immer. Nur mein Leben hatte sich radikal verändert. Ich begann zu weinen, aber der Schmerz wollte nicht gehen.

Ein Klopfen an der Tür ließ mich aufspringen. Von der schnellen Bewegung wurde mir schwindelig. Ich hatte seit Tagen kaum etwas gegessen. Langsam ging ich zur Tür, öffnete und fiel Granny in die Arme. Sie tätschelte mir den Rücken, bevor sie mir ins Gesicht sah. Ihre Statur wirkte dünn und zerbrechlich, doch ihre blauen Augen waren stark wie eh und je. Die grauen Haare waren zu dichten Locken frisiert und ihre Haut war nicht so faltig, wie man es von einer Fünfundachtzigjährigen erwarten würde.

»Hör auf zu weinen«, befahl sie. »Deine Mutter hat schon genug für euch beide geweint.« Sie betrat mein Zimmer und sah sich um. »Hast du noch gar nicht ausgepackt?«

»Weshalb? Wir bleiben doch nur zwei oder drei Tage.«

»Wir werden sehen. Die Polizei wird ihre Ermittlungen vermutlich morgen abschließen. Erst dann wird der Leichnam freigegeben.«

Ich starrte Granny an. Sie wirkte so beherrscht, so sachlich.

»Polizei?«, fragte ich alarmiert.

Sie machte eine abwehrende Geste. »Reine Routine. Da Leonard tot in seiner Wohnung aufgefunden wurde, mussten sie sichergehen, dass keine Fremdeinwirkung vorlag.«

Ich schloss die Augen bei dem Gedanken, dass Dad keines natürlichen Todes gestorben sein könnte.

»Hast du Hunger?« Granny stieß mich an.

»Nein.«

»Warum nicht?«

»Dad ist gerade erst gestorben und du denkst ans Essen?«

Sie musterte mich. Dann setzte sie sich aufs Bett und klopfte auf die Tagesdecke. Ich sank neben sie und Granny legte die Arme um mich.

»Das eigene Kind sollte niemals vor einem gehen«, flüsterte sie. »Aber das Schicksal achtet nicht auf Befindlichkeiten. Offenbar war Leonards Zeit gekommen. Man mag es verfluchen, es als ungerecht betrachten, doch man kann es nicht ändern. Wir Menschen neigen dazu, alles lenken zu wollen, überall unsere Finger im Spiel zu haben. Bei sehr vielem gelingt uns das auch, aber den Tod können wir nicht überlisten.«

Ich legte meinen Kopf an Grannys Schulter und meine Tränen tropften auf ihre schwarze Seidenbluse.

»Dein Vater hat sein Leben geliebt, Al. Und er hat dich geliebt. Das darfst du niemals vergessen. Und jetzt sag mir, warum du wirklich weinst.«

»Weil ich ihn nicht wiedersehen werde. Nie wieder mit ihm lachen werde. Ich vermisse ihn so furchtbar, Granny!«

»Das weiß ich, Al.« Sie wiegte mich in ihren Armen, bevor sie mein Kinn hob und mich ansah. »Aber ich erkenne nicht nur Kummer, sondern auch Schuld.«

Ich biss mir auf die Unterlippe.

»Sag mir, was dich noch bedrückt«, forderte Granny mich auf.

»Bei unserem letzten Treffen haben Dad und ich uns gezankt.« Ich schnäuzte in das Taschentuch, das sie mir reichte. »Ich war so wütend auf ihn! Ich wollte bei ihm und der Band bleiben, aber Mom erlaubte es nicht, und Dad stellte sich auf ihre Seite. Während des Streits warf ich ihm einige böse Dinge an den Kopf. Ich habe mich nie dafür entschuldigt und jetzt kann ich es nicht mehr rückgängig machen.« Meine Stimme vibrierte. Es war ausgesprochen.

»Dein Vater war ein kluger Mann und er kannte dich besser als irgendjemand sonst. Ich bin mir sicher, er wusste, warum du so reagiert hast.«

Ich schüttelte den Kopf. »Aber ich habe ihm nicht gesagt, dass ich ihn liebe und dass ich es nicht böse gemeint habe. Ich bin abgereist und habe mich nicht mehr bei ihm gemeldet.«

»Menschen machen Fehler, Al. Immerzu. Jeden Tag. Glaub mir, dein Vater wusste, wie deine Gefühle für ihn waren. Und wenn du in dein Herz siehst, dann spürst du auch, wie seine Gefühle für dich waren. Worte führen uns oftmals ins Verderben, Al, deshalb sollten wir sie stets sorgfältig wählen.« Sie nahm mein Gesicht in beide Hände. »Und jetzt hör auf zu weinen! Dein Dad war ein wundervoller Mann. Wir sollten sein Leben ehren und uns freuen, dass wir ein Teil davon sein durften.«

»Wie kannst du nur so gelassen sein?«, fragte ich und schnäuzte mich ein weiteres Mal.

»Glaub mir, ich habe geweint und mein Schicksal beklagt, Al. Aber ich bin alt. Wenn ich das länger tue, dann schnellt mein Blutdruck in die Höhe.«

Ich musste trotz meiner Trauer lachen. »Du bist eine weise alte Eule, Granny«, neckte ich sie.

»Und du ein gefühlsduseliger Teenager. Heb dir noch ein paar Tränen auf. Es kommen andere Tage, an denen du sie vergießen darfst.«

Ich bekam Schluckauf und ließ zu, dass Granny mir meine nassen Wangen trocknete. Ich bewunderte ihre innere Kraft, die mir dabei half, mich zu beruhigen.

»Geh dir das Gesicht waschen«, schlug sie vor und gab mir einen aufmunternden Klaps auf den Rücken.

Ich nickte und folgte ihrer Aufforderung. Anschließend gingen wir nach unten in die Hotelbar. Es war ein Abend wie aus dem Bilderbuch. Miami leuchtete in Pastelltönen und ich ließ mich zu einem Salat überreden. Ich wusste nicht, ob es daran lag, dass ich Granny von meinem Kummer erzählt hatte, aber ich fühlte mich ein wenig besser.

Kurz nachdem Granny und ich aufgegessen hatten, erschienen die Jungs an unserem Tisch. Beinahe hätte ich sie nicht erkannt. Sie trugen langärmlige Hemden, die ihre Tattoos verdeckten, und begrüßten meine Großmutter geradezu formvollendet. Ich umarmte alle und bekam eine Gänsehaut, als mich Morris in seine Arme zog. Sein Hemd roch nach der vertrauten Mischung aus Rauch und Waschmittel, die ich so vermisst hatte. Sofort überkam mich ein schlechtes Gewissen, weil sich über all meinen Kummer die Freude legte, ihn wiederzusehen.

Wir setzten uns und begannen zu plaudern. Granny war sehr an der Musik von Burnside Close interessiert und unterhielt sich derart zwanglos mit den Jungs, als kenne sie sie bereits ihr ganzes Leben lang. Später erzählte sie Anekdoten aus Dads Jugend. Die meisten von ihnen waren selbst mir fremd. Wir lachten viel, auch wenn mir das manchmal falsch vorkam. Doch Granny bestand darauf. Sie sagte, Dad hätte nicht gewollt, dass man um ihn trauerte.

»Mit dem Tod besteigt man nur ein neues Schiff. Die Reise geht dennoch weiter«, erklärte sie und hob ihr Weinglas, um mit uns anzustoßen.

Über den Rand des Glases hinweg begegnete ich Morris' Blick. Ich sah das Leid in seinen Augen und mein Herz flog ihm zu. Ich brauchte ihn. Wir konnten nicht aufhören, uns anzusehen, bis Granny sich räusperte. Verlegen senkte ich die Lider. Sie drückte meine Hand und verkündete, dass sie nun zu Bett gehen werde.

»Bleib nur, Al«, fügte sie hinzu, als ich mich ebenfalls erheben wollte. »Wir sehen uns morgen beim Frühstück.«

Ich sank zurück in den Sessel. Die Unterhaltung erstarb. Die Jungs wirkten in sich gekehrt und müde. Erneut begegnete ich Morris' Blick.

»Zeit, zu gehen.« Es war Matt, der die Initiative ergriff. Er stand auf und nickte mir zum Abschied zu. Auch Brad und Sean verabschiedeten sich. Einzig Morris blieb sitzen. Fröhliche kubanische Musik wehte zu uns herüber, aber sie munterte uns nicht auf. Nach einer Weile beugte sich Morris vor und nahm meine Hände in die seinen.

»Als ich deinen Dad in seiner Wohnung gefunden habe, ging etwas in mir kaputt. Ich musste alleine sein. Es tut mir leid, dass ich mich nicht bei dir gemeldet habe«, flüsterte er.

Sogleich schossen mir Tränen in die Augen, die ich tapfer hinunterschluckte.

»Schon okay«, murmelte ich, obwohl ich enttäuscht war, dass er mir nicht genug vertraute, um seinen Kummer mit mir zu teilen. Hätte er mich nicht sofort anrufen müssen, um mit mir zu reden? Wieso schloss er mich von seinem Leid aus und interessierte sich nicht für das meine? Stattdessen hatte mich Matt angerufen. Und es war auch Matt gewesen, der mich vom Flughafen abgeholt hatte. Die Erkenntnis ernüchterte mich, aber ich verdrängte den Gedanken rasch und küsste Morris' Finger. Er stand auf und setzte sich neben mich. Ich kuschelte mich in seinen Arm.

»Lass uns auf dein Zimmer gehen«, raunte er mir zu. »Ich brauche dich heute Nacht.«

Ich spürte das bekannte Verlangen und ließ es dankbar zu. Obwohl ich Trost suchte, war mir plötzlich auch jede andere Ablenkung recht. Erst wenige Stunden zuvor, am Flughafen von London, hatte ich mich gefragt, ob ich je wieder fröhlich sein würde, und nun offenbarte sich zumindest jenes Begehren, das ich seit unserer ersten Begegnung für Morris empfand. Ich wollte nicht mehr daran denken, dass ich Dad für immer verloren hatte.

Ich folgte Morris aus der Hotelbar, gab den Weg zu meinem Zimmer vor und überließ mich seiner Zärtlichkeit. Wir liebten uns mit der Verzweiflung Ertrinkender, die sich am jeweils anderen festhielten, um nicht unterzugehen. Manchmal wusste ich nicht, ob ich meine Tränen schmeckte oder Morris'. Als hätten wir Angst vor der dunklen Einsamkeit klammerten wir uns aneinander. Unsere Umarmungen dauerten die ganze Nacht, bis wir eng umschlungen im Morgengrauen wegdämmerten.

Wieder einmal war es das Klopfen an der Zimmertür, das mich weckte. Im Halbschlaf dachte ich, es wäre Dad. Ich blickte mich um und wusste kurzzeitig nicht, wo ich mich befand. Erst als ich Morris neben mir spürte, überkam mich die Realität mit einer Wucht, die mich benommen machte. Erinnerungsfetzen kehrten zurück, Bilder und Eindrücke bahnten sich schmerzhaft ihren Weg an die Oberfläche.

Ich stand auf, zog mir Morris' T-Shirt über den Kopf und sah durch den Spion. Es war Granny. Ich öffnete ihr die Tür.

Sie betrachtete mich von oben bis unten. »Hast du gut geschlafen, Al?«, erkundigte sie sich.

Ich fühlte mich ertappt. »Gib mir zehn Minuten.« Meine Stimme klang, als klebe meine Zunge am Gaumen fest.

»Lass dir Zeit. Ich warte im Frühstücksraum. Wenn der junge Mann Hunger hat, dann bring ihn doch mit.«

Ich schloss die Tür und atmete tief durch. Ein Gefühl der Schamlosigkeit überkam mich, weil ich mich die ganze Nacht mit Morris vergnügt hatte, während Dad für die Überführung zu seiner letzten Ruhestätte bereit gemacht wurde. Was hatte ich mir nur dabei gedacht? Morris war der Grund für den Streit mit meinem Vater gewesen. Es kam mir vor, als nehme ich seine Entscheidung nicht ernst, weil ich Morris so kurz nach seinem Tod wieder in mein Bett gezerrt hatte. Ich fühlte mich schrecklich deswegen.

»Wer war das?« Morris kam mir entgegen. Er sah verschlafen aus.

»Granny. Sie erwartet mich zum Frühstück.« Ich drängte mich an ihm vorbei ins Badezimmer.

Meine Gefühle fuhren Karussell. Ich wusste plötzlich nicht mehr, was richtig und was falsch war. Eilig putzte ich mir die Zähne. Als ich damit fertig war, erschien Morris. Er lehnte sich gegen den Türrahmen, verschränkte die Arme. Im Spiegel starrten wir einander an.

»Was ist los?« Seine dunklen Augen blickten verunsichert.

»Nichts.«

»Du bist wütend auf mich.«

Er hatte recht. Ich stand kurz davor, ihn anzuschreien, und verstand nicht weshalb. Was war nur los mit mir?

»Ich denke, du solltest gehen«, sagte ich.

»Al!« Es klang bittend und sein Blick brach mir das Herz. Doch meine Wut verrauchte nicht.

»Bitte geh, Morris! Wegen dir hatte ich Streit mit meinem Vater, habe schreckliche Dinge zu ihm gesagt und nun ist er tot.«

»Das wusste ich nicht.« Er zögerte. »Gibst du mir etwa die Schuld dafür?«

Ich zuckte mit den Achseln, zog mir sein T-Shirt über den Kopf und hielt es ihm entgegen.

»Schick mich nicht fort.« Flehentlich sah er mich an. »Ich brauche dich.«

Ich konnte ihn nicht ansehen. War es erst letztes Jahr gewesen, als er zu mir gesagt hatte, unsere Zeit sei noch nicht gekommen? Jetzt war Morris endlich hier bei mir und mich beschlich auf einmal das Gefühl, dass unsere Zeit noch nicht gekommen war.

»Ich kann nicht. Es tut mir leid.«

Wortlos nahm er das T-Shirt an sich und drehte sich um. Ich hörte ihn durch das Hotelzimmer gehen, dann fiel die Tür ins Schloss. Kurzzeitig dachte ich darüber nach, ihm hinterher zu laufen, aber ich fühlte mich zu durcheinander, zu schwach, um ihm zu erklären, was in mir vorging. Wusste ich es doch selbst kaum.

Meine Tränen kehrten zurück. Ich weinte um all das, was ich verloren hatte. Meinen Vater, meine Liebe, mich selbst. Mein Leben war zersprungen und die Einzelteile waren zu zahlreich. Ich hatte keine Ahnung, ob ich sie jemals wieder zusammensetzen konnte. Niemals zuvor hatte ich mich so alleine gefühlt.

Nachdem ich mich beruhigt hatte, ging ich in den Frühstücksraum. Granny musterte mich aufmerksam, schwieg aber bezüglich meines desolaten Zustandes und der Tatsache, dass ich ohne Begleitung erschien.

»Die Polizei hat mich angerufen«, informierte sie mich, während sie ein Stück Toast mit Honig bestrich. »Leonard kann übermorgen ausgeflogen werden.«

»Okay«, erwiderte ich tapfer und überlegte mir, wie ich zwei weitere Tage in Miami überstehen sollte. Am liebsten wäre ich auf der Stelle abgereist.

»Wovor willst du flüchten? Vor ihm?«

Ich fühlte mich ertappt und starrte auf den Tisch.

»Dein Vater hat mir von ihm erzählt. Morris. Die erste große Liebe. Sie währt ewig.«

Ich war erstaunt, dass Dad offensichtlich sowohl Mom als auch Granny von Morris erzählt hatte.

»Leonard hing sehr an dem Jungen. Er hielt ihn für ein Ausnahmetalent.«

»Ja, das ist er.«

»Warum hast du ihn fortgeschickt?«

»Woher weißt du, dass ich ihn fortgeschickt habe?«

»Nun, er ist nicht hier, oder?«

Ich lächelte wider Willen. Vor Granny konnte ich mich nicht verstecken.

»Ich weiß es nicht«, gab ich zu. »Dads Tod, meine Schuldgefühle, einfach alles. Ich will alleine sein und auch wieder nicht. Ich kann es nicht erklären.«

Granny drückte meine Hand. »Du bist jung. Du hast Zeit.«

»Hätte ich die Zeit besser genutzt und meinen Stolz besiegt, hätte ich Dad schon letzten Monat angerufen und mich bei ihm entschuldigt.«

»Du musst mit diesen Gedanken aufhören. Das ist selbstzerstörerisch.« Sie wechselte das Thema. »Ich werde heute in Leonards Appartement gehen und seine Sachen sortieren. Möchtest du mitkommen?«

»Ist das nötig?«

»Es würde mich freuen. Ich muss seine persönlichen Dinge durchsehen und entscheiden, was mit den Möbeln und seinen Kleidungsstücken geschieht. Deine Mutter meinte, ich sollte dich damit nicht behelligen, aber ich sehe das anders. Ich bin nicht mehr die Jüngste und ich könnte deine Hilfe gut gebrauchen.«

»Dann helfe ich dir natürlich«, versprach ich, auch wenn mir die Vorstellung, Dads Appartement zu betreten, nicht behagte.

Nach dem Frühstück nahmen wir uns ein Taxi und fuhren nach Kendall, einem Vorort von Miami, wo mein Vater gelebt hatte. Nur mit großer Überwindung betrat ich seine Wohnung. Der Gedanke, dass Dad an diesem Ort gestorben war, setzte mir zu.

Granny ließ mich zunächst in Ruhe und machte sich zielstrebig ans Werk. Ich wunderte mich, wie schnell sie sich zurechtfand. Soweit ich wusste, war sie zum ersten Mal hier. Dad war ständig unterwegs gewesen, weshalb er meistens Granny besuchte und nicht umgekehrt.

Bedrückt verharrte ich im Wohnzimmer, strich vorsichtig über Dads Gitarren, das Keyboard und die indianische Trommel, ein Erbstück seines Großvaters. Die Wände waren voll von Bildern und Erinnerungsstücken aus Dads Karriere. Autogramme, Zeitungsausschnitte und Schnappschüsse fanden ihren Platz neben Collagen von Plattencovern, Auszeichnungen und Familienfotos. Obwohl ich all diese Dinge schon vorher betrachtet hatte, fiel mir erst jetzt auf, wie oft Mom und ich darauf zu sehen waren. Einzeln oder gemeinsam, lachend oder ernst, bereits vergilbt oder in Hochglanz. Eine Zeitreise durch Dads gesamtes Leben hing an diesen Wänden.

»Könntest du die Bilder abhängen und einpacken?« Granny trat zu mir und reichte mir einen zusammengefalteten Karton, den sie aus der Abstellkammer geholt hatte. Dad war so oft umgezogen, dass er die Umzugskartons irgendwann behalten hatte.

Ich nickte. Auf seltsame Weise fühlte ich mich in diesem Moment besonders stark mit meinem Vater verbunden. Es war, als wäre er bei uns und sähe uns zu. Schweigend füllten Granny und ich Karton um Karton. Wir räumten die Schränke leer, sortierten Kleidungsstücke und verpackten Dads Musiksammlung.

»Die solltest du deiner Mutter geben«, sagte Granny im Laufe des Nachmittags und reichte mir einen Stapel zusammengebundener Briefe. Ich erkannte Moms Handschrift und sah die aktuellen Poststempel.

»Die beiden haben sich geschrieben?«, fragte ich erstaunt.

Granny lächelte. »Immerzu.«

»Das wusste ich nicht. Ich dachte, sie hätten sich nur gestritten.«

»Das auch.«

»Was denn nun?« Nachdenklich betrachtete ich die Briefe in meiner Hand.

»Es gibt Menschen, die können nicht miteinander. Ohne einander aber ebenso wenig.« Granny bemerkte meine Verunsicherung. »Du solltest mit deiner Mutter reden. Ich denke, du hast ein Anrecht darauf, die Geschichte deiner Eltern zu erfahren. Dann verstehst du sie vielleicht besser.«

Nachdenklich legte ich die Briefe beiseite. Die Geschichte meiner Eltern? Was gab es da zu verstehen? Ich kam nicht dazu, weiter darüber nachzugrübeln, denn Granny hielt schon die nächste Aufgabe für mich parat.

Wir arbeiteten bis zum späten Nachmittag. Es hatte etwas Befreiendes an sich, auch wenn ich mir den Grund dafür nicht erklären konnte. Erst als Granny sich auf das Sofa sinken ließ, bemerkte ich, wie blass sie war.

»Alles in Ordnung?«, fragte ich beunruhigt.

»Natürlich.« Sie winkte ab. »Wir haben viel geschafft. Wenn wir morgen ein weiteres Mal anpacken, dann sind wir ein großes Stück vorangekommen. Ich muss nach der Beerdigung ohnehin noch einmal zurückkehren, um den Haushalt komplett aufzulösen. Aber jetzt brauche ich dringend etwas zu essen!«

Ich sah auf die Uhr und erschrak. Es war bereits nach sechs. Wie schnell die Zeit vergangen war! Ich streckte meinen Rücken durch und zückte mein Handy, um uns ein Taxi zu rufen. In diesem Moment klingelte es. Es war Matt.

»Hi«, begrüßte er mich. »Ich wollte nur wissen, ob ihr Lust auf ein Dinner-Date mit mir habt?«

»Kannst du hellsehen? Wir sterben vor Hunger! Wir sind in Dads Wohnung. Wenn du möchtest, hol uns doch ab!«

»Ich bin schon auf dem Weg zu euch.« Er legte auf.

»Matt führt uns zum Essen aus«, erklärte ich Granny.

»Ein netter Junge. Er mag dich.«

»Ja, wir sind gute Freunde.«

»Er ist wirklich sehr bemüht um dich.«

Ich runzelte die Stirn und grübelte über die Worte nach, während ich die fertig gepackten Kartons in einer Ecke stapelte. Matt bemühte sich in der Tat um mich. Mehr als Morris. Der Gedanke behagte mir nicht. Matt und Morris zu vergleichen, war, als vergleiche man Feuer und Wasser. Sie waren vollkommen verschieden. Matt ruhte in sich selbst und meisterte sein Leben mit einer gesunden Bodenständigkeit. Morris dagegen war oft nur schwer einzuschätzen. Äußerlich wirkte er ausgeglichen, aber in seinem Inneren brodelte es. Er brauchte die Musik und die Freiheit, sich zu verwirklichen. Manchmal kam er mir geradezu besessen vor. Da war er ganz wie Dad. Hatten sie sich vielleicht deswegen so gut verstanden?

Mein Handy klingelte erneut. Es war Matt, der uns wissen ließ, dass er im Halteverbot stand und wir runterkommen sollten. Ich half Granny beim Aufstehen und schloss hinter ihr ab. Der Tag hatte mich erschöpft, aber auch auf sonderbare Weise erfüllt, und ich beobachtete gerührt, wie Matt meiner Großmutter beim Einsteigen ins Auto behilflich war.

Mit geöffneten Fenstern fuhren wir in Richtung Fort Lauderdale, wo Matt uns in ein Restaurant am Strand einlud, in dem es frische Stone Crabs gab. Der Wind, der vom Meer herüberwehte, vertrieb meine traurigen Gedanken, und die Anspannung der letzten Tage ließ nach. Es war, als bekäme ich endlich wieder Luft.

»Du hast Farbe im Gesicht, Al«, stellte Granny fest und knabberte an einer der delikaten Krebsscheren. Ich lehnte mich zurück und erwiderte Matts zustimmenden Blick.

»Das war eine gute Idee«, sagte ich lächelnd. »Danke, Matt!«

»Gerne.« Er sah mich länger an als nötig und ich erinnerte mich an Grannys Worte. Der Gedanke, dass Matt mehr für mich empfand als Freundschaft, war verwirrend. Ich verbot mir, weiter darüber nachzugrübeln.

Auf der Heimfahrt schlief Granny auf dem Rücksitz ein. Ich beobachtete sie im Spiegel der Sonnenblende und lächelte.

»Das hat Granny gefallen«, sagte ich.

»Ich dachte mir schon, dass ihr Ablenkung braucht. Seid ihr vorangekommen?«

»Ja, wir haben viele Kartons gepackt. Es war hart, aber irgendwie hilft es mir auch. Zuerst wollte ich nicht mitgehen, doch nun bin ich mit Granny einer Meinung. Alles ist besser als herumzusitzen.«

»Ich bewundere dich, Al. Du bist tapfer.«

»Nur äußerlich. Innerlich bin ich ein Wrack. Wenn ich im Hotel bin, werde ich die Mini-Bar leer saufen.«

Er schmunzelte. »Du hast denselben Humor wie dein Dad.«

»Hm, Dad hätte die Mini-Bar wirklich leer gesoffen.« Ich sah ihn an und ergriff einer plötzlichen Eingebung folgend seine Hand. Während der gesamten Heimfahrt hielt ich sie fest und ließ sie erst los, als wir das Hotel erreichten.

»Wartest du?«, fragte ich, nachdem er den Motor abgestellt hatte. Er nickte.

Ich brachte Granny auf ihr Zimmer und fuhr anschließend wieder zurück in die Lobby. Vor dem Eingang lehnte Matt an der Beifahrertür des Camaro und sah mir entgegen. Ich ging zu ihm.

»Danke für den schönen Abend«, sagte ich und spielte mit dem Reißverschluss seiner Jacke.

»Was wird das, Al?« Seine Stimme war heiser, er musterte mich eindringlich. Mein Herz klopfte, denn mit einem Mal wollte ich, dass er mich küsste.

Langsam hob ich den Kopf. Unsere Lippen berührten sich für einen kurzen Moment, bevor er mich entschieden von sich schob.

Verunsichert sah ich ihn an. »Was ist los?«

»Gott, Al, was denkst du denn …« Er wich vor mir zurück. In seinem Blick lag Ratlosigkeit.

»Scheiße!« Scham überkam mich und ich schlug mir die Hände vors Gesicht. Wie konnte ich Matt nur in eine derartige Situation bringen? Er war mein Freund. Ich war so durcheinander, dass ich nicht mehr wusste, was ich tat.

»Ist okay.« Er bemerkte meine Verzweiflung und fuhr mir sanft über den Arm.

»Nein, es ist nicht okay«, murmelte ich. »Ich benehme mich wie ein kleines Kind. Seit Dads Tod kenne ich mich selbst nicht mehr. Es tut mir leid, Matt.« Ich rieb mir die Stirn.

»Ich mag dich, Al, und es tut mir weh zu sehen, dass es dir nicht gut geht.«

»Hm.«

»Morris ist mein Kumpel …« Er stockte.

»Das ist mir gerade ziemlich peinlich«, erwiderte ich und biss mir auf die Unterlippe.

»Ich gehe besser.«

»Nein!« Ich hielt ihn zurück, als er sich abwenden wollte.

Zögerlich sah er mich an. »Da gibt es nichts, was dir leidtun muss, Al. Du bist gerade in einer schwierigen Situation. Ich wollte dir nur helfen.«

Ich schluchzte auf. »Ich kann nicht mehr, Matt! Ich habe keine Ahnung, wie es für mich weitergeht. Mein Dad und ich haben uns im letzten Sommer furchtbar gestritten. Dafür habe ich mich nie bei ihm entschuldigt und jetzt ist er tot. Mit dieser Schuld muss ich für immer leben. Das tut so weh!«

Matt nahm mich in den Arm.

»Dad war alles für mich«, murmelte ich an seiner Schulter. »Ebenso wie ihr. Ich frage mich, was ohne ihn aus uns allen werden soll. Ich will euch nicht verlieren, aber im Augenblick habe ich das Gefühl, ich stoße jeden vor den Kopf.«

Tröstend strich er mir übers Haar. »Das tust du nicht, Al. Und glaub mir, wir haben alle dieselben Ängste.«

»Dann sind wir noch Freunde?«

»Die besten.«

»Du bist mir nicht böse, weil ich dich geküsst habe?«

»Doch.«

Ich spürte, dass er lachte, und kitzelte ihn. Matt wand sich aus meiner Umarmung. Der peinliche Moment war vorüber und ich war froh darüber.

»Du wirst immer unser Glücksbringer bleiben, Al«, sagte er. »Und wir deine Familie. Wenn du uns brauchst, dann sind wir für dich da. Und jetzt geh und schlaf dich aus. Ich habe das Gefühl, du hast es nötig.«

»Danke!« Ich umarmte ihn noch einmal, bevor ich zurück ins Hotel ging.

Eine Woche später wurde mein Dad in München beigesetzt. Meine Mutter erlitt während der Zeremonie einen Nervenzusammenbruch. Meine Tränen dagegen waren aufgebraucht. Wie versteinert stand ich da und sah dabei zu, wie der wichtigste Mensch in meinem Leben seine letzte Ruhe fand.

Chapter 5

Kill the thoughts, kill the pain,
kill the ghost and smash my chains
(Burnside Close, »Kill The Ghost«)

Zwei Wochen später erlebte ich den nächsten Schock. Meine Periode blieb aus! Einige Tage lauerte ich auf die gewohnten Bauchkrämpfe, aber nichts dergleichen geschah. Dann bekam ich eine Heidenangst. Ich war schlampig mit der Einnahme der Pille gewesen, so viel stand fest. Das Entsetzen über Dads Tod, die Zeitverschiebung in den USA; ich konnte mir nicht in Erinnerung rufen, wann ich die Tabletten genommen hatte.

Mir stockte der Atem. Zusätzlich zu all dem Chaos, das derzeit mein Leben beherrschte, durfte ich nicht auch noch schwanger sein!

Ich sperrte mich im Bad ein und legte die Hand auf meinen Bauch. Morris. Erwartete ich ein Kind von ihm? Mein Magen krampfte sich derart zusammen, dass mir übel wurde. Ich würgte.

Mutlos blickte ich in das neblige Londoner Vorweihnachtswetter und überlegte mir, was ich tun sollte. Mit meiner Mutter zu reden, empfand ich als keine gute Idee. Ebenso wenig wollte ich mich an meine Freundinnen wenden. In meinem Kopf hörte ich bereits ihre erstaunten Ausrufe: »Du hast mit Morris geschlafen, obwohl dein Dad gerade erst gestorben ist? Das ist krass, erzähl uns jedes Detail!« Darauf hatte ich nun wirklich keine Lust.

Ich ging zurück auf mein Zimmer. Meine Mutter rief nach mir, doch ich ignorierte sie. Stattdessen griff ich nach meinem Handy und wählte Matts Nummer. In London war es Nachmittag. Ich rechnete damit, dass Matt bereits wach war, aber er meldete sich mit verschlafener Stimme. »Hallo?«

»Hey, habe ich dich geweckt?«

»Hm.« Ich hörte das Rascheln einer Bettdecke. »Ich bin in Los Angeles. Andere Zeitzone.«

»Tut mir leid! Soll ich später wieder anrufen?«

»Nein, alles okay. Was ist los?«

»Ich brauche einen Freund«, sagte ich, bevor mir der Gedanke kam, dass Matt nicht der richtige Ansprechpartner für mein Problem war.

»Schieß los!«

»Weißt du, wie es Morris geht?«

»Deswegen rufst du mich mitten in der Nacht an? Warum fragst du ihn nicht selbst?«

»Wir reden nicht mehr miteinander.«

»Das dachte ich mir.«

»Weshalb?«

Matt antwortete nicht und ich gab mir einen Ruck: »Ich stecke in Schwierigkeiten. Glaube ich zumindest. Naja, eigentlich betreffen die Morris, aber ich weiß nicht, ob ich mit ihm darüber sprechen kann.«

»Das klingt kompliziert.«

»Das ist es auch.«

»Bist du schwanger?«

Ich schwieg betroffen, weil er so unerwartet mitten ins Schwarze getroffen hatte.

Matt räusperte sich. »Warst du schon beim Arzt?«

»Nein, ich sitze rum und schiebe Panik. Ich wollte eine vertraute Stimme hören.«

»Al, ich will ehrlich sein, das ist gerade kein guter Zeitpunkt.«

»Was meinst du damit?«

»Hier geht es drunter und drüber. Der Tod des Chiefs holt uns jetzt ein. Auf der Bühne zu stehen ist genial, doch die Business-Seite des Musikmachens nimmt dir jegliche Freude. Wir wollen weiter vorankommen, unser Ding machen und nicht ans Geschäft denken. Aber das ist ohne den Chief nicht möglich. Auch Morris ist nicht mehr derselbe. Er stürzt im Moment komplett ab. Wegen seiner Auffälligkeiten erteilt uns jeder Manager eine Absage und ich bin nur deshalb in Los Angeles, um jemanden zu finden, der sich davon nicht abschrecken lässt.«

»Das wusste ich nicht.«

»Ja, es ist viel passiert, seit du zurück nach Hause geflogen bist.«

So niedergeschmettert hatte ich Matt noch nie erlebt. Meine eigenen Probleme gerieten in den Hintergrund.

»Erzähl mir von eurem Chaos«, forderte ich ihn auf, doch er zögerte.

»Das ist nicht so einfach, Al.«

»Was immer es ist, ich will es hören.«

»Na gut, du wolltest es so.« Er seufzte resigniert. »Morris kapselt sich komplett ab. Wenn wir uns sehen, ist er kaum ansprechbar. Brad hat ihn vor Kurzem völlig zugedröhnt in einem Strip-Club aufgegabelt, wo er gefeiert hat, als gäbe es kein Morgen.«

»Wow!« Darauf war ich nicht gefasst gewesen. Matts Worte waren wie Stiche, die mich peinigten.

»Die Band ist ihm egal. Alles, was ihm momentan wichtig ist, sind Alkohol, Drogen und Groupies. Sollte er die Kurve nicht kriegen, wird Burnside Close den Bach hinuntergehen. Ich habe das Gefühl, als wolle Morris mit aller Macht zerstören, was wir gemeinsam mit deinem Vater aufgebaut haben.«

»Das kann ich nicht glauben …«

»Dann geht es dir wie mir. Die Probleme wachsen uns über den Kopf. Ich habe keine Ahnung, wie es weitergeht, Al.«

Der Satz verhallte in den Tausenden Kilometern Distanz, die zwischen uns lagen.

»Kann ich euch irgendwie helfen?«

Matt schwieg, die Verbindung wurde durch ein Rauschen gestört.

»Mein Dad hätte nicht gewollt, dass sein Tod die Band zerstört.«

»Das hat unser Leben verändert. Wir vermissen ihn. Keiner der Jungs kann diesen Verlust so einfach wegstecken. Doch Morris schlägt über die Stränge. Ich weiß nicht, wie ich ihm helfen kann. Keiner von uns weiß das.«

Ich schluckte und das schlechte Gewissen schlug über mir zusammen. Nur zu gut erinnerte ich mich an mein Verhalten in Miami, als ich ihn von mir gestoßen hatte. Hatte ich seinen Absturz gar provoziert?

»Ich denke, du solltest versuchen, mit ihm zu reden. Das ist der einzige Rat, den ich dir als Freund geben kann.«

Ich rieb mir die Schläfen. »Ich frage mich nur, ob er in seiner Verfassung hören will, was ich ihm zu sagen habe.«

»So oder so, mir gehen die Möglichkeiten aus, Al. Wenn sich Morris nicht bald einkriegt, dann müssen wir uns nach einem anderen Leadsänger umsehen.«

Die Endgültigkeit in Matts Stimme erschreckte mich. Burnside Close würden ohne Morris nicht mehr dasselbe sein. Ich dachte an Dad und all die Arbeit, die er in diese Band investiert hatte, und sagte: »Ich rede mit ihm. Versprochen.«

»Danke. Wir hören uns.« Matt legte auf.

Ich warf mich aufs Bett und barg meinen Kopf in den Armen. All die Ängste, die meine ausbleibende Periode auslöste, mischten sich mit den Gedanken über die Zukunft der Band sowie Morris' Verhalten. Ich hatte geglaubt, ihn zu kennen, aber das, was ich gerade gehört hatte, machte mich fertig. In den Vorstellungen, die sich mir aufdrängten, sah ich ihn mit anderen Frauen rumknutschen und der Brechreiz von vorhin kehrte zurück.

Erneut hörte ich meine Mutter nach mir rufen.

»Ich komme!« Obwohl es in mir drunter und drüber ging, war ich froh über die Ablenkung und stand hastig auf.

Als ich aus meinem Zimmer trat, war es totenstill im Haus. Mom war seit drei Wochen krankgeschrieben, aber ich sah sie kaum. Sie hinterließ mir Zettel am Kühlschrank, wenn sie etwas von mir wollte. So kraftlos und aufgewühlt hatte ich sie bisher noch nie erlebt.

Nach meiner Rückkehr aus Miami hatte ich ihr die Briefe aus Dads Wohnung übergeben. Sie war dabei leichenblass geworden. Ich wusste, dass die Briefe mittlerweile geöffnet auf ihrem Bett lagen, die Schrift durch Tränen verschmiert. Es war unheimlich.

»Da bist du ja.« Mom kam aus der Küche. »Hast du heute schon etwas gegessen?«

»Nein, ich habe keinen Hunger.«

»Ich muss mit dir reden. Es geht um das Erbe deines Vaters.«

»Oh!« Ich zögerte. »Was ist damit?«

»Es ist nichts Schlimmes.« Mom lächelte beruhigend.

Wir setzten uns an den Küchentisch und sie schenkte mir eine Tasse Tee ein. Seit der Nachricht von Dads Tod achtete sie nicht mehr auf ihr Äußeres. Ihre Haare waren zu einem unordentlichen Knoten geschlungen, und sie trug seit Wochen denselben karierten Schlafanzug.

Ihre Füße steckten in dicken Socken und Pantoffeln, ihr Gesicht war ungeschminkt.

»Warum läufst du immerzu im Morgenmantel herum?«, fragte ich missbilligend. Ihre Gleichgültigkeit gegenüber allen Dingen trieb mich allmählich in den Wahnsinn.

Mom sah durch mich hindurch. Dann schob sie ein Kuvert über den Tisch, auf dem in Dads Handschrift mein Name zu lesen war.

»Das kam heute vom Nachlassgericht. Dein Vater hat dir einen Sparvertrag hinterlassen, außerdem seine Instrumente und sein Auto. Und diesen Brief.«

Ich wusste nicht, was ich sagen sollte, und starrte stattdessen den Umschlag an. »Dad hat mir geschrieben?«

»Sieht ganz so aus.«

»Was steht denn drin?«

»Das weiß ich nicht. Er ist an dich persönlich gerichtet.«

Ich konnte das Schriftstück nicht berühren. Mom bemerkte es und sagte: »Du musst ihn nicht jetzt öffnen. Lass dir Zeit.«

Sie nahm eine Tasse Tee und ging zurück auf ihr Zimmer. Ich war durcheinander. Ein Brief von Dad. Vorsichtig zog ich den Umschlag zu mir heran. Ich wollte ihn nicht lesen, nicht schon wieder den Verlust empfinden, der mich überkam, wenn ich an Dad dachte. Meine Finger drehten und wendeten das Kuvert. Dann legte ich es beiseite und folgte Mom in den ersten Stock.

»Herein«, rief sie, als ich an ihre Zimmertür klopfte.

Ich steckte den Kopf hinein. Mom saß am Boden und blätterte in alten Zeitschriften.

»Ich kann den Brief nicht lesen«, erklärte ich ihr.

»Warum denn nicht?«

Ich setzte mich neben sie. »Es ist der Brief eines Toten. Das ist mir unheimlich.«

»Dein Vater lebt in dir weiter, Almond. Du brauchst dich nicht zu fürchten. Er war schon immer gut darin, Briefe zu schreiben.«

»So wie die Briefe an dich?«

Mom wich meinem Blick aus. »Das auch.«

»Erzählst du mir davon?«

»Da gibt es nichts zu erzählen.«

»Mom! Das war ein ganzer Stapel Briefe, den Granny mir für dich mitgegeben hat. Sie meinte, ich sollte dich nach eurer Geschichte fragen. Um euch besser zu verstehen.«

»Du kennst unsere Geschichte, Almond. Dein Vater und ich haben uns vor langer Zeit scheiden lassen. Mehr gibt es dazu nicht zu sagen.«

»Ich bin vielleicht schwanger«, platzte es aus mir heraus, ehe ich mich zurückhalten konnte. Ich sah, dass Mom erstarrte, und mir rutschte das Herz in die Hose. Was hatte ich da gesagt? Ich wartete darauf, dass sie mich anschrie und mir Vorwürfe machte. Doch nichts dergleichen geschah.

»Wie lange bist du überfällig?«, wollte sie wissen.

»Fünf Tage.«

»So etwas kommt vor, Liebling. Besonders nach all den Erlebnissen der letzten Wochen. Bevor du nicht Gewissheit hast, solltest du dich nicht verrückt machen. Weiß dein Freund davon?«

»Nein«, gab ich kleinlaut zu. »Ich bin mir nicht sicher, ob er überhaupt noch mein Freund ist. Zuerst dachte ich, er sei mein Leben, aber jetzt …« Ich brach ab.

»Habt ihr euch getrennt?«

»Wenn ich das wüsste.«

Mom lächelte und drückte meine Hand. Niemals zuvor hatten wir derart entspannt miteinander geredet.

»Ich vermisse Dad so sehr«, flüsterte ich. »Er hat immer alles mit mir besprochen. Ohne ihn fühle ich mich einsam. Kannst du mir nicht ein wenig über ihn erzählen? Bitte! Wie habt ihr euch kennengelernt?«

»Oh Gott!« Mom tupfte sich Tränen aus den Augenwinkeln. »Es fällt mir so schwer.«

Nun musste ich ebenfalls weinen und Mom gab sich einen Ruck. »Ich versuche es«, sagte sie und holte tief Luft. »Die Geschichte von deinem Vater und mir fing sehr romantisch an. Ich war blutjung, als wir uns begegneten. Es war im Marquee Club bei einem Konzert der Rolling Stones. Dein Vater fiel mir auf, weil er alle Texte mitsingen konnte. Wir lachten und tanzten den gesamten Abend. Ich verliebte mich sofort in Leonard. Er war so anders als alle Männer, die ich vor ihm kennengelernt hatte. Leidenschaftlich, gut aussehend und unbeschwert. Die ganze Zeit sagte er mir, wie hübsch ich wäre, und in seiner

Nähe fühlte ich mich geborgen und gleichzeitig verrucht. Zudem war er um einiges älter als ich, und meine Familie mochte ihn nicht. Ich genoss es, gegen sie zu rebellieren. Ich spielte Hardrock in unserem Haus und rauchte Marihuana auf meinem Zimmer. Ansonsten verbrachte ich jede freie Minute mit Leonard. Ich folgte ihm überallhin. Er hatte den Traum, ins Musikgeschäft einzusteigen, und ich wollte ihn dabei unterstützen. Ich nahm ein Vagabundenleben in Kauf, obwohl ich eigentlich eine sesshafte Pflanze bin. Am Ende schmiss ich sogar die Schule. Meine Eltern drohten, mich zu enterben. Es war mir egal. Ich umgab mich mit Leonards Freunden, übernahm seinen Lebensstil. Ich tat alles, um ihm zu gefallen, bis ich irgendwann so weit war, dass ich den Menschen hasste, zu dem ich geworden war.«

Ich blinzelte erstaunt. Diese Dinge waren mir neu.

»Warum hast du dich gehasst?«, wollte ich wissen.

»Weil mir das Leben mit Leonard zu viel wurde. Die 80er waren eine wilde Zeit. Es gab eine Menge Drogen und Alkohol und ich hatte das Gefühl, deinen Vater dadurch zu verlieren. Er entglitt mir mehr und mehr in die Welt der Rockmusik, die ich nicht verstand. Wir zogen in die USA, weil er die Szene dort kannte. Aber er war ständig unterwegs und ich blieb oft monatelang alleine. Ohne Freunde war ich einsam und wünschte mir ein Kind, eine Familie. Ich hoffte, Leonard würde häuslicher werden, wenn wir ein Baby bekämen. Als ich schließlich schwanger wurde, heirateten wir, du wurdest geboren und ich fand, was mich glücklich machte. Für einen kurzen Augenblick kam Leonard zur Ruhe, doch dann zog es ihn wieder zu seinen Bands. Ich ertrug es eine Zeit lang, bevor ich begann, ihn zu terrorisieren. Ich fühlte mich im Stich gelassen, versuchte, ihn mit unserer kleinen Familie zu erpressen. Natürlich ging das gründlich schief. Je mehr ich forderte, desto mehr entfremdeten wir uns. Ich hörte von anderen Frauen und unsere Beziehung eskalierte vollständig.«

»Was passierte dann?«, fragte ich und Mom seufzte gedankenverloren.

»Das war unser Ende. Ich hatte das Gefühl, versagt zu haben, und warf Leonard vor, dass wir ihm nicht wichtig seien. Wir trennten uns, ich kehrte nach England zurück und reichte die Scheidung ein. Erst später erkannte ich, dass Leonard sich nicht verändert hatte. Er war stets derselbe Mann geblieben, in den ich mich einst verliebte. Ich war es, die ihm etwas vorgespielt hat. Wie auch mir selbst. Ich hatte meine Wünsche hintangestellt und ihn am Ende für mein Unglück verantwortlich gemacht. Heute weiß ich das alles, aber es gab Momente, da habe ich mich deinem Vater gegenüber sehr schlecht benommen.«

Ich starrte auf unsere ineinander verschlungenen Hände. Moms Geschichte, die ich so zum ersten Mal hörte, wühlte mich auf. »Trotzdem habt ihr euch geschrieben«, sagte ich.

»Das mit den Briefen fing an, als wir beschlossen, uns zu trennen. Es war eine schreckliche Zeit. Wir mussten uns über das Sorgerecht und die Unterhaltszahlungen einigen und stellten fest, wie grundverschieden unsere Ansichten zu diesen Themen sind. Ständig stritten wir uns. Anschließend überkam einen von uns das schlechte Gewissen und wir schrieben einander. Das war leichter als ein Gespräch am Telefon. Leonard verstand es, seine Gefühle in Worte zu fassen, und so behielten wir diesen Kontakt bei. Seit unserer Trennung habe ihn jeden Tag vermisst.«

Ich blinzelte ungläubig. Die Meinung über meine Eltern war stets eine andere gewesen. Mein Verhalten getrieben durch mein vermeintliches Wissen über ihr Verhältnis zueinander.

»Warum hast du mir das nie erzählt?«

»Was hätte das für einen Unterschied gemacht, Almond? Wir lebten getrennt, ich hatte das Sorgerecht und dein Vater führte das Leben, das er schon immer führen wollte.«

»Du wolltest nie, dass ich ihn besuche. All die Jahre habe ich geglaubt, dass ihr euch hasst.«

»Ich wollte dich nur beschützen, Almond. Auf den ersten Blick war der Beruf deines Vaters aufregend. Ich war mir bewusst, dass dich sein Lebensstil früher oder später anziehen wird wie eine Motte das Licht. Und als Leonard mir dann von deinem Freund Morris erzählt hat, wollte ich nicht, dass du verletzt wirst und denselben Fehler begehst, den ich einst begangen habe.«

»Das ist Unsinn, Mom!« Ich ließ ihre Hand los.

»Das ist es nicht! Sieh dich doch an, Almond. Du denkst, dass du schwanger bist. Wie stellst du dir dein Leben an der Seite eines Rocksängers vor? Glaubst du, er kommt jeden Abend nach Hause und kümmert sich um dich und das Kind? Es tut mir leid, wenn ich deine Fantasien zurück auf den Boden der Realität bringen muss, aber so wird das nicht laufen. Du wirst alleine sein.«

Ich biss mir auf die Unterlippe.

»Dein Vater hat mir diesbezüglich zugestimmt. Er wollte ebenfalls nicht, dass du verletzt wirst.«

»Ich habe mich bei Dad immer wohlgefühlt. Mir erschien nichts falsch an seinem Lebensstil, ebenso wenig wie an dem von Morris.«

Meine Mutter schüttelte entschieden den Kopf. »Du bist jung und suchst das Abenteuer, aber du hast keine Ahnung, welche Zukunft dir bevorstünde.«

Ich wollte ihr sagen, dass ich das selbst herausfinden musste, doch ich sah ihr an, dass sie mir nicht zuhören würde. Ihr Blick war nach innen gekehrt, auf eine Vergangenheit, die sie nicht losließ, und einen Mann, den sie nicht hatte halten können. Es war nicht der richtige Zeitpunkt, um Mom davon zu überzeugen, dass ich nicht wie sie war.

»Ich sollte jetzt losgehen, um mir einen Schwangerschaftstest zu besorgen«, durchbrach ich das Schweigen.

Meine Worte brachten Mom zurück in die Gegenwart. Sie nickte. »Ich bin für dich da, wenn du mich brauchst«, erwiderte sie.

»Danke.« Ich gab ihr einen Kuss und stand auf.

Unser Gespräch verfolgte mich, während ich loszog, um mir Klarheit zu verschaffen.

Am Abend desselben Tages saß ich auf meinem Zimmer und starrte den ungeöffneten Schwangerschaftstest an, den ich mir besorgt hatte. Er war wie eine Mutprobe, zu der ich nicht bereit war. Wie sollte es weitergehen, wenn ich tatsächlich ein Kind von Morris bekam?

Moms Worte hallten in meinem Kopf. *Du wirst alleine sein.* Nach all dem, was Matt mir an diesem Tag über Morris berichtet hatte, bekam ich es noch mehr mit der Angst zu tun.

Während ich nachdachte, summte ich die Musik mit, die aus meinem Laptop drang. Ich hatte einen amerikanischen Radiosender gewählt, der hauptsächlich Rockmusik spielte. Nachdem der Song verklungen war, begann der Moderator über die Band-Neuentdeckung des Jahres sprechen. Im Hintergrund ertönte *Real Life*. Ich beugte mich vor und drehte die Lautstärke höher. Es folgte ein Bericht über Burnside Close, der ihre Entwicklung beleuchtete und über ihre Tournee als Vorband von 3 Doors Down resümierte. Aufmerksam hörte ich zu.

Es war das erste Mal, dass ich im Radio zufällig auf eine derartige Reportage stieß. Nach einer eingehenden Analyse des Albums berichtete der Moderator auch vom tragischen Tod des Managers Leonard Cole und tat seine Sorgen kund, weil der Leadsänger von Burnside Close immer mehr auf die schiefe Bahn geriet. Er betonte, wie schade es wäre, wenn diese Band bereits so kurz nach ihrem Erscheinen wieder vom Erdboden verschwinden würde. Dann erfüllten die ersten Takte der neuesten Singleauskopplung *Kill The Ghost* mein Zimmer.

Bewegt lauschte ich dem Song, dessen Text anmutete, als sei er nur geschrieben worden, um meine momentane Situation zu beschreiben. Morris besang die Herausforderung, die eigenen Dämonen nach schlimmen Erlebnissen zu besiegen, um zurück zu sich selbst zu finden. Der Song war vor Dads Tod komponiert worden. Ich war dabei gewesen, als Morris und die anderen bis tief in die Nacht daran rumgefeilt hatten, bis er genauso klang, wie Dad es sich vorgestellt hatte. Die Erinnerungen überfluteten mich.

Ich schloss die Augen und ließ Morris' Stimme auf mich wirken. Der Schmerz über sein Verhalten mir und der Band gegenüber saß tief, aber ich erkannte auch, dass ich an der Situation nicht unschuldig war. Ich hätte mit ihm reden müssen, ihm erklären, was ich fühlte, so wie ich es bei Matt getan hatte. Es war meine Aufgabe, Morris wieder zur Vernunft zu bringen. Das war ich Burnside Close schuldig. Spontan griff nach meinem Handy und wählte Morris' Nummer. Nach längerem Klingeln wurde abgehoben. Ich vernahm ein Grunzen.

»Morris?«, fragte ich. »Ich bin's, Al.«

»Was willst du?«

»Können wir reden?«

Er legte auf. Ich war so erstaunt darüber, dass ich nicht reagieren konnte. Minutenlang starrte ich mein Handy an, bevor ich erneut seine Nummer wählte.

»Was ist denn noch?«, knurrte er und klang dabei, als hätte er seine Stimme mit Whiskey geölt.

»Ich habe mit Matt telefoniert.«

»Und?«

»Er hat mir gesagt, dass es dir nicht gut geht.«

Morris lachte übertrieben. »Nette Formulierung!«

»Ich mache mir Sorgen um dich.«

»Du wolltest, dass ich gehe, schon vergessen? Also halte dich aus meinem Leben raus!«

»Mein Dad hätte nicht gewollt, dass du die Band ruinierst!«

»Dein Dad ist tot. Ebenso wie das, was zwischen uns war. Und jetzt lass mich in Ruhe!«

Er legte erneut auf und ich lauschte auf das Besetztzeichen. Mein Magen rebellierte.

»Matt hat gesagt, dass er dich aus der Band schmeißt, wenn du so weitermachst«, schrie ich in das Handy, als er zum dritten Mal abnahm. Ich hatte nicht damit gerechnet, weshalb ich schnell weitersprach: »Burnside Close ist dein Leben, Morris! Wirf das nicht einfach weg. Es tut mir leid, was ich zu dir gesagt habe, aber mein Vater ist gestorben, verdammt noch mal, und ich war nicht mehr ich selbst. Alles hat sich verändert. Ich habe mich verändert. Vielleicht bin ich …«

»Ich will das nicht hören, Al!«, unterbrach er mich, bevor ich ihm von meinen Sorgen berichten konnte. »Die Band ist unsere Angelegenheit. Das geht dich nichts mehr an. Und mein Leben geht dich ebenfalls nichts mehr an. Ich sage es dir noch einmal: Lass mich in Ruhe und ruf mich nicht mehr an!«

Ich rief ihn kein weiteres Mal zurück. Es war bitter, derart von ihm abgewiesen zu werden, und sein Zorn erschreckte mich. Ich wünschte mir, mit Dad reden zu können. Meine ganze Situation erschien mir so ausweglos. Bevor die Verzweiflung mich übermannte, ging ich in die Küche, holte Dads Brief und legte ihn neben den Schwangerschaftstest auf mein Bett.

»Hilf mir, Dad«, flüsterte ich. Dann riss ich den Umschlag auf und faltete das Papier auseinander. Mein Herz klopfte vor Aufregung, als ich zu lesen begann.

Geliebte Almond, es ist eigenartig, einen Brief zu schreiben, von dem ich weiß, dass du ihn erst liest, wenn es mich nicht mehr gibt. Dies ist nicht mein erster Brief an dich, und ich hoffe, dass es noch viele weitere geben wird, die mit genau demselben Satz beginnen.

Sicherlich fragst du dich, welche Situationen mich in der Vergangenheit dazu verleitet haben, den Inhalt eines Briefs zu überarbeiten. Dafür gibt es keine Regel. Wie für alles in meinem Leben. Ich bin immer nur meinem Gefühl gefolgt und habe die Momente durch mich hindurchfließen lassen. Bestimmt hast du das oft als anstrengend empfunden, aber dein alter Herr kannte stets nur ein Motto: Wenn du dich erhebst, dann erhebe dich wie ein Engel, und wenn du fällst, dann falle wie der Teufel! Ich habe viele Höhen und Tiefen in meinem Leben gemeistert, Al, und du sollst wissen, dass du der Wind warst, der mich oben gehalten hat. Du hast mich getragen und mich vorangebracht. Für dich wollte ich ein besserer Mensch sein. Und bei Gott, das hatte ich manchmal verdammt nötig!

Ich schätze an dir, dass du immer den Mut hattest, mir meine Schwächen aufzuzeigen. Deshalb haben wir uns auch so gestritten, bevor du bei deinem letzten Besuch abgereist bist. Es war unser erster Streit. Und ja, dieser Streit zwischen uns ist der Grund, warum ich den Brief an dich neu aufsetze. Ich möchte nicht, dass du für alle Ewigkeit ein schlechtes Gewissen deswegen hast und da ich gerade im Flugzeug sitze und Zeit habe, bringe ich diese Worte zu Papier.

Ich wusste, wie es in dir aussah. Ich mag nicht in vielem gut gewesen sein, aber darin schon. Es genügte nur ein Blick von dir und ich erkannte, was in dir vorgeht. Ich bemerkte bereits, dass du dich in Morris verliebt hast, bevor es dir selbst aufgefallen ist. Sicher fragst du dich, warum ich in Sorge wegen eurer Beziehung war. Ganz einfach: Ich kenne Morris zu gut. Er ist ein bisschen wie ich selbst und gleichzeitig um so vieles talentierter. Ich glaube, er wurde nur geboren, um Musik zu machen, und ich hoffe, er ist dem Erfolgsdruck gewachsen. Er stellt hohe Anforderungen an sich selbst, die er manchmal kaum erfüllen kann. Das setzt ihm zu, denn er ist sensibel und feinfühlig. Er möchte niemanden enttäuschen. Die Musik bedeutet ihm alles, sie berauscht ihn. In jeder freien Minute komponiert er, verarbeitet seine Gefühle zu Songs. Das führt dazu, dass er die Umwelt oft aus seinem Leben ausschließt. Genau das habe ich vor vielen Jahren auch getan und deine Mutter damit sehr verletzt. Ich kann das nicht ungeschehen machen, aber aus diesem Grund weiß ich, dass man stark sein muss, um an Morris' Seite zu bestehen. Er wird für immer Musiker sein. Burnside Close ist vermutlich erst der Anfang seiner Karriere. Man wird ihn mit seiner Berufung teilen müssen und ich frage mich: Genügt dir das, Al?

Lass dir mit der Beantwortung dieser Frage Zeit. Ich kenne die Pläne, die deine Mutter für dich hat, und du solltest wissen, dass sie es gut mit dir meint. Ich habe nie aufgehört, Evelyn zu lieben. Sie hatte es wahrlich nicht einfach mit mir. Es war einzig meine Schuld, dass unsere Ehe gescheitert ist, und sie war immer eine vorbildliche Mutter. Alles, was sie tut, tut sie nur für dich. Höre auf sie, doch vergiss nicht dich selbst. Breite beizeiten deine Flügel aus und finde deinen eigenen Weg. Ich weiß, das klingt jetzt anders als zum Zeitpunkt unseres Streits. Es tut mir leid, dass ich dir damals vorschreiben wollte, was du zu tun hast, aber manchmal will man sein Kind nur beschützen und es vor den Dummheiten bewahren, die man selbst einmal begangen hat. Doch du wirst alles richtig machen, da bin ich mir sicher.

Und jetzt lächle bitte für mich! Du bist so schön, wenn du lächelst. Keine Beziehung und kein Job werden dich je erfüllen, wenn du nicht zufrieden bist. Granny hat es dir bereits gesagt. Höre auf dein Innerstes und nicht darauf, was andere Menschen, wie zum Beispiel dein alter Herr, dir raten. Nur du allein weißt, was deine Bestimmung ist.

Ich habe dir ein wenig Geld hinterlassen und wünsche mir, dass du es für dich nutzt. Sieh es als meine Aufgabe für dich an und stell dich mutig deinen Träumen!

So habe ich gelebt und es war ein verdammt gutes Leben. Rock the world, Al! In Liebe, Dein Vater Leonard.

Ich spürte die Tränen, die meine Wangen hinunterliefen. Es kam mir vor, als hörte ich Dads Stimme, die zu mir sprach.

Doch anstelle von Trauer empfand ich Trost. Dad hatte mir verziehen. Er hatte mich besser gekannt, als ich geglaubt hatte, und obwohl ich nie wieder mit ihm lachen, nie wieder in seine wissenden Augen blicken und mit ihm reden würde, wusste ich, dass er bei mir war. Und immer bei mir sein würde. Mir wurde ganz warm ums Herz.

Dann spürte ich das lang ersehnte Ziehen in der Bauchgegend, das mich darauf aufmerksam machte, dass meine Periode endlich eingetroffen war. Ich eilte ins Bad, um mir Sicherheit zu verschaffen. Erleichterung durchflutete mich, gefolgt von dem Gedanken, dass es wirklich einen Traum gab, den ich mir zu gerne erfüllen wollte.

Chapter 6

The warrior inside shows me strength and shows me pride,
guides me through the dead land to my own freedom
(Burnside Close, »My Own Freedom«)

Ich hätte mich das in deinem Alter nicht getraut«, gestand mir Mom und Tränen schimmerten in ihren Augen. Wir standen am Flughafen London Heathrow und verabschiedeten uns voneinander.

Ich lächelte tapfer, denn plötzlich war ich mir auch nicht mehr sicher, ob ich mich so wohl dabei fühlte. Mein gesamtes Gepäck war in einem großen Reiserucksack verstaut, der auf meinem Rücken festgegurtet war. Das und nur das würde für das nächste Jahr mein Heimatersatz sein. Ein ganzes Jahr! War das wirklich mein Traum? Mir wurde mulmig.

»Wirst du nicht einsam sein?« Mom strich mir über die Wange. »Was ist, wenn dir etwas passiert?«

»Alles wird gut gehen«, antwortete ich und sprach mir damit selbst Mut zu. »Ich melde mich regelmäßig, und mein Handy sollte in den meisten Ländern funktionieren. Außerdem gibt es ja E-Mail.«

Selbst meine Freundinnen konnten nicht verstehen, warum ich ein Jahr auf Weltreise gehen wollte, wo ich mir für das Geld meines Vaters doch so viele andere schöne Dinge hätte kaufen können. Aber Dad hatte es in seinem Brief bereits angedeutet. Stell dich mutig deinen Träumen, hatte er geschrieben, und das war genau mein Wunsch. Seit ich klein war, liebte ich es, unterwegs zu sein, im Flugzeug zu sitzen oder mich auf Flughäfen aufzuhalten. Was für meine Mitmenschen ein Graus war, war für mich ein einziges großes Abenteuer.

Doch vor allem wollte ich Abstand gewinnen, um mir über einige Dinge klar zu werden. Dads Tod hatte mich aus der Bahn geworfen. Ich war unzufrieden, stellte alles infrage und zweifelte an mir selbst. Ständig brach ich ohne Grund in Tränen aus. Mein gewohntes Leben in London brachte mich nicht weiter. Im Gegenteil, ich hatte das Gefühl, als wäre die Stadt mein persönliches Gefängnis. Sicherlich lag das mitunter an Moms Ratschlägen, die ich nicht länger ertrug, obgleich ich davon absah, mich mit ihr zu streiten. Ich glaubte zu ersticken, wenn ich nicht etwas unternahm. Damit fiel der Entschluss, mit dem Rucksack um die Welt zu reisen. Ich wollte mich selbst herausfordern und sehen, wie ich alleine zurechtkam.

Die Konsequenzen zog ich rasch und schied aus der Business School aus. Mir war bewusst, dass ich Mom mit dieser Entscheidung vor den Kopf stieß, aber ich konnte nicht anders. Stoisch ertrug ich ihre Vorwürfe, ihre Tränen und am Ende ihr Flehen, es mir noch einmal zu überlegen. Irgendwann schwieg sie und sah mir stumm bei meinen Vorbereitungen zu. Ich war wild entschlossen, denn ich wusste, wenn ich diese Chance nicht ergriff, dann würde ich in einigen Jahren nicht mehr den Mut dazu aufbringen. Doch erst am Abflugtag holte mich meine Entscheidung ein und brachte mich dazu, panisch zu werden.

Mein Flug nach Bangkok hatte Verspätung und ich hoffte allmählich, dass er komplett gestrichen wurde. Der tagelange Abschied von meiner Mutter fiel mir schwer. Nach dem Tod meines Vaters sprach aus ihr die Angst, mich ebenfalls zu verlieren. Ich verstand das und umarmte sie so fest ich konnte.

»Melde dich, wenn du angekommen bist«, schniefte sie.

»Das mache ich.«

»Und schreib mir. Du weißt ja, ich bin altmodisch und bekomme gerne Post.«

»Ich schreibe dir aus jedem Land eine Postkarte, versprochen!«

»Ich freue mich schon darauf.« Mom wollte mich gar nicht mehr loslassen.

Vorsichtig löste ich mich von ihr. Die Aufregung nahm zu. Ich war noch niemals zuvor alleine verreist. Bisher hatte mich an meinem Zielort immer jemand abgeholt. Dieses Mal war das anders. Ich schluckte die Verunsicherung herunter und lächelte. »Ich muss los.«

Vor lauter Weinen konnte sie mir nicht antworten.

»Gut, dann gehe ich jetzt«, sagte ich entschlossen. Mom nickte und winkte mir zum Abschied zu.

Wehmütig eilte ich durch die Abflughalle. Ich gab mein Gepäck auf, nahm das Boardingticket entgegen und stellte mich in die Schlange der Sicherheitskontrolle.

»Geht es Ihnen gut?«, erkundigte sich die Dame bei der Security vorsichtig, während sie mich abtastete. Ich nickte zerstreut und nahm mein Handgepäck vom Band. Nachdem ich meinen Gürtel wieder angelegt und alles verstaut hatte, atmete ich so tief durch, dass ich glaubte, meine Lungen würden bersten. Doch mein Herz schlug weiterhin so heftig, dass ich es in meinen Ohren pochen hörte. Erst in der Wartehalle meines Gates kam ich ein wenig zur Ruhe und starrte auf die Boeing, die für den Abflug bereit gemacht wurde.

»Ganz alleine unterwegs?«, hörte ich plötzlich eine Stimme neben mir.

Ich blickte zur Seite und sah in tiefblaue Augen.

»Ich heiße Gerard«, sagte mein Gegenüber und streckte mir die Hand hin. Ich ergriff sie automatisch.

»Ja, ich fliege nach Thailand.«

»Das dachte ich mir.« Er zwinkerte mir zu und ich war froh, Gesellschaft zu haben.

Seine ungebändigten strohblonden Haare und der charmante Akzent gefielen mir. Wir unterhielten uns und ich erfuhr, dass Gerard Franzose war und aus Marseille stammte. Er war leidenschaftlicher Taucher und flog zum wiederholten Mal nach Thailand. Begleitet wurde er von einer Gruppe Freunde, die mir fröhlich zuwinkten, als wir uns zu ihnen gesellten. Ich setzte mich zwischen sie. Wir verstanden uns auf Anhieb und ich war erleichtert, schon nach kurzer Zeit Anschluss gefunden zu haben.

Im Flugzeug tauschten Gerard und ich mit unseren Sitznachbarn die Plätze, sodass wir uns bereits auf dem langen Flug anfreundeten. Wir lachten viel, waren aufgedreht, wie man es zu Beginn einer Reise nur sein konnte, und irgendwann bot er mir an, ihn und seine Freunde zu begleiten. Ich sagte spontan zu. Obwohl ich es niemals zugegeben hätte, erschreckte mich der Gedanke, auf mich alleine gestellt zu sein.

In Bangkok bestätigte sich mein Gefühl. Das heiße Klima, der Trubel um mich herum und die fremde Sprache verunsicherten mich. Nur zu gerne folgte ich Gerard und seinen Kumpels, die durch nichts aus der Ruhe zu bringen waren. Wir fuhren mit einem Shuttle-Bus in die Innenstadt, stiegen in einem Backpacker-Hostel ab und ließen unser Gepäck dort zurück. Dann stürzten wir uns ins Nachtleben. Schnell wurde mir klar, dass Gerard mehr wollte als nur Freundschaft.

Ich ging darauf ein, obwohl mir bereits nach dem ersten Kuss bewusst wurde, dass er bei Weitem nicht dieselben Gefühle in mir hervorrief wie Morris. Doch dann dachte ich an unser letztes Telefongespräch zurück und beschloss, jede Erinnerung an Morris und die Band bis auf weiteres zu verdrängen.

Arm in Arm schlenderten ich mit Gerard durch Bangkok und nahm es als den Urlaubsflirt hin, der es war. Alles erschien mir unwirklich, fast wie in einem Traum. Wir redeten, feierten, lachten und nach kurzen Nächten mit wenig Schlaf ging es weiter. Wie in Zeitraffer zogen Paläste, Tempel und Märkte an mir vorüber. Ehe ich mich versah, saß ich im Nachtexpress nach Surat Thani und döste an Gerards Schulter. Es war angenehm, sich treiben zu lassen. Ich folgte der Gruppe nach Koh Samui, wo wir an einer der legendären Full Moon Partys teilnahmen. Ich wusste nicht mehr, was ich getrunken hatte und erwachte am nächsten Morgen zwischen lauter Fremden am Strand. Verärgert darüber, dass Gerard mich alleine gelassen hatte, stellte ich ihn zur Rede. Er zeigte sich ungerührt gegenüber meinen Vorwürfen und erklärte, er wäre nicht mein Kindermädchen. Am Ende schwieg ich und wir reisten gemeinsam nach Koh Taen weiter.

Doch die Ungezwungenheit, die unsere Gemeinschaft ausgemacht hatte, war verflogen. Ich wusste, es war falsch, sich auf die Franzosen zu verlassen, aber sie lenkten mich von meinem Heimweh ab, das stetig zunahm, je länger ich unterwegs war. Ich schämte mich deswegen und bemühte mich, mir Dads Worte in Erinnerung zu rufen, wenn es mir vor lauter Sehnsucht nach zu Hause das Herz zerriss.

Als wir nach zwei Wochen Koh Tao erreichten, stand ich kurz davor, meine Mutter anzurufen. Wer mich kannte, wusste, in welch schlimmem Zustand ich mich befand, um diese Möglichkeit als einzigen Ausweg zu betrachten. Gerard beachtete mich kaum noch und mein Traum von einer Weltreise hatte seinen Reiz verloren. Ich war einsam und verbrachte meine Tage damit, stundenlang am Strand spazieren zu gehen, ohne die Schönheit der Umgebung wirklich wahrzunehmen.

In einer Bar lernte ich schließlich eine Gruppe Rucksacktouristen aus Schottland kennen, die zum Tauchen nach Koh Tao gekommen waren und nach Malaysia weiterreisen wollten. Wir unterhielten uns eine Weile und sie schlugen vor, mich mitzunehmen. Ich zögerte. Aber nicht lange. Denn am Abend vor ihrer Abreise erwischte ich Gerard bei einem Techtelmechtel mit einer Unbekannten auf unserem Zimmer. Ich zog unverzüglich aus. Nach einer Nacht unter freiem Himmel reiste ich am nächsten Morgen mit den Schotten ab. Ich war nicht verletzt über Gerards Verhalten, vielmehr froh, dass endlich eine Entscheidung gefallen war. Doch auch die Gesellschaft der Schotten erwies sich als schwierig. Sie tranken zu viel und stritten sich ständig. Ich ertrug ihre Launen einzig aus meiner nicht enden wollenden Angst, alleine zu reisen, und folgte ihnen bis Pulau Tenggol, einer Insel an der Ostküste Malaysias. Dort bestieg die Gruppe ein Boot, um zu einer mehrtägigen Tauchsafari aufzubrechen, und ich blieb im Hotel zurück. Erneut überkam mich heftiges Heimweh. Die halbe Nacht schluchzte ich in mein Kopfkissen.

Als ich am nächsten Morgen aufgewühlt am Strand hockte, fiel mir eine junge Frau auf, die auf einer pinkfarbenen Yogamatte meditierte. Mit geschlossenen Augen verharrte sie im Schatten einer Kokospalme, während Touristen und Einheimische sie im Vorübergehen musterten. Ihre Gelassenheit faszinierte mich. Sie hatte kurze blonde Haare und Sommersprossen. Obwohl ich sie nicht kannte, fand ich sie sympathisch und behielt sie im Blick.

Nach einer Weile öffnete die junge Frau die Augen. Mir wurde bewusst, dass ich sie anstarrte, und lächelte entschuldigend.

»Namaste«, sagte sie und legte die Handflächen aneinander.

Ich nickte freundlich, während sie aufstand, ihre Matte zusammenrollte und zu mir herüberkam.

»Wo kommst du her?«, fragte sie und setzte sich neben mich.

»Aus England.«

»Ich bin aus Hamburg in Deutschland. Freut mich, dich kennenzulernen. Mein Name ist Barbara.«

»Meine Großmutter lebt in München. Ich heiße Al«, erwiderte ich erfreut, wieder einmal Deutsch sprechen zu können. Das erinnerte mich an Dad, der mir die Sprache seiner Mutter beigebracht hatte, um mich an meine Abstammung zu erinnern.

»Oh!« Barbara lachte. »Du sprichst beinahe akzentfrei. Das ist ungewöhnlich.«

»Mein Vater war zur Hälfte Deutscher. Zur anderen Hälfte Navajo-Indianer.«

»Ich liebe geheimnisvolle Geschichten. Erzähl mir davon!«

Das war der Beginn unserer Freundschaft. Es war, wie Dad in seinem Brief geschrieben hatte: Was immer das Schicksal für dich bereit hält, nimm es an. Und so kam es, dass Barbara in mein Leben trat und blieb.

Ich hatte stets Freundinnen gehabt, doch wirklich tiefe Freundschaften waren daraus nie entstanden. Umso mehr lernte ich Barbara zu schätzen, denn sie war anders. Im Gegensatz zu mir war sie tatsächlich alleine unterwegs und ihr wichtigstes Reiseutensil war ihre pinkfarbene Yogamatte. Sie war vier Jahre älter als ich und ich verliebte mich auf der Stelle in ihre lustige, unkomplizierte Art. Sie war klein, quirlig und kontaktfreudig. Es kam mir vor, als kenne sie bereits jeden auf der Insel. Sie stellte mich anderen Touristen vor und wir feierten einige Nächte gemeinsam an den Strandbars, bevor sie mich fragte, ob ich Lust hätte, mit ihr weiterzureisen. Ich sagte spontan zu.

Von diesem Moment an begann meine Reise. In jeder Hinsicht. Barbara und ich waren ein gutes Team und wir verstanden uns blind. Gemeinsam erkundeten wir Kuala Lumpur, die Hauptstadt von Malaysia, fuhren mit dem Bus nach Melaka, wo wir einige Tage blieben, um dann nach Singapur einzureisen. Niemals ging uns der Gesprächsstoff aus. Wir quatschten ganze Nächte durch und mein Heimweh versiegte. Allmählich wurde mein Traum zu dem, was ich mir erhofft hatte. Ich schnupperte die langersehnte Freiheit.

Eines Nachmittags saß ich mit Barbara an der Bar des Raffles Hotels in Singapur, wo wir den berühmten Cocktail der Stadt tranken, den Singapore Sling. Der Alkohol stieg mir in der Hitze des Tages bereits zu Kopf und ich bemerkte Barbaras neugierigen Blick.

»Erzähl mir mehr über die Band deines Vaters«, forderte sie mich auf. »Kenne ich sie?«

Obwohl ich bisher zu diesem Thema geschwiegen hatte, gab ich angesichts meiner gelösten Stimmung nun Auskunft: »Ihr Name ist Burnside Close, aber in Deutschland sind sie noch weitestgehend unbekannt. Sie haben als Vorgruppe von 3 Doors Down auf deren

USA- und Europa-Tournee gespielt. Das war im letzten Jahr. Kurz bevor mein Vater starb.«

»Sind die Jungs richtige Rocker, so wie man es sich vorstellt? Tätowiert, ständig high und an jedem Finger eine Frau?«

Ich grinste. »Tätowiert sind sie, doch Dad hat darauf geachtet, dass sie auf dem Boden bleiben und dass ihnen der Erfolg nicht zu Kopf steigt. Die meisten Leute verbinden mit Rockmusik die gängigen Klischees wie Sex, Drogen und Alkohol, aber in erster Linie ist es ein knallhartes Geschäft. Gerade junge Bands müssen sich von der breiten Masse abheben, um nach oben zu kommen. Dabei können sie nicht ständig betrunken oder high sein. Dad wusste das und hat sich bemüht, die Jungs nicht abdriften zu lassen. Ich war bei den Aufnahmen für das Debüt-Album von Burnside Close dabei und weiß, wie viel Arbeit dahinter steckt.«

»Das stelle ich mir aufregend vor. Die Jungs sind bestimmt sexy, oder?«

»Nun ja.« Ich biss mir auf die Unterlippe. »Da gibt es zum einen Brad Mayfield. Er spielt Bassgitarre und ist ein wirklich heißer Typ. Das weiß er auch und sein Beuteschema sind Blondinen á la Pamela Anderson. Er ist eine Rampensau und derjenige, der keine Party auslässt. Dann haben wir Sean Pitt am Schlagzeug. Er ist eher ruhig, in sich gekehrt. Keiner weiß so genau, was in ihm vorgeht, aber auf der Bühne rockt er jeden Auftritt. Die meiste Aufmerksamkeit bekommt jedoch Matt Tormani. Er ist der Frauenschwarm der Band und ein Zauberer an der Gitarre. Seine intensiven Soli hauen dich von den Socken.«

Barbara musterte mich eingehend. »Er ist dein Freund?«

»Nein, einfach nur ein guter Kumpel. Es gab einen Moment zwischen uns, der etwas verfänglich war, doch ich denke, das haben wir geklärt.«

»Interessant.« Barbara hob eine Augenbraue. »Und wie heißt der Sänger der Band? Ich nehme mal an, dass er es ist, der dein kleines Herz gestohlen hat.«

»Wie kommst du darauf?«

»Weil du alle Mitglieder von Burnside Close genannt hast, ihn jedoch nicht. Du windest dich wie ein Wurm, aber du weißt ganz genau, dass du nichts vor mir verheimlichen kannst. Los, raus mit der Sprache!«

»Er heißt Morris. Morris Kyle.«

Barbara hob die Hand und bestellte uns einen weiteren Singapore Sling. Mein Kopf fühlte sich bereits federleicht an.

»Alkohol macht dich gesprächiger«, erklärte Barbara.

Ich lachte und wusste, dass ich meiner Freundin nicht entkommen konnte. Sie war hartnäckiger als meine Mutter.

»Wir waren eine Zeit lang zusammen«, gab ich zu. »Doch nach dem Tod meines Vaters veränderte sich alles. In meiner Verzweiflung stieß ich Morris von mir. Keine Ahnung, ob es daran lag, aber anschließend geriet sein Leben aus den Fugen. Der typische Absturz eines Rockers, wenn du so willst. Er bekam Probleme mit Alkohol und Drogen, vergnügte sich mit Groupies. Matt wollte ihn aus der Band werfen. Zu allem Überfluss dachte ich dann auch noch, von Morris schwanger zu sein. Wir telefonierten miteinander, doch er ließ mich gar nicht zu Wort kommen. Seine letzten Worte waren, dass ich ihn in Ruhe lassen soll.«

»Wow!«

»Schlussendlich war ich nicht schwanger, aber ich hatte das Gefühl, nicht mehr zu wissen, wohin ich gehörte. Es gab Zeiten, da hätte ich alles für Morris geopfert.«

»Und jetzt?«

»Keine Ahnung. Im Radio hörte ich von Morris' Ausfällen, meine Mutter riet mir, nicht dieselben Fehler zu machen wie sie einst, und mein Vater schrieb einige Dinge über Morris in einem Brief an mich. Ich wusste nicht mehr, was ich glauben oder fühlen sollte. Ich wollte nur noch weg, um auf andere Gedanken zu kommen.«

»Aber du vermisst ihn und die Band?«

»Ich habe versucht, nicht mehr an sie zu denken, aber jetzt wo ich es tue, muss ich mir eingestehen: Ja, ich vermisse sie furchtbar!«

Die Cocktails wurden serviert und wir stießen miteinander an. Ich lehnte mich zurück und seufzte. »Es tut gut, es auszusprechen. Morris fehlt mir. Trotz allem, was passiert ist.«

»Mit diesem Gefühl bist du nicht alleine, weißt du. Mir geht es ähnlich.«

»Im Ernst?« Neugierig sah ich Barbara an.

»Nachdem du dich nun offenbart hast, kann ich das auch tun, oder? Er heißt Riley, ist Australier und der Grund, warum ich diese Reise mache.«

»Was?« Ich war baff.

»Er ist mein Fluch.« Sie lachte, weil ich erstaunt die Augenbrauen hob.

»Ich habe da so eine Theorie«, erklärte sie. »Im Leben der meisten Frauen gibt es einen Mann, der ihr zu einem bestimmten Zeitpunkt all das gegeben hat, was sie brauchte, und dem sie all ihre Gefühle geschenkt hat. Dieser Mann wird immer in ihrem Herzen sein, ganz egal, was anschließend passiert. Er wird ihr Fluch, mit dem sie jeden anderen Mann in Zukunft vergleichen wird.«

»Das ist verrückt!«

»Das ist es, aber aus diesem Grund reise ich um die Welt. Ich will ihn wiedersehen.«

»Diesen Riley? In Australien?«

»Ja, es klingt abgefahren, doch ich bin fest entschlossen.«

»Wie habt ihr euch kennengelernt?«

»Das war letztes Jahr beim Hamburger Hafenfest. Wir haben uns angesehen und bäng!« Barbara klatschte in die Hände. »Ich hätte nicht gedacht, dass es so etwas gibt. Wir kamen ins Gespräch und er erzählte mir, dass er mit seinem Kumpel auf Europareise ist. Hamburg war seine letzte Station in Deutschland, bevor es weiter nach Norwegen ging. Wir verbrachten vier unglaublich tolle Tage und drei magische Nächte miteinander, dann reiste Riley ab. Er fragte mich, ob ich ihn begleiten wolle, aber ich hatte Prüfungen an der Uni. Also lehnte ich ab. Unser Abschied war schrecklich. Wir haben beide geheult. Er hat mir einen Zettel in die Hand gedrückt, auf dem nur seine Adresse in Sydney stand. Keine Telefonnummer und keine E-Mail.«

»Ist das ein Scherz? Bist du dir sicher, dass der Typ von dieser Welt ist?«

»Oh ja, da bin ich mir sicher.«

»Und du bist verrückt genug, um zu ihm zu reisen.« Ich konnte es nicht glauben.

Barbara nickte. »Seit zwei Monaten drücke ich mich in Asien herum, anstatt endlich zu ihm nach Australien zu fliegen. Ich habe solche Angst, dass er mich nicht wiedererkennt. Oder verheiratet ist. Oder alles auf einmal. Dabei habe ich für diese Reise mein Studium auf Eis gelegt, obwohl mir nur noch drei Semester bis zum Abschluss fehlen. Je länger ich unterwegs bin, desto mehr frage ich mich, was ich eigentlich tue.«

»Das ist ziemlich durchgeknallt!« Ich fing ihren Blick auf und wir brachen in schallendes Gelächter aus. Die anderen Gäste sahen uns erstaunt an, doch wir konnten nicht aufhören. Unser haltloses Gekicher trieb uns die Tränen in die Augen.

»Das ist die abgefahrenste Geschichte, die ich je gehört habe«, sagte ich, als ich wieder sprechen konnte. »Ich dachte, die Sache mit Morris und mir sei verrückt, aber du schlägst mich um Längen!«

»Ich bin froh, dass ich dich getroffen habe, Al!« Barbara umarmte mich. »Du bist meine Seelenverwandte.«

»Das ist eine beängstigende Feststellung.«

Barbara sah mich an. »Lass uns einen Pakt schließen!«

Als ich nickte, senkte sie geheimnisvoll ihre Stimme: »Wenn Riley mich wiedererkennt und nicht in einer Beziehung steckt oder verheiratet ist, dann werde ich für den Rest meiner Zeit in Australien bleiben und unserer Romanze eine Chance geben. Und du wirst alleine weiterziehen und deine Reise in den USA beenden, um Morris wiederzusehen.«

Ich riss die Augen auf. »Niemals!« Der Gedanke an ein Treffen mit Morris setzte die unterschiedlichsten Gefühle in mir frei.

»Willst du nicht wissen, ob eure Beziehung eine Zukunft hat?«

»Ich habe eher Angst, herauszufinden, dass wir keine Zukunft miteinander haben.«

»Aber du hast gesagt, dass du ihn vermisst.«

»Das tue ich, aber ich bin auch verletzt. Es ist kompliziert.«

Barbara hielt mir die Hand hin. »Schlag ein! Vielleicht hast du ja Glück und Riley erkennt mich nicht.«

Spontan ergriff ich ihre Hand. »Abgemacht!«

Sie lachte und bestellte einen weiteren Cocktail. »Darauf müssen wir anstoßen!«

Obwohl wir eine Abmachung getroffen hatten, ließen wir uns Zeit, den Männern in unserem Leben wiederzubegegnen. Nach einer Woche in Singapur flogen wir nach Kota Kinabalu, wo Barbara jemanden kannte, der in einem Eco Resort als Tauchlehrer arbeitete. Drei Wochen lang perfektionierte Barbara dort ihr Yoga und ich überwand meine Angst vor dem Tauchen und absolvierte einen Anfängerkurs. Dieser kleine

Schritt in die Unterwasserwelt, der für mich ein ziemlich großer war, gab mir Aufschwung. Ich machte jeden Tag zwei Tauchgänge und glaubte, mich noch nie so zufrieden und ausgeglichen gefühlt zu haben. Wenn ich abends die Sonnenuntergänge auf dem Meer beobachtete, empfand ich nichts außer Ruhe und Glück. Die Zeit tanzte an mir vorüber und ich tat genau das, was Dad gesagt hatte. Ich ließ die Momente durch mich hindurchfließen.

Doch irgendwann bemerkte ich, dass Barbara unruhig wurde, und schlug vor, nach Sydney aufzubrechen. Nach einigen Tagen stimmte sie zu und wir bestiegen aufs Neue ein Flugzeug.

Australien faszinierte mich vom ersten Augenblick an. Ich verliebte mich in Sydney und seine Bewohner, während Barbara und ich das taten, was man als Tourist eben so tat. Wir besichtigten die berühmte Oper, bummelten durch das Viertel The Rocks, badeten am Strand von Bondi und besuchten den Taronga Zoo. Nachts zogen wir um die Häuser. Es war einfach, Anschluss zu finden, und bald trafen wir uns mit anderen Globetrottern und Einheimischen zum Barbecue oder in einer der zahlreichen Bars. Erst nach über einer Woche verkündete Barbara endlich, dass sie nun bereit wäre, Riley aufzusuchen.

Wir setzten mit der Fähre nach Manly über, einem Stadtteil von Sydney. Dort angekommen, blieb Barbara unschlüssig am Hafen stehen. Ich ergriff ihre Hand.

»Mach jetzt keinen Rückzieher«, ermahnte ich sie und schob sie voran. Im Stadtplan, der in meiner Hosentasche steckte, hatte ich bereits herausgefunden, in welcher Richtung Rileys Wohnung lag.

»Und wenn er umgezogen ist? Vielleicht habe ich mir zu viel Zeit gelassen«, jammerte Barbara.

»Unsinn«, murmelte ich, obwohl ich mich nicht zum ersten Mal fragte, ob es nicht besser gewesen wäre, Riley vorher anzurufen, anstatt unangekündigt vor seiner Haustür zu stehen.

»Du denkst, ich hab sie nicht mehr alle, oder?« wollte Barbara wissen.

Ich grinste. »Und ob ich das denke! Wenn er sich nicht erinnert, dann ist das eine teure Erfahrung. Eine E-Mail zu schreiben, wäre billiger gewesen.«

»Glaubst du etwa, ich habe nicht im Internet recherchiert? Da stand nichts. Alles, was ich habe, ist seine Adresse.«

»Da liegt es natürlich nahe, dass man einfach mal nach Sydney fliegt. Ist ja gleich bei Hamburg ums Eck.« Mein Grinsen wurde breiter.

»Hör auf!« Barbara sprang auf und ab. »Du machst mich ganz nervös!«

Augenblicklich bekam ich ein schlechtes Gewissen. »Du tust das Richtige«, sagte ich nachdrücklich. »Dein Herz hat dich hierher geführt. Jetzt geh und hol ihn dir!«

Barbara umarmte mich. »Danke.«

Wir gingen weiter. Es war Samstagvormittag kurz nach zehn und ganze Heerscharen von Familien zogen mit ihren Kindern in Richtung Strand. Barbara blickte ihnen hinterher.

»Vielleicht ist er auch schon Vater«, meinte sie ängstlich.

Ich blieb stehen und deutete auf ein Haus. »Finde es heraus. Dort wohnt er.«

Barbara schob die Hände in die Seitentaschen ihres khakifarbenen Rocks. »Mir ist schlecht«, gestand sie.

»Du schaffst das.«

»Bleib hier, okay?«

»Ich warte«, versprach ich.

»Gut.« Sie atmete tief durch. Dann straffte sie ihre Schultern und ging auf das Haus zu.

Ich drehte mich um und schlenderte in ein Café um die Ecke, wo ich mir einen Chai-Tee kaufte. Im Schutz der Bäume behielt ich Barbara im Blick. Sie stand nun vor dem Eingang. Nachdem sie geklingelt hatte, trat sie zwei Schritte zurück. Ich hielt den Atem an. Ein Mann öffnete. Soweit ich das aus der Entfernung erkennen konnte, sah er gut aus. Er trug Shorts und ein eng anliegendes T-Shirt. In seinen dunklen Haaren steckte eine Sonnenbrille. Er wirkte überrascht und Barbara zur Salzsäule erstarrt. Mein Herz klopfte. Die beiden redeten und ich sah, dass Barbara anfing, eifrig zu gestikulieren. Dann lachte sie und er fiel in ihr Lachen ein. Das Gespräch dauerte an, bis sich Riley vorbeugte und Barbara küsste. Sie legte ihm die Arme um den Hals und er hob sie hoch, um sie herumzuwirbeln. Barbara drehte sich zu mir um und winkte. Ich riss die Arme in die Luft und machte mit beiden

Händen das Victory-Zeichen. Unser Pakt war besiegelt. Meine Reise ging ohne sie weiter.

Ich blieb drei Monate in Australien. Zuerst reiste ich per Bus die Ostküste in Richtung Norden bis nach Cairns hinauf, flog nach Darwin und schloss mich einer Campingtour bis nach Alice Springs an. Von dort ging es nach Adelaide und Melbourne. Meinen neunzehnten Geburtstag feierte ich einsam an einem Strand, nur mit einer Dose Bier, einer Tüte Chips und Led Zeppelin auf den Ohren. Ich war zufrieden damit, obwohl es der erste Geburtstag in meinem Leben war, den ich alleine verbrachte. Auf meiner Tour lernte ich viele Rucksackreisende kennen, aber ich schloss mich niemandem mehr an. Ab und zu begleiteten mich einige Leute ein Stück auf meinem Weg, bevor sie wieder ihrer eigenen Route folgten. Ich genoss mein Abenteuer und war angefüllt mit all den Erlebnissen und den Menschen, die mir begegneten.

In diesen glücklichen Stunden begann ich zu schreiben. Vor meiner Abreise hatte ich mir einen Blog eingerichtet, auf dem ich regelmäßig über meine Reise berichtete. Insgeheim hoffte ich, Morris würde darin lesen, obwohl er natürlich nichts davon wissen konnte. Während meines Aufenthaltes in Asien hatte ich nur wenig gepostet, aber in Australien holte ich alles nach. Oft saß ich bis tief in die Nacht vor einem flimmernden Bildschirm in einem Internetcafé, lud Fotos hoch und erzählte Freunden und Unbekannten auf diesem Planeten, die es interessierte, meine Geschichte. Bald bekam ich E-Mails, in denen ich aufgefordert wurde, weiter zu schreiben, und völlig Fremde lobten meine Seite und meine unterhaltsamen Anekdoten über Land und Leute. Das gab mir Motivation und mein abendlicher Eintrag wurde zur täglichen Routine. Selbst meine Mutter schrieb mir, dass es ihr vorkäme, als wäre sie auf meiner Reise dabei. Ich war glücklich. Anders konnte ich es nicht beschreiben. Jeden Tag dankte ich meinem Dad, der mich dazu ermuntert hatte, meinen Traum zu verwirklichen, auch wenn ich alles dafür gegeben hätte, ihn noch am Leben zu wissen.

Die drei Tage vor meinem Abflug verbrachte ich in Sydney bei Barbara. An meinem letzten Abend lud sie mich zum Essen in ein Restaurant am Meer ein und musterte mich eingehend, nachdem wir Platz genommen hatten.

»Sieh dich an!«, entfuhr es ihr. »Bist du dieselbe Almond, die ich mit gehetztem Blick in Pulau Tenggol aufgegabelt habe? Damals kamst du mir wie ein kleiner Hund vor, den man ausgesetzt hat. Und jetzt unterscheidest du dich kein bisschen von den anderen abgeklärten Globetrottern.«

»Ich fühle mich wie befreit«, gab ich zu. »Meine Zeit in Australien war unbeschreiblich. Wenn ich ehrlich bin, will ich gar nicht nach Südamerika weiterziehen.«

»Das kann ich nicht verstehen. Ich beneide dich ein wenig.«

»Im Ernst? Genießt du nicht dein persönliches Happy-End?«

Barbara antwortete nicht und ich wurde hellhörig. »Was ist los?«

»Im Prinzip läuft es gut, aber irgendwann muss ich wieder nach Hause. Ich will mein Studium abschließen und mir einen Job suchen. Ich brauche etwas Eigenes. Nur das Anhängsel von Riley zu sein, genügt mir nicht.«

Ich fühlte mich an die Worte meines Vaters zurückerinnert, der mich einmal gefragt hatte, ob ich auf ewig das Groupie von Morris sein wollte. Damals hatte ich darin kein Problem gesehen, doch inzwischen verstand ich.

»Was sagt Riley dazu?«

»Er ist unglücklich, dass ich nicht bei ihm bleiben möchte. Er wünscht sich, dass ich nach Sydney ziehe und hier mit ihm lebe. Aber meine Familie, meine Freunde, alles ist in Hamburg. Ich muss viel opfern. Egal, welchen Weg ich wähle.«

»Weißt du schon, was du tun wirst?«

»Nein.« Barbara schüttelte bekümmert den Kopf. »Doch mein Besuchervisum läuft demnächst ab. Ich muss mich bald entscheiden.«

Ich griff nach dem Glas mit Weißwein, das der Kellner uns brachte, und hob es hoch. »Was immer du tust, wir bleiben Seelenverwandte!« Die Gläser klirrten, als wir miteinander anstießen.

Barbara lächelte. »Wie geht es bei dir weiter? Morgen Santiago de Chile und dann?«

»Zuerst Chile, Bolivien und Peru, anschließend Costa Rica und Mexiko.«

»Und USA«, vervollständigte Barbara meine Aufzählung. »Wo du Morris treffen wirst.«

»Wo ich Morris treffen werde«, bestätigte ich und war froh, dass noch einige Länder vor diesem Schritt lagen.

»Das klingt spannend. Ich bin stolz auf dich.« Sie griff nach meiner Hand und drückte sie. Dann holte sie eine CD aus ihrer Handtasche.

»Du hast mir so viel über Burnside Close erzählt, dass ich mir hier in Sydney ihr Album gekauft habe. Vielleicht weißt du ja, dass ihr neuester Hit *My Own Freedom* heißt. Der Text erinnert mich an dich. Deshalb hab ich dir die Single besorgt und etwas auf die Innenseite geschrieben. Lies es erst, wenn du im Flieger sitzt.«

Ich war gerührt und drehte die CD zwischen meinen Fingern. Morris' Bild auf dem Cover brachte mich mit vollem Schwung zu den Gefühlen zurück, die ich die letzten Wochen erfolgreich verdrängt hatte.

»Er ist noch in der Band«, murmelte ich.

»Das ist er«, bestätigte Barbara. »Im Internet findet man Hunderte Fotos von ihm. Es gibt jetzt sogar einen offiziellen Burnside Close Fanclub. Und es heißt, sie hätten einen neuen Manager.«

»Wirklich?« Ich mochte es nicht, auf diesem Weg Dinge über die Band zu erfahren, die früher selbstverständlich für mich gewesen waren.

»Die Jungs sind dabei, berühmt zu werden.«

»Ich muss mich wohl beeilen, wenn ich noch einen Job bei ihnen ergattern will«, murmelte ich gedankenverloren.

»Du willst für Burnside Close arbeiten?«

»Ist nur eine Spinnerei!« Ich winkte ab. »Was hätte ich ihnen schon zu bieten?«

»Eine Menge Lebenserfahrung, deine Hingabe für ihre Musik und all deine Liebe für ihren Leadsänger.« Barbara grinste, doch dann bemerkte sie, dass meine Stimmung umschlug. »Tut mir leid! Ich wollte dir nicht den Abend verderben.«

»Schon gut.« Ich fuhr mir durch meine langen Haare, die nach meiner Monate andauernden Reise dringend einen Friseur nötig gehabt hätten. »Er bringt mich noch immer aus dem Konzept.«

»Lass uns aufhören, über Männer zu reden«, schlug Barbara vor.

»Was tun wir dann?«

Sie trank ihren Wein aus. »Wir feiern!«

Mit den Erinnerungen an unseren letzten Abend sah ich Sydney am nächsten Tag unter mir verschwinden, während sich der Airbus zur Seite neigte und Kurs in östliche Richtung nahm. Ich vermisste Barbara und wusste, dass sie mir auf dem Rest meiner Reise fehlen würde. Südamerika war eine Herausforderung, vor der ich jedoch keine Angst mehr hatte. Barbara hatte mich verändert. Ihre Freundschaft war ein Geschenk und hatte mich gelehrt, dass man manchmal verrückte Dinge tat, wenn man seinem Herzen folgte.

Ich holte die CD von Burnside Close hervor, die Barbara mir am Abend zuvor geschenkt hatte, und öffnete die Hülle. Mit schwarzem Filzstift hatte sie auf die Innenseite geschrieben: *Ich bin glücklich, dich kennengelernt zu haben, und danke dir für die besten Augenblicke meines Lebens. Mach weiter – rock your life, Almond, you are a warrior! Dein Vater wäre stolz auf dich.*

Ich unterdrückte die Tränen. Typisch Barbara! Nicht zu viele Worte, aber die wenigen berührten mich zutiefst. Ich schloss die CD-Hülle wieder und betrachtete Morris. Würde er sich freuen, mich wiederzusehen? Ich lehnte mich zurück und sah in die Wolken. Ich wollte es herausfinden. Doch ich hatte noch etwas Zeit dafür.

Südamerika war eine Offenbarung für mich. Obwohl ich nur wenig Spanisch sprach, traf ich ständig zuvorkommende Menschen, die mir weiterhalfen. In Chile aß ich Schwarzwälder Kirschtorte zu Füßen der Anden, erlebte faszinierende Sonnenuntergänge in der Atacama Wüste und sah bei Minustemperaturen die Tatio-Geysire ausbrechen. In Bolivien zeltete ich mit einer Gruppe Italiener im Sajama-Nationalpark an einem See, wo ich die kälteste Nacht meines Lebens verbrachte. Am nächsten Morgen hatte ich das Gefühl, als wären manche Teile meines Körpers völlig abgestorben. Außerdem erkundete ich die Hauptstadt La Paz und die Ruinenstadt Tiwanaku in der Nähe des Titicacasees. In Peru hatte ich Glück und sprang für einen erkrankten Teilnehmer einer deutschen Touristengruppe ein, die dem Inka Trail nach Machu Picchu folgten. Diese fünf Tage waren die härtesten meiner ganzen Reise, denn sie stellten meine Kondition vor eine große Herausforderung. Aber ich schlug mich wacker und wurde mit einem Siegesgefühl belohnt, das ich bisher noch nicht gekannt hatte. Davon angespornt, ging es weiter zum Colca Canyon. Hier beobachtete ich die Kondore und folgte dem Colca Trail, bevor ich entlang der Küste nach Nazca mit seinen mystischen Linien gelangte, die man bei einem Rundflug in ihrem ganzen Ausmaß erkennen konnte. Anschließend ging es nach Lima. Dort gönnte ich mir ein paar Tage in einer Posada, einem gemütlichen Gästehaus, und tauschte mich mit anderen Reisenden aus, bevor ich mir ein Ticket kaufte und weiter nach Costa Rica flog. Vom Klima komplett verschieden, interessierten mich hier vor allem die zahlreichen Nationalparks.

Weihnachten feierte ich feuchtfröhlich mit einigen Rucksacktouristen aus Neuseeland in einer Reggae-Bar in Cahuita und ging am ersten Weihnachtsfeiertag zum Schnorcheln. Obwohl Mom mir eine herzzerreißende E-Mail schrieb, dass sie mich vermisste und froh war, dass meine Reise bald zu Ende war, spürte ich keine Sehnsucht nach meinem normalen Leben.

An Silvester lernte ich in Puerto Viejo Rodolfo kennen, einen einheimischen Reiseführer, der mir nicht nur weite Teile seines Landes, sondern auch alle Teile seines Körpers zeigte. Das führte dazu, dass ich etwas länger in Costa Rica blieb, als ich eigentlich geplant hatte. Doch irgendwann musste ich aufbrechen und auch bei Rodolfo verspürte ich keinerlei Abschiedsschmerz.

Nach einem Abstecher zum berühmten Blue Hole vor der Küste von Belize, wo ich es mir nicht entgehen ließ, einige Tauchgänge zu absolvieren, ging es nach Cancún in Mexiko. Es war eigenartig, aber kaum war ich dort angekommen, trieben mich meine Sinne voran. Ich wollte in die USA! Ich wollte zu Morris. Dieses Gefühl traf mich weit heftiger als jedes Heimweh, das ich auf meiner Reise gespürt hatte und ich wusste: Der Nachteil am Verdrängen war, dass alles irgendwann unerwartet hochkam und einen durcheinanderbrachte. Barbara hatte recht gehabt. Ich musste mich meiner Vergangenheit und damit meinem Fluch stellen.

Chichen Itza, Mérida und Palenque zogen an mir vorüber. Über Agua Azul reiste ich nach Oaxaca und Acapulco, wo ich eines Abends spontan Matt anrief.

»Al?«, meldete er sich, doch in seiner Stimme lag nicht die übliche Freude. »Was gibt es?«

Ich überging seinen neutralen Tonfall. »Hey! Ich freue mich so, dich zu hören. Wie geht es dir? Was macht die Band?«

»Ich bin momentan bei meinen Eltern in Pittsburgh. Die Band macht gerade eine Pause, bevor wir uns Anfang Februar alle im Studio in Orlando treffen, um an unserem neuen Album zu arbeiten.«

»Das trifft sich gut«, sagte ich fröhlich. »Dann kann ich euch dort besuchen kommen.«

Matt schwieg.

»Freust du dich gar nicht?«

»Was denkst du denn, Al? Du hast ewig nichts von dir hören lassen! Ich habe dir SMS und E-Mails geschrieben, wollte wissen, ob es dir gut geht, aber ich bekam keine Antwort.«

»Ich war total beschäftigt, weil ich seit beinahe einem Jahr auf Weltreise bin. Kannst du dir das vorstellen?« In dem Moment, in dem ich es aussprach, fiel mir auf, wie egoistisch das klang. Ich hatte Matts Nachrichten bekommen, hatte aber während meiner Reise nicht über die Band nachdenken wollen. Die Konsequenzen bekam ich nun schmerzhaft zu spüren.

»Toll«, murmelte Matt mit ironischem Unterton. »Ich nehme mal an, du warst nie schwanger?«

»Nein.« Mir wurde bewusst, dass ich ihm das nie gesagt hatte.

»Nun, dann ist ja alles in Ordnung.«

»Hör mal, Matt, es tut mir leid! Ich würde euch gerne treffen, damit ihr mir erzählen könnt, was bei euch alles passiert ist.«

»Wir mussten mit ziemlich vielen Problemen klarkommen, Al, und du bist einfach untergetaucht. Ehrlich gesagt dachten wir, es interessiert dich nicht mehr besonders, was mit Burnside Close geschieht.«

»Das ist nicht wahr! Ich habe sogar versucht, mit Morris zu reden. Aber er war wütend und sagte mir, die Band gehe mich nichts mehr an. Deshalb habe ich mich so lange nicht gemeldet. Ich musste den Kopf freibekommen.«

Matt seufzte. »Es ist immer dasselbe. Du und Morris. Das hat Auswirkungen auf uns alle.«

»Ich mache es wieder gut, wenn ich euch besuchen komme. Lass uns in Ruhe reden, Matt!«

Er zögerte. »Ich will nicht der Überbringer von schlechten Nachrichten sein, aber Morris hat jetzt eine Freundin. Sie sind gerade gemeinsam in Chicago, bei seinen Eltern. Das solltest du vielleicht wissen.«

Die Nachricht traf mich wie ein Schlag in die Magengrube.

»Ich hätte es dir eher gesagt, doch …« Er stockte.

»Ich habe mich nicht gemeldet«, vollendete ich den Satz. Meine gute Stimmung war verflogen.

»Wann kommst du?«

Ich überlegte. War ich mutig genug, der Band gegenüberzutreten, nach all dem, was ich gerade gehört hatte?

»Ich werde Mitte Februar zurück nach London fliegen. Vielleicht schaffe ich es vorher, einen Abstecher nach Orlando zu machen«, antwortete ich nun zögerlich.

»Wie du meinst. Es war dein Vorschlag, uns zu besuchen«, sagte Matt und fügte nach einer Weile hinzu: »Das Auto des Chiefs steht noch bei uns. Du solltest uns zumindest wissen lassen, was du damit vorhast.«

»Hm.« Ich dachte an den Camaro und vermisste Dad plötzlich so sehr wie schon lange nicht mehr.

»Ich melde mich«, versprach ich.

»In Ordnung. Bis dann, Al.« Matt klang seltsam fremd und es fühlte sich an, als hätte ich meinen besten Kumpel verloren. Er legte auf.

Ich starrte mein Handy an. Das Telefonat war anders verlaufen, als ich es mir erhofft hatte.

Noch am selben Abend flog ich spontan nach Mexiko Stadt, übernachtete auf dem Flughafen und kaufte mir am nächsten Morgen ein Ticket nach Los Angeles. Dort setzte ich mich an den Strand und rief Barbara an. Ich berichtete ihr von dem Gespräch mit Matt, heulte und tobte und fühlte mich trotzdem nicht besser.

»Du solltest die Jungs besuchen«, riet mir Barbara, nachdem ich meinen Monolog beendet hatte. »Offensichtlich sind sie sauer, weil du dich so lange nicht gemeldet hast.«

»Ich ertrage es nicht, ihnen unter die Augen zu treten.«

»Allen oder nur Morris?«

»Vor allem Matt, er ist wirklich nicht gut auf mich zu sprechen. Und natürlich Morris. Er hat eine Freundin. Ich meine, Groupies sind eine Sache, aber jemand, den man seinen Eltern vorstellt …« Ich konnte nicht weiterreden.

»Du warst auf deiner Reise auch kein Kind von Traurigkeit«, erinnerte mich Barbara.

»Das ist wahr, doch all diese Erfahrungen haben mir einmal mehr gezeigt, dass Morris mein Fluch ist. Diese Dummheit hast du mir ins Ohr gesetzt.«

»Dann sorg dafür, dass dieser Fluch wenigstens bei einer von uns gut endet.«

Ich wurde hellhörig. »Was ist passiert?«

»Ich musste mich entscheiden und ich habe mich für mein Zuhause entschieden. Riley und ich haben uns getrennt.«

»Das glaube ich jetzt nicht!«

»Es ist leider wahr.« Barbaras Stimme klang weinerlich. »Er wollte nicht mit mir nach Hamburg kommen und ich konnte nicht bei ihm in Sydney bleiben. Diese Reise hat all meine Ersparnisse aufgebraucht. Ich kann es mir nicht leisten, zwischen Australien und Deutschland hin und her zu pendeln. Welche Zukunft hätte so eine Beziehung schon?«

»Aber du hast so viel auf dich genommen, um ihn wiederzusehen!«

Barbara seufzte. »Es geht mir schrecklich deswegen. Ich habe den gesamten Rückflug über nur geheult. Die anderen Passagiere hielten mich bestimmt für völlig durchgeknallt und die Stewardess hat mir irgendwann ein Glas Sekt serviert. Vermutlich hat sie gehofft, das ließe mich einschlafen.«

Ich lächelte, weil ich den Galgenhumor zwischen den Sätzen heraushörte.

»Ich habe ihm gesagt, dass er ja weiß, wo ich wohne«, fügte sie hinzu. »Wahrscheinlich bin ich die größte Romantikerin auf diesem Planeten oder auch der größte Dummkopf, aber ich dachte mir, er verdient dieselbe Chance, die ich hatte.«

»Ich wünsche dir von Herzen, dass er eines Tages vor deiner Tür steht.«

»Ich weiß, Süße. Manchmal werden Träume wahr. Jetzt stürze ich mich wieder in mein Studium und dann sehen wir weiter.«

Ich fragte mich unwillkürlich, ob ich dieselbe Entscheidung getroffen hätte.

»Versöhne dich mit der Band«, sagte Barbara eindringlich. »Ich weiß, wie viel sie dir bedeutet. Die Jungs hängen an dir, glaub mir. Bring die Sache in Ordnung, deinem Vater zuliebe.«

Ich war hin- und hergerissen. »Vermutlich hast du recht, aber es ist so schwer, meine Freundschaft zu ihnen von dem ganzen Gefühlschaos mit Morris zu trennen.«

»Dir bleibt ja noch ein wenig Zeit. Mach einen Roadtrip, lass dir den Wind um die Nase wehen und denk drüber nach.«

»Vielleicht.« Ich malte Muster vor mir in den Sand.

»Ich wünschte, ich könnte mit dir zusammen reisen.« Barbara klang müde und mir wurde bewusst, dass es bei ihr mitten in der Nacht war.

»Tut mir leid, dass ich dich aus dem Bett geholt habe.«

»Kein Problem. Seit der Trennung von Riley schlafe ich nicht mehr besonders gut. Ich versuche mir einzureden, das Richtige getan zu haben, aber er fehlt mir so.«

Dieses Gefühl kam mir nur allzu bekannt vor. Wir verabschiedeten uns und ich versprach Barbara, sie auf dem Laufenden zu halten. Dann schlenderte ich den Strand entlang und kehrte schließlich in das Motel zurück, in dem ich mein Gepäck zurückgelassen hatte.

Bereits einige Tage später saß ich in einem Greyhound-Bus in Richtung Osten. Ich nutzte die Gelegenheit und legte einen Zwischenstopp in Window Rock ein, der Hauptstadt der Navajo-Nation. Dad hatte mir oft von meinen Großvater erzählt, aber niemals zuvor war ich in der Gegend gewesen, die einst meinen Vorfahren gehört hatte. Was ich sah, faszinierte und erschreckte mich zugleich. Während die Natur von überwältigender Schönheit war, waren es die Lebensbedingungen der Ureinwohner keineswegs. Ich wünschte mir, mit jemandem reden zu können, der mir die heutige Gesellschaft der Navajo näherbrachte, doch ich kannte weder Namen noch Adressen von Verwandten. Wie ein Eindringling erkundete ich Teile des Reservats, bevor ich meine Reise fortsetzte. Ein fader Nachgeschmack blieb von diesem Erlebnis zurück.

Um mich sowohl von diesem Ausflug als auch von meinen Gedanken an das bevorstehende Zusammentreffen mit Burnside Close abzulenken, stieg ich in beinahe jedem Städtchen aus, in dem der Bus anhielt, und fuhr erst einige Stunden später mit dem nächsten weiter. Ich schlief in billigen Motels und aß in Truck-Stops. Nachdem ich auf diese Art Arizona, New Mexiko und Texas durchquert hatte, legte ich eine längere Pause in New Orleans ein. Das Endziel meiner Reise rückte näher und ich nahm mir Zeit, um zu entscheiden, ob ich Morris wirklich wiedersehen wollte. Außerdem wurden die E-Mails meiner Mutter vehementer. Sie erwartete von mir eine Antwort, wie mein Leben in London nach meiner Heimkehr weitergehen sollte. Ich wusste es nicht.

Als ich schließlich die Grenze zum Bundesstaat Florida erreichte, wünschte ich mir beinahe, der Bus würde mit einer Panne liegen bleiben. Doch irgendwann kamen die bekannten Vergnügungsparks in Sicht und ich passierte das Ortsschild von Orlando. Es war so weit. Ich hatte nun die Wahl, mir einen Rückflug nach London zu organisieren oder die Jungs im Aufnahmestudio zu besuchen. Beides bereitete mir Magenschmerzen.

Nach einer unruhigen Nacht im Motel nahm ich mir am nächsten Tag ein Taxi zu dem Studio, das mir bereits wohlbekannt war. Ich erkannte Brads alten GMC Van, der vor dem Eingang parkte, und konnte nicht verhindern, dass mir das Herz bis zum Hals schlug. Tapfer ging ich zur Rezeption und ließ mir sagen, welchen Raum Burnside Close gebucht hatten. Das Mädchen am Empfang wollte mich anmelden, doch ich überzeugte sie davon, eine Freundin von Matt zu sein. Sie beschrieb mir den Weg und ich hörte vor Nervosität nur mit halbem Ohr hin. Während ich den dunklen Gang hinunterging, spürte ich, dass meine Handflächen schwitzten. Ich rieb sie an meiner Jeans trocken. Am liebsten hätte ich auf dem Absatz kehrtgemacht und wäre davongelaufen. Dann nahm ich all meinen Mut zusammen und öffnete die Tür. Da die Wände der Tonstudios schallisoliert waren, war Anklopfen sinnlos. Also trat ich ein.

Mein Blick streifte leuchtende Bildschirme, Zettel mit Musiknoten und hastig gekritzeltem Text. Zwei unbekannte Männer saßen konzentriert am Mischpult und beachteten mich nicht. Ich sah Matt, der Kopfhörer trug und den Takt des Trommelwirbels vorgab. Als er mich bemerkte, lächelte er und bedeutete mir, zu warten. Ich schluckte. Die Szene erinnerte mich an die alten Zeiten, in denen Dad mich zu den ersten Studioaufnahmen von Burnside Close mitgenommen hatte. Es kam mir vor, als wäre sein Geist gegenwärtig und ich lauschte der Musik. Zu schnell verebbten die Klänge eines mir unbekannten Songs. Gerne hätte ich mehr gehört, doch Matt drehte sich um und setzte die Kopfhörer ab.

»Du bist tatsächlich gekommen.« Er umarmte mich, aber ich bemerkte eine gewisse Distanz zwischen uns.

Über seine Schulter hinweg fing ich die verständnislosen Blicke von Brad und Sean auf, die mit ihren Instrumenten in einem verglasten Raum saßen. Ich hob Zeige- und kleinen Finger zum Gruß. Die beiden Jungs johlten und sprangen auf. Matt ließ mich los. Ehe ich mich versah, waren sie bei mir und vollführten einen wilden Tanz. Ich musste lachen. Die Unkompliziertheit von Brad und Sean nahm mir ein wenig von meiner Befangenheit.

»Schau, wer hier ist, Morris«, rief Brad.

Erst jetzt bemerkte ich ihn. Er saß auf dem Sofa, eine Gitarre auf seinen Knien. Unsere Blicke begegneten sich und alles spielte sich auf einmal in Zeitlupe ab. Seine Augen waren undurchdringlich, die Stirn gekraust. Ich sah ihm an, dass er erschöpft war. So war das immer, wenn er konzentriert arbeitete. Die Vertrautheit seines Anblicks raubte mir den Atem. Dann registrierte ich sein Zögern und ein jäher Schmerz durchfuhr mich. Morris war nicht erfreut, mich zu sehen.

»Los, komm schon her!«, forderte Matt ihn auf und ich trat automatisch einen Schritt zurück. Der Wunsch, zu flüchten, wurde übermächtig.

Umständlich legte Morris die Gitarre zur Seite und erhob sich. Auf seinem linken Unterarm prangte ein neues Tattoo, das ich noch nicht kannte. Es zeigte einen schwarzen Vogel vor einem glühenden Himmel, der seine breiten Schwingen ausbreitete, während sein Hinterleib mit einer Staubwolke verschmolz. Morris bemerkte meinen Blick. Wieder ein Zögern. Ich senkte rasch die Lider, wollte verdrängen, dass es ihn Überwindung kostete, mich zu begrüßen. Doch ich spürte ihn bereits, bevor er mich berührte. Der bekannte Blitz traf mich bis ins Mark. Unsere Umarmung war kurz, aber für einen Augenblick erlaubte ich mir, meine Wange gegen die seine zu legen. Er roch genau so, wie ich ihn in Erinnerung hatte, und ich fürchtete, dass er das stürmische Klopfen meines Herzens spüren musste, während er mich hielt.

»Was ist passiert, Al?«, wollte er wissen. »Du hast dich verändert.«

Ich fragte mich, was er meinte, bevor sich alles in mir auflöste. Die negativen Dinge, die ich geglaubt hatte zu fühlen, verschwanden in seiner Nähe. Mein Herz, das seit unserer Trennung komplett aus dem Takt gekommen war, begann wieder zu normal zu schlagen.

»Einige Tausend Meilen Weltreise sind mir passiert«, flüsterte ich, benommen von seiner Anwesenheit.

»Wow!« Brad sah mich bewundernd an. »Du siehst fantastisch aus, Al! Erzähl, wo warst du überall? Und wie lange bleibst du?«

»Ich muss bald zurück nach London«, wich ich aus.

»Lass uns heute Abend einen trinken gehen!« Sean knuffte mich in die Seite.

Ich spürte Morris' forschenden Blick auf mich gerichtet und wusste vor Verunsicherung nicht, wo ich hinsehen sollte.

»Gerne«, antwortete ich und schenkte ihm ein Lächeln. Er erwiderte es nicht.

»Wir müssen noch arbeiten, einige Passagen einspielen und so«, erklärte Matt. »Warum treffen wir uns nicht um neunzehn Uhr in der Bar, in der wir damals unser erstes Konzert in Orlando gefeiert haben? Erinnerst du dich?«

Natürlich erinnerte ich mich. Ich nickte.

»Lasst uns weitermachen«, forderte nun einer der Männer am Mischpult.

»Zu Befehl, Simon«, witzelte Sean und die Jungs verabschiedeten sich von mir. »Bis später, Al!«

Ich war verblüfft. Nach zehn Minuten schickten sie mich bereits wieder fort? Wer war dieser Simon, der hier plötzlich das Sagen hatte? Ich starrte Matt an und hoffte, dass er mich zum Bleiben einlud, aber er ignorierte mich. Die Jungs kehrten auf ihre Positionen zurück. Meine Anwesenheit schien vergessen. Al, den Glücksbringer, gab es nicht mehr. Ich senkte den Kopf und schlich hinaus.

Dort angelangt, wusste ich nicht, was ich mit dem angebrochenen Tag anstellen sollte. Nach einigem Überlegen fuhr ich in ein Reisebüro und buchte einen Flug nach London. Ich bekam einen Platz auf der Linienmaschine in vier Tagen. Am Nachmittag rief ich Mom an, um ihr meine Ankunftszeit durchzugeben.

»Ich bin so froh, dich bald wieder zu Hause zu haben!« Sie war vor Freude völlig aus dem Häuschen. »Hast du dir schon überlegt, ob du dein Studium wieder aufnehmen willst? «

»Können wir das besprechen, wenn ich zurück bin?«

»Du hattest ein Jahr Zeit, mein Schatz. Ich hoffe doch, du bist dir darüber klar geworden, wie es mit deiner Ausbildung weitergehen wird.«

Das war ich mir nicht, deshalb schwieg ich.

»Der Tod deines Vaters darf nicht dazu führen, dass du deine Ziele aus den Augen verlierst, Almond!«

»Das tue ich nicht, Mom.« Und es sind deine Ziele, fügte ich in Gedanken hinzu. »Wir sehen uns in vier Tagen.«

Ich verabschiedete mich. Dann ging ich zu den Klängen von Metallica unter die Dusche, zog mich um und kam zwanzig Minuten vor der vereinbarten Uhrzeit in der Bar an. Um das Warten zu überbrücken, baute ich Türmchen aus Bierdeckeln und dachte über mein Gespräch mit Mom nach. Was wollte ich in Zukunft tun? Ganz sicher war ich mir über die Tatsache, dass ich mein Studium an der Business School nicht fortsetzen wollte. Weniger sicher war ich mir bezüglich meiner Alternativen. Ich wusste, dass Mom Druck machen würde, kaum dass ich zurück in London war. Sie hatte meinen Entschluss, ein Jahr auf Weltreise zu gehen, von Anfang an nicht gutgeheißen und wartete vermutlich nur darauf, mich endlich wieder unter ihre Fittiche zu nehmen. Doch wie sollte das aussehen? Das Einzige, wofür ich mich wirklich begeistern konnte, war Rockmusik. Und das war leider genau das, was Mom nicht tolerieren würde. Ich rieb mir die Stirn.

In diesem Moment sah ich, dass Brads Transporter vorfuhr. Erwartungsvoll beobachtete ich, wie die Jungs ausstiegen. Morris war nicht unter ihnen.

»Hey!« Kurze Zeit später setzte sich Matt zu mir an den Tisch und winkte dem Barkeeper. Brad und Sean waren auf dem Weg zu mir bei einigen Gästen hängen geblieben, die sie offensichtlich kannten.

»Wo ist Morris?«, fragte ich vorsichtig.

»Beschäftigt.«

Ich schluckte meine Enttäuschung hinunter und begrüßte Brad und Sean, die sich neben uns zwängten.

Bald schon verlor ich mich in den Erzählungen über meine Reise. Wir lachten und tranken und nach einer Weile war es ein wenig wie in alten Zeiten. Als der Barbetrieb zu späterer Stunde zunahm, entschuldigten sich Brad und Sean, um mit Freunden zu feiern. Matt und ich blieben sitzen. Ich spürte, wie die Anspannung zurückkehrte.

»Du hast viel erlebt«, stellte er fest.

Ich nickte und fragte mich, was er eigentlich sagen wollte. Weil er schwieg, hakte ich nach: »Bist du sauer auf mich?«

»Es geht nicht nur um mich, Al. Wir hatten einfach eine harte Zeit, das ist alles.« Sein Blick forderte mich heraus.

»Ist das der Grund, warum ihr mich nicht im Tonstudio dabeihaben wolltet?«

Er zog eine seiner gepiercten Augenbrauen nach oben. »Ein Jahr ist verdammt lang, Al! Du hast viel verpasst. Unsere Entwicklung und all das, was Burnside Close inzwischen sind. Wir haben uns weiterentwickelt. Während du auf Reisen warst, haben wir gekämpft. Es ist nicht mehr wie früher.«

»Was soll das heißen?«

»Wir machen weiter. Genauso wie du.«

»Ich habe nicht weitergemacht. Vielmehr ist es so, dass mir diese ganze Reise vor Augen geführt hat, wie wichtig ihr mir seid!«

Matts Blick wurde weicher. »Das weiß ich, Al. Es ist nur …« Er brach ab.

»Morris?«

»Ja.« Er nickte. »Es hat lange gedauert, bis er zu seiner alten Form zurückgefunden hat. Wir dachten eine Weile, ihn endgültig zu verlieren. Dazu kamen massive Probleme mit unserer Plattenfirma. Sie setzten uns wegen des zweiten Albums unter Druck, meinten, ohne Morris würden sie uns die Zusammenarbeit aufkündigen. Seine Gesangsfarbe sei zu prägnant, die könne man nicht mit einem anderen Sänger ersetzen. Du kannst dir vorstellen, was in uns vorging. Seit dem Tod des Chiefs hatten wir keinen Manager mehr, niemanden, der sich um Investoren kümmerte, mit den Promotern und Agenturen zusammenarbeitete oder Bookings durchführte. Es herrschte das reinste Chaos. Morris kam und ging, wie es ihm beliebte. Als er eines Abends betrunken von der Bühne eines Clubs fiel, in dem wir auftraten, und vom Publikum ausgebuht wurde, reichte es mir. Ich sagte ihm, dass ich genug von seinen Ausfällen hätte, und setzte ihm ein Ultimatum. Brad und Sean standen hinter mir. Wir waren dazu bereit, Burnside Close im Ernstfall sterben lassen und mit einem neuen Sänger unter neuem Namen von vorne zu beginnen. Daraufhin ging Morris für einige Wochen in eine Entzugsklinik. Wir fanden einen neuen Manager, Simon Grey, der die Zügel wieder in die Hand nahm. Seitdem ist Morris stabil. Bis gestern. Ich sage es nur ungern, Al, aber wenn du in seiner Nähe bist, verändert er sich.«

Die Worte trafen mich, doch Matt bemerkte es nicht.

»Die Arbeit an unserem zweiten Album ist ein aufreibender Prozess. Wir erfinden uns gerade komplett neu. Morris hat sich weiterentwickelt, wir uns ebenfalls. Manchmal erreicht die Dynamik ein Level, auf dem wir vorher noch nicht agiert haben. Das berauscht mich immer wieder. Ich denke, dass wir uns bei diesem Album mehr denn je auf unser Bauchgefühl verlassen müssen. Es gibt so unheimlich viel Neues zu entdecken.«

Matt sprühte nur so vor Energie und ich verstand. »Du hast Angst, dass ich Morris ablenken könnte«, sagte ich.

Er konnte mir nicht in die Augen sehen und ich schluckte aufsteigende Tränen hinunter. Um uns herum tanzten die Leute, doch Matt und ich schienen in einem Vakuum gefangen zu sein.

»Morris' Freundin, Valerie, ist sehr bodenständig. Sie fängt ihn auf ...«

Ich unterbrach ihn mit einer Handbewegung. Das wollte ich nun wirklich nicht hören. »Mein Flug geht in vier Tagen«, erwiderte ich beherrscht. »Du hast nichts zu befürchten, Matt. Ich halte mich von ihm fern.«

Er nahm meine Hand. »Ich verstehe, warum du den Kopf freibekommen musstest, Al, aber die Zeit ist nun mal nicht stehen geblieben.«

Die Enttäuschung wuchs in meinem Inneren zu einem eiskalten, harten Klumpen heran. Meine Weltreise, mein Pakt mit Barbara, alles erstarrte. Die Farben schwanden und ich sah nur noch Grautöne um mich herum.

»Was wirst du tun, wenn du wieder zu Hause bist?«, erkundigte sich Matt.

Ich entzog ihm meine Hand. »Das wird sich zeigen«, murmelte ich. Meine Idee, bei der Band zu bleiben, um für sie zu arbeiten, zerplatzte wie eine Seifenblase. Meine ganze Reise hatte mich am Ende nur zurück an den Anfang geführt. Ich war weiter von mir und meinen Träumen entfernt als vor meinem Aufbruch.

»Ich fahre jetzt in mein Motel«, erklärte ich. Meine Kraft schwand, das fühlte ich. Lange konnte ich meine Selbstbeherrschung nicht mehr aufrechterhalten.

»In Ordnung.« Matt umarmte mich. »Sehen wir uns noch einmal?«

Ich schüttelte den Kopf. »Konzentriert euch auf eure Arbeit, arbeitet an eurem Album, das ist im Moment das Wichtigste.«

Er wollte mich nicht loslassen, deshalb befreite ich mich unsanft. Die Vorstellung, mitten in der Bar in Tränen auszubrechen, behagte mir nicht.

»Sag den anderen liebe Grüße. Und gebt auf Dads Camaro acht. Bei euch ist er besser aufgehoben als bei mir«, rief ich ihm zum Abschied zu und machte mich eilig davon.

Die folgenden Tage bis zum Abflug zogen sich zäh wie Kaugummi dahin. Ich telefonierte mit Barbara und einigen meiner Freundinnen aus London, doch nichts vermochte mich zu trösten. Ziellos lief ich umher, um mich abzulenken, aber meine Gedanken schweiften immer wieder zurück zu Burnside Close. Ich respektierte ihre Arbeit und wusste, dass sie sich die Nächte um die Ohren schlugen, um jeden Song so hinzubekommen, wie sie es sich vorstellten. Aber von diesem Prozess ausgeschlossen zu sein, schmerzte mich zutiefst. Vor allem, weil ich nun wusste, dass Morris der Grund dafür war. Ich verstand Matt und wollte vernünftig sein, doch das Wiedersehen mit Morris hatte alte Wunden aufgerissen und offenbarte mir all die Gefühle, denen ich nicht entkommen konnte. Frustriert vergrub ich mich auf meinem Zimmer im Motel und zählte die Stunden bis zu meinem Abflug.

An meinem letzten Abend beschloss ich, früh ins Bett zu gehen, weil ich ansonsten nicht viel zu tun hatte. Mein Rucksack lehnte gepackt an der Wand und erinnerte mich daran, dass mein Leben ab morgen wieder ein anderes sein würde. Das ›Rumzigeunern‹, wie es meine Mutter nannte, fand seinen krönenden Abschluss in drei Schokoladenriegeln, zwei Dosen Bier und einem Horrorfilm, der im Fernsehen lief. Irgendwann nickte ich ein.

Gegen Mitternacht klopfte es an meine Tür und ich schreckte hoch. In Gedanken an den Axtmörder aus dem Film lauschte ich nervös.

»Al, ich bin's, Morris«, hörte ich schließlich eine Stimme, die meinen Herzschlag nur beschleunigte.

Ich schaltete den flimmernden Fernseher aus, räumte die Reste meines Abendessens vom Bett und öffnete die Tür. Da stand er. Wortlos ließ ich ihn ein und wir verharrten voreinander. Ich war sprachlos wegen seines Erscheinens. Nach der Reaktion im Studio hatte ich nicht erwartet, dass er mich sehen wollte.

»Möchtest du etwas trinken?«, brach ich das Schweigen und wollte in Richtung Minibar gehen. Doch Morris hielt mich am Ärmel fest und zog mich zu sich heran. Sofort überspülten mich all die Empfindungen, die ich in den letzten Tagen wieder einmal versucht hatte zu verdrängen.

»Was tust du hier, Morris?«

»Ich konnte nicht anders, ich musste dich noch einmal sehen. Was ist das nur mit uns beiden, Al?«, flüsterte er.

»Sag du es mir.« Wir küssten uns. Zart zuerst, dann heftiger. Ich spürte, dass ich kurz davor war, die Kontrolle zu verlieren, und trat einen Schritt zurück.

»Das sollten wir nicht tun«, murmelte ich und bemühte mich, das Zittern in meiner Stimme zu unterdrücken.

Morris ließ mich gehen und ich flüchtete ans andere Ende des Zimmers.

»Was hat Matt dir erzählt, Al?«

»Alles, was im letzten Jahr geschehen ist. Ich bin froh, dass es dir wieder gut geht. Matt meinte, ihr macht große Fortschritte mit dem neuen Album.«

»Ja, das tun wir. Ich bin so froh, wieder dabei zu sein! Eine Zeit lang habe ich geglaubt, dem Ganzen nicht mehr gewachsen zu sein. Der Chief war weg, du warst weg. Ich fiel in ein Loch.«

Ich wollte zu ihm laufen und ihn in die Arme schließen, aber Matts Worte waren zu präsent. Morris ließ mich nicht aus den Augen. »Es war wieder einmal die Musik, die mich zurück ins Leben gebracht hat. Die vielen Dinge, mit denen ich mich rumgeschlagen habe, Drogen und Alkohol, das alles verschwand, als ich zu Burnside Close zurückkehrte. Die Jungs haben mich gerettet. Ich schulde ihnen etwas.«

»Ich weiß und es freut mich für dich, dass du es geschafft hast«, erwiderte ich unverbindlich.

Morris kam auf mich zu. »Du hast deinen Traum wahr gemacht und bist mit dem Rucksack um die Welt gereist.« Lächelnd blieb er vor mir stehen. »Ich kann mich noch genau daran erinnern, als du mir davon erzählt hast.«

»Ja, das ist lange her.« Seine Nähe machte mich zappeliger als ich ohnehin schon war.

»Vielleicht sollte ich das nicht sagen, aber du hast mir gefehlt. Deine Melodie in meinem Kopf war beinahe verklungen«, flüsterte er.

Wir küssten uns erneut. Es ging nicht anders. Zu hören, dass ich ihm fehlte, war mehr, als ich ertragen konnte. Ich wollte ihn so sehr, gierte nach seinen Berührungen und wurde nicht enttäuscht. Seine Hände hatten nichts vergessen. Er kannte all die Stellen, die mir jenes süße Gefühl zufügten, das ich nur bei ihm empfand.

»Flieg nicht zurück nach London«, bat er mich zwischen den Küssen. »Lass mich nicht schon wieder alleine.«

»Du bist nicht alleine«, stellte ich fest und er hielt inne.

»Ohne dich bin ich es jeden verdammten Tag!«

Ich sah ihm tief in die Augen. »Dann komm mit mir.«

»Das geht nicht!« Er sah überrascht aus. »Du weißt doch, was derzeit bei uns los ist.«

»Die Musik ist immer wichtiger.« Unglücklich senkte ich den Kopf. »Manchmal habe ich das Gefühl, deine Welt ist zu groß für mich, Morris. Ich höre nicht, was du hörst, und ich verstehe dich manchmal einfach nicht. Jetzt zum Beispiel.«

Morris lehnte seine Stirn gegen meine. »Weil wir gerade eine Dissonanz sind. Wenn du dich auf mich einlassen würdest …«

»Nein!«, unterbrach ich ihn. »Ich habe Matt ein Versprechen gegeben.«

Er seufzte resigniert. »Dann ist es endgültig? Du fliegst also morgen wieder nach Hause?«

Ich nickte und er zog mir das T-Shirt über den Kopf. »Schenk uns diese letzte Nacht, Al.«

Ich wehrte mich nicht. Obwohl ich wusste, dass es nicht richtig war, was wir taten, konnte ich nicht damit aufhören. Es war eine Weile her, dass ich Morris gespürt hatte, und ich hatte das Bedürfnis, jede Sekunde auskosten zu müssen. Keuchend küsste ich sein neues Tattoo. »Was ist das?«

»Ein Phönix, der sich aus der Asche erhebt. Das habe ich mir stechen lassen, als ich wusste, dass mich nichts mehr brechen kann, solange ich die Musik habe.« Er liebkoste meinen Hals, bewegte sich dann abwärts und öffnete meine Jeans.

Hitze schoss in meinen Unterleib und das Gespräch mit Matt drängte sich ungewollt in den Vordergrund. Die Band brauchte Morris und Morris brauchte die Band. Sie befanden sich alle in einem fragilen Zustand und noch stand nicht fest, ob die Jungs an ihren ersten Erfolg anknüpfen konnten. Das durfte ich nicht kaputt machen, dachte ich, bevor Morris endgültig den Schalter in mir umlegte. Seine Zunge tat Dinge, die ich mir nicht vorzustellen gewagt hatte. Er hatte sich nicht nur als Musiker weiterentwickelt, sondern auch als Liebhaber. Für einige Stunden verdrängte ich die Tatsache, dass ich kurz vor meiner Abreise stand, dass Morris eine Freundin hatte und dass es für uns kein Morgen geben würde. Nichtsdestotrotz oder vielleicht gerade deswegen liebte ich ihn mit einer Leidenschaft, die mir die Sinne schwinden ließ. Es war wie ein Heraufbeschwören inniger Momente, ein Zelebrieren unserer Gefühle, und gleichzeitig ein stummer Abschied.

Wir wurden eine Melodie. Wir wurden Musik. In dieser Nacht, am Ende meiner Reise, fühlte ich ganz besonders intensiv, wie der Moment durch mich hindurchfloss.

Chapter 7

We fight to exist, we neglect and resist, but we don't realize the ways to ease the pain of our days
(Burnside Close, »Pain Of Our Days«)

Kaum war ich daheim in London, fühlte ich mich innerhalb von drei Tagen so, als wäre ich nie fort gewesen. Meine Nacht mit Morris hatte eine ganze Palette von Gefühlen an die Oberfläche geschwemmt, die mich nun, da ich Tausende Meilen von ihm entfernt war, quälten.

Der kurze Abschied am nächsten Morgen hatte mir verdeutlicht, dass unser Weg nicht in dieselbe Richtung ging. Noch vor Sonnenaufgang war Morris aufgestanden, hatte mich geküsst und war davongefahren. Ich war zurückgeblieben, aufgewühlt und verletzt, dass er mich einfach so nach Hause fliegen ließ. Doch was hatte ich erwartet? Inzwischen kannte ich Morris lange genug. Das neue Album erforderte die volle Aufmerksamkeit von jedem einzelnen Bandmitglied und Morris nahm diese Aufgabe sehr ernst. Obwohl ich es gewusst hatte, versetzte mir Morris' Fortgehen einen Stich und ich fragte mich unwillkürlich, ob diese Nacht dieselbe Bedeutung für ihn gehabt hatte wie für mich. Konnte er spielend zur Normalität übergehen, vielleicht sogar am selben Tag noch seine Freundin küssen?

All diese Gedanken beschäftigten mich mehr als die Tatsache, was ich in Zukunft tun wollte. Dabei ließ meine Mutter nicht locker. Jeden Tag hörte ich mir Vorträge darüber an, welche Ausbildung sie für mich am geeignetsten hielt. Keiner der Vorschläge löste Begeisterung in mir aus.

»Du könntest ein Praktikum in der Anwaltskanzlei machen, in der ich arbeite«, schlug sie vor.

Ich schüttelte den Kopf. »Das würde mich umbringen.«

»Unsinn! Ich verdiene schließlich auch mein Geld damit.«

»Mag sein, Mom, aber glaub mir, das ist nichts für mich.«

»Dann sag mir endlich, was du tun willst!«

Ich will, dass mein Job rockt, antwortete ich ihr in Gedanken. Ich will alles darüber lernen, was man über die Musikindustrie wissen muss. Ich will mit der gleichen Leidenschaft Bands managen, wie Dad es getan hat. Doch das wirst du nie gutheißen, Mom, und ich habe nicht die Kraft, mit dir zu streiten. Das tun wir schon unser ganzes Leben lang, und ich wünsche mir, dass es aufhört.

Stattdessen sagte ich spontan: »Wie wäre es mit Journalismus?«

Es war eine Idee, um Mom ruhigzustellen. Etwas, das mir im Kopf herumspukte, seit ich auf meiner Weltreise für meinen Blog geschrieben hatte. Ich sah es als Alternative an, um Zeit zu gewinnen. Eine Ausbildung zum Manager für Rockbands gab es nicht, so viel war mir klar. Und Mom würde nie zulassen, dass ich herumsaß und darauf wartete, dass man mir in diesem Geschäft eine Chance gab. Sie würde überhaupt nie zulassen, dass ich in Dads Fußstapfen trat.

»Journalismus? Wie kommst du darauf?«

»Ich schreibe gerne«, erklärte ich. »Vielleicht könnte ich später für eine Zeitung arbeiten.«

Mom legte den Kopf schief. Ich merkte, dass ihr die Möglichkeit gefiel. Vermutlich sah sie mich bereits als Chefredakteurin einer großen Tageszeitung. Ich dachte mehr an das Rolling Stone Magazine, schwieg jedoch.

»Ist es dir ernst damit?«

Ich nickte, obwohl mir nicht wohl dabei war. Warum fiel es mir so verdammt schwer, meiner Mutter zu sagen, was in Wahrheit meine Träume waren?

Mom klatschte unternehmungslustig in die Hände. »Dann lass uns nach geeigneten Schulen suchen! Ich kann es kaum erwarten, allen zu erzählen, was du in Zukunft tun wirst. Journalismus! Darauf wäre ich nie gekommen.«

»Ich auch nicht«, murmelte ich.

Das unangenehme Gefühl nahm zu. Die Vorstellung, hier in London erneut ein Studium zu beginnen und weiter mit Mom unter einem Dach zu leben, war alles andere als beflügelnd. Doch dann fand ich heraus, dass es eine hervorragende Journalismus-Schule in München gab. Ich konnte mein Glück kaum fassen. Nun, da meine Mutter begeistert von der Idee war, war es leicht, sie davon zu überzeugen, dass ich in Deutschland studieren musste. Selbst als ich feststellte, dass ich das Bewerbungsverfahren genau um zwei Monate verpasst hatte.

»Das ist kein Problem, Mom«, erklärte ich ihr. »Ich bewerbe mich einfach zum Ende des Jahres und belege in der Zwischenzeit Deutschkurse, um meine Grammatik aufzufrischen. Granny freut sich bestimmt, wenn ich bei ihr wohne.«

»Du willst jetzt schon nach München ziehen? Aber du bist doch gerade erst nach Hause gekommen!«

»Ich dachte, es ist angenehmer, sich vorher einzuleben. Dann fällt mir der Studienbeginn mit Sicherheit leichter.«

»Hm.« Meine Mutter zögerte. »Vielleicht hast du recht. Ich werde mit deiner Großmutter sprechen.«

Wie zu erwarten war, bekam ich grünes Licht von Granny. Sie schien zu ahnen, wie es in mir aussah, und bedrängte Mom, dass ich sobald wie möglich zu ihr kam.

»Sie ist nicht mehr die Jüngste«, sagte meine Mutter nach dem Telefonat. »Vermutlich ist sie ein wenig einsam. Es ist schön, dass du bei ihr wohnen möchtest. Auf diese Art kannst du ein Auge auf sie haben, wenn es ihr nicht gut geht.«

Ich nickte, obwohl ich wusste, dass Moms Sorgen unbegründet waren. Granny war ein Fels in der Brandung. Sie würde mich stützen, nicht umgekehrt.

Wir begannen damit, die Formalitäten zu klären. Als EU-Bürgerin brauchte ich kein Visum, um mich längere Zeit in Deutschland aufzuhalten. Ich musste lediglich beim Einwohnermeldeamt vorstellig werden. Das vereinfachte mein Vorhaben und ich fing an zu packen. Es war aufregend, wieder aufzubrechen. Meine Freundinnen schmissen an meinem letzten Tag eine Abschiedsparty für mich, die ich jedoch mehr aus Pflichtgefühl besuchte, als dass ich mich darauf freute. Seit meiner Heimkehr gab es nicht mehr viele Gemeinsamkeiten zwischen uns. Der Graben, den ich früher schon gespürt hatte, war breiter geworden. Aus diesem Grund verließ ich London mit einem Gefühl der Erleichterung.

Es war Anfang Juli, als ich schließlich offiziell nach München umzog. Meine Mutter begleitete mich für zwei Wochen, um mir beim Einrichten zu helfen. Tagsüber strichen wir Grannys in die Jahre gekommenes Gästezimmer, kauften ein paar neue Möbel und gingen abends in den umliegenden Restaurants zum essen. Ich war überrascht, dass wir derart Spaß miteinander hatten. Mom gab sich so unbeschwert, dass ich ein wenig traurig war, als sie wieder zurück nach London flog. Doch mit Granny wurde es nicht langweilig. Sie brachte mir das Schafkopfen bei, ein traditionelles Kartenspiel, das sie jeden Dienstagabend mit ihren Freundinnen spielte. Dabei wurde gelacht, geflucht und geredet, bis mir die Ohren klingelten.

Ich lebte mich rasch ein, meldete mich zu einem Deutschkurs für Fortgeschrittene an und genoss es, in der restlichen Zeit meine neue Heimat zu erkunden. An den Wochenenden fuhr ich in die Berge oder an die Seen in der Umgebung. Ich radelte an der Isar entlang und sah den Surfern im Eisbach zu. Alles war viel kleiner und übersichtlicher als in London, aber ich vermisste nichts. Bis zu dem Zeitpunkt, als Barbara mich besuchen kam.

Es war an einem Sommerabend, an dem ich mir gerade überlegte, welche meiner zahlreichen Reisefotos ich an welche meiner weniger zahlreichen Wände hängen wollte. Das Klingeln an der Haustür unterbrach meinen Aktionismus. In der Annahme, es sei Granny, die ihren Schlüssel vergessen hatte, drückte ich nur den Türöffner, ohne nachzufragen, wer es war. Umso erstaunter war ich, als Barbara auf mich zustürmte. Wir hatten eine Ewigkeit nicht mehr miteinander telefoniert, sondern nur kurze E-Mails und Textnachrichten ausgetauscht. Ich schämte mich, dass ich in den letzten Wochen so mit meinem Umzug beschäftigt gewesen war, dass ich meine Freundin vernachlässigt hatte. Darum war ich völlig aus dem Häuschen, sie zu sehen. Stürmisch umarmten wir uns, und ich bewunderte ihr Aussehen. Ihre Haare waren gewachsen und legten sich in weichen Locken um ihren Kopf. Mein Blick wanderte tiefer. Ich stutzte. Entweder hatte Barbara an diesem Abend zu viel gegessen oder sie war schwanger. Mir fiel die Kinnlade herunter.

»Was zum Teufel …?« Ich umfasste ihren Bauch mit beiden Händen. »Wie ist das passiert?«

»Es war nicht die unbefleckte Empfängnis, so viel steht fest.« Sie strahlte über das ganze Gesicht. »Riley ist der Vater. Er stand vor meiner Tür.«

»Im Ernst?« Obwohl ich wusste, dass ich mich für sie freuen sollte, versetzte es mir einen Stich.

Barbara ließ sich in einen Sessel fallen und lächelte mich an. »Schön hast du es hier bei deiner Omi. Richtig gemütlich!«

Ich konnte ihr offensichtliches Glück kaum ertragen und drehte mich rasch um. »Willst du etwas trinken?«

»Wasser, bitte!«, rief Barbara mir hinterher.

Ich lief in die Küche und holte tief Luft. Hastig trank ich einige Schlucke Mineralwasser, bevor ich mit einer ungeöffneten Flasche und einem frischen Glas zu Barbara zurückkehrte. Sie strahlte noch immer.

»Warum hast du mir nichts davon erzählt?«, wollte ich wissen.

Es schmerzte, dass Barbara mich so lange im Ungewissen gelassen hatte. Ich setzte mich im Schneidersitz vor sie auf den Boden.

»Das hätte ich tun sollen, ich weiß.« Sie hob entschuldigend die Hände. »Aber die letzten Monate waren einfach so unglaublich, dass ich gar nicht mehr wusste, ob ich träume oder ob das alles Wirklichkeit ist.«

»Dann schieß mal los!«

Darauf hatte Barbara nur gewartet und die Neuigkeiten sprudelten aus ihr heraus: »Zwei Monate, nachdem ich zurück in Hamburg war, rief mich meine kleine Schwester an. Ich saß gerade in der Universitätsbibliothek, um versäumten Stoff nachzuholen. Als ich ranging, war meine Schwester total aufgeregt und sagte, Riley stünde bei uns vor der Tür. Kannst du dir das vorstellen? Ich war völlig geschockt und wollte nicht glauben, was sie da erzählte. Aber dann reichte sie den Hörer weiter und ich hörte seine Stimme. Ich bin aufgesprungen und nach Hause gefahren. Es ist ein Wunder, dass ich überhaupt dort ankam, denn ich habe gezittert wie Espenlaub! Ich konnte kaum das Lenkrad halten. Ich meine, es war so unbeschreiblich! Er hat sich extra wegen mir ein *sabbatical* genommen und ist den ganzen Weg von Sydney zu mir geflogen. Genauso wie ich es mir erträumt habe.«

»Wow!« Mehr fiel mir nicht ein.

Ich nahm es ihr übel, dass sie mich nicht sofort angerufen hatte, um mir davon zu erzählen. Immerhin kannte ich ihre Geschichte, hatte ihren inneren Kampf miterlebt, bevor sie Riley in Sydney endlich gegenübergetreten war. Weshalb schloss sie mich plötzlich aus?

»Wir waren wochenlang im siebten Himmel!« Barbaras verklärtes Grinsen war kaum zu ertragen.

»Und du bist postwendend schwanger geworden?«

»Das war nicht geplant. Aber wir freuen uns und werden heiraten!« Barbara hob ihre rechte Hand und präsentierte einen funkelnden Ring.

»Und dein Studium?«

»Jetzt kommt erst mal das Baby und dann folgt nächstes Jahr im Frühjahr die Hochzeit. Anschließend sehen wir weiter. Ich denke, ich werde zu Riley ziehen. Er wünscht sich das so sehr.«

»Und was wünschst du dir?« Ich konnte nicht glauben, was ich da hörte. War das noch dieselbe Barbara, mit der ich unterwegs gewesen war? Die Barbara, die Riley verlassen hatte, um ihr Leben in die Hand zu nehmen und nicht von einem Mann abhängig zu sein?

»Ich habe jetzt alles, was ich mir je gewünscht habe.« Sie rutschte nach vorne und umarmte mich. »Du musst unbedingt zu meiner Hochzeit kommen!«

»Ich komme gerne«, erwiderte ich ohne große Begeisterung.

»Was ist mit dir? Alles in Ordnung?« Barbara sah mich besorgt an.

»Ja, ich bin nur müde. Die letzten Wochen waren ziemlich anstrengend.« Ich bemühte mich um ein Lächeln, aber das war unnötig. Barbara war viel zu sehr mit sich selbst beschäftigt, um zu bemerken, was in mir vorging. Sie streckte ihren Rücken durch.

»Der Besuch bei dir ist mir ganz spontan eingefallen, als du mir deine neue Adresse geschickt hast. Riley war noch nie in München und ich dachte, es wäre eine gute Gelegenheit, ihm die Stadt zu zeigen.«

»Ach, Riley ist auch hier?«

»Ja, er wartet unten. Ich habe ihm gesagt, er muss mich kurz mit dir alleine lassen. Wollen wir ihn erlösen?«

»Klar!« Ich erhob mich. »Lass uns was essen gehen!«

Die darauffolgende Woche spielte ich Reiseführer für Barbara und ihren Sonnenschein Riley. Wir sahen uns Museen an, bummelten über den Viktualienmarkt und besuchten die berühmten Biergärten. Obwohl es mir Spaß machte, bemerkte ich, dass Barbara sich verändert hatte.

Ihre Welt drehte sich nur noch um das Baby in ihrem Bauch und den Mann an ihrer Seite. Ein normales Gespräch mit ihr erschien kaum mehr möglich. Es war mir ein Rätsel, wie aus meiner besten Freundin plötzlich diese Frau werden konnte, die mir immer fremder wurde.

An dem Tag, als Barbara und Riley abreisten, stand ich abends nachdenklich in Grannys Küche.

»Erschöpft?«, erkundigte sich meine Großmutter.

Ich schüttelte den Kopf. »Eher erstaunt.«

»Worüber?«

»Über Barbara. Ich erkenne sie kaum wieder.«

»Das sind die Hormone.« Granny kicherte. »Wenn man schwanger ist, dann ist die Welt für einige Zeit rosarot.«

»War das bei dir auch so?«

»Und ob! Ich habe den ganzen Tag gesungen. Vermutlich wurde dein Vater deshalb Musiker.«

Ich lächelte und Granny musterte mich. »Bist du eifersüchtig?«, wollte sie wissen.

»Ein bisschen«, gab ich zu. »Auf unserer Reise waren Barbara und ich in derselben Situation. Wir waren füreinander da und obwohl wir am Ende den Männern in unserem Leben wiederbegegnet sind, so ist doch jede von uns alleine nach Hause zurückgekehrt.«

»Und jetzt verübelst du Barbara, dass ihre Geschichte ein Happy-End hat?«

»Nein, ich frage mich eher, warum meine keines hat.«

»Vielleicht liegt es daran, dass du hier bei deiner alten Großmutter bist und nicht bei ihm.«

Ich umarmte Granny. »Du freust dich wenigstens über meine Anwesenheit.«

Sie sah aus, als ob sie etwas erwidern wollte, aber dann tätschelte sie nur meine Hand. Ich war froh, dass sie nicht weiter nachbohrte, hatte ich doch Angst, dass ich über Gefühle sprechen musste, die ich nur zu gerne verdrängte.

Eine Woche später fand ich einen Job als Kellnerin in einer Bar und stürzte mich ins Nachtleben. Es war anstrengend und die ersten Tage war ich hundemüde, aber dann gewöhnte ich mich daran und arbeitete mit Freude. Meine Zeit war nun ausgefüllt, sodass ich nicht mehr zum Nachdenken kam. Tagsüber vervollständigte ich die Bewerbungsunterlagen für die Journalistenschule und besuchte meinen Deutschkurs. Ab sechs Uhr abends verwandelte ich mich in die freundliche Kellnerin, die mit den Augen klimperte, um Trinkgeld abzusahnen. Eine Weile gefiel mir mein Leben, doch nach und nach fühlte ich mich einsam. Mir fehlte Barbara. Mir fehlten die Jungs. Ich sehnte mich nach der Band, der Musik und dem Leben, das dazugehörte.

In dieser Zeit begegnete ich Johannes. Es war einer jener Abende, an denen es in der Bar so voll war, dass ich bald nicht mehr wusste, welcher Gast welche Bestellung aufgegeben hatte. Nur mit Mühe gelang es mir, den Überblick über meine Tische zu behalten. Mitten in dem ganzen Durcheinander stand er dann vor mir. Er hatte blaue Augen und schenkte mir ein beruhigendes Lächeln.

»Viel los?«, fragte er.

»Wie du siehst.« Ich drängte mich an ihm vorbei.

Obwohl ich nicht unhöflich sein wollte, saß mir der Chef im Nacken, der sein Personal stets überwachte. Wer nicht schnell genug arbeitete, war auf Dauer kein gern gesehener Angestellter. Rasch eilte ich in die Küche.

Kurz darauf blickte ich jedoch wieder in seine Augen, denn er hatte mit einer Gruppe von Freunden an einem der Tische Platz genommen, für die ich verantwortlich war. Ich nahm ihre Bestellung auf und bemerkte seine Blicke, wann immer ich in der Nähe war.

Gegen Mitternacht beglich die Gruppe ihre Rechnung und ging. Ich war ein wenig enttäuscht, bis mich der Unbekannte plötzlich von hinten ansprach: »Wann hast du denn Feierabend?«

»Nicht vor zwei.« Ich zuckte mit den Schultern. »So lange willst du sicher nicht warten.«

»Würde es dich überraschen, wenn doch?« Er trat von einem Bein aufs andere. »Ich heiße übrigens Johannes.«

»Almond.« Ich wischte meine Hände an der Schürze ab und sah ihn herausfordernd an. »Überrasch mich!«

Ich rechnete nicht damit, dass er tatsächlich warten würde. Es war nichts Ungewöhnliches, dass man als Kellnerin angeflirtet wurde. Je betrunkener die Gäste waren, desto mutiger wurden sie. Doch Johannes wartete. Als ich gegen halb drei aus der Kneipe trat, stand er vor der Tür und überreichte mir eine Rose. Spontan empfand ich das als ziemlich übertrieben, aber die Müdigkeit machte mich empfänglich für seine liebenswerte Hartnäckigkeit. Außerdem gefiel er mir. Seine dunkelbraunen Haare kräuselten sich im Nacken und ich hätte die Locken am liebsten berührt.

»Danke.« Ich nahm die Rose entgegen und schnupperte daran. »Ich hätte nicht gedacht, dass du wirklich wartest.«

»Habe ich doch gesagt. Darf ich dich nach Hause begleiten?« Er lächelte mich an und ich nickte.

Wir schlenderten durch die nächtlichen Straßen und unterhielten uns. Ich mochte seine Stimme, sie war ruhig und mit einem bayerischen Akzent unterlegt. Er fragte mich, woher ich kam und ich erzählte ihm von mir. Im Gegenzug erfuhr ich, dass er dreiundzwanzig Jahre alt war und in einer Bank arbeitete. Er erschien mir recht ehrgeizig, denn obwohl er nicht damit prahlte, so hörte ich doch heraus, dass er erfolgreich war. Wir lachten, er machte mir Komplimente und ich vergaß meine Müdigkeit.

Ein warmes Gefühl breitete sich in mir aus, das ich schon glaubte, verloren zu haben. Als wir vor dem Haus ankamen, in dem Granny wohnte, hatten wir uns bereits für den nächsten Tag verabredet. Er küsste mich nicht zum Abschied, aber sein Blick verriet mir, dass er es gerne getan hätte. Aufgedreht ging ich in die Wohnung hinauf. Das Gefühl der Einsamkeit hatte nachgelassen.

Die nachfolgenden Tage vernachlässigte ich für Johannes meine Bewerbungsarbeit für die Journalistenschule. Niemals zuvor hatte ich jemanden getroffen, der derart interessiert an mir und meinem Leben war. Johannes hing gebannt an meinen Lippen, wenn ich von Granny, Dad und Mom erzählte und der Welt, in der ich aufgewachsen war. Er sagte, er könne kaum glauben, dass ich erst zwanzig sei, und unter seinen bewundernden Augen wuchs ich um mindestens fünf Zentimeter. Bereits am zweiten Wochenende, nachdem wir uns kennengelernt hatten, nahm er mich zum Segeln an den Chiemsee mit. Ich stellte mich dabei absichtlich ungeschickt an und ließ mich ein paar Mal in seine rettenden Arme fallen, die mich jedes Mal zuverlässig auffingen. Dieses Spiel ging so lange, bis wir uns mitten auf dem See endlich küssten.

So rücksichtsvoll wie am Tag, erwies er sich auch in der Nacht. Mit ihm zu schlafen, war, als lausche man einer Ballade. Während Morris das kreative Spiel auf mir beherrscht hatte wie auf einer seiner Gitarren, war Johannes eher ein verhaltener Cellist. Doch es war mir egal, denn mit Johannes war alles einfach. Wir redeten, wir lachten und er war stets um mich bemüht. Ich genoss es, dass er sich immer neue Dinge ausdachte, um mich zu überraschen. Er lud mich zum Essen ein, machte mir kleine Geschenke und chauffierte mich in seinem schnittigen Sportwagen umher. Auch seine Freunde akzeptierten mich sofort in ihrer Runde und ich hatte Spaß daran, das außergewöhnliche Mädchen zu sein, dessen Vater Manager von Rockbands gewesen war.

Einzig Granny gefiel es nicht, wie ich meine Zeit verbrachte. Eines Abends, nachdem Johannes und seine Freunde gegangen waren, stellte sie mich zur Rede.

»Was soll das, Al?«

Ich war gerade dabei, die Gläser vom Tisch zu räumen, und sah auf.

»Tut mir leid, Granny, waren wir zu laut?«

»Nein, ich habe kein Problem, wenn du Besuch hast. Ich mag junge Leute. Ich frage mich nur, was du im Moment tust. Aus welchem Grund bist du zu mir nach München gekommen? Und sag mir jetzt nicht, dass du Journalismus studieren willst. Den Quatsch kannst du deiner Mutter auftischen, aber mir gewiss nicht.«

Ich ließ Wasser ins Waschbecken laufen. Granny besaß keine Spülmaschine. Sie hielt das für modernen Unsinn. In diesem Augenblick war ich jedoch froh über die Ablenkung.

»Ich versuche herauszufinden, was mir wichtig ist. Das wolltest du doch von mir«, erwiderte ich.

Meine Großmutter runzelte die Stirn. »Meiner Meinung nach weißt du das längst. Du traust dich nur nicht, es auszusprechen.«

Ich gab Spülmittel in das Wasser und legte die Gläser hinein. Gedankenverloren bearbeitete ich sie mit einer Bürste.

»Willst du, dass sich das Glas auflöst?«, fragte Granny nach einer Weile und nahm mir die Bürste aus der Hand.

Ich ließ meine Arme sinken.

»Magst du diesen Johannes?«

»Ja, er bringt mich zum Lachen.«

»Das ist gut. Aber bringt er nur deinen Mund zum Lachen oder auch dein Herz?«

Ich sah sie an. »Ist das so wichtig? Ich wünsche mir nur ein wenig Normalität.«

»Normalität!« Granny hob erstaunt die Augenbrauen. »Das habe ich mir nie gewünscht. Als Kind wollte ich immer am Meer wohnen. Ich liebte die Wellen. Es gibt so unterschiedliche Arten von ihnen. Genauso sollte mein Leben sein. Ein Auf und Ab. Jeden Tag eine neue Erfahrung, eine neue Herausforderung.«

»Meine Weltreise hat mir genug Erfahrungen gebracht.«

»Und deshalb sitzt du jetzt hier und wartest. Denkst du, das Glück kommt eines Tages um die Ecke und klopft an diese Tür? Meine Erkenntnis ist, dass das Glück eine faule Socke ist. Das muss man sich holen. Du solltest bei der Band deines Vaters sein. Nicht bei mir.«

Ich wollte widersprechen, doch sie unterbrach mich: »Wenn es an deiner Mutter liegt, mit der werde ich fertig!«

»Danke, Granny, ich weiß das zu schätzen.« Ich umarmte sie, obwohl ich ein wenig verärgert darüber war, dass sie an alten Wunden kratzte. Johannes war wie ein Pflaster, das mich den Schmerz nicht mehr spüren ließ. Aus diesem Grund änderte ich auch nichts an meiner Situation.

Als Mom Granny und mich an Weihnachten besuchte, stellte ich ihr Johannes vor. Sie war auf Anhieb begeistert von ihm. Er führte uns in ein angesagtes Restaurant zum Essen aus und meine Mutter kicherte wie ein Teenager über seine Witze, bis Granny und ich uns solch vielsagende Blicke zuwarfen, dass wir ebenfalls lachen mussten. Es wurde ein harmonisches Weihnachten und ich glaubte, auf dem richtigen Weg zu sein. Pünktlich reichte ich meine Bewerbungsunterlagen für die Journalistenschule ein und fuhr über Silvester mit Johannes und seinen Freunden auf eine Hütte zum Skifahren. Während des Feuerwerks um Mitternacht flüsterte er mir ins Ohr, dass er mich liebte. Ich küsste ihn, ohne etwas zu erwidern, aber ich fühlte mich glücklich.

Anfang Januar bekam ich Post von Barbara. Sie schickte mir Fotos ihres Neugeborenen, eines kleinen Jungen namens Cooper. In ihrem Brief schwelgte sie in Muttergefühlen und ich kam nicht umhin, Tränen der Rührung zu vergießen, unter die sich jedoch auch solche des Neids mischten. Ich wollte nicht gehässig sein, aber im Angesicht von Barbaras Glück kam mir meine Beziehung mit Johannes plötzlich nichtssagend vor. Nur mit großer Anstrengung gelang es mir, meinen Alltag wie gewohnt durchzuziehen.

Doch dann fiel mein Kartenhaus endgültig in sich zusammen, denn Ende Februar stach mir auf dem Weg zur Arbeit ein Plakat ins Auge. Bei genauerem Hinsehen erkannte ich den markanten Schriftzug des Burnside Close Logos. Ich trat näher heran und las die Ankündigung.

Die Band befand sich auf einer Club-Tournee durch Europa und würde Anfang April ein Konzert in München geben. Mein erster Gedanke war, mir sofort ein Ticket zu sichern, aber dann zögerte ich. War das wirklich eine gute Idee? Den ganzen Abend lang ging mir das Konzert nicht mehr aus dem Kopf. Wie in Trance erledigte ich meine Arbeit und lag anschließend die halbe Nacht wach. Es ärgerte mich, dass mich ein dämliches Plakat derart aus der Fassung bringen konnte. Selbst Johannes erkannte meine Zerstreutheit.

»Was ist los?«, fragte er, als wir uns am nächsten Tag in seiner Mittagspause trafen. Wir standen neben einem beliebten Asia-Imbiss und Johannes öffnete die Schachtel mit dem Glasnudelsalat, den er jedes Mal aß, wenn wir dorthin gingen.

»Ich habe gestern gesehen, dass Burnside Close in ein paar Wochen hier in einem Club auftreten werden«, sprudelte es aus mir heraus, obwohl ich darüber eigentlich nicht hatte sprechen wollen.

»Das ist die Band deines Vaters, oder?“ Er strich seine Krawatte glatt und grüßte einige Leute, die er kannte.

»Ja, das stimmt. Ich dachte, sie arbeiten an der Veröffentlichung ihres zweiten Albums. Aber diese Club-Tournee ist keine Promotionsveranstaltung, sondern läuft noch unter dem Namen ihres Debüts. Das ist eigenartig.«

»Vielleicht kam ihnen etwas dazwischen.«

»Vielleicht.«

»Und, gehst du hin?«

Ich schwieg aus Angst, Johannes könnte erraten, in welches Gefühlschaos mich die Konzertankündigung gebracht hatte. Immerhin war ich auch nach München gekommen, um einen großen Abstand zwischen mir und dem Mann zu schaffen, den ich nicht haben konnte.

»Ich kann dich ja begleiten«, scherzte Johannes nun. »Vorausgesetzt natürlich, dass das nicht so eine Veranstaltung ist, wo man von headbangenden Irren durch die Gegend geschubst wird.«

»Das kann ich nicht versprechen«, versuchte ich, seinen Vorschlag abzuwiegeln, doch Johannes ließ nicht locker: »Du hast mir so viel von deinen Rocker-Freunden erzählt, jetzt will ich sie endlich einmal kennenlernen!«

Ich hatte kein gutes Gefühl bei der Sache, aber da ich das Konzert selbst zur Sprache gebracht hatte, bemühte ich mich um Optimismus: »Klar, komm doch mit. Die Jungs werden dir bestimmt gefallen.«

Johannes grinste. »Ich werde meine zerrissenen Jeans aus dem Schrank holen. Das wird sicher lustig.«

»Ganz sicher«, entgegnete ich lahm und überlegte, wie ich mich aus der Affäre ziehen konnte.

Johannes wischte sich mit der Serviette den Mund ab und warf die leere Kartonverpackung in den Mülleimer neben sich.

»Komm!« Er streckte mir die Hand entgegen. »Ich habe noch etwas Zeit. Lass uns gleich Tickets besorgen!«

Ich zögerte, bevor ich ihm schließlich folgte. Tief in meinem Inneren wusste ich, dass dieses Konzert meine Beziehung zu Johannes auf eine harte Probe stellen würde.

Je näher das Konzert rückte, desto mehr Gründe fielen mir ein, um nicht hinzugehen. Als ich meine Einladung zur Aufnahmeprüfung an der Journalistenschule erhielt, erschien mir das eine willkommene Ausrede zu sein.

»Wir sollten die Tickets für das Burnside Close Konzert verkaufen«, sagte ich zu Johannes.

»Warum das denn?«

»Ich muss mich für die Prüfung vorbereiten. Eingeladen zu werden, bedeutet, dass ich die erste Hürde genommen habe. Dieser Termin ist wichtig für mich.«

»Aber das Konzert findet abends statt. Da lernst du doch sonst auch nicht, weil du arbeiten musst.«

Ich wusste nicht, was ich darauf erwidern sollte und wechselte rasch das Thema: »Barbara hat uns übrigens zu ihrer Hochzeit nach Hamburg eingeladen.«

»Es wird mir eine Ehre sein, dich zu begleiten.« Er küsste mich und ich verdrängte die unangenehmen Gedanken, die mir jedes Mal im Kopf herumspukten, wenn ich die Burnside Close Tickets an meiner Pinnwand betrachtete.

Das funktionierte bis zum Tag des Konzerts. Ab da fragte ich mich stündlich, in welchem Hotel die Jungs wohl übernachteten oder ob sie im Bus unterwegs waren. Bereits am Abend zuvor schielte ich während meiner Arbeit ständig zur Tür und war hin- und hergerissen von der Vorstellung, sie könnten zufällig in die Bar kommen, in der ich arbeitete. Sie taten es nicht. Daraufhin verfasste ich zwanzig unterschiedliche App-Nachrichten an Matt und löschte sie alle wieder. Mir fehlten einfach die richtigen Worte.

So kam es, dass ich zum ersten Mal wie ein ganz gewöhnlicher Fan auf ein Burnside Close Konzert ging. Kaum hatten wir die Security passiert, bestätigte sich meine Vorahnung bezüglich Johannes.

»Was rennen denn hier für Freaks rum?«, grummelte er. »Ich fühle mich völlig fehl am Platz.«

Ich sah mich um. Der Club mutete wie eine Schulaula an, und das Publikum bestand unverkennbar aus überzeugten Liebhabern des Rock und Metal Genres. Noch waren Burnside Close in Europa ein Geheimtipp, aber die Tatsache, dass die Jungs hier mehrere Gigs spielten, zeugte davon, dass sie vorhatten, das zu ändern. Dieses Engagement freute mich.

»Warte doch erst einmal ab. Vielleicht gefällt es dir ja noch«, versuchte ich, Johannes zu beruhigen.

Er schüttelte mürrisch den Kopf. »Du hast mir nicht gesagt, dass du mich in ein heruntergekommenes Loch schleppst, das von lauter Irren bevölkert wird.«

Ich konnte seine Vorbehalte nicht nachvollziehen und sagte genervt: »Das hier ist keine weichgespülte Talentshow aus dem Fernsehen! Das ist live und echt und wenn das Licht ausgeht, dann wirst du das auch hören.«

Er sah nicht aus, als wäre er derselben Meinung.

»Ich hole uns etwas zu trinken«, schlug ich deshalb vor und ließ Johannes in der Menge zurück.

Die Atmosphäre nahm mich gefangen. Viel zu lange hatte ich mein Leben bereits in eine gewöhnliche Form gepresst, als dass ich mir nun den Abend verderben lassen wollte.

Wenig später drückte ich Johannes das Getränk in die Hand und hoffte, es würde ihn verstummen lassen, doch die Vorband verhagelte ihm endgültig die Stimmung.

»Das ist ja übel«, kommentierte er das Kreischen der E-Gitarren.

»Die Akustik ist nicht ausbalanciert«, erklärte ich. »Aber das Repertoire ist solider Alternative Metal. Unkonventionelle Melodie und aggressiver Beat.«

Ich genoss das Trommelsolo und spürte die Euphorie, die sich in mir ausbreitete. Ich liebte Rockmusik. Sie war ein Teil von mir, den ich nicht verdrängen konnte. Der harte Bass, der in meinem Magen wummerte, erinnerte mich an die Kindheitstage, an denen Dad mir zum Schutz gegen den Lärm Ohrstöpsel verpasst hatte.

»Du hast mich für das normale Leben verdorben, Dad«, murmelte ich in das Spektakel hinein. Es fühlte sich an, als stünde er hinter mir und wartete auf den Auftritt seiner Jungs. Ich lächelte.

»Hast du was gesagt?«, schrie mich Johannes an.

»Die Band erinnert mich ein wenig an Jane's Addiction. Ziemlich brachial das Ganze.«

Er sah mich nur verständnislos an, weshalb ich die Augen schloss und den Rest der Songs genoss.

»Das ist gruselig, wie hältst du das nur aus?«, wollte Johannes in der Pause wissen. »Mir klingeln die Ohren. Sind deine Freunde auch so unterwegs?«

»Die sind eher eine Mischung aus Hardrock und Post-Grunge.«

»Das kann einem doch unmöglich gefallen!« Er sah aus, als würde er den Club am liebsten auf der Stelle verlassen wollen.

»Ich bin damit aufgewachsen.« Wieder einmal wurde ich daran erinnert, dass mein Musikgeschmack nicht alltäglich war.

»Ich hole uns noch etwas zu trinken.« Kopfschüttelnd zog Johannes ab und ich beobachtete den Umbau der Bühne.

Nach einer längeren Pause war es endlich so weit. Das Licht wurde gedämpft, das Publikum applaudierte, und dann ertönten die ersten Klänge von *Real Life*. Ich hatte erwartet, dass ich jubeln würde, doch ich stand ganz still und nahm jede Sequenz des Liedes in mich auf. Die Melodie wurde zum Soundtrack meiner Erinnerungen, der meinen Körper in Schwingungen versetzte. Es war, als würde ich nach Hause kommen. Alles um mich herum verschwand. Übrig blieb nur die Musik. Ich lauschte Morris' vielfältiger Stimmlage, beobachtete Matts Fingerfertigkeit während der schwierigen Riffs, erfreute mich an den überlegenen Bassparts von Brad und sah Sean am Schlagzeug die Drumsticks werfen. Jede Bewegung der Jungs war mir vertraut und ich genoss ihre Performance. Burnside Close waren so viel selbstsicherer geworden, so viel ausdrucksstärker. Ich war stolz und wusste, auch Dad hätte seinen Hut vor den Jungs gezogen. Er hatte an sie geglaubt. Zu Recht!

Nach dem dritten Song hielt ich es nicht mehr aus und arbeitete mich in Richtung Bühne vor. Ungeachtet der Schubsereien aufgebrachter Fans kämpfte ich mich durch wiegende, verschwitzte Körper und stand nach einiger Zeit endlich in zweiter Reihe. Noch während die Jungs *Silent Storm* spielten, bemerkte mich Matt. Er schien überrascht, dann zwinkerte er mir zu. Nach und nach bemerkten mich auch die anderen. Mein Herz flatterte wie ein eingesperrter Vogel.

Nach dem düsteren Titel *Loosing My Innocence* trat Morris ans Mikrofon und dankte dem Publikum für die Unterstützung. Er stellte jedes einzelne Bandmitglied vor und verkündete anschließend, dass sie nun einen Song aus ihrem noch unveröffentlichten Album spielen würden, *Pain Of Our Days*. Ich biss mir auf die Unterlippe. Bisher kannte ich keines der Lieder und war neugierig. Gespannt lauschte ich der einsetzenden Melodie. Auf wuchtige Riff-Salven folgte ein satter, grooviger Rhythmus, den Morris' Stimme in beinahe epischer Bandbreite untermalte. Spontane Tempiwechsel sorgten für Überraschungsmomente, bevor die Jungs breitbeinig nach vorne schossen, um einen apokalyptischen Refrain zu präsentieren. Mir blieb die Spucke weg. So energiegeladen hatte ich sie niemals zuvor erlebt. *We don't realize the ways to ease the pain of our days*, sang Morris.

Ich hörte das Schreien der Fans um mich herum, das erst abebbte, als Morris seine Stimme erneut erhob. Wir fügen uns selbst den größten

Schmerz zu, schallte es zu mir herüber. Wir glauben, auf dem richtigen Weg zu sein, bis uns der Verlust unserer Träume zerstört, hieß es in dem Text. Ich fühlte mich augenblicklich an meine eigene Situation erinnert. Nach dem Tod meines Vaters hatte ich es vor lauter Rücksichtnahme nicht gewagt, meiner bestürzten Mutter die Stirn zu bieten. Ich war erst ihren Ratschlägen gefolgt, war dann vor ihr geflohen, hatte mich auf eine verzweifelte Suche nach mir selbst begeben und wollte doch eigentlich nur eines: das hier!

Ich fiel in den Jubel der Leute um mich herum ein, denn mit einem Mal war ich wieder im Reinen mit mir selbst. Egal, was bisher alles geschehen war oder was ich geglaubt hatte zu fühlen, Burnside Close waren meine Familie. Sie würden es immer sein, weil sie Dads eigentliches Erbe waren. Ich brauchte sie und hoffte, dass sie mich auch brauchten.

Das Konzert ging weiter und ich ließ mich von den Songs davontragen. Nach der vierten Zugabe wurde es endgültig dunkel. Als das Licht im Club anging, starrte ich auf eine verlassene Bühne. Ich konnte es nicht fassen, die Jungs waren verschwunden! Das Atmen fiel mir schwer. Dann drängte ich mich durch die Zuschauer, die den Ausgang verstopften.

»Ich kenne die Band«, erklärte ich einem der Security-Leute. »Können Sie mir sagen, wo die Umkleidekabinen sind?«

»Das wollen sie alle wissen, Schätzchen.« Er grinste breit. »Wenn du rennst, erwischst du vielleicht noch die Busse auf der anderen Seite.«

Ich hetzte aus dem Club. Als ich das Gebäude umrundet hatte, erblickte ich Matt, der Autogramme schrieb. Keuchend reihte ich mich in die Schlange der Wartenden ein und sah Morris aus dem Bus treten. Wie auf Befehl begannen die weiblichen Fans zu kreischen und er hob lächelnd die Hand. Unsere Blicke kreuzten sich, bevor er sich an die Umstehenden wandte, die Fotos mit ihm schossen und ihn auf T-Shirts und CDs unterschreiben ließen. Erst nach einer halben Stunde stand ich vor ihm. Sein Lächeln erstarb.

»Ich habe nicht erwartet, dich heute Abend zu sehen«, sagte er, heiser vom Konzert. »Was tust du hier?«

»Ich wohne bei meiner Großmutter. Ich werde Journalismus studieren.«

»Wirklich?« Er runzelte die Stirn, als erschien ihm das völlig abwegig.

Ich wollte nicht darauf eingehen und erwiderte stattdessen: »Ich bin so stolz auf euch! Ihr wart großartig! Mein Vater wäre vor euch auf die Knie gefallen.«

»Er ist immer bei uns. Bei jedem einzelnen Konzert.« Morris winkte, als die Blitzlichter der Handykameras erneut aufflammten.

»Wie geht es mit eurem zweiten Album voran?«

»Wir hatten einige Probleme mit dem Plattenlabel. Anfangs waren sie total begeistert von den neuen Ideen, aber dann ließen sie uns hängen. Es dauerte etwas, bis wir ein anderes Label gefunden haben, das unseren Enthusiasmus teilt. Bis jetzt sind wir alle zufrieden und mit Leidenschaft dabei. Nach dieser Tour werden wir endlich weiter daran arbeiten.«

»Wohin fahrt ihr als Nächstes?« Ich löcherte ihn mit Fragen, weil ich nicht wollte, dass er ging.

»Nach Wien, anschließend nach London, Manchester und Edinburgh.«

Brad trat zu uns und gab mir einen Kuss auf die Stirn. »Al, was für eine Überraschung! Warum hast du nicht angerufen? Wir hätten dir VIP-Tickets organisiert.«

Ich spürte, dass mich jemand von hinten umarmte und hochhob. Es war Sean. »Al, baby!«, rief er. »Sag mir, wohin ich dir ein Autogramm geben soll, und ich werde es tun.«

»Kein Bedarf«, wiegelte ich lachend ab.

Nun kam auch Matt zu uns. »Was machst du denn hier, Al?« Sein Blick wanderte zwischen Morris und mir hin und her.

»Sie wird Journalismus studieren«, erklärte Morris, bevor er sich abwandte.

Ich griff spontan nach seinem Arm. Unsere Blicke verhakten sich.

»Nicht schon wieder«, brummelte Brad neben mir. Dann ging er kopfschüttelnd davon. Die beiden anderen folgten ihm.

»Was hat er?«, fragte ich leise.

Morris sah zur Seite. »Nicht jetzt, Al. Die Band ist momentan alles, was zählt. Sie verschlingt all meine Energie.«

»Ich will nicht, dass ihr fahrt«, begann ich und trat in sein Blickfeld. »Ich will bei euch sein.« Bei dir, fügte ich in Gedanken hinzu.

Er schwieg.

»Verdammt, Morris!« Ich wollte ihn schütteln, um ihn gesprächiger zu machen. Er sollte mich einladen, mit ihnen zu kommen. Weil ich zu ihnen gehörte. Weil es ihm egal war, was Matt sagte.

»Ehrlich gesagt glaube ich nicht, dass du wirklich weißt, was du willst, Al. Du kommst, du gehst und jedes Mal endet es mit Schmerzen, die wir uns gegenseitig zufügen. Die Musik ist nicht weniger wichtig geworden, weißt du, und die Wahrheit ist ...« Er verzog den Mund. »Ich bin davon ausgegangen, dass unser letztes Treffen ein endgültiger Abschied war.«

»Was?« Ich wollte protestieren, doch dann warf Morris einen Blick über meine Schulter. Er erstarrte. »Der Typ, der dort wartet und uns böse anstarrt, ist sicher dein Freund. Geh zu ihm. Da bist du besser aufgehoben als bei uns.«

Ich schluckte. »Ist das dein Ernst?« Mein Satz ging im Starten des Busmotors unter.

»Komm endlich, wir müssen los!« Matt lehnte sich zur offenen Tür hinaus.

Wortlos drehte sich Morris um und lief auf den Bus zu.

Ich verschränkte die Arme vor der Brust. Die Enttäuschung schnürte mir die Kehle zu. Zischend schlossen sich die Türen hinter Morris und der Bus rollte vom Hof.

»Ich denke, du schuldest mir eine Erklärung«, hörte ich plötzlich Johannes' Stimme hinter mir. »Du hast mich mitten im Konzert stehen gelassen!«

Es kostete mich Überwindung, mich zu ihm umzudrehen. Ein einziges Wort von Morris hätte ausgereicht und ich hätte den Bus bestiegen, ohne zurückzublicken. Johannes wusste es. Und ich ebenso. Trotz meiner Enttäuschung ließ Johannes' Anblick das schlechte Gewissen über mir zusammenschlagen.

»Es tut mir leid!«, bemühte ich mich, die Situation zu retten. »Die Musik hat mich mitgerissen und ich wollte die Jungs sehen.«

»Du wolltest mit ihnen fahren, habe ich das richtig verstanden?« Er musterte mich.

Ich hatte die Wahl und entschied mich spontan gegen die Ehrlichkeit. Die Jungs waren fort, Morris war fort und ich spürte die bekannte Einsamkeit, die diese Lücke hervorrief.

»Das war nur eine dumme Idee, ein Scherz. Mit der Band sind einfach zu viele Erinnerungen an meinen Vater verbunden. Ich wollte die alten Zeiten wieder aufleben lassen.«

»Indem du in ihren Bus steigst, um ihr Groupie zu werden? Wolltet ihr saufen und mit weißem Pulver um euch werfen, bevor du sie alle nacheinander über dich rübergelassen hättest?«

An einem normalen Tag hätte ich Johannes für diese Worte eine Ohrfeige verpasst, aber dazu hatte ich nun keine Kraft mehr. Morris' Zurückweisung schmerzte zu sehr. Mehr, als Johannes' Worte mich je hätten treffen können.

»Geht's dir jetzt besser?«, fragte ich ruhig.

Johannes schnaubte. »Nachdem du hier bei mir stehst und nicht im Bus sitzt, denke ich, du hast die richtige Entscheidung getroffen.«

Das ließ ich unkommentiert und sagte stattdessen: »Lass uns nach Hause gehen.«

»Wir hätten gar nicht erst herkommen sollen.« Johannes gab mir mit einer Geste zu verstehen, ihm zu folgen. »Jeder Cent für diese Tickets war herausgeworfenes Geld.«

Ich warf dem Bus einen letzten Blick zu. Er bog am Ende der Straße ab und verschwand in der Dunkelheit.

Chapter 8

Forever is a word of fear,
we realize when the end is near
(Burnside Close, »The End Is Near«)

Das Konzert hinterließ einen bleibenden Eindruck. Nicht nur bei mir, sondern vor allem bei Johannes. Wochenlang ertrug ich seine Kommentare und hörte mir seine Sticheleien über die Musik von Burnside Close und Hardrock im Allgemeinen an. Das führte dazu, dass wir uns allmählich entfremdeten. Ich unternahm nichts dagegen, denn es grenzte überhaupt an ein Wunder, dass wir noch zusammen waren. Doch das Gespräch mit Morris hatte mir die Endgültigkeit meiner Lage vor Augen geführt, und obwohl ich wusste, wie egoistisch das war, wollte ich Johannes nicht auch noch verlieren. Ich befand mich wieder einmal in einem Zustand entgegen jeder Logik, in dem ich mich selbst verabscheute, aber nicht die Kraft und den Mut hatte, etwas zu verändern. Ich resignierte und erkannte, dass ich nicht mehr Bestandteil der Band war, so sehr ich es mir auch wünschte. Mein Gefühlschaos mit Morris hatte Auswirkungen auf die anderen Jungs. Sie gingen auf Abstand zu mir, aus Rücksicht auf ihren Leadsänger. Das gab mir ein ähnlich beklemmendes Gefühl wie nach dem Tod meines Vaters. Ich kam mir vor wie in einem luftleeren Raum, in dem ich zu ersticken drohte.

Mitten in diesem Chaos trat ich zu meiner Aufnahmeprüfung für die Journalistenschule an. Es endete in einem Desaster. Ich war unkonzentriert und beantwortete die Fragen der schriftlichen Tests zu oberflächlich. All das Wissen, das ich mir über die letzten Monate angeeignet hatte, schien wie weggeblasen. Selbst das Auswahlgespräch, bei dem ich geglaubt hatte, punkten zu können, verlief nicht zufriedenstellend. Die Prüfer hatten undurchschaubare Mienen und ich glaubte zu erkennen, dass sie meine Antworten eher mäßig fanden. Das frustrierte mich und nach dem Ende des zweiten Tages hatte ich bereits das dumpfe Gefühl, mit Pauken und Trompeten durchgefallen zu sein.

Wie richtig ich damit lag, wurde mir zwei Wochen später schriftlich mitgeteilt. Die Journalistenschule lehnte mich ab. Ich war nicht unglücklich darüber, weil es ohnehin nur eine Notlösung gewesen war. Frustrierender war vielmehr, dass ich nun wieder einmal am Anfang stand. Am Anfang meiner Zukunft, meiner Probleme und meiner nicht enden wollenden Sehnsucht nach etwas Unerreichbarem. Ich hatte keine Ahnung, was ich tun sollte.

Obwohl ich wusste, dass es egoistisch war, ließ ich mich von Johannes trösten. Es tat gut, gesagt zu bekommen, dass alles gut werden würde. Dass er mich liebte und brauchte und mich nicht gehen lassen würde. Es waren die richtigen Worte aus dem falschen Mund, aber ich hatte nicht den Mut, ihm das zu gestehen. Gemeinsam fuhren wir zu Barbaras Hochzeit nach Hamburg. Gleich nach der Ankunft in unserem Hotel überraschte mich Johannes mit einem Wellness-Nachmittag. Ich genoss das Programm mit Hot Stone Massage, Gesichtsbehandlung und Pediküre und versuchte mir einzureden, dass ich Morris nicht brauchte, weil ich einen fantastischen Freund hatte. Für ein Weilchen glaubte ich sogar daran.

Am Abend vor Barbaras Hochzeit waren wir zu einem Empfang im Garten ihrer Eltern eingeladen. Ich staunte nicht schlecht, als Johannes und ich vor der weißen Stadtvilla in Alsternähe hielten. Aus irgendeinem Grund hatte ich mir das Elternhaus meiner besten Freundin immer anders vorgestellt. Johannes pfiff bewundernd durch die Zähne, während mein Blick über die gepflegten Rabatten im Vorgarten wanderte.

»Du hast mir nicht erzählt, dass Barbaras Eltern vermögend sind«, bemerkte Johannes.

»Ich hatte keine Ahnung. Ist das wichtig?« Ich beobachtete, wie er die Jugendstil-Fassade in Augenschein nahm.

»Es ist grandios!« Ich wusste nicht, ob er das Haus oder den offensichtlichen Mammon von Barbaras Eltern meinte.

Als wir klingelten, öffnete uns Barbara in einem zartgelben Sommerkleid die Tür, fiel uns um den Hals und führte uns in den Garten, wo ein kleiner weißer Hund wie ein Floh auf Speed um unsere Füße tanzte. Wir wurden Barbaras Eltern, ihren Verwandten und Freunden vorgestellt und fanden uns bald mit einem Glas Prosecco in einer Ecke des Gartens wieder. Das Lächeln, das seit unserer Ankunft nicht mehr aus Johannes' Gesicht weichen wollte, wurde breiter.

»So will ich eines Tages auch leben«, stellte er fest.

»Ist das dein Ernst?«

»Natürlich.« Er legte die Arme um mich. «Das wollte ich schon immer. Hier wäre genug Platz für zwei Kinder, einen Hund und das Boot, das ich mir wünsche.«

»Ein Boot?«

»Ein Segelboot. Vielleicht zehn Meter Länge, Mahagoni-Holz und weißes Leder.«

Ich runzelte die Stirn, aber Johannes war nicht zu bremsen: »Und der Golfplatz ist sicher auch nicht weit. Ich wollte schon seit Ewigkeiten einen Kurs besuchen, um die Platzreife zu erlangen. Wie sieht es aus, hast du Lust mitzumachen?«

»Wobei? Haus, Boot oder Golf spielen?«, fragte ich vorsichtig.

»Bei allem!« Er küsste mich spontan. »Du wärst eine tolle Ehefrau.«

Der Satz schnürte mir die Kehle zu. Rasch leerte ich mein Glas Prosecco.

»Stell dir vor, wir beide als Ehepaar hier im Garten ...« Er küsste mich erneut.

»Das Haus ist viel zu groß. Da bin ich ja nur am Putzen«, versuchte ich einen Witz, um dem ernsthaften Thema zu entkommen. Diese Unterhaltung wurde mir allmählich unangenehm.

»Selbstverständlich hätten wir eine Putzfrau. Dann könntest du deinem Beruf nachgehen.«

Ich schwieg, denn gerade um das Thema Beruf war es bei mir momentan nicht gut bestellt.

»Und wir brauchen eine riesige Garage für meine Autos.« Er zwinkerte gedankenverloren. »Ich werde einmal viele Autos haben.«

»Hm.« Ich drehte das leere Glas in meinen Händen. Johannes begann, mir mit seinen Zukunftsplänen auf die Nerven zu gehen.

»Natürlich wird auch der schalldichte Raum nicht fehlen, in dem du deine furchtbare Musik hören darfst«, witzelte er nun.

Vor lauter Anspannung platzte mir der Kragen. »Halt die Klappe! Seit Wochen ertrage ich schon deine Bemerkungen zu diesem Thema. Irgendwann ist es gut.«

Johannes sah mich erstaunt an. »Ich dachte, du seist zu derselben Einsicht gekommen.«

»Wie kommst du denn darauf?«

»Du hast nie etwas gesagt, das habe ich als Zustimmung gewertet.«

»Als Zustimmung?« Mein Mund blieb offen stehen. »Wozu?«

»Dass dieser Konzert-Abend ein riesiger Fehler war. Ich meine, selbst du solltest erkennen, dass die Band deines Vaters einfach nur grottenschlechte Musik macht. Von ihren Mitgliedern möchte ich gar nicht reden. Dämliche Halbaffen wäre da noch eine höfliche Bezeichnung.«

»Was redest du denn da?«, empörte ich mich.

»Ich sage nur die Wahrheit. Im Ernst, Al, das kann dir doch nicht gefallen!«

»Und ob es das tut!«

»Dann erwarte ich, dass du deine Meinung änderst! Dieser Abend war die Hölle für mich. Du hast mich stehen lassen wie einen dummen Schuljungen. Ich will, dass du mir zuliebe endlich den Kontakt zu dieser albernen Band abbrichst.«

»Wie bitte?«

»Diese Typen sind doch Witzfiguren! Stellen sich auf die Bühne, brüllen herum und nennen sich Rockmusiker. Aber seien wir mal ehrlich, im Prinzip geht es ihnen nur darum, ihre weiblichen Fans zu bespringen und sich mit Alkohol und Drogen vollzupumpen. Und du fällst darauf rein, Al!«

Mir verschlug es die Sprache. Dann fing ich mich wieder und zischte: »Das sind dumme Vorurteile, Johannes! Du hast mir anscheinend nie wirklich zugehört, wenn ich über die Band gesprochen habe. Du kennst weder mich noch die Jungs!«

Johannes sah sich um. Offensichtlich war es ihm unangenehm, dass uns jemand hören könnte. »Ich sehe, dass dir diese Band nicht guttut«, flüsterte er.

»Sie verstehen mich zumindest besser als du«, entgegnete ich trotzig. Wir starrten einander wütend an.

In diesem Moment hielt Riley auf uns zu und ich bemühte mich um ein freundliches Lächeln. Sofort fiel mir auf, dass ich nicht die Einzige war, die sich auf dieser Party unwohl fühlte. Riley trug einen modischen Anzug, bewegte sich darin jedoch, als hätte man einer Kuh Rollschuhe angelegt. Ständig drehte er den Kopf, um das beengte Gefühl der Krawatte loszuwerden, während seine sorgsam nach hinten gegelten Haare mit aller Macht versuchten, wieder in ihre ursprüngliche Form zurückzufinden. Ich musste grinsen und er erwiderte mein Lachen mit einem Augenzwinkern.

»Schon nervös wegen der Hochzeit, Riley?«, fragte Johannes ihn.

Riley schüttelte den Kopf. »Wer könnte bei so einer Frau nervös werden?« Er sah Barbara entgegen, die mit dem Baby aus dem Haus trat. Ein Strahlen ging über sein Gesicht, bevor er fortfuhr: »Mir setzt nur der ganze Wirbel um die Hochzeit zu. Das ist nicht meine Welt, aber ich weiß, wie bedeutsam es für Barbara ist.«

Die Erkenntnis versetzte mir einen weiteren Dämpfer. Riley liebte Barbara wirklich. Er war zu ihr gekommen, um ihr zu beweisen, dass ihm ihr Leben und die Menschen darin wichtig waren. Ich sah Johannes an und fragte mich, wie er auf der einen Seite so bemüht um mich sein konnte, auf der anderen Seite jedoch Dinge verurteilte, die mir etwas bedeuteten. Mein Blick wanderte zu meiner besten Freundin, die mit Cooper zu uns trat. Sie übergab das Baby seinem Vater, hakte sich bei mir unter und zog mich mit sich.

»Was ist Johannes denn über die Leber gelaufen?«, flüsterte sie mir zu, als wir außer Hörweite waren.

»Wir haben uns gestritten«, gestand ich, obwohl ich ihr auf keinen Fall die Freude ihrer bevorstehenden Hochzeit verderben wollte.

Liebevoll legte sie den Arm um meine Schulter. »Erzähl!«, forderte sie mich auf.

»Am Anfang lief es wirklich gut mit uns, doch inzwischen bin ich mir nicht mehr sicher, wie es weitergehen soll. Er hasst Burnside Close.«

»Oh! Hat er Morris kennengelernt?«

»Nein, aber er war mit mir auf dem Konzert in München. Es hat ihm absolut nicht gefallen.«

Barbara kicherte. »Er ist bestimmt nur eifersüchtig.«

»Vielleicht, aber das ist es nicht alleine. Manchmal habe ich das Gefühl, dass Johannes mich nicht wahrnimmt. Er hat eine Idee von mir im Kopf, die nicht der Realität entspricht. Er plant eine Zukunft, die mir kalte Schauer über den Rücken jagt.«

»Wie sieht diese Zukunft aus?«

»Na ja, Hochzeit und Kinder und ein großes Haus …« Ich verstummte.

Barbara zog ihre Nase kraus. »Du bist der Meinung, ich mache einen Fehler, oder?«

Sie hob die Hände, als ich protestieren wollte, und fuhr fort: »Sag nichts! Ich habe es dir bei meinem Besuch in München angesehen. Und ich sage dir, ich habe Angst. Riesige Angst. Ich bin so schnell schwanger geworden, dass ich mir über die Verantwortung gar nicht im Klaren war. Aber jetzt wird sie mir bewusst und ich will einfach daran glauben, dass Riley und ich das hinbekommen. Ich will daran glauben, dass unsere Gefühle stärker sind als die Entfernung, die zwischen unseren Heimatländern liegt, und die Unterschiede, die in unseren Kulturen herrschen. Um ehrlich zu sein, gibt es manchmal Tage, da bekomme ich Zweifel. Ich weiß dann nicht mehr, was ich fühlen soll. In diesen Momenten brauche ich Riley, der mir sagt, dass er an uns glaubt. Darin ist er gut, weißt du. Dafür gebe ich ihm an Tagen wie diesen Halt, in denen meine Eltern das Kommando übernehmen und ihn in ihre Welt zu pressen versuchen.«

Barbara umarmte mich. »Du solltest ehrlich zu Johannes sein. Ich denke, er kann damit umgehen.«

»Da bin ich mir nicht so sicher«, murmelte ich, wohl wissend, dass ich meiner Freundin nicht die ganze Geschichte anvertraut hatte.

Barbara grinste und schob mich in Richtung der Empfangsgesellschaft. »Tu mir einen Gefallen und vergiss für die nächsten Stunden deine Probleme. Ich brauche dich, um diesen Abend durchzustehen!«

Das tat ich und schlug mich dabei ganz wacker.

Nach dem steifen Abend in Barbaras Elternhaus folgte am nächsten Morgen ein ungezwungenes Frühstück mit allen bereits angereisten Gästen. Dann fand sich die Hochzeitsgesellschaft am Hamburger Hafen ein und bestieg ein Schiff, auf dem am frühen Nachmittag die Trauung auf dem Wasser stattfand. Das Wetter war herrlich und das Dach des Salons stand offen, sodass die Geräusche des Hafens hereinwehten. Riley erschien mir lockerer und selbst Baby Cooper sah davon ab, die Hochzeit seiner Eltern zu stören, und schlief friedlich im Arm von Barbaras Schwester.

Während der gesamten Trauung drückte Johannes meine Hand und ich redete mir ein, wie schön es war, dass er sich eine Zukunft mit mir vorstellen konnte. Trotzdem bekam ich unseren kleinen Streit nicht aus dem Kopf und ertappte mich dabei, dass ich plötzlich an Morris dachte. Ich fragte mich, wie er sich seine Zukunft vorstellte und welche Priorität Autos, Boote und Kinder darin hatten.

Auf der anschließenden Feier hielt ich mich weiter an mein Versprechen und lächelte für Barbara. Zum Glück fiel es mir nicht schwer, denn sie war eine wunderschöne Braut, die pure Zufriedenheit ausstrahlte. Es gab himmlisches Essen und viele von Barbaras Freunden hatten kleine Reden oder Spiele vorbereitet, sodass man kaum bemerkte, wie die Zeit verging.

Am Abend tanzte das Brautpaar an Deck, während ein gewaltiges vorbeifahrendes Containerschiff ins Horn blies, um ihnen Glück zu wünschen. Riley strahlte. Er liebte das Meer, und die Weite der Elbe vermittelte ihm vermutlich ein wenig Heimatgefühle. Ich verstand plötzlich, dass die Hochzeit auf dem Schiff Barbaras Geschenk an ihren Mann war. Das rührte mich dermaßen, dass ich nicht ablehnte, als mich Johannes zum Tanzen aufforderte. Ich hatte nicht viel Freude an klassischen Tänzen, aber in diesem Moment wollte ich daran glauben, dass Johannes und ich ein ebenso harmonisches Paar sein konnten wie Barbara und Riley. Mit den gleichen Wünschen und Zielen. Mit einer gemeinsamen Zukunft.

Schon am nächsten Morgen verschwand dieses Gefühl. Johannes mäkelte an mir herum, weil ich nicht aufstehen wollte. Während ich noch Zähne putzte, hatte er bereits gepackt und war fertig zur Abreise.

»Wie kann man nur derart in den Tag hinein leben?«, beklagte er sich.

»Heute ist Sonntag«, murrte ich und hielt den Kopf unter kaltes Wasser. Ich hatte die Gläser Wein nicht mitgezählt, die ich getrunken hatte, aber es waren viele gewesen.

»Wir müssen noch bis nach München fahren!«

»Ich weiß! Wären wir geflogen, hätten wir das Problem jetzt nicht.«

»Die Flüge waren zu teuer und einen Mietwagen hätten wir außerdem gebraucht.«

»Na und?« Ich rieb mir die Haare trocken und warf Johannes einen genervten Blick zu, der auf seinem Koffer saß und auf mich wartete.

»Schon klar, dass dich das nicht stört. Du bekommst ja Geld von Mami!«

Ich schlug die Badezimmertür zu. Seine Vorwürfe erinnerten mich daran, dass ich mit meiner Mutter sprechen musste. Das Journalismus-Studium hatte in ihren Augen nur Gnade gefunden, weil ich ihr glaubhaft versichern konnte, dass es mir wirklich am Herzen lag. Nun, da ich abgelehnt worden war, würde unsere Diskussion über meine Zukunft in die nächste Runde gehen.

Kaum saßen wir im Auto, nahm Johannes unser Gespräch wieder auf. »Was gedenkst du zu tun, um endlich dein eigenes Geld zu verdienen?«

»Ich weiß noch nicht, was ich tun werde.«

»Mach eine Ausbildung! Ich könnte dir ein Praktikum in der Bank besorgen.«

Ich glaubte, Mom reden zu hören. »Nein danke!«

»Sei nicht so überheblich. Glaubst du, für mich ist jeder Tag in der Bank eine Erfüllung? Ich tue das, um Geld zu verdienen und mir die Dinge leisten zu können, die mir wichtig sind.«

»Macht es dir Spaß?«

»Wer hat gesagt, dass ein Job Spaß machen muss?«

Ich zuckte mit den Achseln. Mein Vater. Morris. Matt. Granny. Ich hatte zu viele Leute kennengelernt, die für das lebten, was sie taten, als dass ich dazu bereit war, diese Hoffnung schon in jungen Jahren zu begraben.

»Ich werde nicht in einer Bank arbeiten«, beharrte ich.

Johannes schwieg verärgert. Ich erkannte am Spiel seiner Gesichtsmuskeln, dass er die Zähne zusammenbiss.

»Werd erwachsen, Al«, knurrte er. »Du kannst nicht für immer vom Erbe deines Vaters leben oder dir von deiner Mutter alles finanzieren lassen.«

»Ich habe einen Job«, verteidigte ich mich.

»In einer Bar!« Johannes sagte es verächtlich und ich zuckte zusammen.

»Was ist dein Problem?«

»Mein Problem ist deine Unentschlossenheit! Was willst du eigentlich, Al? Du hast mehrere Monate auf den Beginn des Studiums gewartet, ohne dir eine Alternative zu überlegen. Dabei war dir von Anfang an klar, dass diese Schule nur eine Handvoll Leute nimmt. Deine Chancen standen also eher schlecht. Und jetzt, oh Wunder, ist nichts daraus geworden. Wenn dir der Journalismus wirklich am Herzen läge, dann hättest du dich längst umgehört und dich um ein Volontariat bei einer Zeitung beworben. Aber das tust du nicht. Du wartest. Und ich frage mich, worauf?« Er trommelte mit den Fingern auf das Lenkrad. »Dasselbe Gefühl habe ich übrigens auch bei unserer Beziehung. Wir sind an einem Punkt angekommen, an dem es nicht weitergeht. Weil du wartest.« Er sah mich an. »Worauf wartest du, Al?«

Ich starrte aus dem Fenster, um ihm nicht antworten zu müssen. Schließlich sagte ich: »Ich würde gerne etwas in Richtung Musik machen.«

Johannes lachte verächtlich. »Nur weil dein verrückter Vater damit sein Leben ruiniert hat, musst du das nicht auch tun!«

Ich war geschockt über seine Meinung, die ich so zum ersten Mal hörte. »Mein Vater lebte seinen Traum!«

»Ach, wirklich? Nennst du das so, wenn jemand den Beruf seiner Familie vorzieht und sie damit zerstört?«

»Sei still, du kennst nicht die ganze Geschichte.«

Johannes schnaubte. »Das muss ich auch nicht, Al. Es genügt mir, zu wissen, dass deine Mutter dich alleine großgezogen hat, während dein Vater irgendwelchen bekifften Typen hinterhergerannt ist, die glaubten, sie wären nur geboren worden, um die Welt mit ihrer Musik zu beglücken.«

»Halt endlich die Klappe!«

»Nein, das tue ich nicht. Ich liebe dich, Al. Aber es ist an der Zeit, loszulassen und nicht zu versuchen, deinem toten Vater ein Denkmal zu setzen. Seit er gestorben ist, tust du Dinge, die ihm gefallen hätten. Es ist schön, wenn man den Luxus hat, ein Jahr um die Welt zu reisen, oder nach München zu ziehen, um zu sehen, wie man ohne Mutter zurechtkommt. Doch das Leben besteht nicht nur darin, das zu tun, was einem gefällt. Das ist sehr egoistisch. Und ich glaube, es täte dir gut, dich endlich auf etwas einzulassen, um auf eigenen Beinen zu stehen. Denk mal darüber nach.«

Ich wischte mir mit dem Ärmel meines Pullovers über die Nase. »Du hast kein Recht, so über mich und meine Familie zu reden!«

»Es ist die Wahrheit, du willst es nur nicht sehen«, murmelte Johannes. »Ich wünsche mir einfach, dass es nicht ständig ein ›deins‹ oder ›meins‹ gibt, sondern ein ›uns‹. Das ist alles.«

Ich schwieg. Und aus dem Schweigen wurde eine Mauer, die sich zwischen uns errichtete und immer höher wurde, je länger die Fahrt dauerte. Ich setzte meine Kopfhörer auf und wählte in meinem Handy den Song *The End Is Near* von Burnside Close. Der Text kam meinen Gefühlen in diesem Moment am nächsten.

Als wir abends in München ankamen, waren sowohl Johannes als auch ich in uns gekehrt, denn unsere Gedanken hatten sich bereits vor Stunden verselbstständigt.

»Wie geht es jetzt weiter?«, fragte Johannes, als er vor meiner Wohnung hielt. Ich zuckte mit den Achseln.

»Es war mein voller Ernst, Al. Ich liebe dich und ich wünsche mir, dass du dich auf mich einlässt.« Er strich mir eine Haarsträhne aus dem Gesicht, doch ich drehte mich von ihm weg.

»Das Problem ist, dass alles andere auch dein Ernst war«, flüsterte ich und stieg aus.

Wortlos öffnete Johannes den Kofferraum, reichte mir mein Gepäck und fuhr davon. Ich war todunglücklich. Es schien, als würde ich ständig alles zerstören. Mein Selbstmitleid erreichte ungeahnte Ausmaße. Ich ging in Grannys Wohnung, ließ meinen Koffer fallen und fluchte. Meine Großmutter kam aus dem Wohnzimmer und schien die Situation sofort richtig einzuschätzen.

»Komm mit«, forderte sie mich resolut auf, führte mich an den Eichentisch in ihrer Küche und setzte ihre Kaffeemaschine in Gang. Dann sah sie mich an. »Schieß los!«

Ich ließ mich nicht zweimal bitten. Ausführlich erzählte ich ihr von dem Wochenende, dem Streit mit Johannes und der schweigsamen Heimfahrt.

»Ich denke, du machst aus einer Mücke einen Elefanten«, stellte Granny fest, nachdem ich geendet hatte.

Erstaunt sah ich sie an. »Wie kannst du das sagen? Johannes war richtig gemein zu mir!«

Meine Großmutter schüttelte lächelnd den Kopf.

»Auch auf die Gefahr hin, dass ich seinen Geist wieder heraufbeschwöre, aber du erinnerst mich schmerzlich an deinen Vater Leonard. Er wollte die Wahrheit ebenfalls nie hören.«

»Du willst mir also zu verstehen geben, dass Johannes recht hat?«

»Ein wenig.« Granny nickte. »Du wartest ab und lässt dich auf nichts ein. Alles ist wunderbar unverbindlich, weil du mit dem Kopf entscheidest, nicht mit dem Herz. Das ist niemals gut.«

»Was soll ich denn tun?«

»Wie ich dir bereits sagte: Das weißt du bereits, du fürchtest nur die Konsequenzen. Aber wenn ein Entschluss besonders unangenehm erscheint, dann ist es höchste Zeit ihn zu treffen.«

Ich schob die Tassen hin und her und starrte auf den Tisch. Granny nahm meine Hand.

»Du solltest es Johannes nicht übel nehmen, was er im Zorn über deinen Vater geäußert hat. Wer unsere Familie nicht kennt, der wird nie die Funken sehen, die uns entzünden. Selbst deine Mutter ist blind dafür. Du hast Navajo-Blut in dir, das macht dich zu einem freien Geist. Damit wirst du lernen müssen zu leben.«

»Was bedeutet das für meine Beziehung mit Johannes?«, fragte ich.

»Das kannst nur du alleine beantworten. Ebenso wie alles andere auch. Allerdings gebe ich dir einen guten Rat: Melde dich erst bei deiner Mutter, wenn du herausgefunden hast, wohin es dich führt.«

Wir lächelten einander an und ich umarmte Granny.

»Danke fürs Zuhören«, sagte ich und ging in mein Zimmer, um auszupacken. Noch während ich dabei war, klingelte mein Handy. Es war Johannes.

»Es tut mir wirklich leid!«, begann er. »Ich wünschte, ich könnte meine Worte zurücknehmen, und ich verspreche, dass das nicht wieder vorkommen wird.«

Wider Willen war ich gerührt. »Mir tut es auch leid, Johannes. Ich will mich bemühen, endlich einen Weg für mich zu finden.«

»Im Ernst?« Er klang erleichtert. »Ich bin so froh, das zu hören! Ich dachte, du bist so wütend auf mich, dass du mich nie wiedersehen willst.«

»Unsinn«, murmelte ich, obwohl er damit nicht ganz verkehrt lag.

Wir redeten noch eine Weile und als wir auflegten, hatte ich ein besseres Gefühl. Johannes war kein übler Kerl, er war nur anders als ich. Vielleicht gelang es mir, ihm die Al zu zeigen, die ich sein wollte, ohne ihn zu verstimmen.

Gestärkt durch diesen Vorsatz machte ich mich am nächsten Tag auf die Suche nach einer geeigneten Ausbildung. Verbissen durchstöberte ich Zeitungsinserate und das Internet. Bereits am Nachmittag war ich frustriert, denn ich erkannte, dass das, was ich mir vorstellte, nirgends angeboten wurde. Das Inserat ›Rockband sucht Managerin‹ war unauffindbar.

Erst nach einer Woche stolperte ich zufällig über eine Annonce, in der ein Radiosender einen Praktikanten für seine Musikredaktion suchte. Bei genauem Durchlesen fiel mir auf, dass es sich um einen Sender handelte, der nicht etwa den gängigen Mainstream, sondern ausschließlich Rockmusik spielte. Ich las die Anzeige noch drei weitere Male, während sich ein Lächeln auf meinem Gesicht ausbreitete. Das war es! Ich setzte mich sofort an meinen PC und schrieb eine Bewerbung. Zum ersten Mal musste ich nicht lange über passende Worte nachdenken. Ich verfasste ein Anschreiben, das aus Zitaten berühmter Rocksongs bestand. Auf einem separaten Blatt erstellte ich dann meinen Lebenslauf, den ich ›Rock Life‹ nannte und wie den Zeitplan einer Tournee aussehen ließ. Neben persönlichen Angaben enthielt er vor allem Daten wichtiger Konzerte und Veröffentlichungen bedeutender Alben, die mich geprägt hatten. Noch am selben Abend druckte ich die Bewerbung aus und brachte sie zur Post. Weil ich nicht wusste, wie er reagieren würde, verschwieg ich Johannes mein Vorhaben und wartete ab, was geschah.

Doch mein gutes Gefühl bestätigte sich und bereits eine Woche später wurde ich zu einem Vorstellungsgespräch in den Sender eingeladen. Ich zog mein Burnside Close T-Shirt an und hoffte, dass es mir Glück bringen würde.

Pünktlich auf die Minute erschien ich im angegebenen Raum und stellte mich den beiden Männern vor, die dort auf mich warteten. Es waren zwei der Moderatoren. Einer von ihnen, sein Name war Michael, hielt meinen Lebenslauf in die Höhe.

»Ich habe noch nie gesehen, dass sich jemand so viel Mühe für die Bewerbung um ein Praktikum gegeben hat. So etwas bekommen wir nicht einmal, wenn wir eine Stelle in Vollzeit ausschreiben. Du hast richtig Ahnung, Almond, wir ziehen unseren Hut vor dir!« Ich fühlte mich geschmeichelt und spürte, wie die Anspannung von mir abfiel. Das darauffolgende Gespräch war angenehm und beinahe freundschaftlich. Ich taute auf und erzählte von meinem Vater. Der Ausdruck in den Gesichtern der Moderatoren veränderte sich.

»Du kennst die Mitglieder von Burnside Close?« Michael bekam große Augen. »Und du warst mit ihnen und 3 Doors Down auf Tour? Mein Gott!« Er hob die Arme in die Höhe und senkte dann seinen gesamten Oberkörper auf den Tisch, als wolle er mir huldigen.

»Ich war gerade erst auf ihrem Konzert hier in der Stadt. Ich liebe diese Band, aber sie sind noch nicht so bekannt in Europa. Ich kann kaum glauben, dass du sie persönlich kennst.« Er sah Bernhard, seinen Kollegen, an.

»Gebongt, oder?«, fragte er und Bernhard nickte. Sie zwinkerten mir zu. »Du bist dabei, Almond. Willkommen bei der Rock Station!«

»Wirklich?« Ich klatschte vor Freude in die Hände.

»Und ob!« Michael schob meine Unterlagen zur Seite. »Du wirst mit mir in zwei Wochen ein Interview mit Burnside Close führen. Sie treten bei Rock im Park auf.«

»Wow!« Damit hatte ich nicht gerechnet.

»Du öffnest uns Türen, von denen wir bisher nichts wussten.«

Michael streckte mir die Hand entgegen. Ich schüttelte sie benommen.

»Du wirst viel zu tun bekommen, Almond, aber wenn du die Arbeit so liebst, wie wir das tun, dann werden wir eine super Zeit miteinander haben!« Bernhard gab mir ebenfalls die Hand und ich nickte glücklich.

Als ich kurz darauf in der U-Bahn saß und zurück nach Hause fuhr, bekam ich das Lächeln nicht mehr aus meinem Gesicht. Auf einmal konnte ich es kaum erwarten, Johannes von dem Praktikum zu erzählen. Alles fühlte sich richtig an. Es war, wie Granny gesagt hatte. Ich musste meinem Herzen folgen. Umso erstaunter war ich über Johannes' Reaktion.

»Ein Rockmusiksender? Das ist nicht dein Ernst«, sagte er, als ich ihm abends von dem sechsmonatigen Praktikum berichtete.

Ernüchtert ließ ich die Arme sinken, die ich ihm um den Hals gelegt hatte.

»Ich dachte, du bewirbst dich um ein Volontariat bei einer Zeitung!«

»Das habe ich nie gesagt.«

Johannes verzog wütend das Gesicht. »Du hast kein Wort von dem verstanden, was ich dir auf der Heimfahrt von Hamburg sagen wollte.«

»Ich denke eher, du hast mir nicht zugehört. Der Radiosender ist einfach toll. Das ist genau das, was ich machen möchte.«

»Irgendwie hatte ich gehofft, dass du das mit der Musik nicht ernst meinst.«

»Rockmusik lag mir schon immer im Blut und ich habe Ahnung davon. Dieses Praktikum gibt mir die Möglichkeit, mich damit auseinanderzusetzen.«

Johannes schüttelte den Kopf. »Das klingt für mich wieder nach der Al, die ihrem Vater nacheifern möchte. Hast du nicht langsam genug davon?«

»Ehrlich gesagt verstehe ich nicht, was du für ein Problem damit hast. Es gibt Tausende Jugendliche, die später einmal denselben Job ausüben wie ihre Eltern.«

»Ja, die werden Lehrer oder Anwälte oder meinetwegen auch Hausmeister. Aber nicht Manager von Rockbands! Das ist der Traum eines kleinen Mädchens.«

»Das sagst du nur, weil du keine Ahnung davon hast. Es gibt genug Leute, die ihr Geld im Musikbusiness verdienen.«

»Und genug, die in diesem Business auf die Nase fallen.«

Ich seufzte resigniert und sah Johannes an. »Was willst du mir eigentlich sagen?«

»Dass dich diese dämliche Rockmusik zu einem anderen Menschen macht. Einen, den ich nicht kenne.«

»Unsinn«, murmelte ich.

»Du hast mir noch nie gesagt, dass du mich liebst.« Johannes warf die Arme in die Luft. »Wenn du euphorisch oder emotional wirst, dann geht es immer nur um Burnside Close oder um deinen Vater oder um Rockmusik. Ich wünsche mir manchmal, du würdest dieselbe Begeisterung für unsere Beziehung aufbringen.«

Ich wusste nicht, was ich sagen sollte, und er lächelte gequält. »Siehst du, das meine ich. Hätte ich einen Platz in deinem Herzen, dann würdest du um uns kämpfen und nicht um dieses Praktikum.«

»Du willst also, dass ich dieses Praktikum für dich aufgebe?«

»Ja, das will ich.« Er nickte nachdrücklich. »Außerdem weiß ich, dass du nach dem Konzert dieser bescheuerten Band zwar rein körperlich vor dem Bus stehen geblieben bist, aber in Gedanken bist du eingestiegen. Unsere Beziehung wird nur funktionieren, wenn du Burnside Close ebenfalls aufgibst.«

»Das kann ich nicht.«

»Liegt es an diesem Sänger?«

Ich spürte, wie mir das Blut in die Wangen schoss.

»Das bestätigt meine Vermutung. Mehr gibt es dann wohl nicht zu sagen«, erwiderte Johannes resigniert und drehte sich um. Ich hielt ihn nicht auf.

Bereits einige Tage später trat ich mein Praktikum an.

Chapter 9

Unfold your broken wings and fly,
you are the Phoenix in a burning sky
(Burnside Close, »Rise Of The Phoenix«)

Die Arbeit im Sender war genau so, wie ich es mir vorgestellt hatte. Schon nach kurzer Zeit überkam mich das Gefühl, als hätte ich immer dort gearbeitet. Die Leute waren alle gut drauf, egal zu welcher Uhrzeit, und bisweilen begegnete man auf den Fluren Rockgrößen, die sich zu Interviews einfanden. Ich kündigte meinen Job in der Bar und stürzte mich mit Feuereifer in meine neue Aufgabe.

An manchen Tagen jedoch, wenn ich alleine in meiner Wohnung saß, vermisste ich Johannes. Bisweilen war ich sogar in Versuchung, ihn anzurufen, hielt mich aber zurück, weil ich wusste, dass ich mich aus den falschen Gründen bei ihm gemeldet hätte. Stattdessen surfte ich durch die sozialen Medien und verfolgte die stetig wachsende Karriere von Burnside Close. Stundenlang betrachtete ich Fotos ihrer Konzerte und verbot es mir, Morris dabei besondere Aufmerksamkeit zu schenken. Aber dann kam Rock im Park und meine Verdrängungsstrategie zerbröckelte zu meinen Füßen.

Ich fuhr mit Michael, Bernhard und Maja, der Redakteurin, bereits einen Tag vorher im Camper an den Ort des Geschehens. Burnside Close sollten am zweiten Festivaltag auftreten, das Interview mit ihnen war für den Tag vor ihrem Auftritt geplant. Ich unterstützte Maja bei den Vorbereitungen zu den Interviews sowie der Themenauswahl der kommenden Sendungen. Es war aufregend. Bisher war ich nur mit Dad auf derartigen Veranstaltungen gewesen. Dabei hatte ich stets mehr beobachtet, als aktiv etwas zu tun. Dieses Mal war das anders, denn die Rock Station war einer der Sponsoren des Festivals und berichtete mehrmals täglich per Live-Schaltung oder Videostream auf ihrer Internetseite. Dementsprechend viel hatte ich zu tun und flitzte ständig über das Festivalgelände.

Überall lag Spannung in der Luft und es herrschte rege Betriebsamkeit. Einzig das regnerische Wetter verdarb mir die Stimmung. In meiner schwarzen Öljacke und den schweren Boots hastete ich zwischen dem Senderaum und unserem Camper hin und her. Bald war ich völlig durchnässt. Während des Abendessens in der Angestelltenkantine kam mir dann die Idee, Matt anzurufen und ihn vorzuwarnen, dass wir uns demnächst in einem Interview gegenübersitzen würden. Nach meiner letzten Begegnung mit der Band erschien mir das nur fair. Ich zückte mein Handy und wählte Matts Nummer. Sofort begann mein Herz zu klopfen und ich ärgerte mich über die ungewollte Gefühlsregung. Ich wollte professionell wirken. Energisch rief ich mich zur Ruhe. Es klingelte eine Zeit lang, bevor abgenommen wurde.

»Al?« Matts Stimme klang gedämpft. »Was gibt's?«

»Hey!« Ich versuchte, unbeschwert zu klingen, aber es gelang mir nicht. »Ich bin gerade auf dem Rock im Park Festival.«

Matt schwieg, was mich noch mehr verunsicherte. Rasch fuhr ich fort: »Ich arbeite seit Kurzem für einen Rockmusiksender, die Rock Station. Denen werdet ihr morgen ein Interview geben und dabei werden wir uns über den Weg laufen.«

Matt lachte. »Du bist immer für eine Überraschung gut, Al. Ich freue mich, dich zu sehen.«

»Ich dachte nur, ich gebe euch Bescheid, weil … Na ja, du weißt schon«, druckste ich herum.

»Ich werde die anderen informieren«, versprach Matt. »Was gibt es sonst?«

»Nichts. Alles gut.« Für diese banale Antwort schlug ich mir gedanklich gegen die Stirn.

»Wir sehen uns, Al!« Die Verbindung wurde unterbrochen.

Ich ging hinaus ins Freie, legte den Kopf in den Nacken und genoss den Regen auf meinem Gesicht. Irgendwie hoffte ich, er würde meine aufgewirbelten Gefühle fortspülen. Er tat es nicht.

Zurück im Camper zog ich mir trockene Klamotten an und setzte mich zu den anderen. Es wurde eine lange Nacht, in der Michael, Bernhard, Maja und ich kräftig feierten und uns auf diese Weise besser kennenlernten. Als mein Wecker um sieben Uhr morgens klingelte, merkte ich sofort, dass mir einige Stunden Schlaf fehlten und ich bereute die Zigaretten, die ich mal wieder geraucht hatte. Gähnend schleppte ich mich in die winzige Nasszelle und putzte mir die Zähne. Durch die gekippte Luke hörte ich, dass es immer noch regnete. Ich verzog das Gesicht. Der Boden war bereits gestern aufgeweicht gewesen und die meisten Fans waren noch gar nicht eingetroffen. Das würde eine Schlammschlacht werden!

Als ich in die Küche trat, saß Maja gut gelaunt auf der Eckbank und haute in die Tasten ihres Laptops. »Guten Morgen«, sagte sie und deutete auf die Kaffeemaschine, die vor sich hin dampfte.

Ich nahm mir eine Tasse und wir plauderten gemütlich, bevor die Tür aufging. Bernhard steckte den Kopf herein und forderte uns auf, mitzukommen. Offenbar gab es ein Problem im Sender. Einer der Moderatoren war krank geworden und das Programm musste geändert werden. Auf diese Art flog der Tag dahin. Ich sah mir die Auftritte verschiedener Bands an und schrieb anschließend einige Artikel darüber, die Maja überarbeitete. Ich genoss die Stimmung des Festivals, obwohl ich bald kein Kleidungsstück mehr besaß, das nicht schmutzig oder durchnässt war.

Vor lauter Arbeit hätte ich beinahe vergessen, dass wir Burnside Close zum Interview treffen sollten. Erst als Michael mich am späten Nachmittag an der Kapuze meiner Jacke festhielt, fiel es mir wieder ein und ein Anflug von Panik erfasste mich. Michael drückte mir seine Unterlagen in die Hand und schnappte sich den Tonassistenten. Dann ging es los bis an den Rand des Festivalgeländes, wo die Tour-Busse der Bands parkten. Ein Sicherheitsmann führte uns vor den Bus von Burnside Close und klopfte. Diverse Filmteams und Reporter standen bereits Schlange vor anderen Bussen und ich spürte, wie mir ein Wassertropfen über die Schläfe lief. Ein Unbekannter öffnete die Tür. Er war so breitschultrig, dass er mit seinem Körper den gesamten Eingang ausfüllte, und stellte sich als Simon Grey, der Tourmanager von Burnside Close, vor. Jetzt erinnerte ich mich. Ich hatte ihn bereits im Aufnahmestudio in Orlando gesehen, aber ihn vor lauter Aufregung kaum beachtet. Nun war das anders und ich musterte ihn neugierig. Simon trug einen buschigen Spitzbart und als er uns die Hand gab, fiel mir auf, dass an jedem seiner Finger ein wuchtiger Ring saß.

Nach der Begrüßung zwängten wir uns ins Innere, das mir zu vertraut vorkam, als dass es mich unberührt gelassen hätte. Matt kam entspannt auf uns zu, bot uns Sitze im unteren Bereich an und umarmte mich, bevor er die anderen rief. Ich spürte Michaels Blicke in meinem Rücken, während mich Sean und Brad begrüßten. Dann erstarrte ich, denn Morris kam die schmale Treppe aus dem oberen Stockwerk hinunter.

»Al.« Er nickte mir zu und setzte sich zu den Bandmitgliedern.

Ich bemühte mich um einen neutralen Gesichtsausdruck und rutschte neben Michael. Dieser plauderte zwanglos mit den Jungs, bevor er dem Tonassistenten ein Zeichen gab.

»Liebe Zuhörer, wir sitzen hier im Tour-Bus von Burnside Close, jener Band, die in Deutschland immer mehr von sich Reden macht. Die Formation war jetzt zwei Monate in Europa und UK unterwegs. Das Rock im Park Festival bildet den Abschluss ihrer Club-Tournee. Ich werde sie nun interviewen und sie fragen, wie ihr Fazit lautet und was sie alles erlebt haben.«

Er wiederholte den Text in Englisch und Matt antwortete: »Die Tour war eine unglaubliche Erfahrung für uns! In den Staaten haben wir bereits eine feste Fangemeinde, die unsere Songs kennt und die Stimmung anheizt, wenn wir auf der Bühne stehen. In Europa ist das schwieriger, allein wegen der Sprache. Aber wir konnten feststellen, dass viele Leute inzwischen mitsingen und uns unsere Songs während eines Konzerts entgegenschmettern. Das ist einfach unglaublich!«

»Dafür schreiben wir Songs«, fügte Morris hinzu. »Wir wollen eine Verbindung mit dem Publikum herstellen. Und deshalb freut es uns ganz besonders, dass uns das in Europa gelungen ist.«

Michael nickte. »Ich höre heraus, dass euch eure Fans sehr am Herzen liegen.«

»Das ist richtig. Für uns stehen die Fans während einer Show immer im Vordergrund. Sie bezahlen viel Geld, um ihre Lieblingsband live auf der Bühne zu erleben. Das lässt einen gewissen Druck entstehen. Schließlich wollen wir niemanden enttäuschen. Es gibt für einen Fan doch nichts Schlimmeres, als eine Band zu sehen, die nicht auf den Punkt abliefert. Ich bin selber Fan. Wenn ich auf ein Konzert gehe, dann will ich anschließend ein zufriedenes Grinsen im Gesicht haben. Ich weiß also genau, was die Leute vor mir erwarten«, erwiderte Morris.

»Diesen Druck merkt man euch kaum an. Ihr sitzt hier alle ganz entspannt. Was gibt euch Kraft?«

»Wir geben uns gegenseitig Halt und Rückendeckung. So eine Tour besteht zum großen Teil aus Warten, das kann einen manchmal zermürben. Wir sind aber nicht nur Bandkollegen, sondern vor allem Freunde. Das macht eine Tour ganz angenehm«, erklärte Sean. Die anderen grinsten zustimmend.

»Dann bin ich nun neugierig, etwas über euer neues Album zu erfahren«, sagte Michael. »Wie wird es heißen und wann wird es erscheinen?«

Die Jungs sahen einander an und Morris ergriff das Wort: »Das Album wird *Rise Of The Phoenix* heißen und gegen Ende des Jahres fertig sein. Erscheinungsdatum ist vermutlich Frühjahr des nächsten Jahres. Wir hatten einige Probleme mit unserem Plattenlabel, aber jetzt sind wir bei einem neuen unter Vertrag und können endlich das Album erstellen, das uns wichtig war.«

»Was hat der Name zu bedeuten und was ist das Besondere an eurem neuen Album?«

Matt räusperte sich. »Es ist ein sehr persönliches Album. Der Phönix steht dabei für unseren Aufbruch in eine neue Ära. Wir haben uns neu erfunden. Auf dem ersten Album habe ich etwa die Hälfte der Lieder alleine geschrieben, aber beim zweiten Album haben Morris und ich eng zusammen gearbeitet. Er ist der Sänger, deshalb ist es unerlässlich, dass er die Songs authentisch rüberbringt. Ich denke, das ist uns sehr gut gelungen.«

»Weshalb ist das Album so persönlich für euch und was dürfen eure Fans erwarten?«

»Im Vergleich zu unserem ersten Album ist das zweite düsterer. Wir verarbeiten darin einige Dinge, die uns in den letzten Jahren widerfahren sind, und fragen uns, ob das, woran wir geglaubt haben, noch das ist, woran wir weiter glauben wollen. Ich denke, wir offenbaren unseren Fans eine sehr private Seite von uns und hoffen, dass ihnen die Lieder gefallen werden«, erklärte Morris.

»Haben diese persönlichen Erfahrungen auch etwas mit dem Tod eures Managers zu tun?« Michael warf mir einen Seitenblick zu und ich spürte, dass mich die Jungs nun ebenfalls ansahen.

»Auf jeden Fall«, stimmte Matt zu. »Er war ein wichtiger Mensch in unserem Leben und in unserer Karriere. Die Verarbeitung seines Todes war für uns ein schmerzhafter Prozess.«

»Wie wichtig ist euch neben der Karriere eure Familie?«

»Familie ist das Wichtigste überhaupt«, sagte Brad und Sean nickte.

»Unsere Familien geben uns den Rückhalt, den wir brauchen. Auch wenn ich gestehen muss, dass es nicht einfach ist, den Kontakt zu halten, wenn man auf Tour ist oder an einem Album arbeitet. Aber ich denke, wenn man weiß, was einem wichtig ist, dann weiß man auch, wo man es findet.« Es war Morris. Unsere Blicke trafen sich für einen kurzen Moment und ich spürte die Hitze, die von meinem Hals nach oben wanderte.

»Darf ich?« Michael nahm mir einen Zettel aus der Hand, den ich ihm eigentlich hätte reichen sollen. Die Jungs feixten und ich murmelte eine Entschuldigung. Das Blut rauschte derart in meinen Ohren, dass ich kaum mitbekam, wie Michael jedes einzelne Bandmitglied nach seinen musikalischen Einflüssen und Lieblingsalben befragte.

Als das Interview beendet war, standen wir auf, um uns zu verabschieden. Morris gab Michael die Hand. Mich ignorierte er und verschwand nach oben, bevor ich etwas sagen konnte.

»Ich warte draußen«, rief mir Michael zu und verließ den Bus.

Ich lächelte die Jungs an. »War schön, euch zu sehen!«

»Ging uns ebenso. Gefällt dir der Job?«, erkundigte sich Brad.

»Ja, bis jetzt läuft es prima.«

»Ist gut zu wissen, dass du zu deinen Wurzeln zurückkehrst.« Sean umarmte mich. »Hätte dem Chief gefallen.«

Ich spürte einen Hauch der alten Vertrautheit zwischen uns und die Sehnsucht, mit der Band weiterzureisen, überkam mich.

»Ich bin gespannt auf euer neues Album. Bekomme ich ein exklusives Exemplar?«

»Und ob!« Matt umarmte mich nun ebenfalls. »Kommst du zu unserem Gig?«

»Als ob ich den verpassen würde!« Ich hob die Hand zum Abschied und folgte Michael hinaus in den Regen.

»Weißt du, ob die Typen Freundinnen haben?«, erkundigte er sich sofort.

»Warum?«

»Weil es gute Presse ist!« Er sah mich herausfordernd an und zum ersten Mal begriff ich: Es war nicht immer ein Vorteil, wenn man jemanden besser kannte als der eigene Vorgesetzte.

»Raus mit der Sprache«, forderte dieser nun.

»Ich weiß nichts über ihr Privatleben. Unser Kontakt ist etwas abgeflaut«, wich ich aus und sah an Michaels Gesichtsausdruck, dass er mir nicht glaubte.

Den Rest des Tages deckte er mich derart mit Arbeit ein, dass ich nicht mehr dazu kam, mir den Auftritt einer weiteren Band anzusehen. Gegen elf Uhr abends kehrte Maja in den Camper zurück und forderte mich auf, endlich Feierabend zu machen. Kameradschaftlich reichte sie mir ein Bier und lachte, als ich einen großen Schluck nahm.

»Das hast du dir verdient!« Sie zog eine Grimasse. »Du hast Michael ordentlich die Stimmung verhagelt. Finde ich gut!« Wir stießen miteinander an und sie sah mich offen an. »Presse ist gut, aber Freundschaften sind wichtiger. Lass dich von ihm nicht ins Bockshorn jagen. Er hatte noch nie eine Praktikantin, die von manchen Dingen mehr Ahnung hat als er. Sieh es als Kompliment an und zeig ihm die Zähne. Und jetzt geh und amüsier dich!«

Ich dankte ihr und zog ab. Die Erfahrung des heutigen Tages hatte mich gelehrt, dass ich vorsichtig sein musste, wem ich vertraute. Ich wollte nicht durch meine Beziehungen Erfolg haben, sondern durch meine Arbeit. Gedankenverloren schlenderte ich über das Festivalgelände, bis ich wieder an dem Punkt ankam, an dem ich bereits am Nachmittag gestanden hatte. Aus der Entfernung starrte ich auf den Bus von Burnside Close und dachte an Morris. Er war so nah und doch hatte er mir heute unmissverständlich zu verstehen gegeben, dass er Abstand zu mir brauchte. Ich trank von meinem Bier und versuchte, die Enttäuschung hinunterzuschlucken. Es war ein langer Tag gewesen, und ich beschloss, ins Bett zu gehen. In diesem Moment klingelte mein Handy. Es war Matt.

»Lust auf ein Bier?«, wollte er wissen.

»Ich hatte gerade eines.«

»Wie wär's mit einem zweiten?«

»Ich bin müde, Matt, tut mir leid.«

»Lass mich nicht hängen, Al! Ich bin in der Artist Lounge. Warum kommst du nicht vorbei?«

»Ich weiß nicht recht.«

»Morris hat sich hingelegt. Seine Stimme war heute etwas heiser und er will für seinen Auftritt morgen fit sein. Ändert das deine Entscheidung?«

Wieso musste alles so kompliziert sein? Ich holte tief Luft. »In Ordnung, ich bin in zehn Minuten da«, sagte ich und legte auf.

Matt erwartete mich am Eingang der Artist Lounge, jenem Bereich, der ausschließlich den Bandmitgliedern und ihren Freunden vorbehalten war, und schleuste mich an den Sicherheitskräften vorbei. Die Lounge war angenehm beleuchtet und an Biertischen und Liegesesseln lümmelten zahlreiche Leute herum, hauptsächlich Musiker. Ich winkte Brad zu, der lässig an einem der Tische lehnte und sich unterhielt, und folgte Matt zu einer abgeschiedenen Ecke, in der bereits zwei geöffnete Bierflaschen auf einem niedrigen Tisch standen. Ich sank in einen der Sitzsäcke und seufzte zufrieden.

»Hast du heute schon etwas gegessen?«, fragte Matt und reichte mir einen Teller mit Nachos.

Ich schüttelte den Kopf und griff dankbar zu. »Seit heute Morgen bin ich ständig unterwegs. Es macht unglaublich viel Spaß, aber es ist auch unglaublich anstrengend.«

»Hattest du nicht vor, Journalismus zu studieren?« Er nahm einen Schluck von seinem Bier und sah mich neugierig an.

Es war ein vertrautes Gefühl, ihm gegenüberzusitzen. Die Anspannung des Tages fiel von mir ab.

»Wie sich herausstellte, ist mir die Musik wichtiger.«

»Endlich bist du zur Vernunft gekommen.«

Schläfrig rekelte ich mich. »Es tut mir gut, das zu hören. Manchmal bin ich mir diesbezüglich nicht so sicher, weißt du. Ich habe es bisher auch noch nicht meiner Mom erzählt. Ich glaube, sie wäre über meine Entscheidung nicht gerade erfreut.«

»Warum?«

»Sie befürchtet, dass ich in Dads Fußstapfen treten könnte. Ist eine lange Geschichte.«

»Dein Vater war einer der tollsten Menschen, die ich jemals kennengelernt habe. Und du bist ihm so unglaublich ähnlich. Du gehörst einfach in dieses Business.«

»Ja, vielleicht.«

»Warum zögerst du?«

»Es ist nicht leicht, darin Fuß zu fassen. Und ich scheue den Vergleich mit Dad. Ich fürchte, ich kann ihm nicht gerecht werden.«

»Das musst du ja auch gar nicht. Du wirst es auf deine Weise tun.«

»The way of Al«, scherzte ich und wurde dann wieder ernst. »Mein Chef wollte heute einige Dinge über euer Privatleben wissen. Er meinte, das sei gute Presse.«

»Im Ernst?« Matt runzelte die Stirn. »Was hast du ihm gesagt?«

»Gar nichts«, beruhigte ich ihn. »Ich weiß ja kaum noch etwas über euch.«

»Ist das ein Vorwurf?« Matt musterte mich eindringlich.

Rasch nahm ich einen Schluck und ärgerte mich, dass ich die angenehme Stimmung zerstört hatte. »Tut mir leid«, murmelte ich.

»Du bist noch sauer wegen meiner Ansprache in Florida. Ist es das?«

»Nein«, erwiderte ich schnell, bevor ich hinzufügte: »Vielleicht ein bisschen. Ich trauere der Zeit mit Dad hinterher, die ich mit euch im Tour-Bus verbracht habe. Damals erschien alles so einfach. Aber es ist, wie du gesagt hast, die Zeiten haben sich geändert. Wir haben uns alle verändert. Und doch wird dieses Gefühl in mir immer stärker: Ich vermisse euch, Matt! Erst heute, als ich in euren Bus kam, habe ich mich gefühlt, als käme ich nach Hause.«

»Ging uns ebenso. Warum kommst du nicht zu uns zurück und arbeitest für uns?«

»Veräppelst du mich? Vor nicht allzu langer Zeit hast du mir zu verstehen gegeben, dass ich Morris nicht guttue.«

Matt langte nach meiner Hand und zog mich neben sich. Ich legte den Kopf an seine Schulter und sah in den Nachthimmel, der endlich begann, aufzuklaren. Man konnte bereits die ersten Sterne erkennen.

»Das war damals auch richtig so. Wir brauchten Abstand, aber in der Zwischenzeit haben wir uns wiedergefunden. Als Band. Als Freunde. Morris geht es gut, er ist stabil. Wir arbeiten hart und genießen den Erfolg. Macht dir das Angst?«

»Manchmal. Ich frage mich, wo mein Platz bei euch wäre.«

»Da, wo er schon immer war. Mittendrin. Als unser Glücksbringer.«

Ich schüttelte zweifelnd den Kopf und Matt küsste mich auf den Haaransatz. »Die Hälfte der Songs auf dem neuen Album handeln von dir und deinem Dad. Du bist bei uns, ganz gleichgültig, was du tust.«

Ich war gerührt. »Danke! Aber ich denke, die Sache zwischen Morris und mir würde meine Zusammenarbeit mit euch belasten. Ich spüre ja, dass er seit Florida auf Abstand zu mir geht.«

»Morris ist auf einer Tour nicht er selbst. Er verkriecht sich in seiner Arbeit, verausgabt sich bei jedem Auftritt und lässt nicht zu, dass ihn etwas ablenkt. Seit seinem Absturz ist er disziplinierter denn je. Das ist selbst mir und den anderen manchmal unheimlich.« Matt lachte leise. »Er würde uns niemals im Stich lassen oder seine Bedürfnisse über die Musik stellen. So ist er nun mal.«

»Ich weiß. Dad hatte mich davor gewarnt.« Ich seufzte.

»Er ist wie der Phönix in unserem Song. Wenn er abhebt, dann kann ihm keiner folgen. Man muss lernen, damit zu leben.«

»Ich bin mir nur nicht sicher, ob ich das kann«, gestand ich.

»Es kommt ganz darauf an, was du erwartest, denke ich. Nur halt die Band da raus. Was immer zwischen Morris und dir geschieht, darf keine Auswirkungen auf den Rest von uns haben.«

»Hm.« Ich schätzte Matts Ehrlichkeit, auch wenn es mir wieder einmal vor Augen führte, dass das, wovon ich träumte, nur bedingt etwas mit der Realität zu tun hatte.

Ich wollte bei Burnside Close sein, für sie arbeiten und gleichzeitig eine Beziehung mit Morris führen. Doch war das überhaupt möglich oder war es wirklich nur der Traum eines kleinen Mädchens, wie Johannes es formuliert hatte?

»Wir sind für dich da. Egal, wo du bist oder für was du dich entscheidest.« Matt drückte aufmunternd meine Schultern. »Mach dein Ding, Al! Und lass dich von diesen Radiotypen nicht ausnutzen. Das Musikgeschäft ist eine harte Nummer. Es wäre schade, wenn es dich schon zu Beginn auffrisst.«

»Ich lass mich nicht ausnutzen. Ich bin die Tochter des Chiefs!« Meine Augenlider wurden immer schwerer. »Besser, ich gehe jetzt.«

Das Nächste, was ich wahrnahm, war, dass Brad mich an der Schulter rüttelte. Ich schrak hoch und blickte in sein grinsendes Gesicht. »Es ist drei Uhr morgens, ihr zwei Kuschelbären. Wie wäre es, wenn ihr euch ein Bettchen sucht?«

»Ich bin eingeschlafen«, murmelte ich und spürte Matt, der sich neben mir streckte.

Ich ergriff Brads Hand, die er mir reichte. Mit Schwung zog er mich auf die Beine. In meinem Rücken hörte ich Matt fluchen.

»Mir tut alles weh«, schimpfte er.

Ich gähnte und sah mich zerstreut um. Die Lounge begann sich zu leeren. Ich fuhr mir schläfrig durch die Haare und sagte: »Jungs, ich mach mich auf den Weg!«

Matt und Brad folgten mir, doch kurz nach der Lounge trennten sich unsere Wege und ich ging alleine weiter. Auf dem Festivalgelände hörte man die Stimmen der Feiernden in der Nacht. Auf den Campingplätzen schlief um diese Zeit noch niemand. Anscheinend waren die Musiker von heute disziplinierter als ihre Fans. Als ich den Camper erreichte, sah ich, dass drinnen auch noch Licht brannte. Leise trat ich ein. Michael saß vor seinem Laptop und blickte auf.

»Ist spät geworden.« Ich zuckte entschuldigend mit den Achseln.

»Kein Problem.«

Ich wollte an ihm vorbeigehen, doch er hielt mich zurück.

»Du bist gut«, sagte er. »Ich habe deine Artikel gelesen. Du hast ein Gespür für die Musik und bringst auf den Punkt, wofür andere Jahre brauchen, um es zu erkennen. Du bist so jung und schon so gut. Ich beneide dich darum, aber ich will auch, dass du noch besser wirst.«

Dieses Kompliment hatte ich nicht erwartet. »Ich werde daran arbeiten, versprochen.«

»Dafür werde ich sorgen.« Er musterte mich von oben bis unten. »Und jetzt geh endlich schlafen! Ich brauche dich morgen für einen Sonderauftrag. Du musst mir für ein Gewinnspiel des Senders signierte CDs von Burnside Close besorgen.«

»Aye, aye, Sir!« Ich salutierte grinsend und schlich zu den Stockbetten. Maja lag bereits in ihrem Schlafsack und rührte sich nicht. Ich schlüpfte aus meinen Schuhen und kroch ebenfalls in meinen Schlafsack, ohne mich umzuziehen.

Keine drei Stunden später erwachte der Camper wieder zum Leben und ich konnte kaum glauben, dass ich aufstehen musste. Verschlafen kramte ich in meinem Rucksack und förderte die letzte saubere Jeans und ein T-Shirt zutage. Dann verzog ich mich mitsamt Waschbeutel ins Bad. Noch während ich mir die Zähne putzte, schrieb ich Matt eine App-Nachricht und bat ihn um das Signieren der CDs. Anschließend sprang ich unter die Dusche. Zum Glück hatte das Wetter an diesem Tag ein Einsehen und belohnte die angereiste Festivalgemeinde mit Sonnenschein. Als ich mit nassen Haaren zu den anderen ging, um etwas zu frühstücken, kam bereits Matts Antwort, dass ich ihn nach dem Auftritt im Tour-Bus treffen sollte.

»Deine CDs sind so gut wie signiert«, informierte ich Michael.

Maja zwinkerte mir zu und ich nahm mir reichlich Kaffee und zwei Toastbrote, die Bernhard im Akkord produzierte. Während wir aßen, besprachen wir den Tag und Michael stellte mich in den Außendienst ab.

»Du hörst dir heute die Bands an«, erklärte er mir. »Schreib auf, was du denkst, was du fühlst. Reißt dich die Performance mit? Ist die Songauswahl gelungen? Mich würde vor allem deine Meinung zu Volbeat interessieren.«

Ich nickte und Michael legte mir einen Stapel Burnside Close CDs auf die Theke. »Viel Spaß!«

Es wurde ein langer Tag. Ich sah mir zuerst den Spielplan an, um keinen Auftritt zu verpassen, der mich interessierte. Anschließend mischte ich mich unters Volk und war schon bald mittendrin im Geschehen. Es war wie ein Sog, der mich immer tiefer hineinzog. Mittags holte ich mir schnell etwas zu essen, damit ich nicht Gefahr lief, im Getümmel umzufallen. Dann ging es sofort zum nächsten Auftritt. Kaum waren die letzten Klänge von Volbeat verklungen, musste ich mich beeilen, um zu der Bühne zu kommen, auf der Burnside Close ihr Debüt auf dem Festival gaben. Ich hatte keine Chance, nach vorne zu gelangen, und musste mich mit einem Platz in den hinteren Reihen begnügen. Trotzdem nahm mich der Auftritt der Jungs wieder einmal gefangen. Ich war zu weit entfernt, um sie wirklich erkennen zu können, aber die Leute um mich herum gingen mit, und ich freute mich, als sei das mein Verdienst. Morris verstand sich immer besser darauf, das Publikum mit einzubeziehen, und bald schon grölte die Menge den Refrain von *Kill The Ghost* mit, während Sean den Rhythmus vorgab. Ich klatschte und jubelte, bis ich heiser war, und fühlte mich nach dem Auftritt völlig ausgelaugt. Deshalb ging ich zurück zum Camper und leerte eine Wasserflasche, bevor ich mir die CDs schnappte und mich auf den Weg zum Tour-Bus von Burnside Close machte. Dort erklärte ich einem Security-Angestellten mein Anliegen. Er begleitete mich zum Bus und ich klopfte. Simon, der Tourmanager, öffnete mir die Tür. Ich sagte ihm, dass ich mit Matt verabredet war, und er ließ mich rein.

»Wasser, Bier, Cola?«, fragte er.

»Nein danke.« Ich setzte mich.

»Du bist Leonards Tochter, richtig?«

»Ja, das stimmt.«

»Ein wilder Kerl. Wir vermissen ihn.«

»Hm, ich ihn auch.«

»Willst du ebenfalls in die Musikbranche?«

»Mal sehen«, wich ich aus und fragte mich, wo Matt steckte.

»Alle in dieser Band halten hohe Stücke auf dich. Du solltest in unser Team kommen. Es ist immer gut, Leute um sich zu haben, denen man vertrauen kann.«

»Danke. Ich werde darüber nachdenken.«

»Wirklich?« Es war Morris. Er stand am Ende der Treppe und sah mich an.

Simon ging an ihm vorüber, klopfte ihm auf die Schulter und ließ uns allein.

»Hey«, begrüßte ich ihn und ärgerte mich, dass Matt nicht hier war. Auf ein Treffen mit Morris war ich nicht vorbereitet. Mein Herz begann, schneller zu schlagen.

»In letzter Zeit laufen wir uns verdammt oft über den Weg«, bemerkte er und kam auf mich zu.

»Der Sender schickt mich. Ich soll CDs von euch signieren lassen. Für ein Gewinnspiel.« Ich kramte hektisch in meiner Tasche und beobachtete Morris aus den Augenwinkeln. Er war barfuß, frisch geduscht und trug ein enges Hemd über seinen verwaschenen schwarzen Jeans. Endlich fand ich das Päckchen von Michael und sprang auf.

»Matt hat gesagt, es ist okay, wenn ich herkomme.« Ich hielt ihm die CDs entgegen.

»Das ist es.« Er blieb vor mir stehen und ich konnte dem prüfenden Blick seiner Augen nicht standhalten. Entsetzt spürte ich, dass er mir die CDs aus der Hand nahm und dabei sanft über mein Handgelenk strich.

»Geht es dir gut?«, wollte er wissen.

Ich nickte. »Ja, alles bestens. Euer Auftritt war genial, die Leute um mich herum sind abgegangen wie irre.«

»War ein cooles Gefühl.«

»Kann ich mir denken.« Ich versuchte ihm auszuweichen, aber die Wand in meinem Rücken bremste meinen Rückzug.

»Was ist aus deinem Journalismus-Studium geworden?«

»Ich wurde nicht angenommen.«

»Sieht nicht so aus, als wärst du besonders traurig darüber.«

»Nein, ich fühle mich bei dem Radiosender sehr wohl.«

»Und weil du uns kennst, nutzen die Typen dich jetzt aus.«

»Was?«

»Na ja, erst das Interview, jetzt die CDs.«

Ich war überrascht über seinen provokanten Tonfall. »Ich werde nicht ausgenutzt, das ist mein Job«, entgegnete ich halbherzig.

»Warum eierst du so herum, Al? Wenn du in die Musikbranche einsteigen willst, dann mach es endlich. Triff eine Entscheidung!«

»Und wie soll die aussehen?«

»Komm zu uns!«

Ich war erstaunt, dass er das vorschlug, und die gestrige Unterhaltung mit Matt fiel mir wieder ein.

»Woher kommt dieser Sinneswandel, Morris? Ich dachte, unser Abschied in Florida war ein endgültiger.«

»Du hältst dich ja nicht daran. Egal, was ich versuche, wie sehr ich mich auch bemühe, dich aus meinem Kopf zu bekommen, du bist wie ein Bumerang. Du kommst immer zurück.«

»Ist das so schlimm?«

Er lächelte gequält. »Gefühle sind kein Spiel, Al. Ich weiß nicht, was du wirklich willst. Mich oder die Band? Sind es die Erinnerungen an deinen Vater, die dich ständig zu uns zurücktreiben oder bin ich es?«

Ich hielt den Atem an und Morris rückte näher an mich heran. »Sag mir, was es ist«, flüsterte er.

Da war sie. Die Situation, die mir die Möglichkeit bot, Morris meine Gefühle zu gestehen. Ihm zu sagen, was ich für Träume hatte. Was mir Angst machte und was ich mir für uns wünschte. All die tausend Kleinigkeiten, über die ich mehr als einen Song hätte schreiben können, wenn mir dieses Talent in die Wiege gelegt worden wäre. Doch alles, was ich sagte, war: »Ich muss jetzt los.«

In diesem Moment packte mich Morris am Handgelenk. Mir stockte der Atem. Es war, als zöge er durch die Berührung sämtliche Wärme aus meinem Körper.

»Warum antwortest du mir nicht?«, fragte er mit rauer Stimme.

Weil ich meine eigenen Antworten fürchte, erwiderte ich ihm im Stillen. Noch mehr fürchte ich aber die deinen. Ich will nicht hören, dass ich dir nie wichtiger sein werde als deine eigentliche Geliebte, die Musik. Ich will nicht hören, dass ich nur die Hintergrundmelodie deiner Welt bin und nicht ihr Soundtrack. Gleichzeitig verstehe ich nicht, warum ich jedes Mal, wenn ich in deiner Nähe bin, all diese Dinge fühle, die irgendwo aus meinem tiefsten Inneren kommen und mich völlig überwältigen.

»Antworten helfen uns auch nicht weiter«, murmelte ich und befreite mich energisch aus seiner Umklammerung. »Am besten, ich komme später noch einmal wieder. Sag Matt einfach, er soll mir eine Nachricht schicken, wenn ihr die CDs unterschrieben habt.«

Ich wollte mich an ihm vorbeidrängen, aber er versperrte mir den Weg und umschloss mein Gesicht mit den Händen. Ehe ich etwas sagen konnte, traf mich der bekannte Blitz. Morris' Lippen fanden die meinen. Er küsste mich beinahe brutal, bevor er merkte, dass ich reagierte. Ungestüm drückte er mich gegen die Wand und presste sich gegen mich. Meine Finger krallten sich in seinen Rücken. Ich schmeckte ihn. Alles war so vertraut und gleichzeitig so aufregend neu. Meine Angst wurde fortgespült. Alles, was ich wollte, war, in Morris einzutauchen und den Dingen ihren Lauf zu lassen, aber dann ging hinter uns die Tür auf. Das hereinfallende Licht katapultierte mich zurück in die Gegenwart.

Ich blinzelte, während Morris den Kopf drehte. »Raus!«, knurrte er.

Ich sah, dass Matt, Sean und Brad die Köpfe zur Tür hineinstreckten und bis über beide Ohren grinsten.

»Kommt rein!« Ich winkte sie heran und ignorierte den missbilligenden Blick von Morris. Wir rückten auseinander.

Sean sprang herein und drückte mir einen Kuss auf die Stirn. Er war noch verschwitzt vom Auftritt. »Wir haben's gerockt, Al!«

»Hab ich gesehen.« Ich klatschte die anderen ab und bemühte mich, mein Lächeln aufrechtzuerhalten, obwohl ich spürte, dass Morris mir entglitt. Verdrießlich verzog er sich in die hinterste Ecke des Raums.

Brad öffnete den Kühlschrank und warf mir eine Bierflasche zu. »Lass uns anstoßen!«

»Ich muss los«, entschuldigte ich mich.

Nach einem Blick in die bittenden Gesichter ließ ich jedoch den Kronkorken mithilfe meines Schlüssels aufschnappen.

»Auf Burnside Close«, rief Matt, und wir stießen an.

»In einer Stunde reisen wir weiter in die Eifel zu Rock am Ring«, sagte Sean. »Begleitest du uns?«

»Ich würde gerne, aber ich kann nicht«, beteuerte ich. »Mein Praktikum bei der Rock Station geht noch ein paar Wochen.«

»Und dann? Wann sehen wir uns wieder, Al?«, fragte Brad.

Ich zuckte mit den Schultern. »Keine Ahnung, Leute. Ich weiß nicht, wie es anschließend weitergeht.«

»Warum kommst du uns nicht in Orlando besuchen? Wir arbeiten in den kommenden Monaten an der Fertigstellung unseres Albums.« Brad hielt sich die Bierflasche vor den Körper und tat so, als ob er auf ihr Gitarre spielen würde.

»Ja, lass uns die gute alte Zeit wieder aufleben«, stimmte Sean zu. »Du hast uns gefehlt.«

Ich sah Morris an und zögerte. War ich bereit für all das?

Morris griff nach dem Stift, um die CDs zu signieren. »Das nächste Mal sollte dein Sender den offiziellen Weg wählen und unser Management kontaktieren«, murrte er, bevor er den Stift auf den Tisch warf und in den oberen Bereich des Busses verschwand. Matt, Sean und Brad sahen mich fragend an.

»Es tut mir leid, Jungs. Mir scheint, es ist noch nicht der richtige Zeitpunkt, um alte Zeiten wieder aufleben zu lassen.«

»Wir reden mit ihm«, schlug Brad vor.

»Das ist lieb.« Ich schluckte. »Aber das muss ich alleine klären.«

»Okay, das verstehen wir.« Sean nickte.

Ich deutete mit dem Kinn auf die CDs. »Die muss ich mitnehmen. Ich glaube nicht, dass es eine gute Idee wäre, heute noch einmal wiederzukommen.«

»Alles klar!«

Während Matt, Sean und Brad ebenfalls auf den Covern unterschrieben, bemühte ich mich um Haltung. Morris' Kuss brannte auf meinen Lippen und ich glaubte, seinen Geruch an meiner Kleidung zu tragen. Jede Minute, die ich in diesem Bus verbrachte, ließ meine Entschlossenheit ein Stückchen sterben. Alles, was ich brauchte, war hier. Ich wollte bleiben und losfahren. Doch etwas hielt mich zurück. War es die Furcht davor, dass ich nicht stark genug war, um Morris mit der Band zu teilen? Vor der Herausforderung, in Dads Fußstapfen zu treten? Oder davor, meine Mutter zu enttäuschen? Vielleicht ein bisschen was von allem …

Kaum waren die Jungs fertig, packte ich eilig die signierten CDs ein. Dann umarmte ich nacheinander Brad, Sean und Matt. »Viel Erfolg für euer neues Album!«

»Komm uns besuchen«, wiederholte Brad seine Einladung.

Ich konnte nicht antworten. Matt brachte mich zur Tür.

»Wir haben dir gesagt, was wir uns wünschen«, sagte er. »Jetzt liegt es an dir.«

Ich nickte, warf ihm eine Kusshand zu und lief in Richtung Festivalgelände. Äußerlich wahrte ich die Fassung, aber innerlich war ich der Phönix, der gerade zu Asche verbrannte.

Chapter 10

Confusion and fate, fear and hate,
you will only defeat with your glowing blade
(Burnside Close, »Glowing Blade«)

Die nächsten Monate versank ich in Arbeit. Es war nicht so, dass Michael mich über die Maßen forderte, sondern es war eher so, dass ich es selbst tat. Ich dachte oft an Dad und daran, wie viel ihm sein Beruf bedeutet hatte. Das spornte mich zu Höchstleistungen an. Auf Anregung von Maja begann ich für ein Internetportal zu schreiben, das sich mit jungen Rockbands beschäftigte, und bald bekam ich eine eigene Rubrik, in der ich über interessante Neuentdeckungen berichten durfte. Zusammen mit meiner Arbeit beim Sender ergab das eine gute Mischung, bei der ich mich voll ausleben konnte.

Im November neigte sich mein Praktikum seinem Ende entgegen und ich erhielt einen Vertrag mit einer Festanstellung. Mein Gehalt war nicht üppig, aber ich war nun in der Lage, mich an Grannys Haushalt zu beteiligen. Das machte mich ungemein stolz und ich beschloss, dass der Zeitpunkt gekommen war, Mom einzuweihen. Als sie Granny und mich zu Weihnachten besuchte, nutzte ich die Gelegenheit, um ihr ausführlich zu berichten, was im letzten halben Jahr alles geschehen war. Ich sprühte vor Begeisterung und bekam kaum mit, dass meiner Mutter allmählich das Lachen aus dem Gesicht fiel.

»Du bist an der Journalistenschule abgelehnt worden?«, fragte sie entgeistert. »Warum erfahre ich erst jetzt davon?«

»Weil ich etwas viel Besseres gefunden habe, Mom! Hast du mir nicht zugehört? Ich bin so glücklich. Endlich habe ich einen Job, der mich wirklich begeistert!«

»Wohin soll das führen?«

»In ein normales Leben, hoffe ich.«

»Normal ist das nicht. Was willst du denn damit einmal werden? Radiomoderatorin?« Sie hob eine Augenbraue.

»Vielleicht auch Musikredakteurin oder Radiojournalistin, das weiß ich noch nicht. Was stört dich daran? Es ist kaum ein Unterschied, ob man beim Radio oder einer Zeitung arbeitet.«

»Es ist ein Rockmusiksender.«

»Und wenn schon? Du tust so, als ob ich jeden Tag in die Hölle hinabsteigen würde, um zu arbeiten.«

»Hm.« Mehr sagte sie nicht, doch ich wusste, was sie dachte. Mein Blick wanderte zu Granny. »Denkst du auch, dass ich einen Fehler mache?«

Granny lächelte gekonnt entwaffnend. »Ich habe dich all die Monate beobachtet und ich habe dich noch nie so glücklich gesehen wie in letzter Zeit. Ich denke, du wirst deinen Weg gehen.«

»Warum wundert es mich nicht, dass du sie unterstützt?«, murmelte meine Mutter. Sie und meine Großmutter warfen sich einen intensiven Blick zu.

»Hört auf zu streiten!« Ich konnte es nicht ertragen, wenn es wegen mir zu Unstimmigkeiten kam.

»Ich wollte nur sichergehen, dass deine Großmutter die Vergangenheit nicht vergessen hat. Und die Probleme, die der Beruf deines Vaters mit sich brachte.«

»Ich bin nicht wie Dad«, brummte ich.

»Dein Vater hat anfangs auch beim Radio gearbeitet.«

»Im Ernst?« Das war mir neu. Warum wusste ich immer noch so wenig von Dad?

Granny räusperte sich. »Du solltest damit aufhören, Evelyn. Du wirst nicht verhindern können, dass Al ihre eigenen Entscheidungen trifft.«

»Soll sie etwa so enden wie ihr Vater?« In Moms Augen schimmerten Tränen. »Alleine und ohne Familie?«

»Was redest du denn da?«, empörte ich mich. »Dad war ein toller Mensch und bis heute höre ich nur Gutes über ihn. Was findest du so schrecklich an seinem Leben?«

»Er starb alleine. Er entschied sich gegen seine Familie und für ein Leben mit der Musik, aber als er starb, da war niemand von der Band da. Er lag einen Tag in seiner Wohnung. Er war alleine.«

»Wir sterben alle alleine«, sagte Granny.

Mom tupfte sich die Augenwinkel und schüttelte aufgebracht den Kopf. »Das ist nicht wahr! Dafür sind Familien da. Man gibt sich Halt, unterstützt sich.«

»Dann unterstütze deine Tochter, Evelyn! Du hattest deine Probleme mit Leonard, aber weite sie nicht zu Problemen mit Almond aus.«

»Das tue ich nicht. Doch ich sehe auch nicht dabei zu, wie sie in ihr Unglück rennt.«

»Sieht sie für dich etwa unglücklich aus?« Granny stemmte die Hände in die Hüften und ich stellte mich rasch zwischen sie und Mom.

»Hört bitte damit auf«, versuchte ich zu beschwichtigen. »Es ist ja nicht so, dass ich täglich Drogen nehme und ein Leben als Underdog führe. Ich arbeite einfach nur bei einem Radiosender.«

»Du nimmst Drogen?« Mom starrte mich an.

»Nein!« Ich warf verzweifelt meine Hände in die Luft. »Manchmal glaube ich aber, dass du genau das hören möchtest, um dich bestätigt zu fühlen.«

»Wo ist Johannes?«, wechselte Mom abrupt das Thema.

»Wir sind nicht mehr zusammen.«

»Weshalb? Er war so ein netter junger Mann. Er hatte einen guten Einfluss auf dich.«

»Wir hatten einige Differenzen.«

»War er gegen deine Arbeit beim Radio?«

Es ärgerte mich, dass Mom den Nagel auf den Kopf getroffen hatte.

»Das ist es, was ich meine.« Sie sah mich an. »Deinem Vater war die Musik auch immer wichtiger.«

»Wir sollten jetzt essen.« Granny stand demonstrativ auf, um nach dem Braten zu sehen, der seit Stunden im Rohr schmorte.

Ich dankte ihr innerlich für diese Unterbrechung und erhob mich, um den Tisch zu decken. Es war ein Tag vor Weihnachten, Mom war gerade erst angekommen und brachte mich bereits wieder um den Verstand.

An Heiligabend schenkte Mom mir ein Flugticket nach London, wo ich sie im Frühjahr zur Premiere eines Musicals begleiten sollte. Ich tat so, als ob ich mich darüber freute. In Wirklichkeit fand ich es jedoch schade, dass sie ganz offensichtlich darum bemüht war, meinem

Musikgeschmack eine neue Richtung zu geben. Dabei ging es mir nicht um das Musical, von dem ich sogar glaubte, dass es mir gefallen würde, sondern um Moms zwanghaftes Streben, aus mir einen anderen Menschen machen zu wollen.

Am ersten Weihnachtsfeiertag gingen wir uns alle sorgsam aus dem Weg und weil es draußen schneite, verzog ich mich mit einem Buch aufs Sofa und tat so, als sei ich gebannt von der Geschichte. In meinem Kopf überschlugen sich jedoch die Gedanken. War es tatsächlich so, dass ich Dad nacheifern wollte? Ich war verunsichert. Dad fehlte mir und dieses Gefühl ließ nicht nach, auch nicht drei Jahre nach seinem Tod. Ich las in regelmäßigen Abständen seinen Brief an mich und fragte mich oft, ob er stolz auf meine Arbeit beim Sender gewesen wäre. Aber folgte ich wirklich absichtlich seinen Fußspuren oder war es einfach meine Berufung?

Am zweiten Weihnachtsfeiertag kam es dann zum großen Knall. Mom war gerade dabei, den Abendbrottisch abzudecken, ich machte den Abwasch.

»Ich biete dir an, weiterhin alle Kosten für deinen Lebensunterhalt zu übernehmen«, erklärte Mom.

Überrascht sah ich auf. »Weshalb?«

»Damit du dich erneut an der Journalistenschule bewerben kannst.«

Ich hörte Granny seufzen und runzelte die Stirn.

»Danke für das Angebot, Mom, aber das werde ich nicht annehmen. Ich mag meinen Job bei der Rock Station.«

»Du kannst dich nicht schon jetzt derart festlegen! Du brauchst eine solide Ausbildung und andere Einflüsse, damit du eine vernünftige Entscheidung für dein Leben treffen kannst. Ich habe mich über diese Journalistenschule informiert und finde sie wirklich hervorragend.«

Ärgerlich schrubbte ich den Teller, den ich gerade in der Hand hielt. »Ich habe meine Entscheidung getroffen, Mom, und ich werde mich nicht mit dir darüber streiten. Nach Dads Tod hatte ich das Gefühl, dass du mich endlich besser verstehst, doch nun beginnt unser Kampf wieder von vorne. Ich weiß nicht warum.«

»Weil du unvernünftig bist und nicht einsiehst, dass du ohne Ausbildung keine Zukunft hast.« Sie baute sich neben mir auf und stemmte die Hände in die Hüften.

»Aber es ist mein Leben«, rief ich verzweifelt. »Und ich fühle, dass ich auf dem richtigen Weg bin. Warum siehst du das nicht?«

»Dich lenkt niemand«, erwiderte meine Mutter sogleich. »Du bist zu jung, um mit all diesen Freiheiten fertig zu werden, die deine Großmutter dir zugesteht.«

Aus den Augenwinkeln sah ich, dass Granny verärgert den Kopf hob. Ich sah sie beschwichtigend an. »Streitet euch nicht! Ich werde über dein Angebot nachdenken, Mom«, gab ich nach, weil ich nicht wollte, dass Granny in unseren Streit hineingezogen wurde.

Doch ich hatte nicht mit ihrem Temperament gerechnet. Sie schoss in die Höhe wie von der Tarantel gestochen. »Evelyn«, polterte sie los. »Lass endlich deine Tochter in Ruhe! Ich kenne sie besser, als du glaubst, und kann dir versichern, dass Almond ganz genau weiß, was sie will. Sie hat nur Angst vor deiner Reaktion, die im Übrigen völlig überzogen ist. Du musst aufhören, alles kontrollieren zu wollen! Das hat dich einst deine Ehe gekostet. In allem hast du eine Gefahr gesehen und das hat sich bis heute nicht geändert. Aber ich werde nicht zulassen, dass du meiner Enkelin ein schlechtes Gewissen einredest! Es ist an der Zeit, dass du dich zurücknimmst und sie ihre eigenen Erfahrungen machen lässt.«

Mom erstarrte zur Salzsäule. »Das muss ich mir nun wirklich nicht sagen lassen! Wenn du meinst, dass du meine Tochter besser erziehen kannst, dann werde ich auf der Stelle zurück nach Hause fliegen. Meine Ansichten sind in dieser Familie offensichtlich nicht mehr gefragt.«

»Mom, das stimmt doch nicht«, bemühte ich mich um Deeskalation.

»Dann beweise mir, dass dir meine Meinung wichtig ist.« Meine Mutter drehte sich um und eilte aus der Küche. Ich hörte sie mit den Türen knallen und wusste nicht, was ich tun sollte.

»Sie wird beleidigt abreisen«, stellte Granny trocken fest. »So war das schon immer.«

»Vielleicht hat sie recht und ich sollte mich noch einmal bewerben«, bemerkte ich.

»Unsinn!« Granny sah mich scharf an. »Ab heute ist Schluss mit Zugeständnissen an deine Mutter! Stell dich endlich dem Leben, Almond, und denk an den Spruch von deinem Vater: Wenn du dich erhebst, dann erhebe dich wie ein Engel, und wenn du fällst, dann falle wie der Teufel. Wenn du nicht heute damit anfängst, Verantwortung für dich selbst zu übernehmen, wann dann?«

Ich sah sie verunsichert an, denn ich hatte Angst davor, zu fallen. Niemand schien bereit, mich aufzufangen. Grannys Körperhaltung verriet Stolz und Stärke und ich fühlte mich mit einem Mal klein wie eine Maus.

»Ich sehe nach, ob Mom etwas braucht«, murmelte ich, trocknete mir die Hände ab und ging den Flur hinunter.

Vorsichtig öffnete ich die Tür des Gästezimmers. Meine Mutter stand am Fenster und hatte die Arme um den Körper geschlungen, als müsse sie sich selber trösten.

»Es tut mir leid, Mom«, sagte ich. »Ich weiß, dass deine Beziehung zu Dad nicht gerade einfach war und ich will dich nicht auch unglücklich machen.«

»Dann denk an deine Zukunft und hör auf mich.«

Ich seufzte resigniert. »Wenn es dir so wichtig ist, bewerbe ich mich noch einmal an der Journalistenschule.«

Meine Mutter drehte sich zu mir um. »Ich bin erleichtert, das zu hören.« Sie lächelte gequält. »Es ist trotzdem besser, wenn ich nach Hause fahre. Granny hat ihre Meinung deutlich kundgetan. Ich fühle mich in ihrer Gegenwart nicht mehr wohl. Ich brauche Abstand.« Sie umarmte mich und ich wollte ihr helfen, ihren Koffer zu packen, doch sie schickte mich mit der Bitte hinaus, ihr ein Taxi zu rufen.

Während ich an der Pinnwand nach der Nummer des Taxiservice suchte, spürte ich Grannys Blick in meinem Nacken. Sie stand in der Küche und machte den Abwasch zu Ende.

»Evelyn ist stur wie ein Esel. Sie macht dir ein schlechtes Gewissen und das kann ich nicht gutheißen. Ich werde mit ihr reden.«

»Nein!« Ich drehte mich um. »Das ist keine gute Idee. Nicht heute. Lass sie gehen, Granny. Mom und ich müssen das alleine klären.«

»Wann wollt ihr das klären? Indem ihr voreinander flieht, drückt ihr euch nur vor einer Auseinandersetzung. Evelyn bekommt ihren Willen und du machst ihr zuliebe eine Ausbildung, die du innerlich ablehnst. Das ist keine Klärung.«

»Aber es ist etwas, das ich zu entscheiden habe.«

»Wenn du nur endlich mal die wirklich wichtigen Dinge entscheiden würdest«, entgegnete sie provokant und sah mich an. Ich wich ihrem Blick aus und rief in der Taxizentrale an. Dann ging ich zurück zu Mom und sagte ihr, dass sie um diese Uhrzeit vermutlich keinen Flug mehr kriegen würde. Doch Mom war nicht von ihrem Vorhaben abzubringen. Mit gestrafften Schultern stand sie im Flur, knöpfte ihren Mantel zu und erklärte mir beherrscht, dass sie im Hotel am Flughafen übernachten werde, um den ersten Flug am nächsten Morgen zu erwischen. Ich wusste, dass sie nicht aufzuhalten war und nachdem Granny keine Anstalten machte, sie zum Bleiben zu bewegen, wartete ich mit Mom unten auf der Straße, bis ihr Taxi kam.

Unser Abschied war reserviert und ich musste an meinen letzten Abschied von Dad denken, bevor er gestorben war. Auf keinen Fall wollte ich dasselbe mit Mom erleben. Wenn es ihr so wichtig war, dann würde ich mich erneut für das Studium bewerben, beschloss ich und ging direkt auf mein Zimmer, ohne noch einmal bei Granny vorbeizuschauen. Dort angekommen, legte ich eine CD von Celtic Frost ein, deren Musik genau zu meiner momentanen Laune passte, und starrte an die Decke. Gegen Mitternacht raffte ich mich dann auf, startete meinen Laptop und lud mir die diesjährigen Bewerbungsunterlagen für die Journalistenschule herunter. Meine Stimmung war auf dem Nullpunkt.

Ich hatte gehofft, im Sender Abwechslung zu finden, doch die Tage zwischen Weihnachten und Silvester waren ruhig und es gab nicht viel zu tun. Michael und Maja waren im Urlaub und eigentlich hätte ich mir ebenfalls freinehmen sollen, aber ich tat es nicht. Ich recherchierte Neuigkeiten aus der Welt der Rockmusik und überlegte mir eine Aktion, mit der man das aktuelle AC/DC-Album bei den Hörern bekannt machen konnte. Wenn ich nicht arbeitete, zog ich mich in ein Café in der Innenstadt zurück, um Granny nicht über den Weg zu laufen. Ich konnte ihr vorwurfsvolles Schweigen nicht ertragen, das mich tagtäglich daran erinnerte, dass ich zu schwach war, um meiner Mutter die Stirn zu bieten.

An einem dieser Tage, an denen ich mich in der Stadt herumtrieb, begegnete ich Johannes. Er rannte mich beinahe über den Haufen und ich war nicht in der Lage zu reagieren, sodass wir uns völlig unerwartet und mit ungeschönten Mienen gegenüberstanden.

Während Johannes' Gesicht von Erstaunen zu Unbehagen wechselte, war ich erfreut darüber, ihn zu treffen. In meinem ganzen Chaos erschien er mir wie ein guter Freund, dem ich mich anvertrauen konnte. Es gab sonst niemandem, mit dem ich sprach. Barbara war so beschäftigt mit ihrem Kind und dem Studium, dass ich sie nicht auch noch mit meinen Problemen belasten wollte.

»Schön, dich zu sehen«, sagte ich rasch, bevor sich unser überraschtes Schweigen ausweiten konnte.

»Hm.« Johannes sah sich um und ich wusste, dass er flüchten wollte.

»Lust auf einen Kaffee?« Ich musste schnell sein, um ihn nicht gleich wieder zu verlieren.

»Eigentlich ...« Er sah mich an und holte tief Luft. »Warum nicht?«

Wir gingen nebeneinander her und Johannes betrachtete mich. »Du siehst gut aus«, stellte er fest. »Ich hatte Angst, dir schon viel früher zu begegnen.«

Ich lachte über seine Ehrlichkeit und befand, dass er auch sehr gut aussah.

»Hast du Urlaub?«, wollte ich wissen.

»Ja, zwei Wochen. Ich gehe regelmäßig zum Snowboarden.«

»Wie schön!«

Er nickte und hielt mir die Tür zum Café auf. Unsere Blicke trafen sich und ich merkte, dass die alte Vertrautheit noch zwischen uns bestand. Wir setzten uns an einen Tisch und bestellten.

»Was macht dein Praktikum?«, fragte Johannes.

»Es läuft sehr gut«, antwortete ich nicht ohne Stolz. »Allerdings bin ich inzwischen angestellt und bezahle Granny eine kleine Miete. Außerdem bewerbe ich mich zum zweiten Mal an der Journalistenschule.«

»Wirklich?« Ich bemerkte Bewunderung in seinem Blick und meine Stimmung hob sich. Perfiderweise wollte ich nicht nur getröstet werden, sondern wollte meine Entscheidung auch noch bestätigt bekommen.

»Ja, eigentlich habe ich es zunächst nur meiner Mutter zuliebe getan. Inzwischen denke ich aber, es ist einen Versuch wert. Was meinst du?«

Johannes nickte erstaunt. »Das finde ich toll! Ich kann kaum glauben, dass du das sagst. Du klangst sehr überzeugt von dem, was du in Zukunft tun möchtest, als wir uns das letzte Mal gesehen haben.«

»Das stimmt.« Dankbar nahm ich meinen Milchkaffee entgegen, den die Kellnerin mir reichte, und versteckte mein Gesicht hinter der großen Tasse. »Ich war nicht gerade nett zu dir«, fügte ich reumütig hinzu.

»Schon vergessen.« Johannes strahlte mich an. »Ich habe mir so gewünscht, dass du diesen Weg gehst. Stell dir nur vor, wenn du angenommen wirst! Du hättest die Möglichkeit, noch einmal ganz von vorne zu beginnen.«

»Ja«, erwiderte ich halbherzig. Ich wollte wirklich von vorne beginnen, aber was ich tat, war eine Wiederholung von Ereignissen. Mein Zustand mutete wie eine Schallplatte an, die mitten im Lied hängen geblieben war und nun fortwährend dieselbe Textzeile wiedergab.

»Ich habe viel an dich gedacht«, sagte Johannes nun. »Irgendwie dachte ich, du wärst jetzt mit dieser Band unterwegs.«

»Oh!« Ich tat überrascht. »Das hat sich nicht ergeben.«

Er musterte mich und ich lächelte ihm zu.

»Vielleicht könnten wir uns ja mal wieder treffen?«

»Gerne.«

»Kino heute Abend?«

Ich konnte nicht anders und mein Lächeln wurde breiter. »Ich bin dabei.«

So schnell wir unsere Beziehung beendet hatten, so schnell ließen wir sie wieder aufleben. Wir verbrachten Silvester in den Bergen und es war, als hätte es unsere Auseinandersetzungen nie gegeben. Jetzt, wo ich Geld verdiente, schien es für Johannes völlig in Ordnung zu sein, dass ich bei einem Radiosender arbeitete, der ausschließlich Rockmusik spielte. Er unterstützte mich bei meinen Vorbereitungen für die erneute Studienbewerbung und versorgte mich in jenen arbeitsreichen Nächten mit Kaffee und guter Stimmung. Ich war ihm dankbar dafür. Die Nachricht, dass wir wieder zusammen waren, beruhigte auch meine Mutter. Nur Grannys Blicken konnte ich nicht standhalten und vermied es, allzu lange in ihrer Nähe zu sein.

Als ich die Bewerbungsunterlagen endlich eingereicht hatte, überraschte Johannes mich mit einem Wochenende in Hamburg. Ich konnte kaum glauben, dass er sogar Barbara Bescheid gegeben hatte, die noch nicht nach Australien aufgebrochen war und mich kreischend in der Hotellobby willkommen hieß. Wir aßen gemeinsam zu Abend, redeten und machten die Nacht zum Tag. Doch erst als wir unter uns waren, rückte Barbara mit der Sprache heraus.

Wir gingen an der verschneiten Alster spazieren und alberten herum. Dann wurde Barbara plötzlich ernst und blieb stehen. »Was soll das eigentlich alles, Al?«

»Was meinst du?« Ich sah sie verdutzt an. Gerade eben hatten wir noch in Erinnerungen an unsere gemeinsame Weltreise geschwelgt und nun war die Stimmung umgeschlagen.

»Johannes, die Journalistenschule …« Sie verengte die Augen. »Ich habe das Gefühl, du hast die Zeit zurückgedreht. Was ist passiert?«

»Nichts ist passiert«, sagte ich ausweichend.

»Welche Umstände haben dich zurück zu Johannes getrieben? Versteh mich nicht falsch, ich mag ihn, aber du hattest vor nicht allzu langer Zeit viele gute Gründe, um dich von ihm zu trennen.«

»Ich habe eingesehen, dass das ein Fehler gewesen ist«, erwiderte ich und verschränkte die Arme vor der Brust.

»Unsinn!« Barbara schnaubte.

Ich spürte, dass ich wütend wurde. »Lass mich in Ruhe! Ich will mich nicht andauernd für das rechtfertigen, was ich tue.«

»Gut, dass du das erkennst, denn wenn es dir gut ginge, hättest du es gar nicht nötig, dich zu rechtfertigen.«

Ich schwieg und Barbara hakte nach: »Hat das alles etwas mit deiner Mutter zu tun?«

Sofort schossen Tränen in meine Augen und ich hasste mich, weil ich so ein Weichei war.

Barbara nahm mich in die Arme und ich nuschelte an ihrer Schulter: »Mom denkt, dass die Arbeit beim Radiosender nicht gut für mich ist. Zu Weihnachten gab es deswegen einen riesigen Streit zwischen ihr und Granny. Mom bat mich darum, mich ein weiteres Mal an der Journalistenschule zu bewerben, und ich habe zugestimmt, weil ich keine Lust mehr auf diese ständigen Reibereien habe. Mitten in diesem Chaos bin ich Johannes wiederbegegnet.«

»Warum hast du mir nichts darüber erzählt?« Barbara schob mich von sich und sah mich vorwurfsvoll an.

»Du bist so beschäftigt.«

»Für dich habe ich immer Zeit, das weißt du ganz genau! Ich glaube, du wolltest dich nur drücken, weil ich dir vermutlich dasselbe gesagt hätte wie deine Granny.«

»Hm.« Ich starrte auf meine Schuhspitzen.

Barbara seufzte. »Al, wo ist die Kriegerin in dir hin? Du warst bereits auf dem richtigen Weg und jetzt machst du einen Rückzieher.«

»Was ist denn so schlimm daran, meiner Mutter einen Gefallen zu tun? Du bringst doch auch gerade auf Wunsch deiner Eltern dein Studium zu Ende, bevor du nach Australien gehst.«

Barbara war empört. »Das war mein eigener Entschluss! Meine Güte, Al, denkst du, meine Eltern waren begeistert, dass ich zu Riley nach Australien geflogen bin? Oder dass ich sofort schwanger wurde, kaum dass er vor meiner Haustür stand? Oder dass wir geheiratet haben und ich vorhabe, zu ihm nach Sydney zu ziehen? Meine Mutter stand mehr als einmal am Rande eines Nervenzusammenbruchs. Du hast keine Ahnung, wie oft wir nächtelange Diskussionen über meine Zukunft geführt haben. Das ist normal. Eltern sorgen sich. Seit ich Mutter bin, weiß ich das. Trotzdem bin ich froh, dass meine Eltern mir ermöglicht haben, mein Studium abzuschließen. Dass sie auf Cooper aufpassen, während ich an der Uni bin, und dass sie Riley endlich als Schwiegersohn akzeptieren. Es war schwierig und es wird schwierig bleiben. Seit Riley wieder in Sydney ist, vergeht kein Tag, an dem ich nicht anfange zu zweifeln. Doch dann denke ich an unsere gemeinsame Zeit und daran, was wir bereits alles miteinander erlebt haben, und ich weiß, dass es mir nicht hilft, Angst zu haben. Mitte dieses Jahres habe ich meinen Abschluss in der Tasche und dann werde ich mit Cooper nach Australien gehen. Bis dahin wird es hart, doch ich glaube fest daran, dass es die Sache wert ist. Riley ist es wert und Cooper sowieso. Aber ich muss wissen, dass du endlich auch für das kämpfst, was dir wichtig ist. Sonst kann ich unmöglich abreisen.«

Ich nickte und fühlte mich seltsam leer. Barbara wusste, was sie wollte und ging ihren Weg. Etwas, das ich nicht auf die Reihe bekam. Ich biss mir auf die Unterlippe.

Barbara knuffte mich freundschaftlich in die Seite. »Besieg deine Vergangenheit, Al, sonst endet dein Leben irgendwann in einer Katastrophe. Du kannst deiner Mutter nicht für den Rest deines Lebens einen Gefallen tun, nur damit du sie nicht verlierst. Und du darfst nicht ständig vor deinen Träumen davonlaufen, nur weil du denkst, sie könnten sich nicht erfüllen.«

»Ich bin ein ziemlicher Feigling, oder?«, kommentierte ich meine Situation.

»Oh ja!« Barbara lachte. »Aber ich verstehe dich. Manchmal ist es einfach schwer, das zu tun, was man gerne tun möchte, weil man damit automatisch Menschen enttäuscht, die einem nahestehen. Aber wenn man nicht tut, was man gerne tun möchte, enttäuscht man vor allem sich selbst.«

»Johannes hätte mich sicher nie hierher gebracht, wenn er gewusst hätte, dass du mir weise Ratschläge erteilst.« Ich grinste.

»Heute bin ich richtig in Fahrt, nicht wahr?« Barbara kicherte und umarmte mich. Ich hielt sie ganz fest.

»Ich muss etwas ändern«, murmelte ich und hoffte, dass ich stark genug sein würde, dieses Versprechen zu halten.

Auf dem Weg zum Flughafen versuchte ich, mir meine Nachdenklichkeit nicht anmerken zu lassen. Barbara hatte meinen wunden Punkt getroffen und die unterschwelligen Zweifel der letzten Wochen wurden übermächtig. Ich betrachtete Johannes, der wieder einmal über unsere Zukunft philosophierte, als läge sie bereits wie eine fertige Skizze vor uns. Aber ich wollte sie nicht anschauen, denn ich hatte sie nicht gezeichnet.

Meine Träume passten nicht in Johannes' Welt. Genauso wenig wie sie in die Welt meiner Mutter passten. Wenn auch aus unterschiedlichen Gründen. Es lag nicht an mir, doch ich würde niemals in ihre Welten passen, ganz gleichgültig, was ich tat. Schweigend bestieg ich mit Johannes den Flieger und überlegte, welchen Ausweg es aus meiner verfahrenen Situation geben könnte, in die ich mich wieder einmal gebracht hatte.

Als wir zu Hause ankamen, fand ich einen gefütterten Briefumschlag in meinem Postkasten vor. Stempel und Briefmarken waren aus den USA. Ich riss ihn neugierig auf und hielt die neue CD von Burnside Close in den Händen. Ein orangeroter Phoenix breitete auf dem Cover seine Flügel aus und erhob sich aus einem Meer schwarzer Asche.

Let's rock it, Mojo! war mit Edding auf die Vorderseite geschrieben. Auf der Rückseite hatten sie alle unterschrieben. Matt, Sean, Brad und Morris.

»Was bedeutet Mojo?«, fragte Johannes und sah mir über die Schulter.

»Glücksbringer.« Ich lächelte. »Es bedeutet Glücksbringer.«

Wir gingen in Grannys Wohnung und ich legte sofort die CD ein. Kurz darauf erschollen Gitarrenklänge. Es war ein langsames Heraufbeschwören von etwas Großem und steigerte sich über den Bass bis hin zum Schlagzeug und Morris' Stimme. Ich war begeistert und drehte die Anlage lauter. Der erste Song hieß *Glowing Blade.* Ich mochte das Spiel zwischen Gesang und Rhythmusgitarre und war sofort gefesselt. Burnside Close klangen durch den vermehrten Einsatz von Metal-Riffs härter, aber auch emotionaler, und Morris' klare Stimme verlieh dem Lied etwas Besonderes. Ein Strahlen zog sich über mein Gesicht und ich drehte mich zu Johannes um.

»Wahnsinn«, rief ich, um das Gitarrengeschmetter im Refrain zu übertönen. »Das muss ich morgen den Leuten im Sender vorspielen!«

Ich bewegte mich im Takt von Seans Schlagzeug durchs Zimmer. »Das ist das erste Lied und sie haben mich schon«, schwärmte ich und merkte nicht, dass Johannes auf mich zukam und die Musik leiser drehte. Überrascht sah ich ihn an.

»Du weißt, dass ich das nicht mag. Ich dachte, die Zeiten seien vorbei«, murrte er.

»Was ist dein Problem? Es ist nur Musik. Lass dich doch einfach mal darauf ein.«

»Diese Musik steht für einen gewissen Lebensstil, der mir nicht behagt.«

»Hör endlich auf, so konservativ zu denken! Die Jungs arbeiten härter in ihrem Business als manch einer in deiner Bank.«

Johannes Blick verfinsterte sich. »Davon hast du nun wirklich keine Ahnung.«

»Wird das jetzt auf ewig so weitergehen? Wirst du mir verbieten, die Musik zu hören, die mir gefällt?«, fragte ich patzig.

»Es ist immer dasselbe«, polterte Johannes los. »Wenn es um diese verdammte Band geht, wirst du zu einem anderen Menschen!«

»Vielleicht bin ich dann der Mensch, der ich wirklich sein will«, hielt ich ihm entgegen. Spannung lag in der Luft.

»Ist das so, Al?« Er sah mich prüfend an und ich spürte, dass ich noch nicht so weit war, Barbaras Ratschläge in die Tat umzusetzen.

Ernüchtert schaltete ich meine Stereoanlage aus und drückte stattdessen auf die Fernbedienung des Fernsehers. Beim Sonntagabendprogramm konnten wir nicht viel verkehrt machen, dachte ich und sah, dass Johannes erleichtert wirkte.

Erst der nächste Tag stand für mich im Zeichen von Burnside Close. Ich spielte Michael und Bernhard die CD vor und sie waren vor Begeisterung kaum noch zu halten. Niemals zuvor hatten sie so früh vor dem öffentlichen Erscheinungsdatum das neue Album einer Rockband in den Händen gehalten. Wir analysierten die Songs und ich versuchte, mir nicht anmerken zu lassen, dass ich unglaublich stolz war und mir die Texte unter die Haut gingen. Gemeinsam mit Michael und Bernhard begann ich die nächsten Wochen über, eine Strategie zu erarbeiten, um das Album in den Medien zu platzieren. Wir verfolgten den Verkaufsstart in den USA und nach der offiziellen Freigabe der ersten Singleauskopplung *Glowing Blade* ging es an die Vermarktung des Songs.Pünktlich zum Erscheinungsdatum des Albums Mitte März kletterte die Single sofort in die Top 30 der deutschen Rock Charts. Ich war kaum noch zu halten und schrieb Matt eine Nachricht. Er antwortete am Abend, als ich gerade auf dem Heimweg war.

Ich bin glücklich, das zu hören, las ich. *Wir vermissen dich, Mojo. Öffne deine Augen, xox Matt.*

Ich verstand nicht, was er damit meinte, aber ich summte fröhlich den Refrain von *Glowing Blade* vor mich hin. Als ich daheim ankam, bemerkte ich, dass Johannes' Auto vor der Tür parkte. Seit der Wiederbelebung unserer Beziehung hatte er einen Schlüssel zu Grannys Wohnung, doch weil ich so viel zu tun gehabt hatte, hatten wir uns in der letzten Zeit kaum gesehen. Deshalb war ich überrascht, dass er mich besuchte. Ich ging nach oben und schloss die Haustür auf. Johannes kam mir entgegen. In einer Hand hielt er eine Flasche Prosecco, in der anderen einen Brief, den er mir reichte.

»Was ist los?«, fragte ich.

Johannes war aufgeregt. »Ich bin vorbeigekommen, um dich zu fragen, ob du heute Abend Lust auf Kino hast, aber dann fand ich dieses Schreiben auf dem Küchentisch. Es ist von der Journalistenschule und ich nehme an, es ist deine Einladung zu den Aufnahmeprüfungen. Mach auf!«

Die Journalistenschule! Die hatte ich völlig vergessen. Ich nahm den Brief entgegen, drehte ihn nachdenklich in den Händen und riss ihn schließlich auf. Umständlich entfaltete ich das Anschreiben, las es sorgfältig und spürte Erleichterung. Ich lächelte.

Johannes jubelte und zog mich in seine Arme. »Ich wusste, dass sie dich wieder einladen! Du wirst endlich Journalistin, Schatz! Ich weiß, dass du es dieses Mal schaffen wirst.« Er wirbelte mich herum.

Ich lächelte noch immer, als er mich absetzte, und Johannes sah mich erwartungsvoll an.

»Du sagst ja gar nichts«, meinte er. »Komm schon, lass uns feiern!«

Ich befreite mich aus seinen Armen. »Sie haben mich nicht eingeladen. Das ist ein Ablehnungsschreiben.«

»Was?« Johannes schaute verdutzt und nahm den Brief an sich. »Aber warum? Letztes Mal hast du es auch bis zur Aufnahmeprüfung geschafft.«

»Dieses Mal nicht.« Die Erleichterung wurde übermächtig, mein Lächeln breiter.

»Was ist daran so komisch?«

Ich breitete meine Arme aus. Dieser Brief kam mir wie ein Wink des Schicksals vor.

»Ist alles in Ordnung, Al?«

»Ja! Oh ja!« Ich sah ihn an und es brach aus mir heraus: »Ich habe so gehofft, dass sie mich nicht nehmen, weil ich gar keine Lust habe, diese Aufnahmeprüfung erneut durchzumachen. Ich will nicht Journalistin werden. Und offenbar denken die, dass ich mich nicht dazu eigne. Was für ein Glück!« Ich lachte.

Johannes verzog das Gesicht. »Du hast mich belogen«, stellte er fest und wich vor mir zurück.

»Das habe ich nicht. Ich konnte dir nur nicht sagen, was ich fühle. Du bist so besessen von der Idee, wie ich zu sein habe, dass ich wusste, die Wahrheit würde dich nur verletzen.«

»Und du denkst, es auf diese Art zu erfahren, verletzt mich weniger?«

»Nein, aber ich explodiere, wenn ich nicht endlich den Mund aufmache. Seit Monaten verstecke ich mich hinter einer Person, die ich eigentlich gar nicht bin. Es bringt mich um, wenn ich diese Rolle noch länger spielen muss. Siehst du das nicht?«

Ungläubig starrte er mich an und ließ den Brief zu Boden fallen. »Ich habe dich bei deinen Zukunftsplänen unterstützt, Al, und alles, was ich nun höre, ist, dass du eine Rolle gespielt hast!«

Ich holte tief Luft. Es gab kein Zurück mehr. Ich konnte nicht schon wieder klein beigeben und zum Alltag zurückkehren. »Die Wahrheit ist, dass du den Teil von mir, der mich ausmacht, verurteilst, Johannes. Du nennst meinen Vater einen Verrückten, meine Freunde dämliche Halbaffen und du verbietest mir, die Musik zu hören, die mir Freude bereitet. Das kann ich nicht länger ertragen.« Es war ausgesprochen.

Johannes schüttelte den Kopf. »Das ist nicht dein Ernst, Al. Du kannst mich nicht wieder derart abservieren! Nicht nach all dem, was ich für dich getan habe.«

»Ich serviere dich nicht ab! Vielmehr versuche ich, dir zu erklären, wer ich wirklich bin. Ich werde nie das sein, was du von mir erwartest. Deine Zukunftspläne sind nicht die meinen.«

»Das darf einfach nicht wahr sein!« Wütend lief er auf und ab. »Du bist eine solche Heuchlerin, Al! Du hast mich in dem Glauben gelassen, dass es dir dieses Mal ernst mit uns ist, und jetzt wirfst du mir all diese Dinge an den Kopf. Warum hast du nicht eher den Mund aufgemacht?«

»Ich wollte dir nicht wehtun«, flüsterte ich.

Johannes stürmte zur Haustür. Dort blieb er stehen und warf mir einen verächtlichen Blick zu.

»Weißt du was?«, sagte er giftig. »Du verdienst das alles! Du verdienst Rocker-Freunde, die dich mit sich in den Abgrund ziehen. Du verdienst einen Vater, der frühzeitig abgekratzt ist, und du verdienst es, in der Musikbranche zu scheitern. Ich wünschte, ich wäre dir niemals begegnet!« Wütend riss er die Haustür auf und verschwand.

Ich blieb mit klopfendem Herzen zurück. Es war vorbei. Das Studium, die Beziehung mit Johannes, mein Versprechen Mom gegenüber.

»Öffne deine Augen …«, wiederholte ich den Text aus Matts SMS. »*Open your eyes!*«

Ich hastete zu meiner Stereoanlage und legte die CD von Burnside Close ein. Das dritte Lied. Meine Finger flogen über die Tasten. Da war es! Ich jubelte, als die ersten Töne erklangen, und wusste, dass es nicht vorbei war. Es hatte gerade erst begonnen.

Chapter 11

When you finally open your eyes,
you will realize we're one
(Burnside Close, »Open Your Eyes«)

Es dauerte einen weiteren Monat, bis ich dazu bereit war, mein Leben in die Hand zu nehmen. Zu lange hatte ich mich gedrückt, war fälligen Gesprächen aus dem Weg gegangen und hatte mit selbst auferlegten Erwartungen gekämpft, als dass ich sofort hätte durchstarten können. Doch die Entscheidung reifte in mir und mit jedem Tag, der verging, war ich mir sicherer, was ich zu tun hatte.

Ich begann mit Johannes, weil ich wusste, dass ich etwas gutzumachen hatte. An einem schönen Frühlingstag fuhr ich deshalb mit dem Fahrrad zu seiner Wohnung. Ich hatte mein Kommen vorher angekündigt und Johannes hatte ohne Begeisterung erwidert, dass er zu Hause sei. Als ich klingelte, dauerte es jedoch, bis er den Türöffner betätigte. Ich folgte den schweren Steintreppen in den dritten Stock. Johannes stand bereits an der Wohnungstür. Sein Blick war kalt und abweisend und mir rutschte das Herz in die Hose. Sein letzter Satz, den er zu mir gesagt hatte, bevor er gegangen war, war mir im Gedächtnis geblieben. Doch ich hatte ebenfalls Mist gebaut und war ihm eine Erklärung schuldig. Ich musste mich Johannes stellen. Das hatte ich mir vorgenommen.

Wortlos ließ er mich ein, und ich konnte meine Nervosität kaum verbergen. Er ging vor mir in die Küche und fragte, ob ich etwas trinken wollte. Ich lehnte ab, obwohl meine Kehle staubtrocken war. Während er sich ein Wasser einschenkte, räusperte ich mich. »Danke, dass ich kommen durfte«, erklärte ich heiser.

Johannes drehte sich um, verschränkte die Arme vor der Brust und lehnte sich gegen den Kühlschrank. »Eigentlich wollte ich dich nicht sehen. Aber dann war ich neugierig, welcher Almond ich dieses Mal gegenüberstehe. Der, die weiß, was sie will, oder der, die all diese verrückten Ideen im Kopf hat, die sie völlig aus der Bahn werfen.«

Ich lächelte wider Willen. »Das Problem ist, dass die verrückten Ideen genau das sind, was ich will. Was ich immer wollte. Ich konnte es mir nur nicht eingestehen, weil ich Angst hatte, zu scheitern. Ich habe mir zu oft angehört, dass ich etwas Vernünftiges in meinem Leben tun soll. Doch das, was andere für vernünftig halten, ist es leider nicht für mich. Ich kann nicht länger so tun, als komme ich damit klar.«

»Ich habe dir nie Vorschriften gemacht«, murmelte Johannes.

»Du hast mir aber zu verstehen gegeben, dass du meine Idee, in der Musikbranche zu arbeiten, nicht gut findest.«

»Dazu stehe ich noch immer.«

»Ich möchte dir deswegen gar keine Vorwürfe machen«, lenkte ich ein. »Es tut mir wirklich leid, dass ich dich verletzt habe. Ich kann nicht wiedergutmachen, was passiert ist, und ich bin auch nicht hergekommen, um dir zu erklären, warum ich bin, wie ich bin oder warum ich erst jetzt damit beginne, meinen Weg zu gehen, während du das schon seit geraumer Zeit tust. Fest steht, dass meine Lebensplanung eine andere ist als deine. Du wünschst dir eine Familie und ein Leben in einem tollen Haus mit vielen Kindern und schnellen Autos. Ich mache mir darüber noch gar keine Gedanken. Du planst alles und zwängst deine Zukunft in eine enge Gasse, während ich ständig an neuen Kreuzungen stehe und mich frage, wie es nun weitergeht. Du sähest mich gerne in einem Bürojob, während ich dort eingehen würde wie eine Pflanze ohne Licht und Wasser. Du bist zufrieden, in dieser Stadt zu leben, während ich mir überlege, wo auf der Welt ich mich als Nächstes niederlassen möchte. Ich bin in verschiedenen Kulturen aufgewachsen und ich bin jung. Keine Ahnung, wo ich irgendwann strande, doch ich weiß, dass ich ausleben muss, was in mir schlummert. Sonst bin ich unglücklich und mache jeden an meiner Seite nur ebenso unglücklich. Ich bin ein Nomade und die Musik sind meine Flügel. Ich kann nicht anders, Johannes.«

Er sah zerknirscht aus, als er erwiderte: »Ich denke, das ist mir bewusst. Für den Moment wollte ich daran glauben, dass es klappt. Es fällt mir schwer, dir das zu sagen, aber manchmal bewundere ich dich. Für deine Energie und deinen Glauben an das, was dir wichtig ist. Für deine Leidenschaft und Begeisterung. Deine besondere Verbindung zu deiner Familie. Egal, was du tust, ob du dich gerade selbst verleugnest oder deinen Träumen folgst, du tust es mit einer Intensität, die Wasser zum Kochen bringen könnte. Ich hatte gehofft, du würdest das in unsere Beziehung einbringen.«

»Das habe ich mir gewünscht. Eine Zeit lang.«

»War ich nur ein Lückenfüller?«

»Nein, du warst der Mensch, der mir viele Einsichten gebracht hat. Ohne unsere Auseinandersetzungen wäre ich vielleicht noch nicht so weit wie heute.«

»Nicht gerade tröstlich, das zu hören.« Er verzog den Mund. »Es war ziemlich unfair, mich glauben zu lassen, dass wir eine Chance haben, denn die hatten wir nie.«

»Es tut mir leid«, wiederholte ich. »Ich war nicht ehrlich zu dir und nicht ehrlich zu mir. Das wollte ich dir nur sagen.«

Johannes sah auf einmal nicht mehr wütend aus. Eher ernüchtert. »Wohin führt dich dein Weg jetzt? Verlässt du München?«

»Ich denke, du weißt, was ich tun werde.«

Er nickte und stieß sich vom Kühlschrank ab. »Ich kann nicht sagen, dass ich nun verstehe, warum du mit mir zusammen warst und das gleich zweimal oder warum du tust, was du tust, aber ich weiß zu schätzen, dass du es mir erklären wolltest.«

Wir standen uns gegenüber und ich war versucht, nach seiner Hand zu greifen. Ich ließ es bleiben.

»Bevor wir uns jetzt versprechen, Freunde zu bleiben, solltest du wissen, dass ich nicht viel davon halte. Gefühle sind eine schwierige Sache.«

»Das ist okay.« Ich schenkte ihm ein Lächeln. »Was immer du für richtig hältst.«

Johannes grinste entschuldigend. »Ich schütze mich auf diese Weise, wenn du verstehst, was ich meine.«

»Ich verstehe das.«

Er stützte die Hände in die Hüften und mir war klar, dass es nicht mehr viel zu sagen gab. Es war eigenartig. Da stand der Mann, mit dem ich meine bisher längste Beziehung geführt hatte, und alles, was uns blieb, war Schweigen. Wir gingen langsam in Richtung Haustür.

»Mach's gut«, sagte Johannes.

»Du auch.« Ich warf ihm einen letzten Blick zu und verließ die Wohnung.

Als ich kurze Zeit später wieder unten auf der Straße stand, fühlte ich mich befreit. Die erste Hürde hatte ich genommen.

Am selben Tag suchte ich abends das Gespräch mit Granny. Es war Sonntag und ich wusste, sie würde ihren Krimi schauen wollen, daher kochte ich für uns beide. Unser Verhältnis war seit dem Streit an Weihnachten etwas abgekühlt, deshalb erschien es mir vernünftig, dass ich den ersten Schritt machte. Ich deckte den Tisch, öffnete eine Flasche Wein und wartete auf meine Großmutter, die spazieren gegangen war. Als ich hörte, dass die Haustür aufgesperrt wurde, stand ich auf und ging Granny entgegen. Sie wirkte kein bisschen verwundert.

»Ist das ein Abschiedsessen? Du machst dich bereit zum Aufbruch, habe ich recht?« Sie zwinkerte mir zu.

»Du bist mir unheimlich!« Ich setzte mich an den Küchentisch und beobachtete, wie sie sich ein Glas Wein einschenkte.

»Ich bin vielleicht alt, aber nicht blind. Johannes kommt nicht mehr und du siehst endlich entspannt aus. Auch dein Lachen ist zurückgekehrt. Hast du schon mit deiner Mutter gesprochen?«

Ich schüttelte den Kopf. »Nein, das steht als Nächstes auf dem Programm.«

»Sie wird es verkraften. Brauchst du Geld zur Umsetzung deiner Pläne?« Granny setzte sich mir gegenüber.

Wieder schüttelte ich den Kopf. »Ich habe gespart und dann ist da auch noch Dads Erbe. Ich komme zurecht.«

»Das ist mein Mädchen!«

Ich hob eine Augenbraue. »Willst du gar nicht wissen, was ich vorhabe?«

»Ist das wichtig? Ich bin froh, dass du endlich deinem Herzen folgst. Lass dich nicht aufhalten. Von niemandem!«

»Ich habe ein schlechtes Gewissen«, gestand ich ihr, aber Granny winkte ab.

»Deine Mutter wird sich wieder einkriegen.«

»Oh, es ist nicht wegen Mom. Es ist wegen dir.«

Granny verengte die Augen. »Wegen mir?«

»Ja, denn ich bin deinetwegen nach München gekommen. Doch du hattest es nicht einfach mit mir. Ich habe ziemlich lange gebraucht, um zu verstehen, was du mir all die Zeit über sagen wolltest. Trotzdem hast du mich in deiner Wohnung ertragen und hattest Geduld mit mir. In deinem Alter hättest du mehr Ruhe verdient, denke ich.«

Granny schnalzte verärgert mit der Zunge. »Unsinn«, brummelte sie. »Ich brauche kein Mitleid wegen meines Alters. Im Gegenteil, es war erfrischend, dich um mich zu haben.«

»Aber nun gehe ich wieder und lasse dich alleine.«

»Na und? Ich bin davor gut zurechtgekommen und ich werde das auch in Zukunft. Außerdem ist deine Mutter ziemlich hartnäckig, wie du weißt, und wird mich irgendwann zwingen, bei ihr zu leben, wenn es mir nicht vorher gelingt, zu sterben.«

»Hör auf, so zu reden«, bat ich sie eindringlich. »Ich mag es nicht, wenn unsere Familie zerstritten ist. Dieser Krach an Weihnachten hat mir zugesetzt. Ich kann mir einfach nicht vorstellen, dass es dich eines Tages nicht mehr gibt. Du hast mir so viel beigebracht. Ich brauche dich.«

Granny strich mir über die Wange. »Du willst meine Absolution? Die kannst du haben. Geh und werde glücklich, mein Kind! Wir hatten eine wunderbare Zeit zusammen und ich habe es sehr genossen, meine einzige Enkelin zu umsorgen. Doch für dich geht es weiter und ich bin zufrieden, wie es ist. In meinem Alter weiß man, dass jeder neue Tag ein Geschenk ist. Eines Tages wird das Leben an mir vorüberziehen, aber ich sage dir, ich habe dafür gesorgt, dass es Spaß machen wird, diesen letzten Film anzusehen!«

Ich musste grinsen und Granny lachte nun ebenfalls.

»Darum geht es, Al. Nutze nicht nur die Länge deines Lebens, sondern auch seine Breite. Und keine Sorge wegen deiner Mutter und mir. Wir haben uns schon oft gestritten und wieder versöhnt. Evelyn ist ein harter Brocken. Doch tief in ihrem Inneren weiß sie bereits genauso gut wie ich, dass du nicht aufzuhalten bist. Trotzdem wird sie es dir nicht leicht machen.«

»Davon bin ich überzeugt.«

»Dein Großvater hat immer gesagt, man soll schwere Worte so sanft wie den Frühlingswind wählen, damit ihre Tragweite das Gewitter abmildern, das sie in den Herzen ihres Empfängers auslösen.« Granny blickte versonnen drein.

»Schade, dass ich ihn nie kennengelernt habe.«

»Er hätte dir gefallen. Er war ein wundervoller Mann, ein aufmerksamer Vater und ein verlässlicher Freund.«

»Du warst so jung, als ihr geheiratet habt. Hast du es nie bereut?«, wollte ich wissen.

Sie schüttelte energisch den Kopf. »Niemals! Als er das erste Mal in seiner amerikanischen Uniform mit diesem wettergegerbten Gesicht und den außergewöhnlichen schwarzen Augen vor mir stand, da wusste ich, dass er mich glücklich machen würde. Ich habe mich nicht getäuscht. Aber das war eine andere Zeit. Der Krieg hat die Menschen damals geprägt und der Alltag war nicht so schnelllebig wie heute. Das kann man nicht vergleichen.«

»Ich wünschte, ich wäre mir bei Morris auch so sicher.«

Granny lächelte. »Da Morris noch immer in deinem Herzen zu wohnen scheint, solltest du nicht daran zweifeln.«

»Warum funktioniert es dann nicht mit uns?«

»Weil du es nicht zulässt. Ihr jungen Leute heutzutage seid ständig auf der Suche nach etwas Besserem, etwas Aufregenderem. Ihr interpretiert so viel in eure Gefühle hinein, dass eine Beziehung der Realität gar nicht mehr gerecht werden kann. Lerne Morris so zu mögen wie er ist, nicht wie er deiner Meinung nach sein sollte. Man sollte nie aus den falschen Gründen lieben, weißt du. Sonst endet es so wie bei deinen Eltern. Doch das Schöne ist, mein Kind, dass jeder seine eigenen Erfahrungen machen wird. Es gibt keine Garantie in diesem Leben. Für gar nichts. Auch nicht für die Weisheiten einer alten Frau.«

Wir lachten und ich fühlte mich aufgehoben. Granny verstand. Das hatte sie immer getan und das würde sie immer tun. Vielleicht gab es keine Garantie in meinem Leben, aber es gab Beständigkeit und das war ein gutes Gefühl.

An diesem Abend sah ich mir gemeinsam mit Granny den Sonntagabendkrimi an und schlief in ihrem Schaukelstuhl ein. Sie weckte mich erst zu den Spätnachrichten und ich schleppte mich auf mein Zimmer. Ich hatte viel erreicht an diesem Sonntag und alles, was noch vor mir lag, erschien mir jetzt einfacher.

Meine gelöste Stimmung nahm ich mit zum anstehenden Rock im Park Festival im Juni. Routiniert ging ich Michael zur Hand, schrieb meine

Berichte und war zum ersten Mal als Live-Reporterin unterwegs. Ich führte Interviews, lernte jede Menge Leute kennen und konnte kaum glauben, als die drei Festival-Tage plötzlich vorüber waren.

Zurück im Sender stürzte ich mich in die Nachbearbeitung der unterschiedlichen Beiträge. Damit verdrängte ich, dass ich dringend mit Michael über meine Zukunft beim Sender sprechen musste. Doch dann rief er mich in sein Büro und ich war gezwungen, mich den Tatsachen zu stellen. Meine Entscheidung stand fest, aber Michael war kein einfacher Typ. Daher war ich ziemlich aufgeregt, als ich ihm gegenübersaß.

»Du hast bald Geburtstag«, begann er und ich wusste sofort, dass er mir etwas Positives zu berichten hatte. Er grinste und klopfte mit den Fingern auf den Tisch. Ich kannte ihn inzwischen gut genug, um zu wissen, dass diese Anzeichen nur zu sehen waren, wenn er sich in Hochstimmung befand.

»Das ist richtig.« Ich nickte bestätigend. »Übernächste Woche.«

Michael rieb sich zufrieden die Hände. »Ich denke, ich kann dir bereits heute ein vorgezogenes Geburtstagsgeschenk machen.« Er sah mich geheimnisvoll an.

»Ach ja?« Ich fürchtete mich vor seiner Ankündigung, denn sollte sie mir gefallen, würde es mir noch schwerer fallen, ihm meine Entscheidung mitzuteilen.

»Aufgrund des Erfolges deiner Internetrubrik hat die Redaktion beschlossen, dir einen Sendeplatz zu geben!« Sein Grinsen vertiefte sich, während ich in meinem Stuhl nach unten sank. »Sie geben dir eine Stunde um zweiundzwanzig Uhr im Nachtprogramm, aber ich würde mal sagen, das ist deine Chance, meine Kleine! Zeig ihnen, was du draufhast. Du hast ein Rockherz und du darfst es an Newcomer-Bands verschenken. Na, wie gefällt dir das?«

Michael sah mich an wie ein Hund, der gerade eines seiner Kunststückchen vorgeführt hatte und nun auf ein Leckerli wartete.

»Wahnsinn«, sagte ich lahm.

Er stutzte. »Mehr sagst du dazu nicht?«, fragte er geknickt und runzelte die Stirn.

Ich zuckte mit den Schultern. Mir blieb nichts anderes übrig. Ich musste mit der Sprache herausrücken. »Es wäre das absolut Wunderbarste auf der Welt, wenn ich nicht schon andere Pläne hätte«, gestand ich ihm.

»Andere Pläne? Wie darf ich denn das verstehen?«

»Ich denke, das soll heißen, dass ich euch verlasse.«

»Was?« Michael riss die Augen auf und warf seinen Kugelschreiber dramatisch von sich. »Du kannst nicht kündigen! Ich verbiete dir, zu kündigen! Ich habe dein Talent entdeckt und wir brauchen dich hier. Gehst du zur Konkurrenz? Wer ist es? Wir können gerne über mehr Gehalt verhandeln. Viel ist nicht drin, aber ich setze mich für dich ein, ich ...« Er stockte und musterte mich. »Du hast dich bereits entschieden, oder?«

Ich nickte und fühlte mich noch miserabler. Der Michael, der mir beim ersten Rock im Park Festival das Leben zur Hölle gemacht hatte und der mich auch beim Sender stets den schwereren Weg gehen ließ, dieser Michael wollte sich nun für mich einsetzen, weil er große Stücke auf mich hielt.

Eine leise Stimme in mir meldete sich und fragte, ob ich wirklich das Richtige tat. Ich hörte ihr kurz zu und brachte sie dann zum Schweigen.

»Ich werde aus München weggehen«, erklärte ich bestimmt.

»Wohin?« Michael sah mich erwartungsvoll an.

»In die USA.«

Er nickte. »Ich habe immer gewusst, dass du dorthin gehörst. Du wirst in die Fußstapfen deines Vaters treten, habe ich recht?«

»Die Schuhe meines Vaters sind mir um Längen zu groß. Aber ich werde mich umsehen, vielleicht finde ich ja etwas Passendes.«

»Burnside Close?« Er zwinkerte mir zu.

»Sie haben mir angeboten, für sie zu arbeiten.«

»Also gut, dagegen komme ich nicht an.« Michael erhob sich und ich stand ebenfalls auf.

Die Endgültigkeit des Gesprächs traf mich. In diesem Raum hatte ich mein Vorstellungsgespräch für die Praktikantenstelle gehabt und nun hatte ich gerade gekündigt. Ich konnte es selbst kaum glauben.

»Wie lange bist du noch hier?«, fragte Michael.

»Ich dachte daran, im Juli in den Flieger zu steigen. Aber eigentlich habe ich keine genauen Daten. Ich wollte das Gespräch mit dir abwarten. Wegen Kündigungsfrist und so.« Meine Stimme wurde immer leiser.

Michael winkte ab. »Mach dir darüber keine Sorgen. So unersetzlich bist du auch wieder nicht. Zum Monatsende bist du raus.«

Wir lächelten einander an und er schlug mir freundschaftlich auf die Schulter. »Wenn dir mal je wieder so ein Kerl wie ich über den Weg laufen sollte, dann sag ihm gehörig die Meinung, hörst du? Keiner sollte sich einbilden, dich schlecht behandeln zu dürfen. Du bist Rock'n Roll, Al.«

Ich fühlte mich geschmeichelt und wir zeigten uns gegenseitig die *Metal Fork*.

Damit war meine Zeit bei der Rock Station abgelaufen. In den nächsten Tagen leerte ich mein Büro, verabschiedete mich von allen und bereitete mich auf mein größtes Projekt vor: das Zusammentreffen mit meiner Mutter.

Vor meiner Abreise räumte ich noch mein Zimmer bei Granny. Ich verstaute meine persönlichen Dinge in Kartons und stellte sie bei ihr im Keller unter. Irgendwann wollte ich sie holen kommen, aber zunächst wollte ich so wenig Ballast wie möglich mit mir herumschleppen. Als diese Arbeiten erledigt waren, verabschiedete ich mich von München. Ich ging im Englischen Garten spazieren und ließ die letzten zwei Jahre Revue passieren. Ich dachte an meinen Job in der Bar, an Johannes, meine Bewerbungen für die Journalistenschule, den Job beim Radiosender und an Granny. Lange saß ich auf einer Bank und saugte die Eindrücke in mich auf, bevor ich aufstand und mich zum Nordfriedhof aufmachte, um Dad einen Besuch abzustatten.

Ich war nicht gerade vorbildlich beim Besuch seines Grabes gewesen, umso verwunderter war ich, es derart gepflegt und mit frischen Blumen vorzufinden. Granny sprach nie darüber, aber sie schien regelmäßig herzukommen. Nachdenklich stand ich vor dem Platz, an dem mein Vater seine letzte Ruhe gefunden hatte, und wusste nicht, was ich fühlen sollte. Er war mir an dieser Stelle nicht näher als sonst wo in meinem Leben, und doch war es beruhigend zu wissen, dass ich ihn hier immer finden würde. Neben seinem Vater, meinem Großvater. Granny hatte mir einmal erzählt, dass nicht die gesamte Asche meines Großvaters in der Urne an diesem Platz beigesetzt worden war. Einen Teil hatte sie an einem Ort verstreut, der meinem Großvater sehr wichtig gewesen war. Sie hatte mir nie gesagt, wo das gewesen war, aber ich wusste, dass er als Navajo keine Bestattung in einer ihm fremden Stadt gewollt hätte. Granny dagegen wollte ihn bei sich in ihrer Heimat haben, ihres Glaubens wegen. Es war ein Kompromiss gewesen. Ich verstand nun, dass man genau das tat, wenn man liebte. Man machte Kompromisse.

»Hallo, Dad«, sagte ich leise und kam mir albern dabei vor. Doch wenn nicht an diesem Ort, wo sonst hätte ich ein Gespräch mit ihm führen sollen? Ich räusperte mich. »Ich war nicht oft hier in letzter Zeit. Das tut mir leid. Aber wie du weißt, war mein Leben etwas kompliziert und du hast es mir mit deinem Tod auch nicht leicht gemacht.«

Ich spürte den Wind, der durch die Bäume strich, und bildete mir ein, es sei Dad, der mich neckte. Ich musste lächeln und meine Befangenheit wich. »Ich wollte mit dir über deinen Brief reden, Dad. Du hast dir darin Gedanken über Morris und mich gemacht und hast dich gefragt, ob ich bereit bin, ihn mit seiner Berufung zu teilen. Ich habe mir mit der Beantwortung dieser Frage Zeit gelassen, ganz so wie du gesagt hast. Doch all diese Zeit hat meine Zweifel nicht besiegen können. Ich weiß immer noch nicht, ob ich Morris mit der Musik werde teilen können. Aber ich weiß zumindest eines mit Sicherheit: Ich liebe ihn. Und ich liebe die Musik. Vielleicht nicht so sehr wie er, aber genug, um ihn zu verstehen und um ihm seine Freiräume zu lassen. Ich habe Angst, dass das nicht ausreicht, um unsere Liebe aufrechtzuerhalten, doch ich muss es versuchen. Bis jetzt bin ich andauernd davongelaufen, damit ist nun Schluss! Ich muss diesen einen Weg gehen, selbst wenn er mich am Ende in eine Sackgasse führt. Das wollte ich dir nur sagen, denn ich glaube, du hättest dich darüber gefreut. Trotzdem habe ich Angst, Dad. Ich setze alles auf eine Karte und Mom wird mich dafür hassen. Kannst du mir vielleicht dabei helfen, dass sie weniger wütend auf mich ist? Ich muss dir gestehen, ich mache mir fast in die Hosen, wenn ich an das Gespräch denke, das ich mit ihr führen muss.«

Ich legte die Rose, die ich auf dem Hinweg gekauft hatte, auf Dads Grab und genoss die Ruhe um mich herum. »In deinem Brief hast du außerdem geschrieben, ich solle meine Augen für das Schicksal öffnen.

Das ist exakt der Text von dem Lied, das Burnside Close gerade veröffentlicht haben. *Open Your Eyes*. Ist das nicht merkwürdig?«

Ich starrte auf den Grabstein. Dad antwortete mir natürlich nicht, aber in Gedanken hörte ich ihn lachen. Ich sah ihn vor mir, wie er seinen Camaro fuhr, den Rhythmus eines Songs auf einem imaginären Schlagzeug untermalte und eine seiner Lieblingsbands anfeuerte. Er war mein Vorbild und würde es immer bleiben, doch meinen Weg musste ich nun alleine gehen. Ich war bereit dazu.

»Auf Wiedersehen, Dad«, verabschiedete ich mich und schlenderte davon.

Der nächste Tag war mein Geburtstag. Es war mein Wunsch gewesen, ihn mit Granny zu verbringen, und wir gingen gemeinsam frühstücken. Anschließend fuhr ich in einen Tattoo-Laden und machte mir selbst ein Geschenk. Ich wollte meine Entscheidung verewigen und ließ mir die Noten zum Refrain von *Open Your Eyes* auf den Unterarm stechen.

Einige Stunden später kehrte ich in Grannys Wohnung zurück und präsentierte ihr das Werk. Sie öffnete eine Prosecco-Flasche und wir stießen an. Es war wie in alten Zeiten. Wir redeten, alberten herum und gingen schließlich zusammen zum Abendessen.

Am nächsten Tag flog ich nach London. Der Abschied von München fiel mir schwer. Vieles war in dieser Stadt geschehen und ich sah mit Wehmut, wie die vertrauten Gebäude im Rückspiegel des Taxis verschwanden, das mich zum Flughafen brachte. Granny hatte mir alles Gute gewünscht und wir hatten uns so fest umarmt, dass ich fürchtete, ich bräche ihr die Rippen. Aber sie stand wie eine stolze alte Eiche auf dem Gehweg, gab mir einen letzten Kuss und ermahnte mich augenzwinkernd, meine Mutter nicht zu sehr aufzuregen.

Als ich bald darauf wieder einmal am Flughafen herumstand, hatte ich vor lauter Aufregung Magenkrämpfe. In der Wartehalle kaute ich an meinem Daumennagel und starrte aus dem Fenster, bis es Zeit zum Boarding war. Der Flug war holprig, die Thermik über dem Ärmelkanal gewohnt ungünstig, was meine Nervosität nur vergrößerte. Bleich und mit blutigem Daumen verließ ich in London den Flieger und fuhr mit dem Heathrow Express in Richtung Innenstadt. Meine Mutter hatte keine Ahnung von meinem Erscheinen. Ich glaubte, es sei besser, sie zu überraschen und ihre Freude über den unerwarteten Besuch auszunutzen. Doch plötzlich war ich mir nicht mehr sicher, ob das so eine gute Idee war.

Um meine Ankunft noch etwas hinauszuzögern, stieg ich eine Station eher aus der U-Bahn aus und lief mit meinem Gepäck zu Moms Haus. Das Wetter war sonnig, es herrschte kaum Wind, und die Stadt war so hektisch, wie ich sie kannte. Der Spaziergang tat mir gut, doch als unser Haus in Sichtweite kam, kehrten auch die Magenschmerzen zurück. Umständlich kramte ich in meiner Umhängetasche nach dem Haustürschlüssel. Auf den Stufen dachte ich kurz darüber nach, zu klingeln, entschied mich jedoch dagegen. Ich sperrte auf und trat ein. Alles war ruhig, aber da die Tür nicht verschlossen gewesen war, musste Mom zu Hause sein. Ich stellte meinen Koffer ab, hängte die Jacke auf und begrüßte unsere Katze, die mir mit hoch aufgestelltem Schwanz entgegenlief. Dann lauschte ich.

»Mom?«, rief ich schließlich und ging in die Küche.

Oben schlug eine Tür und ich hörte meine Mutter die Stufen hinabeilen.

»Al?« Sie blieb stehen. Ihre Haare waren zerzaust und sie trug ihren gelben Morgenmantel. Ich warf einen Blick auf die Küchenuhr. Es war kurz nach elf am Samstagvormittag.

»Habe ich dich geweckt?«, fragte ich erstaunt.

Meine Mutter war Frühaufsteherin. Sie behauptete, nie länger als sechs Stunden am Stück schlafen zu können.

»Nein, ich bin …« Sie zögerte. »… krank.«

»Ach ja?« Ich hob eine Augenbraue. Moms Wangen waren gerötet und sie trug nur einen Socken, der andere Fuß war nackt. Was ging hier vor? In diesem Moment hörte ich im oberen Stockwerk Geräusche und ich begriff. Mom war nicht alleine! Ich musste mir ein Lachen verkneifen.

»Das ist die Putzfrau«, sagte Mom lahm. Wir sahen uns an und es war offensichtlich, dass sie log. Ihre Gesichtsfarbe wurde noch ein wenig rosiger.

»Hast du Herrenbesuch?«, neckte ich sie. Der Gesichtsausdruck meiner Mutter wechselte von Verzweiflung zu Resignation.

»Was soll's?« Sie hob ergeben die Schultern. »Ja, ich habe einen Mann dort oben. Und er verbringt nicht die erste Nacht in diesem Haus.«

»Wunderbar.« Ich grinste. »Es tut mir leid, dass ich euch gestört habe, aber ich bin hergekommen, um mit dir zu reden. Wenn es jetzt allerdings nicht passt, dann komme ich später wieder.«

Danke, Dad, fügte ich in Gedanken hinzu. Das nahm mir definitiv den Schrecken vor diesem Gespräch.

Mom trat von einem Bein aufs andere. Offensichtlich hatte sie keine Ahnung, was sie tun sollte.

»Mach dir doch einen Tee«, schlug sie schließlich vor. »Ich gehe nach oben und ziehe mich an.«

»Gute Idee«, stimmte ich zu und machte mich daran, Teewasser aufzusetzen. Durch diese Situation hatte ich einen Trumpf im Ärmel und den wollte ich auf keinen Fall verspielen. Wer immer dieser Mann war, er musste an mir vorbei, wenn er das Haus verließ.

Mom stand noch eine Weile unschlüssig herum und sah mir zu, bevor sie ins Obergeschoss schlich. Ich hörte, wie sie ihre Schlafzimmertür ins Schloss zog und setzte mich erwartungsvoll an den Küchentisch. Zwei Tassen Tee später vernahm ich leise Stimmen und sah, dass Mom in Begleitung eines Mannes nach unten kam. Zuerst fiel mir seine Größe auf und als er sich umdrehte, erkannte ich sein Gesicht. Es war Neil, einer der Partner aus der Kanzlei, in der Mom arbeitete. Er war einer der wenigen, die ich schon immer sympathisch gefunden hatte. Neil lächelte freundlich und gab mir zur Begrüßung die Hand. Er war mittleren Alters, besaß ausgeprägte Geheimratsecken und seine Tränensäcke waren breiter als seine buschigen Augenbrauen. Trotzdem besaß er ein attraktives Äußeres und hatte die Situation besser im Griff als meine Mutter.

»Welch Überraschung«, sagte er und zwinkerte mir zu. »Ich hätte erwartet, dich bei einem Abendessen näher kennenzulernen, aber zum Frühstück passt es natürlich auch.«

»Es wäre jetzt eher Zeit zum Mittagessen«, erwiderte ich und bemerkte, dass Neil erstaunt auf seine goldene Armbanduhr sah.

»Richtig. Wie die Zeit verfliegt!«

»In der Tat.« Ich grinste beim Anblick meiner Mutter, die betreten zu Boden starrte.

»Wir sollten das gemeinsame Essen verschieben«, bemühte ich mich, die Situation zu retten. »Ich muss noch etwas mit Mom besprechen. Es hat mich sehr gefreut, Neil.«

Dieser nickte und verabschiedete sich von mir, bevor meine Mutter ihn in den Flur begleitete. Nach einer Weile kehrte sie in die Küche zurück.

»Ich schulde dir eine Erklärung«, sagte sie und schenkte sich eine Tasse Tee ein.

»Nein.« Ich winkte ab. »Es ist dein Leben. Ich bin froh, wenn es dir gut geht.«

»Im Ernst?«

»Natürlich!« Ich hoffte, sie mit meiner Großzügigkeit wohlwollend zu stimmen.

Moms Blick heftete sich auf meinen Unterarm. »Ist das ein Tattoo?“, fragte sie alarmiert und ich schob den Ärmel meiner schwarzen Bluse nach unten.

»Na und?«, verteidigte ich mich und sah meinen Vorteil, den ich geglaubt hatte, ausspielen zu können, schrumpfen.

Mom hob missbilligend die Augenbrauen. »Dafür gibst du also dein Geld aus«, schimpfte sie.

»Können wir das Thema wechseln?«, lenkte ich ein und bemühte mich, ruhig zu bleiben.

»Was wolltest du mit mir besprechen?«

»Ich bin gekommen, um dir eine Entscheidung mitzuteilen«, begann ich und bemerkte, dass sich Moms Blick aufhellte.

»Du bist an der Journalistenschule genommen worden!« Es war dieselbe Begeisterung wie bei Johannes vor einiger Zeit. »Ich habe mich schon gefragt, wann du es mir endlich sagen willst. Neils Tochter arbeitet bei der London Times. Vielleicht können wir dir dort ein Praktikum verschaffen. Ich freue mich ja so für dich!«

»Nein, Mom, ich wurde abgelehnt.«

»Was?«

»Ich wurde gar nicht erst zur Aufnahmeprüfung eingeladen.«

Mom ergriff meine Hand. »Sei nicht traurig, Almond! Ich verspreche dir, wir finden einen Weg. Wie gesagt, Neil hat gute Kontakte. London hat so viel mehr für dich zu bieten als München.«

»Lass bitte deinen neuen Freund aus dem Spiel, Mom.«

»Es tut mir leid, Schatz! Ich wollte dir Neil erst später vorstellen. Du sollst nicht denken, dass ich dir etwas verheimliche, aber er ist noch nicht geschieden, weißt du.«

Ich schaltete innerlich ab. Das Gespräch verlief absolut nicht so, wie ich mir das vorgestellt hatte. Mom verfiel in einen Redefluss und ich ließ sie gewähren. Nach etwa zehn Minuten war sie fertig.

»Deine neue Beziehung stört mich nicht, Mom. Du musst dich deswegen nicht bei mir entschuldigen.«

»Was ist es dann?«

Ich holte tief Luft. Es war so weit. Mein Herz schlug so heftig, dass ich dachte, das wäre mein Ende. »Ich habe meinen Job bei der Rock Station gekündigt und bin bei Granny ausgezogen.«

»Kommst du nach London zurück?«, erkundigte sich Mom hoffnungsvoll.

»Nein, das werde ich nicht.« Ich hob abwehrend die Hände, als Mom protestieren wollte. »Lass es mich erklären!«

»In Ordnung.«

»Unser Streit an Weihnachten war furchtbar für mich. Ich war durcheinander deswegen, dachte an Dad, mit dem ich ebenfalls im Streit auseinandergegangen bin. Danach ist er gestorben. Deshalb habe ich versucht, dir einen Gefallen zu tun und habe mich erneut an der Journalistenschule beworben. Aber das hat mich sehr unglücklich gemacht, denn eigentlich soll meine Zukunft ganz anders aussehen. Es hat lange gedauert, bis ich den Mut dazu hatte, doch jetzt werde ich es durchziehen. Ich gehe in die USA und werde versuchen, in der Musikbranche Fuß zu fassen.«

»Niemals!« Mom schrie auf, als hätte ich ihr einen Schlag versetzt. »Du wirst nicht denselben Fehler begehen wie dein Vater!«

»Lass es mich durchziehen, Mom, bitte!«

»Halt den Mund, Almond! Du bist zweiundzwanzig Jahre alt und hast keine Ausbildung in der Tasche. Wovon willst du leben? Wie stellst du dir das vor? Das Geld deines Vaters wird nicht ewig reichen.«

»Das weiß ich, Mom! Ich habe nicht vor, herumzusitzen und Däumchen zu drehen. Ich kenne Leute, ich habe Kontakte, ich weiß, dass ich Arbeit finden werde.«

»Hast du deshalb ein Tattoo? Denkst du, das ist deine Eintrittskarte in die Welt der Rockmusik?«

»Mom, du hast völlig falsche Vorstellungen!«

»Glaub mir, mein Kind, ich weiß nur zu gut, wovon ich rede. Hast du mir nicht zugehört, als ich dir von der Beziehung zu deinem Vater erzählt habe?«

»Doch, das habe ich, aber die Zeiten haben sich geändert.«

»Das haben sie nicht. Ich verbiete dir, diese blödsinnige Idee weiter zu verfolgen!«

»Ich bin alt genug, du kannst mir nichts mehr verbieten, Mom. Siehst du denn nicht, dass deine Ideale nicht die meinen sind?«

Meine Mutter schnaubte wütend. »Das ist der Einfluss deines Vaters! Ich hätte ihm nie erlauben dürfen, dich so oft zu sich zu holen. Ich wusste es! Am Ende hat er doch gewonnen!«

»Was redest du da?« Ich war verzweifelt und sah, dass Mom den Tränen nahe war.

»Er hat uns beide für die verfluchte Musik aufgegeben und jetzt tust du mir dasselbe an«, schniefte sie.

»Ich gebe dich nicht auf! Im Gegenteil, ich sitze hier, um dir meine Pläne zu erklären, aber du willst nicht zuhören.«

»Ich höre zu! Doch alles, was ich höre, sind die Worte deines Vaters. Du wirst genauso einsam enden wie er.«

»Hör auf damit«, fuhr ich sie an. »Dir geht es doch gar nicht um Dad oder um mich. Dir geht es nur um dich! Du willst, dass ich nicht so ende wie Dad und zwingst mir deine Vorstellungen für ein vernünftiges Leben auf. Das ertrage ich nicht mehr! Ich will, dass du mir Vertrauen schenkst und mich nicht ständig mit den Fehlern konfrontierst, die du gemacht hast. Ich will meine eigenen Fehler machen und aus ihnen lernen!«

»Du gehst also zu dieser Band.« Sie sah mich fassungslos an. »Nach all dem, was ich dir ermöglicht habe, um deinen Weg zu finden, rennst du wie ein Schaf zur Schlachtbank. Wofür war die Weltreise gut? Und deine Zeit in München?«

»Um mir darüber klar zu werden, was ich in Zukunft tun will.«

»Nein, mein Kind, es war rausgeworfenes Geld! Ich hätte dir niemals erlauben dürfen, London zu verlassen. Ich hätte dich zwingen müssen, deine Ausbildung zu Ende zu bringen. Ab sofort wirst du keine finanzielle Unterstützung mehr von mir erhalten. Du bist auf dich alleine gestellt.«

»In Ordnung, Mom, ich verstehe das. Damit kannst du mich nicht erpressen und ehrlich gesagt tut es weh, dass du es versuchst.«

Sie presste die Lippen aufeinander, doch dann platzte noch etwas aus ihr heraus: »Du lässt Granny im Stich!«

»Das tue ich nicht! Sie versteht mich.«

»Natürlich tut sie das. Sie war ja auch Leonard gegenüber immer so verständnisvoll.«

Ich schüttelte den Kopf und sah meine Mutter flehentlich an. »Kannst du mich kein bisschen verstehen?«

»Nein! Ich sehe nur, dass sich die Vergangenheit wiederholt. Und der Sänger dieser Band trägt die Schuld daran, habe ich recht?«

»Morris?« Ich zögerte, doch dann legte ich die Karten auf den Tisch: »Seit unserer ersten Begegnung denke ich jeden Tag an ihn. Ich zweifle und überlege, ob es eine Zukunft für uns gibt, lese Dads Brief und höre mir deine Ratschläge zu dem Thema an. Aber all das hat mich keinen Schritt weitergebracht und deshalb muss ich es nun selbst herausfinden. Und zwar bevor es zu spät ist!«

»Und dann? Wirst du ihm hinterherreisen oder daheim auf seine Rückkehr warten? Aus Erfahrung kann ich dir sagen, dass keins von beidem besonders befriedigend ist.«

»Ich werde arbeiten, Mom. Für Burnside Close, wenn sie mich haben wollen. Diese Band ist Dads Erbe. Ich bewundere, was er getan hat und es würde mich freuen, seine Arbeit in gewisser Weise fortzuführen, auch wenn ich ihn nie ersetzen kann. Doch ich habe viel gelernt und ich werde bestimmt nicht damit aufhören.«

Mom starrte auf die Tischplatte. In Gedanken war sie weit weg und ich berührte ihre Hand.

»Hast du mir zugehört?«, wollte ich wissen.

Sie nickte. »Ich habe gehört, dass du gehst und was du vorhast zu tun, aber ich kann es beim besten Willen nicht verstehen.«

»Vielleicht könntest du mir dann wenigstens Glück dabei wünschen?«

Mom verzog den Mund. »Das muss ich wohl tun«, flüsterte sie.

Chapter 12

Losing someone you love is the hardest way to find yourself

(Burnside Close, »Losing Someone You Love«)

Vielleicht war es Schicksal, vielleicht nur bloßer Zufall, aber nach dem Gespräch mit meiner Mutter war es erneut ein vierter Juli, an dem ich in den USA ankam. Ich hatte es nicht länger in unserem Haus ausgehalten und war bereits einen Tag später dem anklagenden Schweigen und den vorwurfsvollen Blicken entflohen. Es tat mir weh, meine Mutter mit all diesen unausgesprochenen Vorwürfen und Ängsten zurückzulassen, die sie in sich trug, doch ich hatte das Gefühl, als ob Worte uns nicht mehr weiterbrachten. Ich hatte nie erwartet, dass sie mich verstand, aber ich hatte gehofft, dass sie meine Entscheidung akzeptierte. Zu wissen, dass sie meine Pläne verurteilte, war kein angenehmer Gedanke. Trotz meiner gedämpften Stimmung setzte ich mich mit der Hoffnung ins Flugzeug, Morris bald wiederzusehen, um ihm zu sagen, dass ich nun bereit war, unserer Beziehung eine Chance zu geben. Wir hatten nun Zeit. Ich musste nicht nach sechs Wochen wieder nach London zurückfliegen und ich musste nicht über Schule oder Studium nachdenken. Zum ersten Mal bestimmte niemand über mich und es fühlte sich großartig an.

Da ich aufgrund des Feiertages in den USA so kurzfristig keinen Direktflug nach Miami bekommen hatte, flog ich zuerst nach Atlanta, was mit einiger Wartezeit am Flughafen verbunden war. Ich nutzte sie, um Matt anzurufen.

»Rate, wo ich bin«, sprudelte ich los, nachdem er abgenommen hatte.

»In Timbuktu?«

»Atlanta.«

Matt lachte. »Pünktlich zum vierten Juli, Al! Was hast du nur immer mit diesem Datum?«

»Heute ist auch mein Unabhängigkeitstag«, erklärte ich. »Wie sieht es aus? Seid ihr in Miami?«

»Du hast Glück. Ende des Monats startet unsere Tournee durch die USA. Dieses Mal sind wir der Top-Act und haben unsere eigene Vorband. Kannst du das glauben, Al? Die Leute kommen wegen uns!« Ich hörte seine Begeisterung und lächelte. Die Tourdaten waren mir wohlbekannt, und ich wollte die Jungs unbedingt treffen, bevor es losging.

»Ich lande heute Abend in Miami«, sagte ich. »Du hast nicht zufällig Zeit, mich abzuholen?«

»Ich dachte mir schon, dass du nicht ohne Grund anrufst. Brad schmeißt heute eine Party in seinem Haus. Das trifft sich doch gut. Ich bringe dich als Überraschungsgast mit.«

Ich freute mich auf die Feier, gab Matt meine Ankunftszeit durch und legte auf. Bald schon würde ich wieder mit der Band vereint sein! Und mit Morris. Aufgedreht und voller Vorfreude schlenderte ich durch den Flughafen und malte mir in Gedanken unser Wiedersehen aus. Ich wusste, dass Matt, Sean und Brad jubeln würden, wenn sie erfuhren, dass ich vorhatte, für sie zu arbeiten. Bei Morris war ich mir da nicht so sicher. Zu oft hatten sich unsere Wege aus den unterschiedlichsten Gründen getrennt. Ich fragte mich, wie er reagieren würde, wenn ich ihm offenbarte, dass ich mich endlich entschieden hatte. Für ihn.

Aufgeregt bestieg ich kurze Zeit später das Flugzeug nach Miami. Ich glaubte an meine Entscheidung. Ich gehörte zu Burnside Close und ich gehörte zu Morris!

Als ich Matt kurz nach meiner Ankunft in der Empfangshalle stehen sah, warf ich mich stürmisch in seine Arme und er wirbelte mich herum.

»Was ist los, Al, hast du im Lotto gewonnen?«

»So ähnlich«, antwortete ich geheimnisvoll und zog ihn mit mir.

Auf dem Weg zum Parkplatz tanzte ich ausgelassen um ihn herum. Matt war mit Dads Camaro gekommen und ich genoss die Fahrt ohne Wehmut. Wir unterhielten uns ungezwungen, bis Matt mich musterte und fragte: »Was tust du hier? Hat das etwas mit deiner Arbeit beim Radiosender zu tun?«

»Nein, ich arbeite nicht mehr beim Sender.«

»Was ist passiert?«

»Sie haben mir eine eigene Radioshow angeboten, da habe ich gekündigt.«

»Was?« Matt blieb der Mund offen stehen.

»Na ja, ich habe meine Augen geöffnet.«

»Und was soll das bedeuten?«

»Euer Song«, erklärte ich ein wenig verunsichert. »Du hast mich selbst darauf hingewiesen. *Open your eyes.* Erinnerst du dich nicht?«

Matt nahm die nächste Ausfahrt, fuhr auf den Parkplatz eines Supermarktes und schaltete den Motor aus. »Scheiße, Al«, sagte er. »Willst du mir gerade sagen, dass du wegen diesem einen Song alles hingeschmissen hast?«

Ich sah ihn an und wusste nicht, ob ich lachen oder weinen sollte.

»Im Ernst jetzt?« Er prustete los. »Du hast Mut, Al. Dein Vater hätte dich verprügelt!«

»Ich denke eher, er hätte es nicht anders gemacht.«

»Da hast du recht.« Matt nahm mich in den Arm. »Du hast dich also für uns entschieden?«

Ich nickte und er drückte mich so fest, dass mir beinahe die Luft wegblieb. Als er mich von sich schob, lag ein eigenartiger Ausdruck auf seinem Gesicht. »Du bist dir ganz sicher?«, wollte er wissen.

»Ihr seid meine Familie, verdammt! Glaub mir, die Entscheidung war nicht leicht, aber ich drehe noch durch, wenn ich nicht bei euch bin. Ich will ins Musikgeschäft einsteigen und du hast mir angeboten, für euch zu arbeiten. Hier bin ich!«

Matt lächelte, dann wurde er ernst. »Du erinnerst dich daran, was ich dir auf dem Rock im Park Festival gesagt habe, oder? Du musst dein Verhältnis mit Morris klären. Es wird sonst nicht funktionieren.«

Ich nickte. »Das werde ich tun. Es gibt ohnehin einige Dinge, die ich ihm sagen möchte, aber ich wollte ihn damit überraschen. Wird er auch auf der Party sein?«

Matt sah zu Boden. Er schwieg so lange, dass ich meine Muskeln anspannte.

»Was ist los?« Ich spürte die Tragweite seiner Worte bereits, bevor er sie aussprach.

»Morris hat sich letzte Woche verlobt«, sagte er.

Eine knappe Stunde später fuhren wir vor Brads Haus vor. Ich stand noch immer unter Schock. Durch die getönten Scheiben des Camaro beobachtete ich die Partygesellschaft mit gemischten Gefühlen. Matt sah mich mitleidig an.

»Alles okay?«, fragte er, und ich versuchte, tapfer zu lächeln.

»Es geht schon. Lass uns Hallo sagen.«

Matt stieg aus, um mir die Autotür zu öffnen. Einige Gäste sahen mich neugierig an. Alle anderen bemerkten mein Erscheinen kurz darauf wegen des Tumults.

»Al«, schrie Brad und warf seine Grillzange von sich, um zu mir zu eilen. Ein Raunen ging durch die Gruppe der Feiernden und ich bemühte mich, mein Lächeln aufrechtzuerhalten. Ein unauffälligerer Empfang wäre mir in meiner momentanen Situation lieber gewesen. Hinter Brad folgte Sean und die beiden trugen mich nach einer lautstarken Begrüßung wie eine Trophäe in den Garten. Vorsichtig sah ich mich um, konnte Morris aber nirgends entdecken.

Matt stellte mir seine Freundin Debra vor, mit der er seit einem Jahr zusammen war, und ich erkannte Stacy, die jedoch inzwischen mit einem von Brads Freunden liiert war. Bald schon plauderte ich mit einigen Leuten, trank ein Bier und rauchte das erste Mal seit langer Zeit, um etwas zwischen meinen nervösen Fingern zu haben. Sean reichte mir ein Hotdog und ich schlang es hinunter, bevor ich nach einem weiteren Bier griff. Dann sah ich ihn. Er stand neben einem hübschen blonden Mädchen und warf mir seinen typischen Blick zu. Den Kopf gesenkt, fixierte er mich von der Seite. Ich lächelte und hatte das Gefühl, dass mein Herz dabei war, zu sterben. Morris. Wann hatte er nur beschlossen, zu heiraten? Niemals war mir die Idee gekommen, dass die Ehe etwas war, wonach er sich sehnte. Erst vor Kurzem hatte ich zu Johannes gesagt, dass ich mir noch gar keine Gedanken über die Ehe machte. Wie kam Morris also dazu?

Ich starrte ihn an und sah, dass er sich vorbeugte, um dem Mädchen etwas ins Ohr zu flüstern. Dann bemühte er sich, durch die Menge zu mir zu gelangen. Es dauerte, bis er alle passiert hatte, die mit ihm reden wollten, und die ganze Zeit über ließ ich ihn nicht aus den Augen. Er sah gut aus, trug ein schwarzes T-Shirt über engen Jeans und schweren Boots. Seine Haare waren kürzer, als ich es von ihm gewohnt war, und sein verhaltenes Lächeln, das er den Leuten schenkte, war so vertraut wie immer. Was hätte ich darum gegeben, meine Arme um seinen Hals legen zu können. Doch als er vor mir stand, erschien er mir ferner als jemals zuvor.

»Hey!«, sagte er leise. Es erinnerte mich an unsere erste Begegnung. Fünf Jahre waren seitdem vergangen.

»Hey!« Ich rieb mein Handgelenk. Noch vor einer Stunde hatte ich Morris' Armband getragen, aber nachdem Matt mir von seiner Verlobung erzählt hatte, hatte ich es in meiner Umhängetasche verschwinden lassen.

»Was machst du in Miami?« Er nahm einen Schluck aus seiner Bierdose und versuchte, mich nicht direkt anzusehen.

»Ich besuche euch. Ihr habt mich eingeladen, schon vergessen?«

»Matt ließ durchblicken, dass du vorhast, länger zu bleiben.«

»Das ist richtig. Ich bin auf der Suche nach einem Job und dachte, ihr könntet vielleicht meine Hilfe gebrauchen.« Während wir redeten, spürte ich all die unausgesprochenen Dinge, die zwischen uns standen. Es war erdrückend. Ich war kurz davor, in Tränen auszubrechen und zog gierig an meinem Zigarettenstummel. Der Rauch brannte in meiner Lunge und ich unterdrückte ein Husten.

Morris' Blick fand den meinen. »Matt hat es dir bereits gesagt, oder?«

»Ja, das hat er. Ich dachte, für dich gäbe es nur deine Gitarre und Burnside Close«, flüsterte ich.

»Dinge ändern sich.«

Konzentriert sah ich auf meine Schuhspitzen. »Ich wünsche dir alles Gute«, presste ich hervor.

»Willst du trotzdem noch für uns arbeiten?«

Verzweiflung überkam mich. Ich hatte alles aufgegeben. Für die Band, aber vor allem für ihn. Doch er wollte mich nicht. Ich hatte zu lange mit meiner Entscheidung gewartet.

»Ich denke schon. Es geht ja schließlich um Burnside Close.« Ich hörte das Zittern in meiner Stimme und hasste mich dafür.

»Matt sagte, der Song hätte dich überzeugt. *Open Your Eyes*.«

»Ja.« Ich sah ihn an und wünschte mir, einige Dinge in der Vergangenheit ungeschehen machen zu können. Aber das funktionierte nicht. Meine Zukunft erschien mir mit einem Mal seltsam leer.

Morris' Lippen umspielte ein Lächeln. »Du bist ziemlich verrückt, Al!«

»Ist wohl so.« Ich umklammerte meine Bierdose so fest, dass das dünne Metall knackte.

»Dann kommst du mit uns auf Tour?«

»Wenn das für dich okay ist.« Ich linste an ihm vorbei und bemerkte, dass seine Freundin zu uns herübersah. Sie hatte all das, was ich nicht hatte. Ein Teil meines Herzens war bereits tot.

Morris berührte meinen Arm. »Sind das die Noten vom Refrain zu *Open Your Eyes?* Woher hast du die?«, fragte er und fuhr vorsichtig über das noch frische Tattoo. Ein Schauer durchfuhr mich und ich trat einen Schritt zurück.

»Internet«, murmelte ich. »Es gibt viele Leute, die euren Song nachspielen wollen. Unglaublich, oder?«

»Ich hätte nie gedacht, dass du verstehen würdest …« Er brach ab, weil seine Verlobte entschlossen war, uns nicht länger alleine zu lassen.

»Hi, ich bin Valerie!« Sie hängte sich bei Morris ein und gab mir die Hand.

Valerie? Die Valerie, von der Matt gesagt hatte, dass sie Morris Halt gab? Die Valerie, die im Gegensatz zu mir keine Ablenkung für ihn darstellte? Sie war die ganze Zeit an Morris' Seite gewesen? Ich konnte es nicht fassen.

»Ich bin Al«, erwiderte ich. Die Eifersucht wurde übermächtig.

Wir unterhielten uns eine Weile, bis sich andere Leute zu uns gesellten und ich die Gelegenheit nutzte, um unauffällig zu verschwinden. Matt fand mich auf der Rückseite des Hauses, wo ich mit verschränkten Armen die Sterne betrachtete.

»Nicht dein Tag?« Er lehnte sich neben mich.

»Nicht meine Woche.«

»Die Jungs sind begeistert, dass du zu uns kommst. Simon, unser Manager, will dich morgen früh sprechen. Er hat große Pläne mit dir.«

Ich konnte kaum glauben, wie einfach es war, wieder Bestandteil der Band zu werden. Eigentlich hätte ich mich darüber freuen sollen, aber die Sache mit Morris ging mir nicht aus dem Kopf.

»Hast du schon mit ihm geredet?«, wollte Matt wissen.

»Ja, wir haben alles geklärt. Das ist kein Problem mehr.«

»Warum glaube ich dir nicht?«

»Weil du mich zu gut kennst.«

Wir lächelten einander an und Matt gab mir Feuer für eine weitere Zigarette.

»Wo schläfst du heute Nacht?«, erkundigte er sich.

»Ich habe keine Ahnung. Mal wieder. Meine Ankunft hier war völlig spontan.« Ich musste trotz meiner schlechten Stimmung lachen.

»Das ist schon okay, du bist jetzt bei uns. Du kannst bei Deb und mir übernachten. Ich gebe dir Bescheid, wenn wir fahren.«

Ich nickte und versank erneut in meinen Grübeleien. Selbst das Feuerwerk erlebte ich alleine und begann mich zu fragen, wie ich so naiv gewesen sein konnte, zu denken, Morris würde auf mich warten, obwohl ich es nie über mich gebracht hatte, ihm die Antworten zu geben, auf die er gehofft hatte. Wie hatte ich glauben können, alles zu bekommen?

Am nächsten Morgen traf ich mich mit Simon, dem Manager. Wir saßen lange Zeit zusammen und ich erzählte ihm, was ich bei der Rock Station alles gelernt hatte. Er war interessiert an meiner Meinung, wollte wissen, wie es um den europäischen Musikgeschmack stand und welche unterschiedlichen Strategien man dort für Burnside Close ansetzen musste im Gegensatz zu den USA. Wir führten eine angeregte Unterhaltung und ich mochte Simon auf Anhieb. Er war ein toller Kerl, wirkte ziemlich verrückt und sah wie ein Furcht einflößender Hell's Angel aus, der innerlich jedoch das Gemüt eines Teddybären besaß. Trotzdem kam ich nicht umhin, ihn andauernd mit meinem Dad zu vergleichen. Ich fragte mich, ob er dieselben Ideen für Burnside Close gehabt hätte wie Simon.

»Du solltest damit aufhören«, sagte dieser nach einer Weile.

»Womit?«

»Deinen Dad mitreden zu lassen.«

Ich war erstaunt. Sah man mir meine Gedanken so deutlich an?

Simon grinste. »Wundert es dich, dass ich das erkenne? Das ist nicht schwer, weißt du. Du bist die Tochter des Chiefs. Seine Seele ist allgegenwärtig. Warum glaubst du, dass sein Camaro das gemeinsame Auto von Burnside Close ist? Weil sie ihn nicht verkaufen wollen. Er steht jedem zur Verfügung, der ihn braucht. Jetzt, wo du wieder da bist, kehrt ein weiteres Stück Vergangenheit zurück. Doch das sollte dich nicht verunsichern. Vieles hier ist neu und anders. Höre auf dich selbst, nicht auf das, was war.«

»So habe ich das noch nicht gesehen«, gab ich zu.

»Die Jungs müssen nach vorne sehen, nicht zurück. Ich möchte nur, dass dir das klar ist. Für ihre Karriere ist es nicht förderlich, wenn sie auf der Stelle treten. Sie müssen sich weiterentwickeln. Ich hoffe, du hilfst ihnen dabei.«

»Ja, natürlich«, stimmte ich zu und verstand, was Simon mir damit sagen wollte. Ich musste professionell sein. Vergangenheitsbewältigung hatte in unserem Arbeitsverhältnis nichts zu suchen.

Simon fuhr fort, mir die Logistik der Tour zu erklären. Er zeigte mir die Pläne der Hallen und Open Air Arenen, in denen die Auftritte stattfanden, und redete mit mir über den aktuellen Stand der Ticketverkäufe sowie die bisherige Auslastung der Stadien. Anschließend machte er mich mit der Internetpräsenz von Burnside Close vertraut, die sowohl Merchandise als auch Social Media und einen Blog enthielt, und gab mir für alles die Administratorenrechte. Während der Tour sollte ich die Fans tagesaktuell auf dem Laufenden halten. Außerdem bekam ich die Aufsicht über ein Filmteam, das bei verschiedenen Konzerten drehen würde, um das Material später als Bestandteil des Live-Albums auf eine DVD zu bringen. Ich merkte rasch, dass es viel zu tun gab und war nach zwei weiteren Tagen bereits mitten im Geschehen. Zum Glück war mir das meiste noch vertraut, sodass die Einarbeitung weitestgehend entfiel. Simon nannte mich bald seinen rettenden Engel. Ich mochte das. Es lenkte mich von Morris ab, dessen Freundin inzwischen zurück nach Tallahassee gefahren war, wo sie arbeitete. Morris und ich sahen uns nun jeden Tag. Eine Tatsache, die mir nicht leichtfiel. Aber ich hatte Simon Professionalität versprochen und bemühte mich redlich darum.

Die überwiegende Zeit des Tages rannte ich mit dem Handy am Ohr durch die Gegend, organisierte liegen gebliebene Dinge, kontrollierte die Merchandise-Ware, die neben T-Shirts, Pullis und Baseball-Mützen auch Buttons und Aufkleber umfasste, und sortierte nächtelang digitale Bilder vergangener Konzerte, um sie ins Internet zu stellen. Eines Nachts erwischte ich mich dabei, wie ich eines von Morris' Fotos minutenlang anstarrte und dann gedankenverloren über sein Gesicht am Bildschirm strich. Das war der Moment, in dem ich erkannte, dass die anstehende Tour in jeder Hinsicht eine große Herausforderung für mich werden würde.

An einem Abend kurz vor dem Beginn der Tour saß die gesamte Crew zusammen, um über die Zusammenstellung der Lieder zu reden, sowie über das Equipment, das benötigt wurde. Es waren neununddreißig Konzerte in achtundzwanzig Bundesstaaten geplant und Simon erklärte noch einmal den Ablauf, die jeweiligen Daten und die freien Tage, von denen es nur wenige gab. Die Instrumente und sämtliches Zubehör wurden erneut mit dem verglichen, was auf den Listen stand, und ich gab einen kurzen Überblick über die Städte, in denen wir auch Filmaufnahmen machen würden. Außerdem brachte ich eine Idee zur Diskussion vor und war gespannt darauf, was die Jungs dazu sagen würden.

»Ich habe mir überlegt, eine Art Video-Tagebuch zu führen«, erklärte ich. »Wir bräuchten dafür nur ein kleines Team, das jeden Tag einige Minuten Filmmaterial von euch zusammenstellt, das wir regelmäßig ins Internet stellen. Das würde sich kostentechnisch im Rahmen halten. Wenn wir dann nach jedem Konzert ein paar Fans zu Wort kommen lassen, könnte man am Ende der Tour alles zusammenschneiden, mit einem eurer Songs hinterlegen und man erhält ein schönes Video. Tribut an die Fans oder so ähnlich. Das ist ein sehr persönlicher Einblick in euer Tour-Leben, deshalb wollte ich wissen, was ihr davon haltet. Für die Fans wäre es ein Geschenk, denn sie erleben alles live mit. Und von den Fans leben wir ja schließlich, oder?«

Ich blickte erwartungsvoll in die Runde.

»Filmt ihr mich auch auf dem Scheißhaus?«, fragte Sean.

»Nur wenn du einwilligst.« Ich musste lachen.

»Habe ich jeden Morgen beim Aufwachen schon die Kamera im Gesicht?« Matt verzog mürrisch den Mund.

»Nein«, beruhigte ich ihn. »Ich habe mir bereits einige Szenen überlegt und eine Art Drehbuch angefertigt. Das könnt ihr euch in Ruhe durchlesen. Ich dachte an besondere Erlebnisse, die Atmosphäre schaffen. Zum Beispiel kurz vor dem Auftritt in eurer Kabine, wenn ihr euch alle umarmt. Man spürt die Spannung, die Aufregung. Ihr schwört euch auf das Konzert ein. Dann der Augenblick, wenn ihr die Bühne verlasst. Ihr seid verschwitzt und aufgedreht und ekstatisch von dem Gig. Aber gerne auch lustige Sachen, zum Beispiel ein Tag im Tour-Bus oder so. Keine Sorge, Jungs, der Kameramann ist nicht ständig um euch herum. Macht euch selbst ein Bild.« Ich deutete auf den Stapel Papier, der neben mir lag.

Simon verschränkte die Arme vor der Brust und begann so herzhaft zu kichern, dass sein mächtiger Bauch vibrierte.

»Warum lachst du?«, fragte ich verständnislos.

»Habe ich es euch nicht gesagt?«, grunzte Simon und gab mir eine spielerische Kopfnuss. Ich duckte mich und verübte angedeutete Handkantenschläge gegen ihn. Die anderen mussten nun ebenfalls lachen.

»Was hast du ihnen gesagt?«, wollte ich wissen und kniff prüfend die Augen zusammen.

»Dass du mehr bist als ein Groupie. Du bist ein Groupie mit Hirn.« Er lief gespielt entsetzt davon, als ich hinter ihm hersetzte.

Wir drehten drei Runden um die Jungs, bis Simon schließlich den Arm um mich legte und mir freundschaftlich die Haare zerzauste. Ich versuchte, meine Fassung zu wahren, aber die Stimmung war bereits zu albern. Ergeben ließ ich die dummen Kommentare über mich ergehen. Erst als sich alle wieder beruhigt hatten, fuhr ich fort: »Was haltet ihr nun von meinem Vorschlag?«

»Ich finde die Idee super.« Morris sah mich an und mir wurde ganz warm ums Herz.

»Wenn du uns versprichst, uns nicht in peinliche Situationen zu bringen, dann bin ich dabei.« Sean hob den Daumen nach oben.

»Ihr habt mein Wort. Ich überwache übrigens den Cutter, wenn wir das Material schneiden. Seid also nett zu mir, sonst kann ich für nichts garantieren.«

Matt grinste. »Ich denke, das wird richtig gut.«

»Denke ich auch.« Brad nickte mir zu. »Tolle Arbeit, Al.«

»Danke.« Ich errötete.

Den Rest des Abends ging es um organisatorische Dinge wie Pressetermine und Interviews bei lokalen Radio- und Fernsehsendern. Die Jungs entschieden, wer wohin gehen sollte und bei welchen Terminen es wichtig war, dass sie alle gemeinsam teilnahmen. Erst tief in der Nacht räumten wir unsere Unterlagen zusammen.

»Du bist kaum wiederzuerkennen.« Unbemerkt war Morris an mich herangetreten.

»Oh!« Verlegen strich ich mir die Haare aus dem Gesicht. »Es macht mir Spaß. Das ist alles.«

»Das ist schön zu sehen.« Wieder einmal verhakten sich unsere Blicke.

»Ich muss los«, sagte Matt in diesem Moment. »Ich habe Debra versprochen, sie nach ihrer Schicht aus dem Krankenhaus abzuholen. Kommst du, Al?«

Matts Freundin arbeitete als Krankenschwester im Jackson Memorial Hospital in Miami. Da ich immer noch bei Matt und ihr wohnte, blieb mir nichts anderes übrig, als zu nicken.

»Ich kann dich bringen«, bot Morris in diesem Moment an.

Unschlüssig sah ich zu Matt hinüber, der mit den Schultern zuckte. »Wie du willst, Al. Du weißt ja, wo der Haustürschlüssel liegt.«

»Ich bin dann mal weg«, rief Brad, schnappte sich seinen Motorradhelm und hob die Hand, bevor er ging. Auch Simon verschwand nach einem kurzen Abschied. Zurück blieben Sean, Morris und ich.

»Macht's gut, Leute!« Sean musterte uns belustigt. »Tut nichts, was ich nicht auch täte.« Grinsend schlenderte er davon.

Ich schluckte. Die Stille des Raums machte mir Morris' Anwesenheit überdeutlich bewusst.

»Und jetzt?«, wollte ich wissen.

Er lächelte. »Jetzt gehen wir ebenfalls.«

Ich folgte ihm ins Freie und atmete die milde Nachtluft ein. Morris sperrte hinter uns ab und ging zu Dads Camaro.

»Ich habe Hunger. Du auch?«, fragte er, bevor er einstieg.

»Hm.« Mir war mit einem Mal mulmig. Zu übermächtig waren die Erinnerungen an jene Momente, in denen ich mit Morris alleine gewesen war. Wortlos setzte ich mich neben ihn. Er startete den Motor und fuhr los.

»Pizza oder Burger?«

Ich sah ihn überrascht an. »Du willst mich zum Essen einladen?«

Er schaltete das Radio ein und summte einen alten Song von Def Leppard mit. »Nach diesem Abend hast du dir ein ordentliches amerikanisches Fast Food Dinner verdient«, erklärte er.

Ich klatschte begeistert in die Hände. »Dann los! Ich will einen riesigen Burger.«

Wir fuhren zu einem Drive-In, bestellten und naschten im Auto bereits von den Pommes Frites, während Morris den Camaro zurück auf die nächtlichen Straßen lenkte. Ich genoss unser Schweigen. Es war nicht unangenehm, sondern freundschaftlich. Ein neuer Aspekt in unserer bisher eher turbulenten Beziehung. Morris nahm die Abzweigung nach Watson Island, parkte nahe der rosa und lila beleuchteten Brücken des Mac Arthur Causeway und schaltete den Motor aus. Der Blick auf die Skyline von Miami war beeindruckend.

»Wow!« Ich lehnte mich in meinem Sitz zurück und griff nach dem Burger. Wortlos aßen wir. Als ich fertig war, sagte ich: »Ein hübsches Plätzchen. Woher kennst du es?«

»Ich habe hier einige Lieder meines Albums komponiert.«

»Du meinst von *Rise of the Phoenix?*«

»Nein, ich arbeite an einem Solo-Album. Lauter Songs, die ich mit der Akustik-Gitarre begleite. Ich habe dir davon erzählt, erinnerst du dich?«

»Und ob ich mich erinnere! Warte mal …« Ich überlegte. »*Dusk Tales* und *A Taste Of Peace,* richtig? Der erste Song handelt von deiner verstorbenen Schwester, der zweite von deinem Stiefvater.«

Sein Blick war unergründlich. »Das stimmt. Beide Lieder werden ebenfalls auf dem Album sein. Außer dir weiß noch niemand, dass ich daran arbeite. Die Karriere von Burnside Close geht vor. Die Tour steht an. Ich werde wenig Zeit für mein Album haben, aber ich gebe es nicht auf.«

»Das solltest du auch nicht. Ich weiß jetzt schon, dass es großartig werden wird.« Wehmütig erinnerte ich mich an unser Treffen am Hotelpool, wo er mir davon erzählt hatte.

»Es ist gut für die Band, dass du wieder da bist.«

»Der Weg zurück zu euch war nicht einfach.«

»Was hat deine Mutter zu deiner Entscheidung gesagt?«

»Sie hat mich kaum ausreden lassen, hat mir vorgeworfen, ich würde sie ebenso im Stich lassen wie einst mein Vater.«

»Das ist hart.«

»Ja.« Ich spürte den bekannten Kloß im Hals, der immer auftauchte, wenn ich an meine Auseinandersetzung mit Mom dachte.

»Ich wünschte, ich könnte ihr vermitteln, wie viel mir die Arbeit bei euch bedeutet. Aber sie sieht nur ihre eigene Geschichte. Sie denkt, bei Rockbands geht es um Drogen, Alkohol und Groupies.«

»Da hat sie nicht ganz unrecht«, neckte mich Morris und ich knuffte ihn in den Arm.

»Ich wünschte, sie könnte sehen, wie ihr arbeitet und was ihr alles leistet. Das würde ihre Meinung ändern.« Ich seufzte. »Vielleicht kommt es eines Tages dazu, wer weiß.«

»Trotzdem bist du gegangen. Das war mutig.«

»Manchmal glaube ich, es war einfach nur Dummheit.«

»Nach dem, was ich heute während des Treffens von dir gehört habe, denke ich, dass es keine Dummheit war. Du bist gut, du bist engagiert und du brauchst dich nicht zu verstecken. Dein Vater hatte recht. Du hast sein Talent geerbt.«

»Das ist lieb von dir, danke.« Wir sahen uns an. Es war das erste Mal, dass wir miteinander redeten, ohne dass die Unterhaltung in einer wilden Knutscherei oder im Bett endete.

»Was ist mit uns passiert, Al?«, fragte Morris plötzlich, als hätte er meine Gedanken erraten.

Ich spürte die Hitze, die durch meinen Körper schoss. »Du bist verlobt.« Es tat weh, es auszusprechen.

Er schwieg und mein Herz klopfte schmerzhaft. In diesem Moment fühlte ich mich bereit, ihm zu sagen, was ich fühlte, aber es war einfach nicht mehr der richtige Zeitpunkt. Außerdem verlangte Simon, dass ich die Band voranbrachte und ich wollte ihn nicht enttäuschen. Als das Schweigen unangenehm wurde, fügte ich hinzu: »Ich hätte nie geglaubt, dass du heiraten möchtest. Irgendwie dachte ich, die Musik käme bei dir an erster Stelle.«

»Das tut sie. Meistens. Valerie kommt damit klar.«

»Das ist gut, das ist gut.« Ich bemühte mich um einen neutralen Gesichtsausdruck. »Lass uns heimfahren. Ich bin ganz schön erledigt.«

Morris sah mich prüfend an. »Willst du den Sonnenaufgang nicht sehen? Dauert nicht mehr lange.«

Ich schüttelte den Kopf. »Kein Sonnenaufgang für mich. Ich brauche etwas Schlaf.«

»In Ordnung.« Er startete den Camaro und fuhr los.

Ich sah aus dem Fenster und fragte mich, was ich fühlen oder denken sollte. Neben mir saß meine große Liebe, doch ich hatte es zu spät erkannt. Jetzt konnte ich nur dabei zusehen, wie er glücklich wurde. Ich war wieder ein Teil der Band, aber kein Teil mehr von Morris. Es tat weh, so weh. Als wir vor Matts Haus hielten, fühlte ich mich wie versteinert. Schnell stieg ich aus dem Auto.

»Danke fürs Essen«, sagte ich.

»Gute Nacht, Al.«

Ich schlug die Beifahrertür zu und sah dem Camaro hinterher, der durch die nächtliche Vorstadtsiedlung zurück in Richtung Highway fuhr. Ein kühler Wind strich mir über das Gesicht. Es kam mir vor, als käme er direkt aus meinem kalten, toten Herzen.

Der Beginn der Tour brachte allerlei Stress und Hektik mit sich, was bei mir für Ablenkung sorgte. Der Auftakt in Orlando wurde ein voller Erfolg. Es folgten Tallahassee, Charleston, Chattanooga und Noblesville in Indiana. Anschließend stand ein Tag Pause an, bevor es zum großen Auftritt nach Chicago weiterging, Morris' Heimatstadt. Von diesem Gig erhofften wir uns eine besondere Wirkung und ich wollte, dass der Kameramann uns am Abend davor begleitete, wenn Morris seine Familie und Freunde traf. Ich stellte mir kurze, ergreifende Szenen vor und war gerade dabei, Morris zu briefen, als Simon uns unterbrach.

»Es gibt ein Problem mit dem Equipment. Einige Dinge sind nicht auffindbar, auch eine deiner Gitarren fehlt, Morris.«

»Welche?«

»Die PRS Hollowbody.«

»Scheiße!« Er sprang auf. »Was tun wir jetzt?«

Simon sah mich an. »Wir beide fahren nicht mit nach Chicago, sondern bleiben hier, um zu klären, wohin das Zeug verschwunden ist.«

»In Ordnung.« Ich wandte mich an Morris. »Hast du verstanden, worum es mir geht? Wenn ich nicht da bin, musst du dem Kameramann erste Anweisungen geben.«

»Das kriege ich hin.« Er umarmte mich. »Bring du mir nur mein Baby zurück.« Ich wusste, er meinte seine Gitarre und war in Gedanken bereits bei dem, was nun zu tun war.

Gemeinsam mit Simon checkte ich nochmals die Listen. Wir stellten alles auf den Kopf, telefonierten uns die Finger wund und fanden gegen Abend heraus, dass es einer der Roadies mit dem Thema Ehrlichkeit nicht so genau genommen hatte. Seine Kumpels verpfiffen ihn bei einem Verhör durch Simon schneller als erwartet. Zum Glück hatte der Täter das meiste eingelagert. Somit gelang es uns, im Laufe des nächsten Tages mithilfe der Polizei alle Dinge sicherzustellen, die uns abhandengekommen waren. Wir ließen die Trucks beladen und fuhren nach Chicago. Ich sehnte mich nach einem Bett, doch weil ich wusste, dass die Szenen für das Video-Tagebuch anstanden, gönnte ich mir im Hotel nur eine Dusche, bevor ich mit Simon zu dem Club fuhr, in dem Morris seine Freunde und die Familie traf. Mit dabei hatte ich Morris' Gitarre. Ich trug sie wie einen Pokal in den Club und die Jungs waren nicht mehr zu halten. Simon und ich wurden von allen umringt und kamen vor lauter Tumult kaum dazu, unsere Geschichte zu erzählen. Ich überreichte Morris die Gitarre und er strahlte mich an.

»Du bist meine Heldin, Al«, flüsterte er und ich zwang mich, ihn nicht allzu offensichtlich anzustarren.

Leute drängten heran, ich schüttelte haufenweise Hände und hörte mir das Lob an, dass ich den Auftritt von Burnside Close am nächsten Tag gerettet hätte. Dann ging ich zu dem Kameramann, der bereits unauffällig filmte, und erklärte ihm noch einmal, wie ich den Abend in Szene gesetzt haben wollte. Ich stieß mit Simon auf unseren Erfolg an und ließ mich schließlich auf einen Stuhl plumpsen. Ich war müde. Die Anstrengung der letzten Tage machte sich bemerkbar.

»Hi, wie läuft es denn so?« Es war Valerie, die extra für den morgigen Auftritt nach Chicago gekommen war.

»Alles bestens.« Ich hatte wenig Lust auf eine Unterhaltung mit ihr, aber ich riss mich zusammen.

Gezwungen fröhlich erzählte ich ihr über den Beginn der Tour, das Feedback der Fans, den Diebstahl und das Video-Tagebuch, das bereits ein großer Erfolg war. Ich redete und redete und war mir bewusst, dass ich es nur tat, weil ich sie nicht zu Wort kommen lassen wollte. Sie hörte mir zu und als mir irgendwann die Luft ausging, lächelte sie mich an.

»Morris schätzt deine Arbeit. Er sagt, du bist der Glücksbringer der Band.«

»Das darf man nicht so ernst nehmen«, wiegelte ich ab. »Mein Dad hat Burnside Close aufgebaut. Daher kenne ich die Jungs. Wenn wir zusammen sind, ist es ein wenig wie bei einem Klassentreffen. Ich mag die Arbeit mit ihnen.«

»Ich bewundere dich dafür. Das wäre absolut nicht mein Ding.«

»Echt nicht?«

Valerie schüttelte den Kopf. »Ich liebe Morris, aber sein Leben …« Sie stockte. »Ich kann mich nicht daran gewöhnen.«

»Oh!« Ich zerkaute einen Eiswürfel und hoffte, dass sie nicht weiterredete.

Doch Valerie fuhr fort: »Im Ernst, Al, am Anfang fand ich es aufregend. Ich kam mir an Morris' Seite vor wie in einem Musikvideo. Aber irgendwann beginnt man sich zu fragen, was er tut, wenn er auf Tour ist. Feiert er, trinkt er, holt er sich einen weiblichen Fan in sein Bett? Diese Gedanken machen mich fertig.«

Hektisch sah ich mich um, doch es war niemand in der Nähe, der mich hätte erlösen können. Ich lächelte Valerie an. »Ich denke, du brauchst dir keine Sorgen zu machen. Morris lebt nur für seine Musik.«

»Ich weiß.« Sie kaute am Strohhalm ihres Drinks. »Wenn er zu Hause ist, dann komponiert er. Wir haben uns einen Hund aus dem Tierheim geholt, aber er hat kaum Zeit für ihn. Ich frage mich, ob sich das ändert, wenn wir Kinder haben.«

Ich kam mir vor, als säße ich Mom gegenüber, hörte Sätze aus einer Vergangenheit, die auch mich betraf. Ob Morris wusste, was in Valerie vorging?

»Du solltest mit ihm darüber reden«, schlug ich vor.

»Damit ich ihn verliere?« Sie sah mich aufgebracht an. »Du hast es selbst gesagt. Er lebt für die Musik. Ich will nicht hören, dass ich auf ewig nur die Nummer zwei für ihn bin.«

»Morris wird man immer mit der Musik teilen müssen«, zitierte ich meinen Vater. Du hast es gewusst, Dad, dachte ich bei mir und sah Tränen in Valeries Augen.

»Bist du deswegen aus seinem Leben verschwunden?«, fragte sie.

Ich wusste nicht, was Valerie über Morris und mich gehört hatte und senkte betreten den Kopf. »Diese Frage lässt sich nicht so einfach beantworten.«

»Schon klar.« Sie bestellte sich einen neuen Drink und wippte nervös mit dem Fuß. »Ich frage mich nur, ob du wegen ihm zurückgekommen bist.«

»Nein!« Ich antwortete zu schnell, als dass es ehrlich geklungen hätte, aber Valerie wirkte erleichtert.

»Ich habe nicht vor, ein Leben im Tour-Bus zu führen«, gestand sie. »Geht es dir nicht auf die Nerven, jeden Tag an einem anderen Ort zu sein?«

»Nein«, wiederholte ich, froh, dem Thema Morris entkommen zu sein. »Ich fürchte, ich wurde dafür geboren.«

»Ich nicht. Ich will morgens aufwachen und zu meiner Arbeit gehen. Ich will meine Freunde treffen, meine Familie am Sonntag besuchen und meine Kinder in der Stadt aufwachsen sehen, in der ich selbst aufgewachsen bin. Und ich will, dass Morris dieses Leben mit mir teilt.«

Ich verkniff mir einen Kommentar, denn ich erkannte, dass Valeries Pläne zum Scheitern verurteilt waren. Es war wie bei Johannes und mir. Unsere Wünsche hatten sich nie überschnitten, sie waren komplett auseinandergegangen. In diesem Moment wusste ich, dass nicht Morris und ich so enden würden wie Mom und Dad, sondern Valerie und er.

»Ich hoffe, dass ihr einen gemeinsamen Weg findet«, sagte ich und beobachtete, wie Valerie ihren Drink in nur zwei Zügen leerte. Es war offensichtlich, dass sie unglücklich war.

»Hast du während der Tour ein Auge auf ihn?«, fragte sie.

Ich nickte und war heilfroh, dass Simon in diesem Moment an mich herantrat. »Sie haben einige Typen gefasst, die möglicherweise etwas mit dem verschwundenen Equipment zu tun haben. Leider kann die Polizei sie nicht beliebig lange festhalten, das heißt, einer von uns muss zurück nach Noblesville fahren, um den Roadie zu identifizieren, der das Zeug aus unserem Container geholt hat. Anscheinend hat er bei uns unter falschem Namen gearbeitet.«

»Alles klar, ich mache das«, erklärte ich mich bereit und sah Erleichterung in Simons Blick. Für den nächsten Vormittag waren diverse Interviews geplant und ich wusste, dass er vor Ort in Chicago sein wollte.

»Hau dich ein paar Stunden aufs Ohr«, schlug Simon vor. »Dann fährst du nach Noblesville, machst die Aussage und bist zum Soundcheck zurück.«

»Okay.« Ich erhob mich und nickte Valerie zu. »Schönen Abend noch.«

Sie wirkte in sich gekehrt und ich fragte mich, wann sie anfangen würde, Morris Vorwürfe zu machen, weil er so wenig bei ihr war. Die Tour hatte gerade erst begonnen.

Ich seufzte und ging los, um mich von allen zu verabschieden. Dann fuhr ich mit dem Taxi ins Hotel, wo ich mir an der Rezeption für den nächsten Morgen einen Mietwagen reservierte.

Nach einer kurzen Nacht war ich bereits um halb sechs in der Früh zurück auf der Straße. Die Fahrzeit nach Noblesville betrug etwa drei Stunden, aber in der morgendlichen Rushhour konnte sich das leicht verdoppeln. Doch ich hatte Glück und kam am Vormittag auf der Polizeistation an. Die Gegenüberstellung verlief erfolgreich. Anschließend gab ich meine Personalien zu Protokoll, unterschrieb die offizielle Anzeige und fuhr wieder zurück nach Chicago, wo ich den Mietwagen zurückgab, mich im Hotelzimmer umzog und daraufhin auscheckte, da wir nach dem Konzert sofort weiter nach Cleveland fuhren. Mitsamt meinem Gepäck ließ ich mich im Taxi zum Club, dem House of Blues, bringen, verfrachtete es dort in unseren Tour-Bus und machte mich danach auf den Weg zum Soundcheck. Die Jungs standen bereits auf der Bühne und ich hatte das Gefühl, meine gesamte Energie verbraucht zu haben. Simon entdeckte mich und drückte mir seinen Becher Kaffee in die Hand. Wir unterhielten uns kurz, bevor er davonlief, mit den Armen wedelte und durch den Saal brüllte, dass die Akustik ganz und gar nicht ausbalanciert war. Erschöpft sank ich in einen der gepolsterten Sitze und beobachtete die gewohnte Prozedur, während ich meinen Kaffee schlürfte.

Als Simon endlich mit den harten Songs zufrieden war, ging es an die langsameren, die Morris nur alleine mit seiner Gitarre vortragen sollte. Position und Licht wurden aufeinander abgestimmt, bevor Morris die ersten Akkorde anschlug. Sie gingen mir durch und durch. Er spielte eine abgewandelte Version von *Losing Someone You Love,* um die Phonetik zu testen. Immer wieder brach er ab, setzte neu an, beriet sich mit den anderen und spielte den Song schließlich komplett durch.

Ich saß in meinem Sessel und ließ mich von der Musik durchdringen. Es war das Lied, das Matt und Morris nach dem Tod meines Vaters geschrieben hatten, doch an diesem Nachmittag ging es um so vieles mehr. Es ging um mich und mein Leben, darum, wen ich alles verlassen hatte, um hier zu arbeiten, und darum, wer mich verlassen hatte. Ich dachte an das Gespräch mit Valerie und daran, dass ich Morris warnen sollte. Sicherlich war es der Mangel an Schlaf, der mich so dünnhäutig machte, aber plötzlich liefen Tränen über mein Gesicht. Ich hatte nicht die Kraft, sie wegzuwischen. Erst als es still wurde, bemerkte ich, dass Morris mich von der Bühne aus ansah. Ich blinzelte, fuhr mir mit dem Handrücken über die Nase und stand abrupt auf. Verlegen blätterte ich in meinen Unterlagen, zog mein Handy hervor und stürmte aus dem Saal. Draußen auf dem Parkplatz rang ich nach Luft und hatte das Gefühl, meine Lungen würden bersten. Sachte tupfte ich meine Augen trocken, um mein sorgfältig aufgetragenes Make-up nicht zu ruinieren. Was war nur in mich gefahren? Ich straffte meine Schultern, schüttelte meine Haare auf und drehte mich um. Vor mir stand Morris.

Ich wedelte mit dem Handy. »Wichtiger Anruf!«

Er sah mich aufmerksam an. »Das glaube ich dir nicht. Weshalb weinst du?«

Ich lachte übertrieben. »Ich weine doch nicht!«

Morris legte seine Hand unter mein Kinn und zwang mich, ihn anzusehen. Es tat weh. Die Anspannung vor dem Konzert hatte harte Linien in sein Gesicht gegraben und seine Augen blickten sorgenvoll. Ich spürte, wie meine Tränen mit Gewalt versuchten, erneut an die Oberfläche zu gelangen, und ich bemühte mich, sie hinunterzuschlucken. Morris strich mit dem Daumen über meine Wange und ich glaubte zu ersticken.

»Sei ehrlich zu mir, Al. Ich kenne dich. Was ist los?«

»Es war der Song«, brach es aus mir heraus. »Es war, als höre ich ihn heute zum ersten Mal. Ich musste an Dad denken, den ich nicht loslassen kann, weil ich ständig versuche, ihm alles recht zu machen. Dann ist da meine Mutter, mit der ich im Streit auseinandergegangen bin. Ich habe sie verloren, um hier bei euch zu sein. Dann Granny. Sie ist schon so alt und ich frage mich, wann ich sie das nächste Mal wiedersehen werde. Ich vermisse sie alle und ich vermisse …« Ich biss mir auf die Zunge. Ich würde ihm nicht sagen, dass ich ihn vermisste. Dass ich ihn liebte und bei ihm sein wollte. Dass es mich schmerzte, wenn ich ihn mit Valerie sah, und mich fragte, warum er sie heiraten wollte. Ich würde es nicht sagen. Nicht jetzt, nicht vor einem der wichtigsten Konzerte der Tour.

Als Morris mich in seine Arme zog, konnte ich mich jedoch nicht länger beherrschen und ließ den Tränen freien Lauf. Es tat gut, von ihm gehalten zu werden. Ich verbarg mein Gesicht an der Kuhle seines Halses und wünschte mir, ewig so verharren zu können. Er war das Puzzleteil, das mir fehlte. Ohne ihn war ich nicht komplett. Ich merkte, dass Morris mich immer enger an sich drückte. So eng, dass ich das Klopfen seines Herzens spürte.

»Al«, flüsterte er. Ich hob den Kopf. Es war die Situation, die ich kannte. Der Blitz, die Gefühle, all das, was uns jedes Mal passierte, wenn wir uns berührten.

Schnell rückte ich von ihm ab. Er ließ mich los. »Das Konzert …«, stotterte ich. »Du musst wieder reingehen.«

Morris steckte die Hände in die Hosentaschen und nickte.

»Rock Chicago!«, fügte ich hinzu und beobachtete, wie er in das Gebäude zurückging. Dann drehte ich mich um.

»Verdammt!« Wütend trat ich nach einer Plastikflasche, die jemand achtlos weggeworfen hatte, bevor ich ziellos über den Parkplatz lief, um meine Gefühle zu ordnen. Ich wollte professionell sein, aber jedes Mal stand ich mir selbst im Weg. Das konnte so nicht weitergehen!

In meinem Kopf wirbelten die Gedanken. Ich liebte Morris, doch er hatte eine Entscheidung getroffen. Gleichgültig, was ich von Valerie erfahren hatte, es war nicht meine Aufgabe, Morris davon zu erzählen. Es war die Beziehung der beiden. Darin hatte ich nichts zu suchen. Das wurde mir nun klar. Ich spürte ein schmerzhaftes Ziehen in meinem Magen, denn plötzlich wurde ich mir der Konsequenz bewusst, die die Notwendigkeit mit sich brachte, Morris gehen zu lassen. Ich hatte es versucht, aber ich konnte unmöglich meine Gefühle in den Griff bekommen, wenn ich ihn weiterhin täglich sah. Und das bedeutete, dass ich nicht länger für Burnside Close arbeiten konnte.

Chapter 13

Our time is in every sunrise, in every good-bye
and in all the spaces in between

(Burnside Close, »Our Time«)

Chicago übertraf alle unsere Erwartungen. Das Filmmaterial, das während des Konzerts entstand, zeigte die ganze Bandbreite, die Burnside Close musikalisch zu bieten hatte. Euphorisch zogen wir weiter und mein Entschluss verhärtete sich mit jedem Tag. Doch erst nach drei Wochen, kurz nach unserem Auftritt in Kansas City, wagte ich, Simon meine Entscheidung mitzuteilen.

Es war weit nach Mitternacht und wir fuhren in Richtung Little Rock in Arkansas. Morris schlief bereits in seiner Koje, weil ihm seine Stimme an diesem Abend Probleme bereitet hatte, und Matt, Sean und Brad spielten im unteren Teil des Busses mit einigen Crew-Mitgliedern Karten. Simon und ich saßen oben und besprachen anstehende Themen. Als wir damit fertig waren, nahm ich all meinen Mut zusammen: »Kann ich mit dir reden, Simon?«

Er sah mich an. Seine Augenringe zeugten von dem Druck, unter dem wir alle standen. Die Tour saugte uns aus und führte jeden von uns an seine Grenzen.

Ich wusste, dass ich nicht besser aussah.

»Was brennt dir auf der Seele?« Simon gähnte, lehnte den Kopf gegen die Polster und schenkte mir seine volle Aufmerksamkeit.

Ich zögerte, weil ich ahnte, dass es kein Zurück mehr gab, wenn ich die Karten auf den Tisch gelegt hatte.

»Ich werde nach dieser Tour aussteigen«, erklärte ich. Es war ausgesprochen. Das Herz klopfte mir bis zum Hals.

Simon runzelte die Stirn, als hätte er sich verhört. »Liegt es an mir?«, wollte er wissen. »Vergleichst du meine Arbeit immer noch mit der von deinem Dad?«

»Nein, du bist genau das, was Burnside Close brauchen. Du bist ein fantastischer Manager, du gibst alles für die Band. Die Jungs wachsen unter deiner Führung über sich hinaus.«

»Was ist es dann?«

»Ich fürchte, ich bin all dem nicht gewachsen.«

»Wie kommst du darauf? Du machst einen ausgezeichneten Job. Ich meine, wir erreichen gerade alle unser Limit, aber dafür, dass du zum ersten Mal bei einer so großen Tour dabei bist, schlägst du dich absolut fabelhaft.«

»Danke.« Ich fühlte mich geschmeichelt. »Es liegt nicht am Arbeitspensum, sondern daran, dass ich jemandem aus der Band zu nahestehe.«

»Morris.« Simon nickte wissend.

»Ist das so offensichtlich?«, fragte ich und war erleichtert, dass ich mich nicht weiter erklären musste.

»Ich sehe Dinge und ich höre Dinge, aber vor allem …«, Simon klopfte sich mit der flachen Hand auf den Oberkörper, »… fühle ich Dinge. Ob du es glaubst oder nicht, doch das war mir bereits klar, als ich euch bei Rock im Park zusammen erlebt habe.«

»Dann weißt du ja, wo mein Problem liegt.«

»Nein.« Simon schüttelte den Kopf. »Ich verstehe ganz und gar nicht. Vielleicht erklärst du es mir.«

»Ich kann nicht vollen Einsatz für die Band bringen, wenn ich Morris die ganze Zeit sehe.«

»Nun, das kann ich nicht bestätigen. Wie ich bereits gesagt habe, du hast alles im Griff.«

Ich seufzte. Warum war es nur so kompliziert?

»Ich will Burnside Close nicht schaden. Ich will keine Bremse für sie sein.«

»Dann sei es nicht.«

»Deshalb will ich ja aussteigen.«

»Du machst wirklich einen sehr großen Fehler, Al. Du gibst zu schnell auf!« Er machte eine herrische Handbewegung, als ich ihn unterbrechen wollte, und fuhr fort: »Hör dir an, was ich zu sagen habe! Ich bin nicht dein Vater und in diesem Fall spreche ich auch nicht als Freund zu dir, sondern als dein Boss. Du kannst nicht etwas anfangen und es dann aufgrund persönlicher Befindlichkeiten wieder hinschmeißen. Das ist kindisch. Deine Gefühle sind mir im Hinblick auf deine berufliche Leistung absolut egal und haben dort auch nichts zu suchen!«

Ich wollte etwas erwidern, unterließ es jedoch. Wenn Simon wütend wurde, sah er aus wie ein Grizzlybär, dem man gerade einen Fisch geklaut hatte. Ebenso brummig nahm er mich nun in die Mangel: »Um in unserer Branche Fuß zu fassen, braucht es Jahre. Es geht darum, die richtigen Kontakte zu knüpfen, ein außerordentliches Gespür für Rockmusik zu haben und den Markt zu analysieren. Das Wichtigste aber ist, sich einen guten Ruf aufzubauen. Viele fangen ganz unten an und haben außer ihrer Leidenschaft für die Musik gar nichts. Bei dir ist es anders. Du hast die Begabung bereits im Blut, kennst genügend Leute und das lässt dich arrogant werden. So arrogant, dass du meinst, du wüsstest, wie der Hase läuft. Aber das tust du nicht, denn diese Chance bei Burnside Close ist einzigartig, meine liebe Al.«

Ich zog meine Augenbrauen nach oben. Mit solch einem Gegenwind hatte ich nicht gerechnet.

Simons Blick verfinsterte sich. »Du weißt nicht zu schätzen, was dir bei uns geboten wird, deshalb erzähle ich es dir ohne Umschweife. Als du damals so völlig spontan hier eingeflogen bist, ohne Vorankündigung oder einen Plan in der Tasche, haben mich die Jungs auf der Stelle den Typen feuern lassen, der deinen jetzigen Job gemacht hat. Sie wollten dich in ihrem Team haben. Ich habe dagegen gestimmt, denn ich hielt diese Entscheidung für unfair. Inzwischen weiß ich, dass du besser bist als der Kerl, aber anstatt diese Möglichkeit zu nutzen, sitzt du jetzt vor mir und heulst rum, weil du mit deinen Gefühlen für Morris nicht klarkommst. Tut mir leid, Al, doch das ist nicht mein Problem! Wenn du gehen willst, dann kannst du offiziell kündigen, aber erwarte nicht, dass ich in der Branche für dich lüge, nur weil ich dich so gerne habe. Dieses Geschäft ist knallhart und es ist besser, du wirst frühzeitig damit konfrontiert und erlebst es mit mir und deinen Freunden, anstatt später alleine auf die Nase zu fallen.«

Ich schluckte, denn ich hatte nicht gewusst, dass jemand wegen mir seinen Job verloren hatte. Simon verzog keine Miene.

»Dein Vater hätte seine Band niemals im Stich gelassen!«

»Ich weiß«, sagte ich kleinlaut.

»Dann krieg dich wieder ein! Dein geplanter Ausstieg ist ein Vertrauensbruch gegenüber Burnside Close. Die Jungs brauchen Leute, auf die sie sich verlassen können.«

»Aber das können sie ja«, beteuerte ich.

Simon musterte mich eindringlich. »Das sagst du, doch du fühlst es nicht. Bis zum Ende der Tour solltest du dir darüber klar werden, was du willst. Sonst brauchst du nicht mehr auszusteigen, denn dann feuere ich dich. Haben wir uns verstanden?«

Ich nickte niedergeschlagen.

»In Ordnung.« Simon stand auf und schob seinen Terminplaner über den Tisch. »Ich werde mir morgen einen freien Tag nehmen und hätte gerne, dass du mich vertrittst. Das macht dir doch nichts aus, oder?«

»Nein.« Ich sah ihm hinterher, wie er sich in seine Koje verzog. Dann ließ ich meine Stirn auf die Tischplatte plumpsen. Ich fühlte mich schrecklich.

Am nächsten Tag wurde mir sofort klar, dass Simon es todernst mit seinem freien Tag nahm. Als ich vom Klingeln meines Handys geweckt wurde, hatten wir Little Rock bereits erreicht. Von Simon fehlte jede Spur und die Hölle brach über mich herein. Niemand konnte ihn erreichen. Die Jungs löcherten mich mit Fragen und schon am Vormittag war ich restlos überfordert. Ich überwachte den Bühnenaufbau, redete mit den Veranstaltern und organisierte Pressetermine für die Vorband sowie für Burnside Close. Parallel dazu versuchte ich, meine eigenen Dinge termingerecht zu erfüllen. Manchmal wünschte ich mir zwei Handys, um zeitgleich mit all den Leuten sprechen zu können, die noch auf meiner Liste standen. Längst verfluchte ich mein nächtliches Gespräch mit Simon, das mich in diese missliche Lage gebracht hatte, und hoffte, dass er am nächsten Tag, wenn das Konzert stattfand, wieder vor Ort war.

Ich war so in meine Arbeit vertieft, dass ich beinahe Seans Geburtstag vergaß, den er an diesem Tag feierte. Schon vor Wochen hatten wir für den besonderen Anlass einen Tisch für die gesamte Crew reserviert. Völlig ausgelaugt kam ich gegen neun Uhr abends im Restaurant an.

Ich hatte weder Zeit gehabt, um mich zu duschen, noch, um mich umzuziehen. Meine Haare waren unfrisiert und mir knurrte der Magen, weil ich den ganzen Tag über nichts gegessen hatte. Ich gratulierte Sean, begrüßte den Rest der Leute und sank in den einzigen Stuhl, der noch frei war. Es war der neben Simon. Er sah mich an.

»Du bist spät dran, Al, hattest du viel zu tun?«

»Als wenn du das nicht wüsstest«, murrte ich und griff nach der Speisekarte. Den leeren Tellern nach zu urteilen, hatten alle anderen bereits gegessen. Als die Kellnerin kam, bestellte ich eine große Portion Spareribs und lehnte mich anschließend zurück. Es war ruhig am Tisch. Die Jungs sahen mich an.

»Was ist los?«, wollte ich wissen.

»Simon hat uns gesagt, dass du am Ende der Tour aussteigen willst«, ergriff Brad das Wort.

»Na toll!« Ich warf Simon einen wütenden Blick zu. »War das nötig?«

»Das ist eine Bandangelegenheit«, erwiderte Simon gelassen.

»Wenn du Probleme mit unserer Zusammenarbeit hast, dann must du mit uns darüber reden«, stimmte Matt zu.

»Stopp, Jungs!« Ich knallte mein Handy auf den Tisch. »Das ist jetzt nicht der richtige Zeitpunkt für ein derartiges Gespräch. Ich habe heute sowohl meine als auch Simons Aufgaben erledigt und ich bin durch.«

»Wir aber nicht«, sagte Sean. »Wir haben dir eine Tür geöffnet, weil wir geglaubt haben, dass du etwas daraus machst. Wir waren der Ansicht, dass wir eine Familie sind. Doch nun stellen wir uns die Frage, ob du in unserem Team bleiben solltest, wenn du das eigentlich gar nicht mehr willst.«

»Okay.« Ich hob die Hände. »Ich weiß nicht, was euch Simon erzählt hat, aber es ging nicht darum, dass ich nicht bei euch bleiben will. Vielmehr habe ich geglaubt, dass ich es nicht mehr kann.«

Mir war bewusst, dass Morris mich ansah und ich wich seinem Blick aus.

»Wir haben so hart an unserem Erfolg gearbeitet, Al«, sagte Matt eindringlich. »Wir dachten, du wüsstest, was uns das alles bedeutet. Wir vertrauen dir und weil es uns so wichtig ist, nur Menschen in unserem Team zu haben, denen wir vertrauen, wollten wir dich dabeihaben. Wir glaubten, das sei auch dein Wunsch, doch es scheint, als hättest du Probleme damit, uns zu vertrauen. Was verschweigst du uns?«

»Nichts!« Ich sah Simon an und hoffte, dass er mir aus der Misere half, aber er ignorierte mich.

»Dein Vater hat jeden aus dem Team geworfen, der nicht mit ganzem Herzen bei der Sache war«, bemerkte Brad nun und ich sah, wie die Jungs einen vielsagenden Blick untereinander wechselten.

Meine Spareribs wurden serviert, doch mir war der Appetit vergangen. Seit Beginn der Tour hatte ich mich für die Band abgerackert. All das gipfelte in diesem Tag, welcher der bisher härteste seit Wochen gewesen war. Ich hatte keine Lust, mir Vorwürfe anzuhören, denn ich wusste, ich hatte alles gegeben, um die Erwartungen zu erfüllen.

»Ihr solltet sie nicht unter Druck setzen«, hörte ich Simon neben mir sagen. »Sie ist nicht wie ihr Vater. Sie hat nicht den Mumm, sich mit Haut und Haaren auf etwas einzulassen.«

Ich ballte meine Hände zu Fäusten.

»Dann sollten wir sie gehen lassen«, schlug Sean vor und die anderen nickten.

Da brach es aus mir heraus. Es war, als ob sich ein Pfropfen löste und meine emotionale Lava nur so aus mir heraussprudelte. »Haltet die Klappe«, rief ich und bemerkte, dass mich das gesamte Restaurant anstarrte. Aber ich war nicht mehr zu bremsen: »Ich reiße mir den Arsch für euch auf, verdammt noch mal! Mag sein, dass ihr das als selbstverständlich anseht, weil ihr in mir den Chief seht. Ich drehe noch durch, weil ich ständig versuche, ihm alles recht zu machen. Und ihr seid schuld daran! Ihr beschwört jeden Tag aufs Neue seinen Geist herauf, fahrt sein Auto, singt Lobeshymnen auf ihn. Habt ihr eigentlich eine Ahnung, welchen Druck ihr damit erzeugt? Ihr lasst mir keine Luft zum Atmen!«

Ich warf meine Serviette nach Matt. »Und dann muss ich mir anhören, dass ich nicht verstehe, wie viel euch eure Arbeit bedeutet. Dabei verfolge ich eure Karriere seit eurer Gründung! Ich kenne jeden eurer Songs auswendig, weiß, warum ihr ihn geschrieben habt, und kann jeden Ort aufzählen, an dem ihr je aufgetreten seid. Wenn ihr denkt, dass ich gehen wollte, weil ich den Job hier nicht mag, dann irrt ihr euch gewaltig. Dieser Job ist genau das, was ich schon immer tun wollte.

Ich liebe jede Sekunde meiner Arbeit und ich liebe euch. Ich meinte es ernst, ihr seid meine Familie, und ich vertraue euch mehr, als ihr euch das vorstellen könnt. Doch manchmal …« Ich biss mir so fest auf die Unterlippe, bis ich Blut schmeckte. »… liebt man zu viel.« Ich sah Morris an und die Zeit stand für einen kurzen Moment still. Es war ausgesprochen. Ich hielt den Atem an, aber niemand sprach ein Wort.

»Vielleicht bin ich unprofessionell, vielleicht kindisch.« Mein Blick wechselte zu Simon. »Das liegt daran, weil ich nicht nur mit dem Kopf arbeite, sondern mit dem Herzen. Und das bringt mich dummerweise in diese Lage, in der wir uns nun befinden. Ich rede, bevor ich nachdenke, und ich handle, bevor ich meine Gefühle geordnet habe. Wenn ihr mich deswegen feuern wollt, dann tut es. Aber unterstellt mir nicht mangelndes Engagement.« Ich stand auf, warf einen wütenden Blick in die Runde und verließ das Restaurant.

Draußen zückte ich mein Handy und rief mir ein Taxi. Während ich wartete, kam Matt.

»Können wir reden?«, fragte er.

»Nein, für heute wurde genug gesagt.« Ich blickte zum Restaurant und erkannte, dass einige Gäste an den Fenstern standen. Mein dramatischer Abgang hatte für Aufregung gesorgt.

»Wir mussten es hören!« Matt griff nach meinem Arm und drehte mich zu sich. »Du schuftest wie ein Tier, Al. Glaubst du, wir sehen das nicht? Aber als Simon uns von deinen Zweifeln erzählt hat, dachten wir, dass du uns wieder einmal aufgeben willst.«

»Ich habe euch niemals aufgegeben. Mein Fortgang nach dem Tod meines Vaters hatte andere Gründe. Das weißt du ganz genau!«

»Wir wollen, dass du glücklich bist, Al. Das Ganze war Simons Idee. Er war der Meinung, man müsse dich dazu bringen, endlich einmal aus dir herauszugehen, damit du deine Dämonen besiegst. So in etwa hat er es formuliert.«

»Scheiße …« Ich fühlte mich hintergangen. Das alles war nur ein Trick gewesen, um mich zu provozieren. Ich begann zu zittern. Die Anspannung forderte ihren Tribut, meine Nerven lagen blank.

»Du kennst doch meinen Dämon, Matt! Weshalb spielst du dann mit mir? Valerie hast du all die Jahre nicht fortgeschickt. Mich schon. Und jetzt erwartest du, dass ich mit der ganzen Situation klarkomme.

Das kann ich aber nicht …« Meine Stimme brach. Mit letzter Kraft hielt ich Matt meinen tätowierten Unterarm vor die Nase. »Macht ihr doch ausnahmsweise einmal eure Augen auf!«

Als das Taxi vorfuhr, entkam ich seinem Griff mit einer raschen Drehung und riss die Tür auf, bevor Matt mich erneut in die Finger bekam. Schnell stieg ich ein, nannte dem Fahrer mein Ziel und atmete tief durch.

Am nächsten Morgen, als der Wecker klingelte, vergrub ich mich unter der Bettdecke. Die Vorstellung, den Jungs und Simon gegenübertreten zu müssen, behagte mir ganz und gar nicht. Doch da es unmöglich war, sich vor allen zu verstecken, stand ich schließlich auf.

Simon war der Erste, der mir über den Weg lief. »Gut geschlafen, Al?«

»Natürlich nicht.«

»Filmreifer Auftritt.« Er schlug mir auf die Schulter. »Manchmal muss man die Dinge auf den Tisch bringen. Das reinigt die Luft.«

»Ich dachte, wir hätten die Sache bereits geklärt.«

»Nein, das hatten wir nicht. Deine Unentschlossenheit kann einen bisweilen in den Wahnsinn treiben! Wenn du schon mit dem Herzen arbeitest, wie du sagst, dann lebe auch mit dem Herzen. Sag, was du fühlst. Nur so kann unsere Zusammenarbeit funktionieren.«

»Und jetzt?« Ich sah mich um und fürchtete, Morris zu begegnen. Mein Gefühlsausbruch der letzten Nacht war mir unangenehm, selbst wenn Simon ihn offenbar als erfrischend empfand.

»Jetzt weiß ich, wie es wirklich in dir aussieht. Vielleicht habe ich eine Lösung für dein Problem. Ich höre mich mal um.«

»Was meinst du?«

Simon grinste und schüttelte den Kopf. »An die Arbeit, Al! Du hast den gestrigen Tag mit Bravour gemeistert. Machen wir aus Little Rock Big Rock!«

In gewohnter Hektik durchliefen wir den Tag und ich versuchte, den Jungs aus dem Weg zu gehen. Obwohl zwischen Simon und mir nun Klarheit herrschte, war ich mir nicht sicher, was sie von meinem Ausbruch am Abend zuvor hielten. Doch kurz vor dem Konzert begegnete mir Matt.

»Hast du fünf Minuten?«, wollte er wissen. Ich holte tief Luft und nickte.

»Dann komm mit hinter die Bühne!«

Ich folgte ihm und stand schließlich den Jungs in dem kleinen Raum gegenüber, den sie zum Umziehen und für ihre Vorbereitungen nutzten. Selbst Morris war da, der sich normalerweise eine halbe Stunde vor Beginn des Konzerts zurückzog, um sich einzusingen. Matt stellte sich zu den anderen und sie sahen mich an.

»Okay«, sagte ich nervös. »Legt los. Irgendwann müssen wir ja drüber reden.«

»Das, was du uns gestern vorgeworfen hast, wussten wir nicht«, begann Brad. »Die Sache mit deinem Dad.«

»Hm.« Ich starrte zu Boden.

»Manchmal erinnerst du uns einfach zu sehr an den Chief, das ist wahr. Aber wir wissen, dass du dein eigenes Ding machst und das ist gut so. Je länger du bei uns bist, desto kleiner wird sein Schatten. Wir müssen das auch erst lernen.«

»Es tut uns leid«, fügte Sean hinzu. »Wir hätten dich gestern Abend nicht derart herausfordern sollen. Dumme Idee.«

»Aber ziemlich lustig.« Brad grinste. »Du hast uns eine ordentliche Szene gemacht.«

»Die hattet ihr auch verdient!« Nun musste ich ebenfalls lachen.

»Verzeihst du mir?« Matt sah mich offen an und ich wusste, er meinte es ehrlich.

Ich nickte und fügte hinzu: »Ihr habt mir zugesetzt, doch ihr hattet recht. Ich laufe einfach gerne davon, wenn es kompliziert wird.« Mein Blick wanderte zu Morris. »Wenn ich je wirklich an etwas geglaubt habe, dann war es der Erfolg dieser Band. Vom ersten Augenblick an, als ich *Silent Storm* im Auto meines Vaters gehört habe, wusste ich, dass ihr etwas Besonderes seid. Und das lag nicht nur an Dad, dem man den Stolz in seiner Stimme angehört hat, wenn er über euch gesprochen hat. Ihr habt mir das Gefühl gegeben, dazuzugehören, und wart nach dem Tod meines Vaters für mich da, obwohl ich damals erst meinen eigenen Weg gehen musste, um wieder zu euch zurückzufinden. Aber jetzt bin ich hier und auch wenn ich mir stets Mühe gebe, es zu vermasseln, kann ich mich darauf verlassen, dass ihr mir den Kopf zurechtrückt. Das ist es, was Freunde ausmacht.«

»Jetzt halt schon die Klappe, Al, sonst fange ich noch an zu heulen.« Matt kam auf mich zu und zog mich in seine Arme.

Ihm folgten Sean, Brad und Morris. Wir bildeten einen Kreis, legten die Arme um die Schultern des jeweiligen Nachbarn, steckten die Köpfe zusammen und wünschten uns Glück für das bevorstehende Konzert. Das war es. Mehr gab es nicht zu sagen. Ich war die Band. Mehr als jemals zuvor.

Der Auftritt wurde ein weiterer Meilenstein der Tour. Inzwischen gab es sogar Fans, die Burnside Close hinterherreisten. Ich machte mit einigen von ihnen kurze Interviews, bevor es weiter nach Jackson, Mississippi, ging. Dort fand das viertletzte Konzert von Burnside Close statt. Die Tour war beinahe vorüber. Umso mehr gab es für mich zu tun. Kaum hatten wir Jackson erreicht, setzte ich mich mit dem Cutter zusammen, um die neuesten Szenen zu sichten. Das Video, Tribut an die Fans, sollte pünktlich zum Ende der Tour online gestellt werden. Ich wollte es mit einem Live-Mitschnitt von *Our Time* hinterlegen, einem der Lieblingssongs der Fans. Wir hatten inzwischen ausreichend Filmmaterial gesammelt und schlugen uns in Jackson den halben Tag um die Ohren, weil ich mit dem bisherigen Ergebnis noch nicht zufrieden war. Erst als es an die Tür klopfte, löste ich mich von der Arbeit. Es war Simon.

»Du hast Besuch«, sagte er.

»Ach ja?« Ich sah ihn fragend an. »Wer ist es?«

»Sieh selbst.« Er öffnete die Tür ein Stückchen weiter und ich erkannte einen weißen Haarschopf.

»Granny?«, rief ich erstaunt, drängte mich an Simon vorbei und umarmte meine Großmutter.

»Höchstselbst.« Sie tätschelte mir die Wange.

»Hallo, Almond.« Ich fuhr herum und blieb mit hängenden Armen vor meiner Mutter stehen.

»Mom! Was macht ihr denn hier?« Ich sah von ihr zu Granny und wieder zurück. Niemals hätte ich erwartet, dass sie mich besuchen würden. Nicht nach allem, was geschehen war.

»Wir haben gehört, du machst einen verdammt guten Job«, erklärte Granny und zwinkerte Simon zu, der sich zu uns gesellte.

»Ich kann es nicht glauben«, beteuerte ich und umarmte Granny erneut.

»Macht euch einen schönen Tag«, sagte Simon. »Ich habe hier alles unter Kontrolle.« Eilig ging er zur Rückseite des Fire Clubs und brüllte einige Roadies an.

»Offensichtlich«, murmelte ich und fing Moms Blick auf. Sie studierte mein Gesicht und ich war mir sicher, sie suchte nach Spuren von durchfeierten Nächten, Alkoholexzessen und Drogenmissbrauch.

»Wollen wir zusammen essen gehen?«, schlug ich rasch vor, bevor sie etwas sagen konnte.

Sie nickte und bald darauf saßen wir in einem Restaurant in der Innenstadt und blätterten in der Mittagskarte. Ich merkte, dass ich zappelig war, weil mir bewusst wurde, dass ich den Kontakt zu meiner Familie in den letzten Wochen vernachlässigt hatte. Außerdem erschien es mir merkwürdig, dass Granny und Mom unangekündigt hier aufgetaucht waren.

»Hattet ihr einen guten Flug?«, wollte ich wissen, nachdem wir bestellt hatten.

»Es war schwierig, so kurzfristig überhaupt noch einen Flug zu bekommen«, antwortete Mom. Ich wusste, dass Spontanität nicht gerade ihre Stärke war und fragte mich augenblicklich, was sie dazu bewogen hatte, in die USA zu reisen.

»Ist etwas passiert?«, erkundigte ich mich misstrauisch.

»Nein, keine Sorge!« Granny winkte ab. »Wir waren schon fünf Tage in Florida unterwegs, bevor wir hierhergefahren sind. Ich fühle mich frei wie ein Vogel!«

»Ach ja?« Erneut sah ich Mom an, die damit beschäftigt war, ihr Kleid glatt zu streichen.

»Möchtest du nichts dazu sagen, Evelyn?« Granny sah meine Mutter nun ebenfalls an.

»Was gibt es da groß zu sagen?«

»Wenn du dich nicht daran erinnerst, Evelyn, solltest du dich mal untersuchen lassen. Vergesslichkeit kann ein Vorbote von Alzheimer sein.«

Der Blick meiner Mutter verfinsterte sich. Dann räusperte sie sich und sagte an mich gewandt: »Deine Großmutter war der Ansicht, ich solle mir ansehen, woran dein Herz hängt, bevor ich mir dazu eine Meinung anmaße.«

»Du hast ihr die Pistole auf die Brust gesetzt?« Ich musste grinsen und Granny erwiderte verschwörerisch: »Mein baldiges Ableben ist ein ausgezeichnetes Druckmittel.«

»Wie lange habt ihr vor, zu bleiben?«

Mom zuckte die Schultern, während Granny meine Hand nahm und sie drückte. »Bis ihr zwei zerstrittenen Hühner endlich Frieden schließt.«

Unser Essen wurde serviert und das Gespräch brach ab. Erst nach einer Weile sah Mom auf und sagte: »Ich habe schon einiges über deine Arbeit gehört, aber vielleicht möchtest du selbst ein wenig davon erzählen.«

»Mit wem hast du geredet? Mit Simon? Ich wusste gar nicht, dass du Kontakt zu ihm hast«, erwiderte ich. Es war schwierig, mit Begeisterung über etwas zu sprechen, das meine Mutter verurteilte.

»Warum Simon? Dein Freund Morris hat mich angerufen.«

»Morris?« Mir blieb der Mund offen stehen.

»Ganz recht. Er rief an, um mir zu berichten, wie gut du dich machst und wie stolz alle auf dich sind. Er erzählte von deinen Ideen und davon, dass es dich belastet, dass ich nicht hinter deinen Plänen stehe. Ich muss sagen, das hat mich getroffen. War es nötig, ihm von unseren Problemen zu erzählen?«

»Evelyn!«, ermahnte sie Granny. »Denk daran, was ich dir gesagt habe. Wenn ihr euch streitet, bekomme ich einen Herzanfall.«

Mom rollte mit den Augen. »Auf jeden Fall muss ich zugeben, dass mir viele Details deines Jobs unbekannt waren. Morris hat mir so einiges erklärt. Er hat auch über die Arbeit von Leonard gesprochen und mir vorgeschlagen, mir einmal vor Ort anzusehen, was du tust. Damit ich die Bandmitglieder kennenlerne und feststellen kann, dass sie in den Videos einen schlimmeren Eindruck machen als in Wirklichkeit.«

Ich wusste nicht, was ich sagen sollte. Es rührte mich, dass Morris mit meiner Mutter gesprochen hatte. Das kam unerwartet.

»Wir haben Karten für das Konzert heute Abend!« Granny schenkte sich Weißwein nach. »Deine Mom wollte, dass ich mir Ohrstöpsel mitnehme, aber ich habe gesagt, dass ein ordentlicher Tinnitus noch niemanden umgebracht hat.«

Ich fand meine Worte wieder: »Schön, dass ihr da seid!« Ich meinte es ehrlich. Niemals hätte ich geglaubt, dass Mom sich schließlich doch für das interessierte, was ich tat. Wir sahen uns an und Mom lächelte zum ersten Mal.

»Deine Großmutter ist wie immer voller Enthusiasmus für alles, was du tust, aber ich würde nun trotzdem gerne aus deinem Mund hören, wie du deine Zeit bisher verbracht hast.«

Ich erwiderte ihr Lächeln und begann zu erzählen. Mit Begeisterung sprach ich über das Online-Tagebuch und das Tribute-to-the-Fans-Video, an dem ich gerade arbeitete. Ich verschwieg keine der Partys, aber auch nicht die Realität, die das Leben auf Tour mit sich brachte. Kaum hatte ich angefangen zu erzählen, konnte ich nicht mehr damit aufhören. Überschwänglich redete ich auf Mom und Granny ein und sah dabei Dad vor mir, der stets ebenso über seine Arbeit gesprochen hatte. All die Erlebnisse der Tour nun mit meiner Familie teilen zu können, schenkte mir ein ungeahntes Glücksgefühl.

Mom hörte mir gespannt zu, während Granny versonnen dreinblickte. »So wollte ich dich immer sehen«, sagte sie, als ich irgendwann Luft holte. »Du bist genau da, wo du hingehörst.«

Ich nickte, denn plötzlich fühlte ich es selbst.

»Ich denke, du solltest dich bei Morris bedanken«, bemerkte meine Mutter.

»Ja.« Ich sah auf die Uhr. »Ich muss ohnehin zurück. Sehen wir uns heute Abend?«

»Aber natürlich.« Granny gab mir einen Kuss und nach kurzem Zögern umarmte ich Mom.

»Danke fürs Zuhören«, murmelte ich.

»Geh schon!« Sie wedelte mit den Armen. »Wir übernehmen die Rechnung. Bis später!«

Ich lächelte, verließ das Restaurant und fuhr zum Fire Club zurück, wo mich die gewohnte Betriebsamkeit empfing, die vor jedem Konzert herrschte.

»Hattest du Spaß?« Simon rannte an mir vorbei, ohne mich wirklich wahrzunehmen. Die Vorbereitungen zum Soundcheck liefen auf Hochtouren.

»Wo ist Morris?«, rief ich ihm hinterher und er deutete auf den Seiteneingang. Brad, Sean und Matt standen bereits an ihren Instrumenten und ich beeilte mich, um Morris zu erwischen, bevor er ebenfalls auf die Bühne musste. Eilig trat ich ins Freie und erstarrte. Valerie war bei Morris. Ich hatte nicht gewusst, dass sie auf dem Konzert dabei sein würde. Sofort wollte ich mich wieder davonmachen, aber dann hörte die schwere Tür hinter mir ins Schloss fallen. Morris sah zu mir herüber. Seinem Gesichtsausdruck nach zu urteilen, führten er und Valerie keine angenehme Unterhaltung.

Entschuldigend hob ich die Hände, doch bevor ich zu Wort kam, sagte Morris: »Ich komme sofort!« An Valerie gewandt fügte er leise hinzu: »Ich muss zum Soundcheck, wir reden später weiter.«

»Dann bin ich nicht mehr da.« Sie verzog den Mund. »Ich bin es leid, ständig auf dich zu warten.«

Mit versteinerter Miene wandte er sich von ihr ab und ging an mir vorüber. Am liebsten hätte ich mich unsichtbar gemacht. Valerie blieb mit hängendem Kopf zurück, als er hinter mir durch die Tür ins Innere des Clubs verschwand.

»Alles in Ordnung?«, erkundigte ich mich. Ich fühlte mich nicht wohl dabei, in die Streitigkeiten von Morris und seiner Verlobten hineingezogen zu werden.

»Ich ertrage das nicht mehr.« Sie sah mich an. »Er will nach der Tour nicht zu mir nach Tallahassee kommen. Er sagt, er möchte an seinem Solo-Album arbeiten.« Sie schnaubte. »Wann hört das auf, Al? Wird er jemals Ruhe geben?«

Ich zuckte mit den Schultern. »Dieses Album spukt ihm schon länger im Kopf herum. Vermutlich sieht er nun die Zeit gekommen, es fertigzustellen.«

»Das wusste ich nicht.« Valerie wirkte verunsichert. »Und warum kann er das nicht bei uns zu Hause tun?«

Ich fragte mich, wie ich ihr begreiflich machen sollte, was auf einer derartigen Tour mit einem geschah. Jeden Tag wurde man bejubelt, spürte das Adrenalin, stand unter Spannung. Man war heiß darauf, in die nächste Stadt zu kommen, um ein neues Publikum zu begeistern und den Kick fortzusetzen, den einem jeder Auftritt gab. Die gesamte Crew wurde dadurch zu einer verschworenen Gemeinschaft, mit der man sich verbunden fühlte. Tausend kleine Erlebnisse machten das Ganze zu etwas Großem. Zu etwas, von dem man sich wünschte, dass es niemals endete. Die Tatsache, dass die Tour nun bald vorüber war, verunsicherte nicht nur Morris. Auch ich konnte mir nicht vorstellen, von heute auf morgen zurück in meinen Alltag zu finden. Im Gegenteil, der Gedanke, alleine, ohne die Crew, in einer Wohnung zu sitzen und nichts zu tun, ängstigte mich. Doch all das war Valerie fremd.

»Du verstehst, warum er das tut, oder?«, fragte sie.

»Es gab Zeiten, da tat ich es nicht, aber mittlerweile …« Ich brach ab, denn Valerie nickte.

»Das dachte ich mir.« Sie trat einen Schritt zurück. »Ich werde jetzt nach Hause fahren.«

»Soll ich Morris etwas von dir ausrichten?«

»Nein danke.« Sie zögerte. »Er hat mir nie einen Song geschrieben, weißt du. Inzwischen ist mir klar, dass er das auch nicht mehr tun wird.«

Sie stieg in ihr Auto und fuhr davon. Nachdenklich ging ich zurück in den Fire Club.

Das Konzert verlief gut, aber es war nicht einer der besten Auftritte, die Burnside Close gegeben hatten, und das lag vor allem an Morris, der eine verhaltene Performance ablieferte. Natürlich entging das Simon nicht und er rauschte nach den letzten Klängen sofort hinter die Bühne.

»Was war los? Bist du krank?«, wollte er wissen, kaum dass er die Umkleide betreten hatte. Ich folgte ihm. Morris trocknete sich das verschwitzte Gesicht ab und starrte Simon wütend an.

»Mir geht es gut.«

»Das glaube ich dir nicht. Du warst unkonzentriert und nicht bei der Sache.«

»Ich habe an einem einzigen Abend nicht alles gegeben, was du von mir erwartest, und schon gibt es Ärger. Motivierst du so diese Band, Simon?«

Matt legte Morris eine Hand auf die Schulter. »Reg dich nicht auf, Mann«, beruhigte er ihn.

»Alles easy«, sagte auch Simon. »Ich wollte mich nur erkundigen, ob du okay bist. Euer Zusammenspiel war heute einfach nicht harmonisch. Du hast keinerlei Emotionen in die Lieder gesteckt.«

Morris schnaubte. »Darauf hab ich jetzt echt keinen Bock!« Aufgebracht verließ er den Raum.

Brad sah mich an. »Was hat er?«

Ich war erstaunt, dass alle annahmen, dass ich darüber Bescheid wusste. »Keine Ahnung«, wich ich aus. »Vielleicht hat er einfach nur einen Durchhänger. Wir sind immerhin seit mehr als fünfzig Tagen auf Tour.«

Simon rieb sich die Stirn. »Mein Fehler. Ich bin manchmal zu direkt. Ich werde mit ihm reden.« Er folgte Morris und ich sah die Jungs an. Die Stimmung war nicht so, wie sie nach einem Konzert üblicherweise sein sollte.

In diesem Moment klopfte es an der Tür und Granny trat ein.

»Ich will ein Autogramm!«, rief sie lachend und umarmte alle. Ich war froh, sie zu sehen. Ablenkung tat uns gut. Schon bald unterhielt sie sich fröhlich mit den Jungs.

»Wir gehen jetzt hoffentlich euren Auftritt feiern, oder?«, wollte sie schließlich wissen. Matt und ich wechselten einen belustigten Blick.

»Du willst Party machen, Granny?« Ich legte ihr den Arm um die Schulter. »Dann los, leben wir den Rock'n Roll!«

Eine Stunde später standen wir in einer Bar, umringt von Crew-Mitgliedern und einigen Fans. Aus den Lautsprechern erscholl laute Musik und hochprozentige Drinks wanderten über den Tresen. Am liebsten wäre ich zu Bett gegangen, doch Granny tanzte um mich herum, während sich Mom mit Simon unterhielt. Mein Blick schweifte zu den Jungs, die den Ausklang des Abends ebenfalls genossen. Einzig Morris fehlte. Ich wollte ihn suchen gehen, entschied mich jedoch dagegen, um Granny und Mom nicht alleine zu lassen. Bis zwei Uhr früh feierten wir, bevor ich zum Aufbruch drängte.

Mom war aufgekratzt. »Simon hat uns eingeladen, euch auf der restlichen Tour zu begleiten.«

»Im Ernst?« Ich konnte kaum glauben, was ich hörte.

Sie umarmte mich. »Ich dachte, dass du Dummheiten machst, aber jeder erzählt nur Gutes über dich. Es tut mir leid, wenn ich dir misstraut habe. Ich hatte einfach Angst um dich.«

»Ich weiß, Mom.«

»Du machst das schon richtig.« Sie hakte sich bei Granny unter. »Vielleicht begleitest du uns nach der Tour noch einige Tage, bevor wir wieder nach Hause fliegen. Wir könnten ein bisschen Zeit am Strand verbringen.«

»Klingt gut.« Ich war abwesend. Das Ende der Tour kam auf mich zu wie eine Wand. Ich fürchtete mich vor dem Aufprall. Diese zwei Monate waren das Beste gewesen, was ich bisher erlebt hatte. Ich wollte nicht, dass es endete.

Granny schien meine Stimmung zu erraten. »Keine Angst, Al, es geht immer weiter. Gute Nacht!«

Als ich in unseren Bus kam, schlief Morris bereits. Ich starrte auf die zugezogenen Vorhänge seiner Koje und seufzte. Ich hatte mich noch nicht bei ihm bedankt und hoffte, dass wir bald Gelegenheit finden würden, um miteinander zu reden. Müde ging ich ebenfalls zu Bett.

Vier Tage später fanden wir uns in Pensacola, Florida, ein, um unser letztes Konzert zu geben. Ich konnte kaum fassen, wie viele Meilen hinter uns lagen und wie viel Zeit inzwischen bereits vergangen war, seitdem ich München verlassen hatte. Die Arbeit für Burnside Close war für mich so selbstverständlich geworden, als hätte ich nie etwas anderes getan. Einzig Morris ging mir seit jenem Abend im Fire Club aus dem Weg. Obwohl ich mich bei ihm bedanken wollte, schien nie der richtige Augenblick dafür zu sein. Zwar hatte er auf der Bühne zu seiner Form zurückgefunden, aber er wirkte bedrückt. Ich nahm mir vor, mit ihm zu sprechen, bevor die Tour endgültig zu Ende war und jeder erst mal seiner eigenen Wege ging.

Für Anfang November bis Mitte Dezember war eine Tournee durch Europa geplant. Bis dahin hatte ich keine Ahnung, was ich tun würde. Niemand hatte mit mir darüber gesprochen und ich kam auch nicht dazu, mir den Kopf zu zerbrechen, denn der letzte Auftritt im Pensacola Civic Center sollte etwas ganz Besonderes werden. Ich wusste, dass viele Leute dabei sein würden, vor allem Freunde und Familie, und ich plante ein großes Finale mit dem Filmteam. Szenen daraus sollten sowohl im Online-Tagebuch als auch auf dem Tribute-to-the-fans-Video zu sehen sein. Aus diesem Grund war ich bereits Stunden vor dem Konzert damit beschäftigt, gemeinsam mit den Verantwortlichen die richtigen Kameraeinstellungen zu finden. Als Simon mich dabei unterbrach, war ich ein wenig ungehalten.

»Was gibt es denn? Ich habe noch so viel zu tun.«

Simon grinste in seinen Bart hinein. »Ich will dich nicht aufhalten, aber ich muss etwas mit dir besprechen.«

»Okay.« Ich kletterte von der Leiter herunter, auf der ich gestanden hatte, und nickte Simon zu. »Leg los!«

»Ich wollte nur wissen, ob du dir inzwischen darüber klar geworden bist, was du willst.«

»Sieht man das nicht?«

»Ich muss es hören.«

Mir wurde flau im Magen. War Simon hier, um mich zu feuern?

»Ich tue mein Bestes für die Band, das kann dir nicht entgangen sein! Die Vorstellung, dass alles bald vorbei ist, setzt mir wirklich zu.«

»Du wolltest, dass es danach vorbei ist, erinnerst du dich, Al?«

Ich schluckte verunsichert. »Ich weiß, dass ich meistens zu schnell aufgebe, weil ich Angst habe. Aber jetzt bin ich endlich da, wo ich hingehöre, und deshalb ist es an der Zeit, dass ich mich darauf einlasse. Bitte feuer mich nicht, Simon! Ich will lernen und mir ist bewusst, dass ich erst ganz am Anfang stehe. Trotzdem ist das genau meine Welt und ich werde mein Bestes geben. Und was Morris betrifft, werde ich an mir arbeiten. Du hattest recht, das hat nichts mit dem Job zu tun und ich werde damit klarkommen. Ich verspreche es dir, aber, bitte schmeiß mich nicht raus!«

Simon verschränkte die Arme vor der Brust und musterte mich eingehend. Ich glaubte, unter seinem Blick zu schrumpfen. Schließlich flog ein Lächeln über sein Gesicht. »Du fühlst es, Al. Das wollte ich hören und sehen.«

Erleichtert atmete ich auf.

»Ich habe mit den Jungs geredet«, fuhr Simon fort. »Wir verstehen deine Sorgen und auch die Tatsache, dass du viel über deinen Dad und Morris nachgrübelst. Du hast Angst, dem einen nicht gerecht zu werden, und geradezu Panik, den anderen zu nahe an dich heranzulassen.«

»Darüber habt ihr gesprochen?« Das war mir unangenehm.

»Wir haben uns überlegt, wie wir dir helfen können. So macht man das in einer Familie. Und wir kamen zu dem Schluss, dass du noch mehr arbeiten musst, damit du nicht so viel zum Nachdenken kommst.«

»Ach ja?«

»In der Tat.« Simon zwinkerte mir zu. »Ich brauche dich für eine neue Band, die ich entdeckt habe. Sie kommen aus Kalifornien und ihr Sound ist eine Mischung aus Grunge und Gothic, wirklich sehr gelungen. Bisher sind sie noch komplett unbekannt, aber ihre Songs gehen einem unter die Haut. Ich will, dass du dich mit ihnen zusammensetzt und an ihrem Image arbeitest. Du wirst meine rechte Hand sein und kannst zum ersten Mal dein Gespür für den Markt beweisen. Zeige mir, was in dir steckt, Al.«

Ich war sprachlos und sah Simon ungläubig an.

»Es ist mein Ernst«, sagte er. »Ich habe das Gefühl, dass du auf dieser Tour eine Menge gelernt hast. Zum einen natürlich in Bezug auf deinen Job, aber vor allem über dich selbst. Du wirst erwachsen, Al. Und du bist nun bereit, zu kämpfen und Verantwortung zu übernehmen. Das ist gut. Du wirst Abstand zu Burnside Close bekommen und trotzdem weiter in deinem bekannten Umfeld arbeiten.«

»Ich weiß immer noch nicht, was ich sagen soll«, gab ich zu. »Was ist mit der anstehenden Tour im November? Werde ich nicht dabei sein?«

»Das kommt darauf an, wie du alles organisierst. Es liegt an dir, Al. Mach etwas aus dieser Chance und überwinde deine Ängste.«

Ich fiel Simon spontan um den Hals. Mit einem Mal erschien mir der Abschluss der Tour nicht wie das Ende, sondern wie ein neuer Anfang.

»Das hätte Dad gefallen«, murmelte ich an Simons Schulter, bevor dieser mich von sich schob.

»Ich weiß.« Er wirkte peinlich berührt. »Aber erwarte deshalb keine Gnade von mir.«

»Auf keinen Fall!« Lachend hob ich die Hände. »Danke, Simon, für alles!«

»Du hast es dir verdient.« Er sah sich um. »Du hast hier alles im Griff?«

»Und ob!« Ich wollte gerade zurück auf die Leiter steigen, als er mich zurückhielt.

»Vermutlich geht es mich nichts an, aber du solltest ihn nach dem Konzert heute Abend nicht einfach so gehen lassen. Er hat sich sehr für den neuen Job für dich eingesetzt.«

»Okay.« Nachdenklich blickte ich Simon hinterher, der mit den Händen in den Hosentaschen aus dem Club schlenderte.

Ich wusste, er hatte von Morris gesprochen und es verunsicherte mich, dass Morris auf einmal so viel für mich tat. Wollte er sein Gewissen beruhigen, bevor er Valerie heiratete? Ich schüttelte den Kopf, um den störenden Gedanken zu vertreiben, und konzentrierte mich wieder auf meine Arbeit.

Abends, kurz vor Konzertbeginn, überwachte ich das Ausräumen der Tour-Busse. Es hatte etwas Melancholisches an sich. Tagsüber hatte ich bereits den logistischen Rücktransport aller Instrumente sowie die Rückgabe des geliehenen Equipments für den nächsten Tag organisiert und mein Gepäck im Mietwagen von Granny und Mom verstaut. Wir wollten nach dem Frühstück in Richtung Küste aufbrechen. Doch ich konnte nicht gehen, ohne noch einmal durch den Bus zu schlendern, der die letzten Monate mein Zuhause gewesen war. Gerade als ich kontrolliert hatte, dass sich keine persönlichen Gegenstände mehr in den Kojen oder in diversen Ecken des Busses befanden, hörte ich, dass jemand die Treppen in den oberen Bereich hinaufkam.

»Ich bin gleich so weit«, rief ich, weil ich dachte, der Fahrer sei bereit zur Abfahrt. Doch als ich mich umdrehte, erkannte ich Morris.

»Solltest du nicht längst hinter der Bühne sein?«, fragte ich.

»Ja.« Er blieb am Ende der Treppe stehen und sah mich an. »Ich wollte mich verabschieden. So wie du.«

Er berührte den Tisch, an dem wir während der nächtlichen Fahrten oft gesessen hatten. »Ich kann kaum glauben, dass die Tour zu Ende ist.«

»War eine verdammt gute Zeit.«

»Die beste.«

Unsere Blicke trafen sich.

»Simon hat vorhin mit mir geredet. Dieser zusätzliche Job ist eine unglaubliche Herausforderung. Ich habe noch nicht ganz begriffen, dass ich das alles tun darf. Davon habe ich immer geträumt.«

Morris nickte und ich ging spontan auf ihn zu. »Ich will mich schon seit Ewigkeiten bei dir bedanken«, begann ich. »Dass du meine Mom angerufen hast, war wirklich sehr nett von dir! Wir haben noch einen weiten Weg vor uns, aber sie versteht mich nun ein bisschen. Sie hat gesehen, wie wir arbeiten und durfte euch kennenlernen. Ich denke, das hat viele ihrer Zweifel besiegt. Das hätte ohne deine Hilfe nicht funktioniert. Danke!«

Ich umarmte ihn und spürte, dass er sich versteifte. »Ist alles in Ordnung?«

Morris senkte den Kopf und rückte von mir ab. »Es gibt so viel, was ich dir sagen möchte, Al, aber irgendwie glaube ich, dass du es nicht hören willst.«

»Morris …«

»Nein, lass mich dir erklären, warum ich das getan habe«, unterbrach er mich. »Diese Tour hat mir gezeigt, dass wir als Band erst ganz am Anfang stehen. Die Aufmerksamkeit, die uns zuteilwird, der Jubel, die Fans, der Kick, wenn man sein eigenes Video im Fernsehen sieht, das alles erschreckt mich. Jeden Tag frage ich mich, ob wir dem gewachsen sein werden. Werden irgendwann die Zeiten kommen, in denen wir am Ende zu Drogen greifen, weil wir ansonsten nicht mehr kreativ sein können? Oder zum Alkohol, um dem Druck zu entgehen, der auf uns lastet? Ich kenne das alles und will nicht mehr abstürzen. Aber unser Plattenlabel fordert, dass wir demnächst mit den Arbeiten zum neuen Album beginnen. Dabei sind wir gerade mitten in der Vermarktung unseres aktuellen Albums! Außerdem träume ich davon, mein eigenes Projekt zu realisieren. Manchmal zerreißt es mich, Al! Doch immer wenn ich an meine Grenzen stoße, dann sehe ich dich an und weiß, dass ich es schaffe. Du trägst uns. Du gibst dieser Band Stärke. Genauso, wie es einst dein Dad getan hat. Deshalb will ich nicht, dass du gehst.«

Ich biss mir auf die Unterlippe. Morris sah aus, als wenn er noch mehr sagen wollte, aber er tat es nicht. Verunsichert spielte ich mit einer Haarsträhne. Ich sehnte mich danach, weitere Dinge aus seinem Mund zu hören. Dinge, die nur uns betrafen. Doch alles, was Morris sagte, war: »Ich muss los. Drück uns die Daumen!«

Ich formte mit meinen Fingern die *Metal Fork* und atmete tief durch. Anschließend ließ ich mich auf eines der Betten sinken und vergrub meinen Kopf in den Händen.

Mit einiger Verspätung kam ich schließlich im Club an. Die Vorband hatte ihren Gig bereits beendet.

»Wo warst du?«, fragte Simon, der neben meiner Mom und Granny stand, die Ehrenplätze am Rand der Tribüne hatten.

»Ich habe die Busse kontrolliert.« Eilig begrüßte ich die Familienmitglieder der Jungs, die dem letzten Auftritt der Band entgegenfieberten. Viele von ihnen hatten Plakate mitgebracht, die sie nun durch die Luft schwenkten. Ich bemühte mich, zu lächeln.

»Hast du mit Morris gesprochen?«

»Ja, aber nur ganz kurz.«

»War er in guter Verfassung?«

»Ich denke schon. Warum?«

Simon behielt die Bühne im Blick, wo die Roadies gerade mit dem Umbau beschäftigt waren. »Er hat sich von Valerie getrennt. Matt hat es mir vorhin erzählt. Ich hoffe, dass er deswegen nicht den letzten Auftritt versaut.«

Das Blut rauschte in meinen Ohren. Warum hatte Morris das nicht erwähnt?

Simon musterte mich. »Du bist ganz blass. Geht es dir gut?«

»Ja, alles in Ordnung.« Ich sah mich um. Von Valerie fehlte in der Tat jede Spur. Mein Herz klopfte immer heftiger.

In diesem Moment wurde der Raum abgedunkelt. Das Publikum klatschte und pfiff vor Begeisterung. Ich sah die Schatten der Jungs, die auf die Bühne eilten, dann folgten die ersten eindrucksvollen Riffs, unterbrochen von hackenden Drumeinlagen, bevor die Bühne in gleißendes Licht getaucht wurde und Morris zu singen begann. Meine Gedanken schweiften ab. Ich dachte an unsere erste Begegnung, unsere leidenschaftliche Zeit während der Tour mit 3 Doors Down und unsere zahlreichen Abschiede, die anschließend folgten. Es hatte einige Jahre gedauert, bis ich wusste, was ich wollte, doch meine ganze Entwicklung hatte mich schlussendlich zurück zu meiner Liebe geführt. Morris. Er war frei. Und ich war nun bereit dafür, an uns zu glauben.

Als Mom mich an der Schulter berührte, bemerkte ich, dass ich für einen Moment völlig weggetreten gewesen war. Sie sah mich prüfend an. Der Raum war erfüllt von der Musik, die ich liebte, seit Dad sie mir zum ersten Mal vorgespielt hatte, und es war zu laut, um zu reden. Deshalb deutete ich nur zu Morris auf die Bühne. Meine Mutter schien zu verstehen und nahm mich in den Arm. Wir verharrten in dieser Stellung und es rührte mich, dass sie mich ohne große Worte verstand. Nun kam auch Granny hinzu. Sie alberte herum und tanzte, als wäre sie ein Teenager. Mom lachte und steckte mich damit an.

Nach über einer Stunde verklang der letzte Song, die Bühne wurde abgedunkelt und das Publikum forderte eine Zugabe. Der Jubel hallte in meinen Ohren wider. Dann flammten die Scheinwerfer erneut auf und Morris trat ans Mikrofon. Er bedankte sich bei allen, die die Tour begleitet und damit erst möglich gemacht hatten, ließ nacheinander für jedes einzelne Bandmitglied Applaus aufbranden und schnappte sich anschließend seine Gitarre.

»Dieser Song ist für einen ganz besonderen Menschen. Diese Person ist unser Glücksbringer, unser Unruhestifter und unser Gewissen. Das Schicksal hat uns zusammengeschweißt und wir möchten sie keinen Tag mehr missen.« Morris spielte die ersten Akkorde. »Al, ich will, dass du weißt, dass unsere Zeit längst gekommen ist. In jedem Sonnenaufgang, in jedem Abschied und in allem, was dazwischenliegt.«

Ich erkannte die Klänge von *Our Time*, die beinahe im Gejohle des Publikums untergingen. Mom drückte meinen Arm und Simon zwinkerte mir zu. Dann verblasste alles um mich herum und die Zeit stand still. Jeder Ton des Liedes war wie ein glühender Funke, der sich in mein Herz brannte. Die Akkorde vereinigten sich zu Klangwolken, die mich mit sich forttrugen. Am Ende fühlte ich mich völlig aufgelöst.

»Jetzt geh schon!« Es war Granny. Sie schob mich in Richtung Ausgang. Ich blinzelte und realisierte, dass Burnside Close ihre Zugabe beendet hatten. Verwirrt schüttelte ich den Kopf.

»Lass ihn nicht warten«, forderte Mom mich auf und lächelte.

Ich erwachte aus meiner Starre und drängte hinaus. Ich rannte um das Gebäude zum Hintereingang, zeigte meinen Ausweis vor und lief über den Flur. Schwer atmend blieb ich vor der weiß lackierten Tür stehen, an der ein Zettel mit der Aufschrift ›Burnside Close‹ hing. Ehe ich anklopfen konnte, riss Matt die Tür auf und zog mich ins Innere. Ich hörte das Geschrei der Jungs, spürte das Wasser, das sie mir über den Kopf kippten, und die Hände, die an mir zerrten, bevor sie mich zu fassen bekamen und mich mehrmals in die Luft warfen. Lachend wehrte ich weitere Attacken ab und fing Morris' Blick auf. Die Welt verschwamm erneut um mich herum.

»Wir gehen wohl besser.« Es war Matt. Er drückte mir einen Kuss auf die Stirn und flüsterte: »Sei endlich die Ablenkung, die er verdient!« Dann zog er die anderen mit sich und ich hörte, wie die Tür geschlossen wurde.

»Das hatte ich mir anders vorgestellt.« Entschuldigend sah ich an mir herunter. Wasser tropfte aus meinen Haaren über mein Gesicht und das T-Shirt.

»Al.« Mehr sagte er nicht. Aber die Art, wie er es sagte, machte meine Knie weich.

»Ich habe dich so vermisst.« Meine Stimme zitterte.

Langsam kam er auf mich zu, ohne mich aus den Augen zu lassen. Die Spannung zwischen uns stieg.

»Mein Dad hat mir nach seinem Tod einen Brief hinterlassen. Er schrieb darüber, wie talentiert du bist, und er ahnte damals bereits, dass ich in dich verliebt war. Aber er sorgte sich, weil er wusste, dass ich dich immer mit der Musik würde teilen müssen, und er fragte sich, ob mir das genügte. Lange Zeit zweifelte ich selbst daran.«

Morris blieb vor mir stehen, ohne mich zu berühren. »Und jetzt?«

Ich lächelte. »Ich will nichts anderes. Du bist meine Musik und das alles hier ist mein Leben.«

Er berührte sanft meinen Arm. »Hast du das Armband noch, das ich dir mal geschenkt habe?«

»Es ist in meiner Tasche. Ich habe es immer bei mir.«

»Dann ist es jetzt an der Zeit, dass du es wieder trägst.« Seine Hand umschloss meinen Nacken und er küsste mich.

Mein Herz zerriss es beinahe. Alle meine Gefühle schossen wie ein Feuerwerk an die Oberfläche und ich glaubte, ich müsse mit ihnen explodieren. Es war September, aber es fühlte sich an wie ein vierter Juli, ein Unabhängigkeitstag der besonderen Art.

Atemlos hielt Morris inne. »Du hast gesagt, manchmal liebt man zu viel. Nur dann liebt man richtig«, flüsterte er in meinen Mund. »Ich habe so lange versucht, mir das auszureden, dass ich beinahe einen Fehler gemacht hätte. Verzeih mir.«

Ich presste meine Stirn gegen die seine und konnte kaum glauben, was gerade passierte. Zu lange hatte ich mich gegen mein Glück gewehrt, dass es mich nun schwindelte, wenn ich daran dachte, dass Morris und ich eine gemeinsame Zukunft miteinander haben konnten.

»Du hast es dir nur ausgeredet, weil ich ständig vor dir davongelaufen bin«, flüsterte ich. »Das will ich nicht mehr. Ich will bei dir sein.«

Er nahm meine Hand und legte sie an seine Brust. »Ich höre dich«, murmelte er. »Das habe ich bereits von Anfang an getan. Du bist eine Melodie in meinem Kopf, die ich nicht zu Papier bringen kann und die nur funktioniert, wenn du in meiner Nähe bist. Du bist mein Rhythmus, mein Einklang und meine Muse.«

»Ich habe immer noch ein wenig Angst«, gestand ich ihm. »Wie soll es jetzt mit uns weitergehen?«

»Morgen früh werden wir uns einen Sonnenaufgang ansehen.«

Ich nickte und wir küssten uns erneut, bevor Morris sagte: »Dann werden wir uns in unsere Arbeit stürzen. Du mit deiner neuen Band und ich mit meinem Soloprojekt.«

»Wir werden wieder voneinander getrennt sein«, warf ich ein.

»Nur räumlich. Und niemals lange, das verspreche ich dir.«

Ich kuschelte mich an ihn. »Das ist gut.«

Er hielt mich so fest, dass ich kaum noch Luft bekam.

»Wie wäre es, wenn du mit mir nach Sydney fliegst, wenn ich meinen Urlaub mit Mom und Granny beendet habe? Dort wohnt eine sehr gute Freundin von mir, der ich einiges zu erzählen habe. Und ich glaube, man kann in Australien wunderbar komponieren.«

Er küsste meinen Hals. »Ich bin dabei. Aber es sind nicht die Orte, weißt du. Du bist es. Ich kann das nur mit dir, Al. Ich liebe dich.«

Ich hob meinen Kopf und sah ihm in die Augen. Meine Angst verflog.

»Ich liebe dich auch, Morris. Let's rock the world!«

Unfold your broken wings and fly, you are the Phoenix in a burning sky.
When you finally open your eyes, you will realize we're one.
The warrior inside shows me strength and shows me pride,
guides me through the dead land to my own freedom.
BURNSIDE CLOSE

Ein rockiges Danke ...

… an all die wunderbaren Leser dieser Geschichte – seid frech, wild und wunderbar und lebt eure Träume!

… an Maria, das verrückte Huhn, die »Rockherz« als eine der ersten in die Finger bekam und mich darin bestärkte, dass die Geschichte in die Welt hinaus muss!

… an Kerstin von Kekes Bücher, die die erste Rezension schrieb, als »Rockherz« im Selfpublishing erschienen war und mir damit echt Mut machte!

… an Sandra Sassie (zum zweiten Mal), weil sie den Kontakt zum Drachenmond-Verlag hergestellt hat – ohne dich wäre »Rockherz« nie gedruckt worden! Und übrigens hat Sandra die schönste Lesestimme, die ich kenne, aber das nur nebenbei ☺

… an Marie Grasshoff für das wunderschöne Cover – du hast es drauf, es rockt!

… an Astrid, die unermüdliche Drachenmama, für die Chance, dieses Buch gedruckt in den Händen halten zu können und die schönsten Verzierungen, die ich mir darin nur wünschen kann!

… an Dominik für all die inspirierenden Musiktipps, die wir ständig miteinander tauschen!

… an meinen Mann, der meine Liebe zu vielen Dingen teilt, aber eben auch zur Rockmusik! When you open your eyes …

… an meine Familie und Freunde, die manchmal versuchen, mich von Helene Fischer oder Helmut Lotti zu überzeugen – sorry, aber mein Herz ist eine E-Gitarre – ich liebe euch, auch wenn ich mir ab und zu die Ohren zuhalte ☺

… an meine Lieblingsband Alter Bridge, die mich inspirieren und der heimliche Soundtrack zu dieser Geschichte sind!

DRACHENMOND VERLAG
BÜCHER MIT HERZBLUT